奋斗的足迹

全国公安系统庆祝改革开放 40 周年主题征文集

公安部新闻宣传局 编

群众出版社　中国人民公安大学出版社

图书在版编目（CIP）数据

奋斗的足迹：全国公安系统庆祝改革开放40周年主题征文集／公安部新闻宣传局编.
—北京：群众出版社，2019.5
ISBN 978－7－5014－5958－2

Ⅰ.①奋… Ⅱ.①公… Ⅲ.①中国文学—当代文学—作品综合集 Ⅳ.①I217.1

中国版本图书馆CIP数据核字（2019）第099133号

奋斗的足迹

全国公安系统庆祝改革开放40周年主题征文集

公安部新闻宣传局 编

出版发行：群众出版社
地　　址：北京市丰台区方庄芳星园三区15号楼
邮政编码：100078
经　　销：新华书店
印　　刷：北京通天印刷有限责任公司

版　　次：2019年6月第1版
印　　次：2019年6月第1次
印　　张：20.5
开　　本：787毫米×1092毫米　1/16
字　　数：336千字
书　　号：ISBN 978－7－5014－5958－2
定　　价：58.00元

网　　址：www.qzcbs.com
电子邮箱：qzcbs@sohu.com

营销中心电话：010－83903254
读者服务部电话（门市）：010－83903257
警官读者俱乐部电话（网购、邮购）：010－83903253
文艺分社电话：010－83901350　010－83903973

本社图书出现印装质量问题，由本社负责退换
版权所有　侵权必究

前　言

2018年12月18日，庆祝改革开放40周年大会在人民大会堂举行。中共中央总书记、国家主席、中央军委主席习近平出席大会并发表重要讲话。习近平总书记深刻指出："改革开放是我们党的一次伟大觉醒，正是这个伟大觉醒孕育了我们党从理论到实践的伟大创造。改革开放是中国人民和中华民族发展史上一次伟大革命，正是这个伟大革命推动了中国特色社会主义事业的伟大飞跃！"在这个伟大觉醒孕育伟大创造、伟大革命推动伟大飞跃的伟大时代，全国公安机关和广大公安民警恪尽职守，勇于担当，始终奋战在打击犯罪、服务群众、维护稳定的最前沿，用忠诚与奉献、智慧与勇气、汗水与鲜血，谱写了为改革开放保驾护航的壮丽凯歌。改革开放的丰碑上，镌刻着人民警察的荣耀与悲壮、奋进与沧桑。

为深入学习贯彻习近平总书记在庆祝改革开放40周年大会上的重要讲话精神，充分展示改革开放40年来特别是党的十八大以来公安改革走过的光辉历程和取得的显著成就，热情讴歌广大公安民警忠于职守、无私奉献的感人事迹，公安部新闻宣传局通过重点创作和征集作品的方式遴选优秀的报告文学、散文、诗歌结集出版。

一心为民，惩恶扬善；赴汤蹈火，舍生忘死。"报告文学"部分系特约作家经过深入采访公安系统英雄模范及先进集体后创作而成。几个月来，作家们奔波于采访路上，贴近公安英模，融入公安生活，捕捉鲜为人知的感人故事，以深邃的思想、美好的文字和生动的形象丰富了读者的精神世界，浓墨重彩地记录了公安英模的先进典型事迹，讴歌了人民警察的忠诚奉献精神。从"改革先锋"邱娥国，到"时代楷模"汪勇，再到排爆英雄张保国；从"中国的福尔摩斯"乌国庆，到刑侦专家刘忠义，再到法医专家田雪梅；从"铁警神鹰"陈善珉和他的功模团队，到深化"放管服"改革的典范宁波市公安局交管所，再到"猎狐"高手深圳市公安局经侦支队……他们，亲民爱民、勇于亮剑，以顽强的意志谱写了一曲曲"人民公安为人民"的英雄赞歌。他们，在改革开放的40年中，坚定理想信念，永葆忠于党、忠于国家、忠于人民、忠于法律的政治本色，永远把党和人民的利益放在心中最高位置，不畏艰险、不怕牺牲，无愧为党和人民的忠诚卫士。

一份初心，一脉相续；勇往直前，携手奋斗。"散文"与"诗歌"部分是从全国公安系统征集的1600多篇稿件中评选出来的优秀作品。各地公安机关高度重视此次征文活动，民警创作热情高涨，踊跃投稿。经过认真严格评选，最终审定40篇散文、诗歌收录书中。激情澎湃的公安情怀、"底色"未变的警服情结、虎口拼搏无惧烽火的警察身影……忠诚与付出，奉献与牺牲，一篇篇饱含真情的散文，一首首情真意切的诗歌，诠释了人民警察的铮铮誓言，抒写了人民公安的壮美篇章。改革开放40年，筚路蓝缕，风雨兼程，公安工作在改革中前进，公安民警用实际行动践行对党绝对忠诚。

热血铸就忠诚，生命呵护平安；春雷唤醒大地，改革书写新篇。"坚持政治建警、改革强警、科技兴警、从严治警，履行好党和人民赋予的新时代职责使命"。习近平总书记在全国公安工作会议发表重要讲话，对新时代公安工作提出明确要求、作出具体部署，为推进公安工作现代化和公安队伍革命化正规化专业化职业化建设，提供了基本遵循，指明了前进方向。希望本书的出版会向社会传递更多正能量，鼓舞和激励广大公安民警以更加坚定的信念、更加高昂的斗志和更加过硬的作风，忠诚履行各项职责使命，坚决捍卫政治安全、全力维护社会安定、切实保障人民安宁，以新担当新作为新形象迎接新中国成立70周年！

公安部新闻宣传局
2019年5月

目　录

报告文学

坚强的宗旨
　　——记"改革先锋"邱娥国　　　　　　　　程　峰　胡勇斌　林德元／3

刑侦专家乌国庆　　　　　　　　　　　　　　　　　　　　胡　玥／26

铁警神鹰
　　——记陈善珉和他的功模团队　　　　　　　　　　　　　郑淑榕／45

左右逢源
　　——"时代楷模"汪勇的故事　　　　　　　　　　　　　胡　杰／66

排爆英雄张保国　　　　　　　　　　　　　　　　　　　张宝中／90

中国刑警的福尔摩斯方程式
　　——记在改革开放中成长起来的刑侦专家刘忠义　　　　冯　锐／113

法医专家田雪梅　　　　　　　　　　　　　　　　　　　张和平／138

超越，为了让人民满意
　　——宁波市公安局交通警察局车管所深化"放管服"改革纪实
　　　　　　　　　　　　　　　　　　　　　　　　　　　陆明光／162

"猎狐"攻略
　　——深圳市公安局经侦支队打击经济领域犯罪活动纪实　易买生／179

目　录

散　文

寻人记	葛　波 / 205
我眼中的"改革开放"	刘　巍 / 208
写在警徽上的幸福	倪卫平 / 212
用生命奉献　以忠诚践行	杨婷婷 / 215
警　服	高　姗 / 217
辉煌改革四十载　护航初心永不忘	王彩勇 / 219
回龙观派出所成长的故事	唐俐威 / 221
征　途	刘国宇 / 224
亲历：信息化合成作战，抓获22年命案逃犯	贺　栋 / 226
银　杏	张　麒 / 229
我与"警察POLICE"的变迁记	郭　丰 / 232
改革开放铸辉煌　青年奋进新时代	陈　蕊 / 234
砥砺奋进创辉煌　改革发展启新程	朱海儒　李雅菲 / 236

目　录

芳华易逝　警魂不老　　　　　　　　　　李　静／238
我的警服　我的爱　　　　　　　　　　　唐晓倩／241
祖国的四十年，我的十年　　　　　　　　王　淼／244
四十年，从"28"到"675"　　　　　　　　李　阳／247
用开拓奉献谱写高速交警赞歌　　　　　　闫晓彪／250
小窗口也有大作为　　　　　　　　　　　郑　薇／253
青春无悔　　　　　　　　　　　　　　　廖学军／256
春风已过万重山　　　　　　　　　　　　张梦露／259
推进社会治理　创新警务机制　　　　　　孙光军／261
时代在召唤　　　　　　　　　　　　　　陈　维／263

目 录

诗 歌

2018，让我们再出发	袁瑰秋 /	267
四十年，在一起	苏雨景 /	271
我骄傲，我是森林公安	孙敬伟 /	274
追梦的警察	杨桂森 /	279
四十年，警服里的梦	瞿海燕 /	282
风雨四十载，热血铸金盾	董春雷 /	284
改革竞风流　公安谱华章	邹　莉 /	287
明天我就要退休了	李纪学 /	291
绿水青山的守卫者	蓝　茂 /	295
身　影	张天勇 /	297
公安见证改革开放四十年	郭占英 /	302
春风十里　杏花飘香	胡　珍 /	304
改革开放的新时代怎能不放歌	茅卫东 /	306

目　录

风云激荡四十年　　　　　　　　　　　　　袁晨光／310
我与改革开放共奋进　　　　　　　　　　　张鹏亮／313
肩　章　　　　　　　　　　　　　　　　　李占锋／316
感恩有你，大庆公安　　　　　　　　　　　朱玉磊／319

报告文学

坚强的宗旨

——记"改革先锋"邱娥国

程 峰 胡勇斌 林德元

2018年12月18日上午,北京,人民大会堂,党中央、国务院庆祝改革开放40周年大会在这里隆重举行。邱娥国作为基层社会治理创新的优秀民警代表,同其他99位改革开放40年来为我国社会经济发展作出突出贡献的人物被授予"改革先锋"荣誉称号,受到习近平等党和国家领导人的亲切接见。他是江西省和全国公安系统唯一代表。现场直播,亿万观众看到了这位72岁老人挥动的手臂和幸福的笑容。载誉而归的邱娥国说:"改革先锋这个崇高荣誉,不仅属于我个人,更属于全省,属于全国180万献身改革开放伟大事业的人民警察。"

一个普通民警,一个已经退休12年的普通民警,何以有如此长久的影响?我们在对邱娥国一次次采访中找到了答案:"宣传邱娥国不是宣传我个人,而是宣传我们党一贯倡导的全心全意为人民服务的精神。"这是邱娥国最为朴实的回答。

植入灵魂的信仰

1946年农历犬年五月十七日正午,邱娥国出生在江西省进贤县架桥乡一间破草屋里。说来十分可怜,邱娥国出生前日本鬼子占领南昌,打到架桥乡,把他家的房屋烧毁,全家人逃难,躲到几百里外的黎川县大山里。日本人投降后，举家迁回，却已是上无片瓦下无寸土，只好租借亲戚的破草屋住下来。1949年5月，他的家乡获得解放，3岁的邱娥国站在村头，目睹人民解放军浩浩荡荡向前开进。6岁那年，邱娥国上学读书，每天早出晚归，来回走十几里，一次，大雨瓢泼，老师把他背着送回家。邱娥国的父母很是感激，要他做老师那样的好人。由于家中有六兄弟，他读完小学就辍学了。邱娥国从小就个子高，随了母亲的体格，家教严，能吃苦，在村子里总爱帮助人，干最重的活儿。1964年9月他报名参军，入伍头天，他还在帮着村民打井，村干部来喊他，他从井里爬上来，拍拍身上的泥土就去了部队。

解放军是个大熔炉，严格的纪律、战斗的集体、战友的情谊，邱娥国有了强烈的家一般的归宿感，特别是全军掀起学雷锋的热潮，他一遍遍学习雷锋日记，工工整整抄下来："对待同志要像春天一样温暖，对待工作要像夏天一样火热……"一颗纯朴的心和一位高大灵魂的碰撞，让他的内心立起一个信念：当毛主席的好战士，做雷锋那样的人。

邱娥国当的是炮兵，三炮手，专门传送炮弹。每天天不亮，他就扛着炮弹在操场上跑，反复练习，认真琢磨动作要领，班里的战士笑他："邱大个儿，炮弹在你手里像根茄子，费那么大劲干吗？"邱娥国嘿嘿憨笑，反而练得更加起劲了。

炮连的驻地时常断水，连长布置各班轮流挑水，一些个儿小的战士十分吃力，半天也挑不了一担。邱娥国找到连长说："连长，挑水的事就让我来吧。"一个连用水每天要20多担，好几大缸。来回一公里，挑20担水走20公里，邱娥国常常累得汗流浃背，可他从不叫苦喊累。训练的时候，一天下来战士们往往累得动弹不了，洗完澡脏衣服就放在脸盆里，倒头就睡。邱娥国悄悄把大家的衣服拿去洗干净、晾起来。次数多了，战友们不好意思，邱娥国说："反正我也要洗衣服。"连里养了猪，邱娥国一有空儿就帮着喂，把猪粪挑到菜地上，把猪圈打扫干净。那时候部队文化高的人极少，邱娥国小学毕业算是连里的秀才，邱娥国教战友学文化，还负责出墙报、黑板报，他身高一米八三，出墙报不用凳子垫脚。他省吃俭用，每月六元钱津贴只用一元买牙膏和本子，剩下的五元钱全部悄悄地寄给困难战友的家里。邱娥国一天到晚闲不住，浑身有使不完的劲，不是做这就是做那，吃苦耐劳，最苦最累最脏的事抢着做，连长、指导员看在眼里喜在心里：这个兵是真正的好兵！

邱娥国就一次次受表扬，在激励鞭策之下，他越做越好，越干越有劲。

1967年1月，邱娥国光荣入党，他举起右手庄严宣誓：为共产主义奋斗终身。他心潮澎湃，激动万分，那天很冷，可他全身无比温暖，他反复告诫自己：我是一个农家孩子，是党的培养、组织的关心才有今天，我一定要牢记宗旨，听党的话，永远跟党走。

成为中国共产党党员的邱娥国更加严格要求自己，样样工作走在前面，他被评为福州军区"五好战士""优秀共青团员"，参加学雷锋先进事迹报告团，到全团全师宣讲报告。他在自己心中树立起了三座丰碑：学习雷锋做好事，学习张思德党叫干啥就干啥，学习白求恩毫不利己专门利人。三座丰碑，三个人生的老师，他们是榜样，是照耀他前行的灯塔。

很快，邱娥国被提为班长、排长、指导员。当了排长、指导员的邱娥国跟当兵时一个样儿，劳动训练站岗依旧穿战士军装，四个兜的干部装他舍不得穿，战士们说："排长，你可是干部，要有干部样儿才行。"邱娥国嘿嘿笑，嘴上说："浪费了可惜。"心里想，我就是一个兵，有什么显摆的呢？他依然向困难战友家寄钱，依然替战士站岗，直到离开部队的那一天。

以守护百姓平安为天职

1979年的岁末隆冬，邱娥国转业了，脱下军装，穿起警服，成为一名人民警察。分局拟安排他当政工科长，邱娥国说："我还是去派出所当民警吧。"他的想法是：派出所离群众最近，接触群众最多，可以更好地为群众服务。要做到这些首先是做好本职工作。刚参加公安工作，邱娥国什么也不懂，笔录都不会做，更不知道什么创新。但他喜欢问、喜欢看、喜欢记，拜老同志为师，不会做笔录，就把人家的案卷翻出来看。

那时，邱娥国当的是片警，片警是个自由活儿，单打独斗，下到社区，所长管不到，同事看不到，一亩三分地，工作做得如何，全在片警自己。邱娥国说："考验的是民警的责任心，关键在自己管好自己。"他牢牢记着老民警告诉他的五句话：工作要有责任心，服务群众要真心，处理问题要公心，金钱面前不动心，百姓平安记在心。

邱娥国上班第一天，就身上夹个本子，走东家串西家，一家一户走，一家一户看，认真细致问。看到什么，问到什么，听到什么，就记在本子上，印在脑子里。家人都以为他干的是份轻松活儿，邱娥国却一天忙到晚，早上出门，晚上很晚才回家。因为他知道时间不等人，要掌握辖区情况，获取第一手信息，就得靠勤快。首先是腿勤，勤走辖区，勤入门户，熟悉辖区每条街巷的角角落落，16年间他走街串巷12万公里，相当于绕地球三圈。还要嘴勤，看不到的情况，多问，他学会了进贤人讲的南昌话，一张和蔼可亲的笑脸，一句句亲切的称呼，老年的他叫大叔大妈，中年的他叫大哥大嫂，孩子们则叫小朋友。他进屋先敲门，和蔼态度亲，老人若在家，坐下拉拉呱，有事帮着做，温暖送到家。进到群众家里，他一边聊天一边帮着做事，择菜、扫地、打扫卫生，像亲戚一样自然。另外，得手勤，好记性不如烂笔头，把问到的、听到的、看到的、想到的情况记在本子上。谁不喜欢这样满脸带笑、嘴巴又甜、做事勤快、没有架子的民警呢？邱娥国融入了社区，和群众打成一片。

邱娥国可不是个子大、四肢发达、头脑简单的人。他勤于思考，善于总结，肯动脑子，一心扑在工作上，办法一个接一个。每天下社区的任务是什么他清清楚楚："中心带其他，下去一把抓；见人多询问，遇事多观察；情况综合记，回来再分家；领导要知道，具体再汇报；情况不明了，简直是傻瓜。"下去后干什么，他有个"十熟十清"的口诀："一熟住户门牌号，不翻底页说得清；二熟户主住几楼，形状如图印象清；三熟各户人头数，不重不漏底数清；四熟成员的关系，姓名称呼介绍清；五熟何时从何来，迁居变动原因清；六熟每户成年人，基本情况搞得清；七熟家庭经济状，收入开支情况清；八熟每户家庭史，祖辈关系理得清；九熟违法人口史，现实表现掌握清；十熟流动人口数，人员来去了解清。"

了解和收集的情况怎么处理，他设计了12种本子分类记载：《辖区单位情况记录本》《仓库存放、店面经营、工厂生产情况记录本》《违法人员记录本》《暂、寄住人口名册》《私人出租房情况记录》《辖区重点单位情况记录》等。谁家是烧香拜佛的，谁家老公是裁缝还是木工，长的是络腮胡还是八字胡，这些情况，他都全部记在本子上。

为使辖区地形地貌和住户情况形象直观，他发挥炮兵绘图的技能，在每册户口簿的首页，画上一张方位图，上面有房子的地理位置、户主的姓名、楼层、结构等，只要一看图，就知道这户人家的基本情况。他的口诀是"各栋楼院有草图，各家住户有层数，基本情况有记载，翻开图册就清楚"。谁家住哪里，家里几口人，哪里有仓库，能做什么用途，打开户口簿一目了然。

二十世纪八十年代末九十年代初，神州大地风行名片，老板经理的包里身上揣着一盒盒名片，上面印着名字和传呼机手机号码，见着陌生人就发，联系交流起来很是方便。邱娥国认为这是联系群众的好方法，就印了自己的名片，一户户送到群众家里。邱娥国笑着说："大伯大妈，有事打我传呼机呀！"那时邱娥国腰里别着传呼机，传呼机一响，他就立马到路边电话亭回电话。经过一段时间，邱娥国感到联系起来还是不方便，比如身上没有带他名片，或者陌生人来到辖区报警求助。邱娥国琢磨来琢磨去，想到了制作警民联系牌，上面印有自己的头像、号码，写上"人民警察邱娥国"，像广告那样钉在辖区的大街小巷。走进社区，一眼就看见警民联系牌。当年，邱娥国的这个创举，得到全国公安的推广，他也成了第一个"把自己钉在墙上"的公安民警。下社区或不在派出所怎么办？他的办公桌上有警民联系簿，找他的群众只要留言，邱娥国准会打电话询问和上门。群众有意见和要求，可以写好投到警民联系箱，每条街巷都挂着警民联系箱，用起来十分方便。

这些办法让邱娥国与群众亲了、近了，管好治安的眼睛亮了，耳朵灵了，他成了问不倒的"活地图"。

1994年2月2日，丰城市至南昌县105国道，发生一起震惊江西、江苏两省的特大恶性杀人越货抛尸焚车案，凶残的歹徒杀害司机抛尸焚车后，劫走江苏货主总价30万元的铝合金。案子惊动了中央领导，要求尽快攻克此案。江西省公安厅、南昌市公安局组成联合侦破组，排查赃物工作在全省铺开，但是，几个月过去了都没有线索。接到任务后，邱娥国把辖区内可以存放六吨六米长铝合金的地方，在脑子里放电影般地过了一遍：地方小了装不下，楼层高了上不去，非南昌二十中学仓库不可。邱娥国果然在仓库内发现了犯罪分子准备销赃的货物，并及时找到了货物老板。线索报告到专案组，专案组以物找人，以人找案，破获了这起特大恶性案件，邱娥国因此被荣记了二等功。同事们开玩笑说邱娥国这个功是捡到的，局长在大会上表扬："老邱没有台下十年功，哪有台上光彩三分钟。"

南昌发生一起斧头砍人致死的恶性凶杀案，人心惶惶。现场一把沾满血迹的斧头引起了邱娥国的注意，这是一把木工的斧头。做木工有大木、细木、圆木之分，都是木工，但斧头不一样。邱娥国外公是个木匠，他小时候跟着干活儿，所以一眼就认出现场的斧头是做细木活儿打家具的斧头。邱娥国把辖区做木工的人盘算了一下，住在合同巷的涂某是个木工，而且是做细木活儿的，有犯罪前科，有很大嫌疑。邱娥国立即把线索上报，专案组很快把涂某抓获，破获了这起凶杀案。

辖区一户居民家中被盗，家里被翻得乱七八糟，被偷了7000多块钱，完全没有线索。邱娥国走访时，一位大妈把他拉到一边说："小邱，你晓得是哪个偷的吗？就是这家人老婆的弟弟偷的。"这家人老婆的弟弟叫"老啄"，后来一查，果然是，7000多块钱放床底下，一分没动呢！

邱娥国的辖区有200多名"两劳"回籍人员和违法青少年，每一个都是定时炸弹，弄不好就会重新犯罪给社会造成危害。邱娥国深知做好教育转化工作是民警的责任，他苦口婆心，用真情感化他们，用平等对待他们，在他的努力下无一人重新犯罪。象山南路278号的小王，1992年因斗殴被判刑，服刑期间，邱娥国一封一封地写信，鼓励他接受改造，重新做人。出狱后，没工作，小王想开餐饮店，苦于无资金无地点，邱娥国就帮着一样一样地跑，帮他办工商、税务等各种手续。餐饮店开张，小王自食其力，生意也越做越好。如今，26年过去了，小王变成了老王，他依然记得邱娥国，他说："没有邱叔叔，哪有我的今天。"

砍不断的右手

从警生涯中，邱娥国经历了一次险些牺牲的生死考验。

那是1982年国庆前的一天夜晚，邱娥国带领联防员在辖区进行防火安全检查。他一家家看，一户户查，他清楚，广润门这样的老城区，板壁房一家连着一家。时已入秋，风干物燥，用火用电稍有不慎，着一把火，后果不堪设想，所以他看得认真，查得细致，离开时，还要再三叮嘱提醒。

走到翘步街巡查时，一位居民气喘吁吁跑到他面前说："小邱，不得了啦，香平巷有两伙流氓打群架，要出人命了。"香平巷号称南昌的小香港，这里人员密集，商贸繁华，一到夜晚灯火灿烂、热闹非凡，这样的地方打群架，极易伤及无辜。邱娥国来不及细问，一边叫联防员赶紧回所里求援，一边火速向香平巷跑去。二三百米的距离，邱娥国人高马大，立马赶到。只见斗殴现场黑压压一片，数十人之多，有的拿着鱼叉，有的举着尖刀，打成一团。邱娥国猛冲上去，拦腰抱住一个拿鱼叉的家伙，大声警告："我是公安，住手！"歹徒们被镇住，但他们很快反应过来：只有一个警察，一个赤手空拳的警察。为首的歹徒高声大叫："就他一个警察，打死他。"顿时，刀叉棍棒雨点般向邱娥国扑来。

邱娥国孤身陷入包围，拼死抵抗，他用双手护住头部、胸部、腹部，抵挡中，右臂一阵剧痛，鲜红的血喷出来。他跟前一片漆黑，脑子里轰轰作响……凶恶的暴雨不知什么时候停的，战友们赶来了，邱娥国模模糊糊地听到："快抬门板来，快抬门板来。"他被战友和群众用门板送进了南昌市第三医院。

邱娥国的妻子涂荔花一大早就离开了家。她和邱娥国住在所里的三楼，走出院子时，她看到地上一摊血，心里不由得咯噔一下，出什么事了？没有深想，急着赶去单位上班了。住的地方离上班的江西无线电元件厂有十几里远。

上午九点不到，派出所指导员来了。见着涂荔花，心情沉重的指导员说："小涂，我是来告诉你，小邱昨天晚上被砍伤了，在医院抢救。"涂荔花的脸僵硬了，如五雷轰顶，一下子瘫倒在地，她想起早上在派出所看见的那摊血，没想到是她丈夫的血。车间的姐妹把她扶起来，她脚步踉跄地跟着指导员往医院赶。

邱娥国和涂荔花是同一个地方的人，一个在抚河上游，一个在下游，隔着十里路远。邱娥国相亲就是划着船去见涂荔花的。结婚后，一个在部队，一个在家乡，天各一方。现在夫妻团聚才两年，好日子刚开始，就出事了，不知是死是活。想起这些，涂荔花一路上泪水止不住扑簌簌流下来。

邱娥国没有死，他的肩上、手上被砍了七刀，右手神经肌腱被砍断，鲜血染红了警服，但他凭着强壮的身体和顽强的意志被抢救了过来。涂荔花见到邱娥国时，邱娥国全身打着绷带，正躺在解放军九四医院的病床上吃馒头。

解放军九四医院无论是医疗条件还是技术都是江西最好的。由于伤势严重，在南昌市第三医院做简单治疗后，邱娥国被转了过去。

见到邱娥国，涂荔花百感交集，呜呜地哭了起来。邱娥国流血过多，脸色苍白，声音微弱，却和平常一样不失顽皮幽默："哭什么哭，人家还以为你死了老公呢。"

涂荔花停止了哭声，心里万分悲伤和庆幸。悲伤的是丈夫伤成这样，以后怎么办？庆幸的是人还活着，活着就有希望。

领导和战友们都来看望他，市长也来了。市长关心地问："邱娥国同志，你有什么要求吗？"邱娥国说："发我一把枪吧。"伤愈出院后，他果真领到一把五四式手枪，还有20发子弹。他带着这把枪走访巡逻了四年，总结出了安全带枪的顺口溜：白天挂在腰上，晚上放在枕头上，解手挂在脖子上。

那时，全国能接神经的医院不多，上海华山医院是最著名的一家。邱娥国从解放军九四医院转到华山医院，住了三个多月，在医院度过了1983年春节，先后动了三次手术。右手保住了，却落下了终身残疾，五指不能拢伸直，小臂无法自如抬起。

出院那天，涂荔花终于把憋了许久的话说了出来："老邱，咱们不当警察行不行？当警察太危险了，你再有个三长两短，我们孤儿寡母的怎么办？"

邱娥国严肃了起来，对着她认真地说："荔花，我们都是共产党员，都对着党旗宣过誓，牺牲都不怕，还怕流血吗？"

涂荔花点点头，轻柔地抚摸丈夫伤残的手。作为妻子，她确实担惊受怕，可身为党员，必须义无反顾。她要做他的右手，那只宣过誓的手。

邱娥国把伤残证压在了箱底，很快回到了工作岗位，用这只伤残的砍不断的右手，继续战斗。

让人民过好日子

筷子巷40号的许汉宝，生于二十世纪三十年代，兵荒马乱的，没读到书，也没学到什么手艺，年纪大了，重体力活儿干不动，只得在抚河桥摆了一个卖小人书的摊子，一天下来，赚几块钱，勉强度日。妻子瞧他没出息，一气之下离家出走，再也没有回来。这样无牵无挂的，虽说日子凄苦，但也还自在，一人吃饱全家不饿。不知是命运捉弄还是眷顾，一天，许汉宝的摊子来了一个流浪女子，穿着破旧，头发蓬乱。女子靠着摊位就地坐下来，这里翻翻，那里看看，别人翻乱的书，她还帮着摆好。一连几天，女子天天都来，晚上收摊，还帮着许汉宝收拾。许汉宝看她可怜，吃饭的时候，也给她做一份。这样一来二去，两人就生活到了一起，没领结婚证，也没上户口，还接连生下两个女孩儿。许汉宝老来得子，欣喜不已，视若珍宝，大的取名叫许凤，小的叫许珍，把全部的爱都倾注在两个小孩儿身上。这时候许汉宝已快六十，一家四口就指望书摊的微薄收入，吃了上顿不知下顿在哪里。女子看这日子实在没法儿过了，悄悄丢下两个孩子跑了。许汉宝一大把年纪，身体一天不如一天，拉扯两个孩子，一日三餐饭菜一锅煮，生活越发艰难。

邱娥国每天在辖区来来去去，许汉宝家里的情况都看在眼里，看两个小孩儿太可怜，每次下社区，总要拿点儿吃的，带几件衣服。房子破烂得窗户都没有，邱娥国联系房管部门，花3000元装上了铝合金窗户。一天，邱娥国来到许汉宝家，问："我已经给你联系好了一个门岗的工作，你愿不愿做？工资虽说少一点儿，总还算稳定。"早就听人说过邱娥国是个热心的好民警，老百姓家里有什么难事他都乐于帮忙，没想到今天好事落到自己头上，许汉宝感谢不迭地说："我愿意，我愿意，我这么大年纪，人家能要我就是天大的福气，我一定干好，决不给您丢脸。"许汉宝兴高采烈地上班去了。生活是有了着落，可两个小孩儿都没有户口，以后上学可怎么办？邱娥国把情况跟所领导汇报，得到所领导支持后，又跑分局跑街办，特事特办，把两个小孩儿的户口和低保办了下来。许汉宝完全不能相信，别人请客送礼都办不下来的事情，邱警官居然送上门来了。自己穷苦一辈子，到老了，总算遇上了贵人。

穷人的孩子早当家，许凤、许珍两姐妹打小就懂事，看到喜欢的东西，知道父亲不容易，从不敢张口，衣服脏了，就学大人的样子自己搓搓，不让父亲多操心。一晃到了上中学的年纪，许汉宝又犯愁了。两个小孩儿读小学，都是邱警官找校长免了学杂费，中学花费更大，家里的钱，就够吃穿，哪上得了学啊！许汉宝叹着气，一筹莫展。看着父亲满脸的愁容，姐姐许凤怯怯地对父亲说："爸，我不读书了，我已经长大了，出去打工，到餐馆端个盘子洗洗菜，每月也能挣不少。"许汉宝看着女儿，半天没言语。第二天起来，他拉着许凤说："凤儿，你学习一直都不错，爸不能耽误你，书还是要读，再苦再难也要让你上个大学。"许凤知道父亲年纪大，平时省吃俭用，身体已经越来越差，生怕再愁出病来。突然许凤想到了邱伯伯，拉着父亲的手兴奋地说："我们去找邱伯伯，也许他有办法。"

听许汉宝父女俩说明来意，邱娥国笑呵呵地安慰父女俩："你们不用担心，孩子学是一定要上的，没钱，我们派出所民警一起凑，以后孩子的学费我们包啦。"许汉宝先是高兴，后又不安起来。邱警官对这个家已经帮了太多，再不能麻烦人家了，许汉宝忙说："不行不行，你们也就那么一点儿工资，家里有老有小，好意我心领了，还是我们自己想办法吧。"邱娥国说："我是看着两个小孩儿长大的，就像自己的孩子，你不要见外，读书的事就不要担心了。"许汉宝见邱娥国说得真挚，也就不好推辞，千恩万谢拉着女儿回了家。

送走许汉宝父女，邱娥国坐下来思量着，两个孩子读书都还争气，光靠派出所同事捐点儿送点儿毕竟不是长久之计，有什么更好的办法发动社会力量让她们不至于总是面临辍学的问题？这些年邱娥国因为社区工作出色，各种荣誉也多了，名气也大了，经常参加一些市里、省里组织的活动，也认识了一些头面人物。自己的私事从来没找过他们，为了两个孩子读书的事情，该找还是得找找。他翻着电话本，拿起电话，小心地拨了过去。电话通了，听说是邱娥国，对方都很热情，再一听是做慈善，都打哈哈敷衍起来。邱娥国没有放弃，当联系上南昌二中校长时，意外的是，他不但答应让孩子读二中，还学费全免。那可是南昌有名的重点中学，别人花钱找关系挤破脑袋都进不去。邱娥国兴奋得跳了起来，按捺不住，连走带跑地来到许汉宝家，告诉他们这个好消息。

许汉宝起先找邱警官只是想有书读，对得起孩子就够了，没想到还可以进南昌二中，他简直不敢相信自己的耳朵，这可是他想都不敢想的事情。许汉宝不知道怎么感谢才好，一个劲儿地说"谢谢"，还由衷地说："邱警官，你就是我们的救星，世上还是好人多啊！"

两姐妹相继如愿地走进了南昌二中的课堂。坐在这座百年老校的课堂，许凤恍若梦中。因为家里情况特殊，她心里始终有着深深的自卑，看到别的同学上课有人送，下课有人接，穿着漂亮的花裙子，牵着父母的手撒欢打闹，她既羡慕又难过。她希望父亲可以到学校来接她一次，又怕同学看到后取笑她。别人的书包是迪士尼，上面白雪公主温柔漂亮，书包里是五颜六色的文具和笔记本，自己却只有一个破布包，本子铅笔也是好心人送的。她觉得周围看她都是异样的目光，她怪自己命不好，她埋怨父亲给了她不完整的家。接着她又自责起来，心疼父亲的不易。她脑海中浮现出邱伯伯和蔼的笑容、高大的个子，他让人特别有安全感；爽朗的声音，是那么亲切，他总是有办法，好像什么事都难不倒。阳光穿过枝叶浓密的香樟树，空气中金光浮动，地上树影斑驳，初秋的天气，暑热还未完全散去。在邱伯伯身上，她感觉到了不一样的温暖，就像这秋天的阳光，热烈而坚定。她好像有了依靠，心中燃起了新的希望，深扎内心的自卑感在一点点消退，沉积的阴霾逐渐消散。她暗下决心，一定要争口气，考上大学，不让邱伯伯失望。

日子如水般流过，平静，沧桑。许凤、许珍两姐妹日渐长大，许汉宝的身体却一天天衰弱下来。2004年1月，许汉宝因肺癌住进医院，邱娥国有空儿就到医院照料，发动所里的民警为老人捐款，筹集医疗费。看着忙里忙外的邱娥国，许汉宝心中十分不安。他知道自己的时间不多了，辛辛苦苦一辈子，吃的苦受的委屈数也数不清，让他放心不下的就是两个孩子，自己没有亲戚没有朋友，只有邱娥国一直像兄弟般关心他、帮助他，两个孩子只好托付给他了。他说："邱警官，不要忙了，坐这儿歇一会儿吧。"肺癌的侵袭，让他说话都困难，一阵剧烈的咳嗽之后，他对邱娥国说，"邱警官，在我心里，你比亲兄弟还亲，你对我们家的好，我都记在心里，我没什么本事，这辈子是报答不了你了。我死之后，两个孩子太可怜了，没爹没娘，我没有其他亲人，只有交给你了，你的大恩大德我只好来世再报。"邱娥国拍着许汉宝干枯的手说："老许，千万别这么说，看病的钱，你不要担心，安心养病，过不久就可以回家的。我没有女儿，许凤、许珍就是我的女儿，我会一直照看着，直到她们读大学，找工作，你就放心吧。"

肺癌晚期病情发展迅速，2004年4月，许汉宝终究没能熬过，撒手而去，留下还在读中学的许凤姐妹。姐妹俩一下成了孤儿，懵懵懂懂，连烧纸都不会，只知道哭个不停。还是邱娥国张罗着，为老人料理完后事。

邱娥国把姐妹俩叫到面前，安慰道："你们的爸爸走了，以后你们就跟着我吧，你们安心读书，其他不要操心，只要我有口吃的，就不会叫你们饿着。"姐妹俩啜泣着，一个劲儿点头。父亲没了，头顶的天塌了下来，那个本就破碎脆弱的家也不复存在，邱伯伯现在就是她们唯一的亲人，唯一的依靠。

姐妹俩都已经是半大人了，正是长身体的时候，周末、节假日，邱娥国就把她们领回家，给她们加强营养。夏天，天气炎热，怕她们中暑，就让她们俩睡在自己的房间里，里面有空调，打个地铺，也很凉快。两个孩子懂事，读书都还不错，让邱娥国很是欣慰。他知道自己的能力有限，光靠自己帮不了多少，怕耽误了孩子，只要有机会他就为她们呼吁一下，向社会募捐一点儿学习生活费。当了省市人大代表后，一起开会的有知名企业家，有各行业的精英，邱娥国见人就介绍自己辖区困难户，希望大家伸手帮一帮，有的看在邱娥国的面子给一点儿，有的抱着积德行善的心态捐几千。

一次，他和省人民医院的林院长一起开会。邱娥国拉着林院长，谈起许凤姐妹的身世："林院长，你们医生救死扶伤，我们民警除暴安民，都是为人民服务，姐妹俩还小，无依无靠，大家多帮一把，她们成长成才的希望就多点儿，这也是为社会作点儿贡献。"看到邱娥国一片赤诚，这么多年毫无私心帮助别人，医者仁心，林院长当即答应出资，帮她们读完大学。许凤高中毕业考大学，蓝天学院的院长于果，被邱娥国的执着打动，不但不要学费，而且吃住都不要钱，就连脸盆、蚊帐等日用品都给她买好。

2006年，妹妹许珍高考。邱娥国比自己儿子当年高考还紧张，三天两头炖点儿好吃的给许珍送去，为她补充营养。又担心她压力大，见面就开导她不要有包袱。许珍开玩笑地说："什么时候邱伯伯也变得唠叨起来了，到底是你考还是我考啊，我心里有数，不紧张。"

高考分数出来了，许珍果然没有让他失望，超过一本还多，应该可以上"211"了。许珍迫不及待地把分数告诉邱伯伯，她要把人生第一次成功和最亲近的人分享，这么多年的苦她没有白吃，邱伯伯对自己好没有白费。听到这个消息，邱娥国一夜没睡好，他心里说："老许老许，你在天之灵该高兴高兴了，许珍考上大学，有出息了，我也算能给你一个交代了。"报考志愿的时候，许珍找到邱娥国商量。邱娥国希望她填报经济或技术类的专业，今后好找工作。没想到许珍自有主张："我想报南昌大学的法律专业，我就想以后像邱伯伯一样，做维护公平正义、为大家服务的公务员。"

南昌大学是江西最好的大学，学费自然也不少。邱娥国一分分算，把许珍上大学的费用规划好。自己凑的和募捐的钱就交学费。姐姐许凤读蓝天学院，学费吃住都是于果包了下来，姐妹俩低保加起来300元，都用在妹妹许珍身上。他规定许珍每天10元的生活费，周六周日到自己家吃饭，这样每月就省下来80元做零用钱。紧是紧了一点儿，邱娥国心里十分不忍，可毕竟四年大学，天天都有花销，后面用钱的地方还多着呢。

姐妹俩都是让人放心的孩子，姐姐许凤大学毕业到南昌市党章教育馆当了一名解说员。妹妹许珍读完大学，又考上了研究生。研究生毕业，参加公务员考试，考上了南昌县广福乡的干部。

这时候邱娥国已经从单位退休多年，两个孩子已经长大成人，有了自己的事业，能够自食其力，他完成了许汉宝的心愿，在照看姐妹俩的岗位上，他也可以安然退休了。

许珍去报到那天，邱娥国给许珍买了身新衣服，叫上儿子军峰，开车把许珍送到乡里，又给她买好被子、蚊帐，铺好床铺。安置停当，又叫上乡里的领导吃了一顿饭，说："这孩子从小可怜，没爹没娘，但是好学能干，你们多照顾一下，我就把孩子交给你们了。"邱娥国心里高兴，平时不喝酒的他，端起杯子给大家敬酒，破例喝了一杯。

许凤工作的单位在湾里，许珍在南昌县，离市区都有几十公里的路程。见面的时间少了，姐妹俩隔三岔五地都会给邱伯伯打个电话，聊聊工作生活情况，嘱咐伯伯、伯母注意身体。因为能力出众，许珍从乡里调到了南昌县纪委工作，还谈上了男朋友。

2018年，妹妹许珍要结婚。邱娥国亲自到男方家里看了看，他说："老许把女儿交给我，我要替他把好最后一道关。"看到小伙子不错，就是家庭困难点儿，邱娥国告诉许珍，"我看你们是真心相爱，千万不要向人家要彩礼，为难父母，你们感情好，什么都会有的。"许珍点头答应："我不计较彩礼，不知道为什么，我就是心里有点儿紧张。"邱娥国笑笑说："结婚是人生大事，马虎不得，我觉得这小伙子行，你就放心吧，婚礼有邱伯伯在，不要担心。"

结婚那天，邱娥国像自己嫁女儿一样，把自己收拾得整整齐齐，在酒店前前后后张罗，招呼着来参加婚礼的亲戚朋友。女方这边亲戚少，邱娥国就把所里的民警叫来，权当是娘家人。许珍穿着洁白的婚纱，脸上洋溢着幸福的笑容。嘉宾坐定，音乐响起，邱娥国作为女方家长上台。拿起话筒，邱娥国百感交集，本来想好的话，又不知如何说起，他定了定神，说："今天是许珍大喜的日子，我真是高兴啊，这孩子吃了很多苦，今天苦尽甘来，找到了自己的幸福，我真心祝福小两口儿甜甜蜜蜜、白头偕老。"说着，牵着许珍的手，郑重地交到新郎手上。许珍眼睛里含着泪，为邱娥国斟满酒，双手递到邱娥国手上，说："我这辈子最要感谢的人就是邱伯伯，可以说没有他，就没有我的今天，在我眼里，他是堂堂正正的人民警察，更是慈祥善良的好父亲。"小两口儿恭恭敬敬，像对亲生父亲一样，给邱娥国敬了一杯酒。在座的嘉宾看到这一幕，都唏嘘流泪，鼓掌声一阵接一阵。这掌声既是对新人的祝福，也是对邱娥国的感谢。邱娥国眼睛潮红，差点儿掉下泪来。

南昌婚礼的风俗，结婚第三天，要到女方父母家回门，正式以夫妻身份回到娘家。一大早，小两口儿来到邱家，拜见伯伯、伯母。邱娥国也按南昌风俗，准备了蛋糕和100个鸡蛋，还有枣子、米糕，摆好了一桌丰盛的午餐，请来老邻居一起热闹。

邱娥国和许凤、许珍姐妹俩的故事还在延续，他们亲人般的故事成为英雄城的佳话。

邱娥国看不得可怜人，尤其是无儿无女的孤寡老人，看见了就要流泪，就想方设法帮助他、照顾他。由他养老送终的孤寡老人就有十多个，大多家境不好，有的还大病缠身，别人都避之不及，而他却把他们当亲人。"我是党员，是民警，我们不管谁管？"邱娥国做这些从不为了报酬，就是想让困苦的人也有好日子。

1993年，80岁高龄的余锦桂老伴儿去世，老人行动不便，还有糖尿病，邱娥国接过了照料老人日常生活的担子。每下社区，他都会买点儿鱼、带点儿肉，为老人增加营养。糖尿病的药吃完了，他准时买了送过来。连做饭的柴火都是他到工地拾来的。当时，工地上的人都很奇怪，怎么一个民警到工地拾柴火？派出所指导员听说后，还以为邱娥国家里有什么困难，一番询问后才明白真相。逢年过节，邱娥国会把老人接到家里吃团圆饭。一天，邱娥国拾柴回来，老人拉着他的手说："这世上我没有亲人了，只有你对我好，我相信你，我就把我的后事都托付给你了。"说着，从箱底取出包了几层的布包，里面有一个3000多元的定期存折、一个300元的活期存折，还有她丈夫的扫墓证，她把这些东西郑重地交到邱娥国手上。老人清贫一世，把家底都交给他，把他当作自己儿子看待。

文润英是孤寡老人，患乳腺癌住院，无儿无女，没人照顾。邱娥国就把她当自己的亲娘一样照顾，下班就去医院，老人吃不下东西，叫爱人煮好饺子送到医院，连衣服都是邱娥国洗的。临床的病友说："你命真好，有个这么体贴的儿子。"文润英说："他哪是我儿子，是我们派出所的民警。"对方不敢相信，这辈子没见过这么好的民警。最后死在床上，别人不敢靠近，邱娥国带着所里的民警把她抬下来，把寿衣穿好，送到火葬场，再将她安葬到丈夫的墓里面。只要对老百姓有益，对社会有益，别人不愿干的，邱娥国从不计较，即使再脏、再累、再苦也不在乎。

80岁的卢川是北京人，79岁的范克菲是南昌人，两位老人在北京一个公园认识后，擦出了爱情的火花，不久便想结婚。但双方的儿女都极力反对，风烛残年的，还结什么婚啊？

两个老人从北京回到南昌后，找到辖区户籍民警邱娥国帮忙调解，主要是做双方儿女的思想工作，劝他们放下心里的不痛快，让两位自由恋爱的老人结婚。邱娥国什么纠纷都调解过，也为青年男女促成过婚姻大事，但劝慰一对耄耋老人的婚事还是头一回，真不知道如何与老人的儿女谈心。如果两位老人生活在一起，得不到儿女的关照，有了病痛怎么办？如果有什么不测怎么办？他们的财产怎么分割？这些都是需要考虑的啊！

但每次看到两位老人生活得很愉快，甚至相同的爱好让他们俩爱得浓烈，邱娥国心里就有了一种想帮助他们的冲动。有一天，他终于找到老婆婆的儿女，并把老爷爷的儿女从北京叫来，一起做他们的工作，把两位老人幸福快乐的生活描述给他们听，说两位老人原来都很孤单，现在两个人因为相同的爱好走到了一起，互相有了伴儿，说话有人听，头疼脑热有人照顾，而这些你们做儿女的是做不到的，不是说你们不孝，而是你们都没有时间照顾老人。儿女们都被说服之后，他又主持写了一份协议：男方的财产归男方所有，女方的财产归女方所有；今后如果父亲在南昌去世，其儿女带骨灰回北京安葬，如果母亲在北京去世，其儿女带骨灰回南昌安葬。双方都没有纠葛。

这份协议一签，双方的儿女都释怀了，他们怕的就是财产和骨灰的归属问题，除了这些，别的问题就迎刃而解了。

双方的儿女拿着协议书走了之后，剩下的事就全部交给邱娥国了。

邱娥国叫了一辆三轮车，载着两位老人，来到三眼井婚姻登记处办结婚证。两位老人特别高兴，签字按手印的时候手老是发抖，你叫我莫抖，我叫你莫抖，可就是抖个不停，没办法，邱娥国就帮他们捉住手，保证他们的手不再抖了，才在登记表上签字按上了鲜红的手印。他们拿到结婚证之后，当着邱娥国和在场工作人员的面来了个激情的拥抱，像一对小青年那样甜蜜。

此后的日子里，两位老人在南昌度过了幸福的十多年时光，邱娥国一直像亲人一样照顾着他们，他们无忧无虑地活到了90多岁才分手。北京大爷先走，他的骨灰被儿女领走安葬到了北京公墓；南昌大妈后走，她的骨灰由儿女安葬在南昌公墓。按照协议，他们走得没有任何纠葛，也算是经历了一场愉快的黄昏恋，直至老去。

不拿群众一针一线

作为一名社区民警，管着一方社会治安，邱娥国手上的权力可谓不小。邱娥国谨记当兵第一天就学唱的"三大纪律八项注意"，一条一条，时时警醒，刻刻不忘。当民警时，他管住自己的嘴，不该吃的不吃；管住自己的手，不该拿的不拿；管住自己的脚，不该去的地方不去。退休后，他不打麻将，不打扑克，不钓鱼。他明白打牌就有输赢，钓鱼就有安排，微腐败也是腐败。

十多年前，"农转非"是件难事。那时，邱娥国每年都要办理五六个"农转非"，他不喝人家一口酒，不抽一根烟，不收一分钱。他按"三优先"原则办：生活困难的优先，工龄长的优先，残疾人优先。

1984年，翘步街36号的芦仕杰不幸被炸瞎了双眼。一家五口人住在不到15平方米的小屋里，妻子、孩子还是农村户口，孩子不能上学，自己又没法儿工作养家。芦仕杰连死的心都有。邱娥国找到芦仕杰劝他说："你还年轻，机会还多着呢。你要是死了，你老婆怎么办？孩子怎么办？打起精神来，你老婆、孩子的'农转非'问题，我来帮你解决。"他跑前跑后找证明材料，向上级反映情况。第二年，芦仕杰老婆、孩子四个"农转非"户口果然批下来了。芦仕杰很感激，用家里仅有的一点儿余钱买了两只鸡，让妻子给邱娥国送来。"你家里这么困难，还给我送鸡，这不是从你碗里扒饭给我吃吗？

还是留着补补身子吧。"邱娥国谢绝了。老芦以为是礼轻，就向哥哥借了1000元钱，第二天又送过来。邱娥国说："我邱娥国不是拿权换钱的人，收了你的钱，我的良心往哪放？"

海棠庙19号的刘新国解除劳教回来后，在筷子巷口摆摊儿卖水果为生。女儿刘艳庆因为没有城市户口，上不了学。邱娥国看在眼里，急在心上，孩子的学习不能耽误啊。"农转非"指标一到，他马上找到刘新国，让其赶快准备材料。刘新国当时完全没想到，没钱没关系，这样的好事会落到他头上。他东凑西借拿上一万元钱，趁天黑送到邱娥国家。邱娥国说："新国，我们共产党人按政策凭良心办事，合乎政策的，我会尽心尽力办好；不符合政策的，搬座金山来，我也不会办。"

邱娥国的母亲80多岁，跟着他一家生活了十多年，符合"农转非"，派出所领导多次劝他把母亲户口办进城里。可邱娥国想，母亲已经80多岁，指标有限，还是留给更困难、更需要的人吧。邱娥国有5个兄弟和16个侄儿侄女，全都在农村。全家人求他解决"农转非"，邱娥国顶着埋怨，一个都没办。侄儿当着他的面说："有你这个二伯，没你这个二伯，都一样。"

时过境迁，城里人都想着往乡下跑，办农村户口。邱娥国的兄弟和侄儿们如今说起往事也不埋怨了，他们做梦也没有想到，当年二哥、二伯的"无情"反而让他们富了起来。

为了弥补对家人的亏欠，邱娥国退休后宣布了一条家规：凡是考上大学，读书期间，从自己退休金里拿出钱来，每人每年资助一万元。现在，他的孙辈已有4人读大学。

起初，一些群众对邱娥国帮助照顾孤寡老人带有疑问，认为邱娥国帮助老人是假，看上老人的房子财产是真，邱娥国只是笑笑，他心里亮堂着呢。办完老人的后事，将房子打扫干净，他立马原封不动交给街办。一次又一次，疑问声没了，赢来的是赞扬和积极参与的热情。邱娥国说："我什么也不图，只想让百姓说一句'共产党好，人民警察好'。"

1978年至2018年，改革开放40年，经济社会大发展，思想观念大变革，经常有人劝邱娥国下海经商，说凭你这本事，经商肯定赚钱。邱娥国摇摇头："我干不了商人的事。"辖区的一些个体老板叫他一块儿投资开按摩店、泡脚屋，说你不用拿钱，干股就可以，邱娥国明白，他们是想拉他为靠山，做"保护伞"，邱娥国拒绝了："我有工资养活一家老小，要那么多钱干什么！"

邱娥国和涂荔花都是勤俭持家的人。涂荔花会做裁缝，家里买了两台缝纫机，替服装店加工生产短裤背心，夫妻俩都很忙，只有晚上才有时间。为了挣点儿零花钱补贴家用，他们几乎天天晚上做到深夜。不久，邱娥国也学会了踩缝纫机，连军峰、军钢两个儿子都加入进来，一家人靠着双手的劳动，生活也越来越好。

邱娥国是党员之家，全家八口人有六位是党员，自己、老伴儿、儿子、儿媳全都是党员。大儿子军峰、二儿子军钢都当了基层领导，延续了十几年的家庭民主生活会仍在继续，邱娥国给他们时常敲警钟：谁也别坏了不收礼的规矩，只要是邱家的人，就要堂堂正正做人、光明磊落行事。

循着雷锋的足迹

2007年邱娥国退休了，大家以为他会在公众的视线里消失，但在邱娥国的胸中依然有团初心之火在燃烧，那就是他说的："我当兵学雷锋，当警察学雷锋，退休了学雷锋，百年后找雷锋。"

退休后的邱娥国注重健身运动，只要天气允许，每天早中晚他都要和老伴儿一起外出散步。他散步的路线是以他家附近的老福山为出发点，走中山桥、海关方向，或以八一广场为中心绕圈而行。他走到哪，好事做到哪，他是一缕阳光，温暖着南昌的大街小巷。

2014年隆冬的一天晚上，邱娥国与老伴儿散步，来到人来人往的八一大道永叔路地下通道，不经意间，看见一位年过九旬的老人正步履蹒跚地走着。一个多小时后，邱娥国和老伴儿转了一大圈回来，发现老人还在地下通道里转悠，找不到北。他马上走过去，拉着老人询问："老人家你到哪去？"老人含糊地说："我到八一桥那边去。"邱娥国说："你到八一桥那边去，像你这样走几天几夜，隧道都走不上去。"邱娥国又问他家住在哪里，老人也讲不清。邱娥国意识到老人家可能患有老年痴呆，就在他身上翻到一张纸条，上面有个电话号码。打过去正好他儿子接了电话，说老爷子90多岁了，老年痴呆，已经走失好多次了。他们住在青云谱区那边，一个北一个南。这时，夜已深了，地下通道闸门就要关闭，邱娥国说那就到赣江宾馆门口等吧。老人瘫坐着已经走不动。装了四个心脏支架、年已七旬的邱娥国，背着九旬老人，走几步歇一下，断断续续走了100多米，把老人背到赣江宾馆门口。在寒风中等了半个多小时后，终于等来了老人的家属。

  有一天，邱娥国散步到抚河公园，碰巧父子两人问路，听口音是外地人。邱娥国问他们到哪里，父亲说带儿子来南昌吉水仓考试，却怎么都找不到地方。吉水仓原来是邱娥国的片区，每个角落他都熟悉，印象中没有考试的地方。南昌老城区道路复杂，怕说不明白，邱娥国就带着他们走到吉水仓。一打听，考试的地方已经搬到了西湖横街。邱娥国又带着他们打的到横街。父亲非常感动，拉着邱娥国的手要给钱，说耽误了一上午的时间，就算是半天的工资。邱娥国说："我退休在家，走这点儿路不算什么，就当是散步健身。"邱娥国说什么也不肯要这个钱。

  2018年11月22日，邱娥国和老伴儿散步时捡到一部手机，也不知道机主是谁。邱娥国想也许机主没有走远，就在附近，于是他沿着抚河，高举着手机，边走边喊"谁丢了手机"，从建设桥走到海关桥几个来回，走了半个多小时也没人来领。后来有人打电话进来，屏幕有名字显示。邱娥国不会用这个手机，不知道怎么接。他就把电话上的名字、电话记在自己的手机上，再打过去。邱娥国说："同志啊，你掉了手机是吧？"对方连声说："是是。"邱娥国说："手机我捡到了，我在海关桥底下等你，你过来拿吧。"邱娥国和老伴儿拿着手机，等了一个来小时，直到上午11点，失主才匆匆赶来。丢手机的女士万分感谢，说手机里有好多东西，没有了不知道怎么办。和那位女士同来的一个男的要拿钱感谢，那女的认出他是邱娥国，说："人家还会要你的钱，人家是邱娥国。"没过几天，失主做了一面锦旗，亲自送到筷子巷派出所，锦旗上写着"弘扬社会正能量 拾金不昧好榜样"。

  还有一次，邱娥国正在老福山散步，一个老人家问坐221班车在哪里。邱娥国把他带到原来的车站，一看没有，原来南昌宾馆这一带改造，线路出现变化。邱娥国觉得可能在老福山拐弯的地方，过去看了又没有。当时有人说在铁路医院门口，邱娥国又带着他到铁路医院门口，果然公交车站改迁到了这里。老人家很是感动，说怎么今天碰到这么好的人。邱娥国笑着说：

"没什么，老人家你赶紧上车吧。"

一次，邱娥国散步到八一广场南面。一个50多岁的男人心脏病突然发作，骑自行车摔倒在地上。邱娥国见状，赶紧上前，拿出手机打120急救。见这男的意识还清醒，邱娥国问了他家属的手机号码，马上打了过去通知他老婆。不久，120急救车和他老婆相继赶来，一起将其送往医院抢救。自行车没法儿跟急救车一起走，邱娥国就把电话地址留下来，自己把自行车推回去，放在家里帮助保管。一个多月住院痊愈后，男的带着水果，千恩万谢来到邱娥国家里拿自行车。邱娥国把擦洗干净的自行车交还到男的手上，没要水果，婉言谢绝。有一次，老福山二医院门口有个老太太摔倒在地，撑着手爬不起来，人来人往，就是没人敢上前扶一把。邱娥国和老伴儿散步正好经过，老邱两口子二话没说，把老人扶起来，并送到医院。

邱娥国最牵挂的还是筷子巷派出所，那里是他的魂，是他的根，他每天都会去所里转转，看看民警的工作情况。有新民警到所，他给他们上理论课，带着他们去社区走访群众。他还和街办合作成立了"邱娥国工作室"，由社区退休的法官、检察官、法律志愿者、楼栋长以及热心的居民组成调解队伍，做到"矛盾不上交、平安不出事、服务不缺位"。有"邱娥国工作室"这块牌子，调解的成功率达到100%。

"邱娥国"三个字不仅代表着保护百姓平安，关键时刻还震慑犯罪。一次，邱娥国散步到八一广场，在纪念塔东边的路边，他看见两伙人在打架，都带了家伙，围观的人不敢靠近。邱娥国快步上前，拿出手机就拨打110。邱娥国知道，已经打起来了的两伙人，如果等110民警赶到这里，恐怕为时已晚，他急中生智，对着手机大喊："我是邱娥国！"

两伙人听说是邱娥国，愣了一下，作鸟兽散。其实，邱娥国没有拨打110报警，他是虚晃一枪，做个样子，就把打架的人吓跑了。

让我们来看看邱娥国的人生历程：

1964年9月—1980年1月，入伍福建省军区，历任战士、班长、排长、指导员、武装部干事。被福州军区评为"五好战士""优秀共青团员"。

1980年1月—1990年1月，南昌市公安局西湖分局广润门派出所民警。

1982年3月，被江西省公安厅荣记个人二等功。

1990年1月—1995年8月，南昌市公安局西湖分局筷子巷派出所民警。

1991年3月，荣获江西省政府"第四次全国人口普查优秀指导员"称号。

1993年2月，荣获江西省公安厅"全省优秀户籍民警"称号。

1994年3月，荣获江西省公安厅"全省优秀户籍民警"称号。

1994年5月，被江西省公安厅荣记个人二等功。

1995年1月、3月，被南昌市政府两次授予"全市劳动模范"称号。

1995年4月，荣获江西省政府"省级劳动模范"称号。

1995年9月—1998年3月，南昌市公安局西湖分局筷子巷派出所副所长。

1995年12月，荣获江西省公安厅"全省优秀人民警察"称号。

1996年2月，荣获江西省政府"全省职业道德十佳标兵"称号。

1996年2月，荣获江西省公安厅"全省优秀户籍民警"称号。

1996年4月，荣获南昌市总工会"全市优秀公安干警"称号，颁发"五一"劳动奖章。

1996年5月，荣获江西省政府"全省模范军队转业干部"称号。

1996年11月，被江西省公安厅荣记个人一等功、授予"全省优秀责任区民警"称号。

1996年12月，被江西省委、省委政法委授予"人民的好警察"荣誉称号。

1996年12月，荣获南昌市委"全市优秀共产党员"称号。

1997年1月，荣获南昌市委宣传部、市妇联"全市五好文明家庭"称号。

1997年4月1日，被公安部授予"全国公安系统一级英雄模范"称号。

1997年4月，荣获全国总工会"五一"劳动奖章；被江西省公安厅荣记个人一等功，妻子涂荔花荣获"全省模范警嫂标兵"称号。

1997年5月，荣获南昌市老龄工作委员会"全市五好文明家庭"称号。

1997年6月，荣获江西省政府"劳动模范"称号。

1997年6月，被中央组织部授予"全国优秀共产党员"称号。

1997年6月，被南昌市委授予"全市优秀共产党员"称号。

1997年7月，被江西省委、省委政法委授予"全省为人民服务标兵"称号。

1997年8月，被江西省委、省政府授予"为人民服务标兵"称号。

1997年9月，荣获"全国五好文明家庭"称号、"全省五好文明家庭"称号。

1998年3月，被南昌市委宣传部、市妇联、市文明办授予"全市五好文明家庭"称号。

1998年4月—2002年12月，南昌市公安局西湖分局副政委兼筷子巷派出所教导员。

1998年4月，被团中央授予"中国当代雷锋"称号。

1998年5月，荣获"全国敬老好儿女金榜奖"。

1999年6月，被公安部授予"全国公安保卫战线功臣"称号。

1999年7月，被南昌市委授予"全市优秀共产党员"称号。

1999年9月1日，出席全国公安保卫战线英模代表模范集体代表大会。

2000年3月，被江西省公安厅授予"全省优秀责任区民警"称号。

2000年4月，荣获"全省人民满意政法干警标兵"称号。

2000年5月，被全国总工会授予"全国先进工作者"称号。

2000年5月，被人民日报社海外版授予"世纪英才奖"。

2001年2月，被江西省公安厅荣记个人二等功。

2001年3月，被江西省公安厅授予"全省优秀责任区民警"

称号。

2001年6月，被江西省公安厅荣记个人三等功。

2001年7月，被江西省委组织部授予"《江西党建》优秀通讯员"称号。

2002年12月—2006年8月，南昌市公安局西湖分局副政委兼筷子巷派出所教导员，副县级侦查员。

2003年4月，被江西省公安厅荣记个人二等功。

2004年12月，荣获"全国孝亲敬老楷模"称号。

2005年7月，被南昌市委授予"南昌市优秀共产党员"荣誉称号。

2006年7月，被南昌市委授予"南昌市优秀共产党员"荣誉称号。

2006年8月—2007年，南昌市公安局西湖分局副政委兼筷子巷派出所教导员，南昌市公安局特警支队调研员。

2007年1月，被南昌市公安局授予"十大爱民警察"荣誉称号。

2007年5月，退休。

2018年12月，被党中央、国务院授予"改革先锋"荣誉称号。

邱娥国是个传奇。从1996年被中宣部、公安部推选为全国重大先进典型至今，他的故事已传诵了23年。这面全国公安的旗帜，随着时间的推移而越发鲜亮。他是共产党人不忘初心、坚守宗旨与使命的榜样和缩影，是人民警察践行人民公安为人民的精神典范，这样的传奇需要一代又一代共产党员、一辈又一辈人民警察去续写。

刑侦专家乌国庆

胡 玥

2018年，中国改革开放四十周年，82岁的乌国庆是亲历者和见证者，更是共和国刑事侦查技术领域最璀璨的一颗星，一块基石，一座丰碑。谨以此文，致敬改革开放四十年来在公安刑侦事业中作出卓越贡献的刑侦专家们。

乌国庆，1936年12月5日出生，蒙古族人。他是共和国培养的第一代刑侦专家，凡是公安部挂号的大案他几乎都参与过侦破。他出任过公安部刑事侦查局大要案处处长、正局级侦查员、刑事技术高级工程师、中国人民公安大学及中国刑警学院客座教授、中国刑事科学技术协会副理事长。他是全国著名爆炸案件侦破专家，公安部首批八大特邀刑侦专家之一，曾被国务院授予"全国先进工作者""全国民族团结进步模范"光荣称号，荣获"全国公安系统一级英雄模范""全国公安系统二级英雄模范"，多次荣立一、二、三等功。

乌国庆出生在内蒙古宁城汐子镇的八楞罐牧场。"汐子"有一个由来，1933年日伪时期在那儿修铁路并建立火车站，因沙子多经常埋没路轨，当时给火车站起名儿的人就以"沙子车站"报上去了，因那人"沙"字写得草，上面的人就把"沙"误看成"汐"字，所以批为"汐子车站"，从此乌国庆出生的这个村才没叫"沙子"村而叫"汐子"镇了。

新中国成立前的汐子镇贫穷落后，远远近近里只有一所私塾，先后有过十几个学生跟先生念书识字，乌国庆就是这有数的十几个上过私塾的蒙古族学生之一。上过私塾的乌国庆学过蒙文也学过汉文。1950年，国家要培养少数民族干部，当时的宁城还属热河省，于是，14岁的乌国庆就被选拔到热河省的承德（省府所在地）医专的少数民族班学习战场救护。当时国家办这个班的初衷是预备把学员派往朝鲜前线抗美援朝的，后来，由于战争形势的变化，组织上又决定不派他们去抗美援朝了，如此，乌国庆就在承德一直学到1955年。这五年间，他们前几年学文化，后两年学专业。1955年8月，乌国庆被选送到上海司法部法医研究所学了一年法医。第二年，司法部在上海开办了一个研究生班，乌国庆考进了这个研究生班。1960年，研究生毕业后的乌国庆被分配到司法鉴定研究所工作。这个研究所后来撤销合并到沈阳中央第一民警干校（现在的沈阳刑警学院）任教。1962年，被调到公安部的乌国庆，显得特殊并且稀有，特殊是因为他是公安部为数很少的具有高学历的刑侦技术专业人才之一，稀有是他的少数民族身份——蒙古族。

1969年，乌国庆和许多人一样经历了下放劳动的命运，乌国庆去的地方是黑龙江佳木斯的笔架山。而在"文化大革命"那个特殊的年月里，如乌国庆一样的许多刑侦技术人才最终能回到自己的专业岗位上还缘于1972年西安人民大厦发生了一起跳楼自杀案，那个案子因为现场没处理好，总理亲自过问能办案子的人都哪儿去了，回总理说，都下放劳动去了！总理亲自批文招回！

时隔多年，乌国庆仍清楚地记得他是1969年3月8日走的，1972年3月8日回来的。

1972年，中国还没粉碎"四人帮"，林彪刚被揪出来。

这一年乌国庆36岁。回京两个月后，他被中央抽去搞原63军副军长余洪信的专案。余洪信案是乌国庆刑侦生涯的第一案，乌国庆也是从此开始了他一生传奇般的刑侦破案生涯。几十年来，他用一双犀利的眼睛去穿透世间的罪恶，从石家庄"3·16"特大爆炸案、大连"5·7"空难案、马加爵案到四川某县高考窃题案等大案难案的临危受命，这位共和国刑侦专家，一次次顶住了压力，又一次次不辱使命。

他常年战斗在打击犯罪的第一线，平均每年有200多天在各地参与办案。50余年的办案经历，乌国庆说得最多的一个词就是现场。他在办案时必去现场，用心去感受现场，用双眼去观看现场细小的情节，用专业知识和破案经验去分析现场。一包咸菜、一节电池、一根短发……这些在侦破电影里经常闪现的镜头，而在实际办案中常被忽视的细节，在他眼里都是至关重要的线索。1999年4月20日，宁夏银川市发生一起特大袭警爆炸案，银川市公安局巡警支队"110"大队四名巡警外巡时乘坐的警车被歹徒预先埋设的爆炸装置炸毁，四名巡警当场牺牲。

宁夏回族自治区公安厅和银川市公安局分别组成督导组和专家组达百余人开展侦破工作。公安部派刑侦专家乌国庆亲临爆炸案现场。

乌国庆根据炸点所在的坑、坑深，把车抛出去距炸点的距离，只凭经验，一眼就判断出犯罪分子引爆了12公斤左右的炸药。

现场所在的这条路在军区农场附近，犯罪分子在这条废弃的路中间挖了一个坑，埋下炸药，电线扯出去68.3米远，人在西瓜地里伏着。

"110"是14点09分接到报警的。报警的男人在电话里说，有个出租车司机被捕了。问他在什么地方，他说从北京路往西走，然后走干沟那条路，到了军区机关农场门口以后往右拐……"110"马上指定在外面巡逻的一辆警车按报警人所说的路线迅速赶赴现场。歹徒在炸点前面的路上放了五块大石头，这样车就不能开快了。乌国庆来到歹徒拉引线引爆的那个位置向现场看，发现了两棵树，炸药恰埋在两棵树的中间，歹徒是利用这两棵树为瞄准器的。警车只要进入两棵树中间就引爆……

现场的情形是，一爆炸，车就翻过去了，车上的四个警察有三个被炸飞，另一个被炸成重伤。

当时，大家分析的意见是，把"110"报警车给调出去，然后再施以爆炸。这伙犯罪分子肯定是报复公安机关，与警察有仇。查找范围也应围绕这方面做工作。

乌国庆却不这样认为。

以他在刑侦生涯中积累的经验，他认为，破案子除了看现场的情况外，更不能忽视的是犯罪分子在实施犯罪行为时要引起一系列的变化，在这个变化中有的是有形的，有的是无形的，比如说现场留下的脚印、指纹等是有形的，是通过现场勘查可以取到的痕迹物证，但只有把嫌疑人找到才起作用。破案子关键是把嫌疑人定下来，你要利用他在现场的所有活动情况还原犯罪现场，找出作案动机。

他说就"4·20"这个案件来看,如果犯罪分子单纯是为了报复,他炸完了就已达到了目的,应该迅速撤离现场。而从现场的情况来看,歹徒在爆炸之后还往炸点跟前跑,其中重伤的民警在被炸后又被捅了20多刀,另外两个被炸成囫囵状的警察,歹徒翻动了他们的衣服。翻动的迹象,属于犯罪分子在现场实施的一种行为,这种行为反映出一种信息:歹徒把这些人炸了后,目的还没有达到。翻动如果是为了钱,一般巡警身上不会有钱,那么巡警身上应该有什么呢?应该有枪!也就是说歹徒是为枪而来!据此,合乎情理的分析推理形成,犯罪分子实施爆炸以后不跑,反映了爆炸的目的不是为了报复,而是为了抢枪,抢到枪后再去作案。

歹徒并没有想到四个警察只有一把枪,带枪的警察是拦腰被炸的,裤腰带被炸断的瞬间,枪即随着身体的碎块被炸飞,落到草丛里边去了。歹徒没有看到这一幕,所以并没有得到枪。

由于乌国庆推理得无懈可击,为案件定性提供了准确依据,使破案沿着正确方向前行。

专案组通过发动群众辨析歹徒假报警录音,发现犯罪嫌疑人陆文林,继而发现其他四名犯罪嫌疑人谢建文、杨杰、郭永涛、张彦彬,通过侦查最终抓获犯罪嫌疑人。

这只是乌国庆从警生涯破获无数大案中的一个。

他总是能对案件的性质、侦查方向与范围的确定起到关键作用。2003年1月18日,沈阳市发生一起震惊全国的爆炸持枪杀人、抢劫银行巨款案件,造成4人死亡、5人受伤,200多万元现金被抢的严重后果。乌国庆以最快的速度赶赴现场,与专案组同志夜以继日分析爆炸装置和炸药成分,刻画了作案团伙具备的基本条件和活动区域,为最终确定侦查方向、划定侦查范围奠定了基础。

他经常临危受命解谜团,身怀绝技破奇案。2007年11月28日,贵州兴义县县长文某一家六口在家中被杀。乌国庆赶到命案现场后,沉着冷静,细心勘查,收集证物,从现场明态信息中准确捕捉隐含的潜态信息,很快就判定此案为熟人作案。整个犯罪过程在他脑海中渐渐浮现,后将犯罪嫌疑人抓获。

乌国庆所经办的案子几乎全是央批国字号大案:武汉长江大桥爆炸案、

昆明百货大楼爆炸案、上海虹桥宾馆爆炸案、敦化小火车爆炸案、"二王"持枪杀人案、新疆系列恐怖爆炸案、吉林博物馆特大纵火案、包头枪案……石家庄"3·16"特大爆炸案、陕西横山"7·16"特大爆炸案、北京大学和清华大学校园餐厅爆炸案、沈阳爆炸抢劫运钞车案……

现在的人,不一定能知道和记得当年那些震惊全国甚至是震惊世界的大案要案,因为如今,那些案子随着世事的变迁渐渐地已被称作历史的旧案或是老案子,而当年,它们喧嚣、沸腾、残暴、血腥,像迷雾中的暗黑和暗黑里的恶埃,没有什么现成的知识和经验可以帮助一个人找到破开暗黑和迷雾的途径,乌国庆凭借自己独有的智慧一路穿行而过,让那泛起的恶埃终有落定。多年来,他把自己积累总结的丰富侦查破案经验传授给各级侦查员、技术员和指挥员,仅2001年至2002年,乌国庆为公安各类人员讲课47次,其中侦破爆炸案件培训班33期,为全国31个省区市及澳门特别行政区等培训了4500名一线的侦查和技术骨干,大大加强了各地侦破爆炸案件的专业力量,为打击犯罪、保障人民安居乐业和维护社会治安稳定作出了突出贡献。同时,他参与编写了《刑事侦查学》、《爆炸犯罪对策学》等统编教材。

1999年退休后,这位共和国刑侦专家被公安部领导评价为"不可多得的人才",又被返聘回单位。他每天骑自行车上班,出差往返机场自己坐民航班车。他清正廉洁,两袖清风,就算是土特产也拒绝接受。因为他说:"作为刑侦专家,要带着一颗感恩的心和一份质朴的感情去破案;作为人民警察,人民的利益就是人生的责任,人民的平安就是生命的意义。"我们无法用这些文字和语言去诠释他高超的技艺和人格魅力,他的世界依然像破案一样,充满了传奇和神秘。

我曾经数次采访过乌国庆,他的脸上散发着宗教般的善良和纯净,而他的眼睛沉静深邃,大多时候,乌国庆用眼睛打量的这个世界,跟众多的人看到的世界是不一样的。世界是一张藏在暗盒里的照片,或黑白或彩色,有人按下快门,世界的某个瞬间就被固定并保留下来,而更多的时候,世界在不被固定、不被保留的时候,它们就像我们经历的许多的暗黑。没有影像显现的暗黑,并非什么都未曾发生过。就像万千的暗黑并非仅存于暗黑之中,智慧,或许就是这暗黑中能自我开启的一扇窗、一道光焰。也像雨夜之中一朵花的盛放,我们不是凭着一朵花找到了一朵花,而是凭着那花朵散发的芳香。

是的，我想说，我在乌国庆从未停歇过的穿行里，分享到的正是沉寂在他生命中的只属于他个人的独有的智慧的芬芳。

1981年：阳泉电影院爆炸案

1981年7月22日晚8点，阳泉矿务局电影院。

一场爆炸，死32人，重伤44人，轻伤83人……

于乌国庆来说，他面对的所有的爆炸现场都仅仅是一个后果，这个后果怎么发生的？制造这个后果的人是谁？都得依赖于他看完现场以后才能作出判断。

一切的线索都埋藏在现场里……

勘查的时候发现，爆炸物是在座椅的上面炸的，因为地上有好多弹着点。现场有雷管里的残屑和电池里的碎片，确定这个爆炸物是电引爆的，而现场又没有发现闹钟等可以遥控和定时的东西，说明这场爆炸是手动触发式，也就是犯罪者自己用手把电路接通……凡用这种办法引爆的，犯罪分子肯定炸在里头，他跑不出去……

炸药是铵锑炸药，爆炸的时候，炸药是被放在用钢板做成的四方盒子里……

炸点是25排2号。

那个座位上的人脸整个被炸没了。

在就近的坑里找到了一个金属片，金属片在爆炸的瞬间迅速变软，在变软飞离的瞬间，又将一块肉卷进去打到一个坑里……

这块肉是大腿的缝匠肌。也就是说，犯罪分子是把炸药放在腿上引爆的。

在死伤的所有人中，只有一个人大腿上缺少了一块缝匠肌，且血型也一致。

那么25排2号的这个缺少了缝匠肌的无名尸就是这场爆炸的制造者。

这个人是谁？爆炸前，犯罪分子的活动肯定有目击者。而爆炸发生的瞬间，死的死伤的伤跑的跑……警方采取了滚雪球式的访问方式：首先找到谁在那天晚上看电影了，自己坐在哪个位置，还看见谁也来看电影了，坐在什么位置……

将所有在电影院看电影的幸存者都一一访问到，然后将他们一一还原定位：每个人都分别坐在哪一排哪一号……

而重点排查的是25排2号的票是谁买走的……

经反反复复的调查访问，终于查到一个非常有价值的线索：25排2号票是矿上的管理员买走的，管理员跟一大群人一起去看电影的路上，碰到了他老婆，他老婆问他干啥去，他说去看电影，他老婆说，她也要去看。他说，就一张票怎么看呢，他老婆说再买一张去……而在售票口那里，她老婆说，要再买一张咱们俩也不挨着呀，我要跟你一块儿坐着……他们就想把这一张票退了买两张挨到一起的票，窗口里边售票的还不给他们退……正在这时，管理员的老婆看见电影院门口有一个穿着黄军装、背着绿挎包的黄头发青年手里拿着四张电影票，这样，他们就走过去，想从黄头发的青年手里买两张挨着的票。男青年给了他们两张，他们把自己手里的那一张给了男青年……

也就是说，25排2号这个票转到了那个穿着黄军装背着绿挎包的黄头发青年的手里。

在对受伤者的访问中，25排挨着2号的4号被炸成了重伤。4号重伤者反映，当时她旁边有一个男孩子坐那儿，进来以后过了一会儿就出去了，出去的时候就把包放在了自己的座位上，放包的时候碰了4号一下，4号心说，这个人带的什么东西，硬邦邦的，碰得人膝盖生疼……等那人一走，4号就顺手过去摸了一下，一摸，是个硬物件，上边有电池、电线……

27排6号、8号坐着一对夫妇。那对夫妇说，电影开演前，看见25排2号坐的是同学高海平……

乌国庆问，当时是否跟高海平说过话？

那夫妇说，说话了，确是同学高海平。后来看见高海平进来以后出去了一趟，然后回来以后再也没动……

就在访问的过程中，又有一个线索浮出来：高家就一个独生子，家里到处找也找不到……

在这种情况下，最简捷的就是让高海平的家人进行辨认。在辨认之前，首先问高海平的母亲，还记不记得儿子身上都穿着什么衣裳？那母亲回忆说，儿子脚上穿的袜子是米色的，而且儿子左脚小脚趾没有指甲……孩子穿着花布裤衩，这裤衩是买的一块花布，找人做了两条裤衩，给儿子一条，自己一条……她还向警方提供了给她和儿子做裤衩的裁缝……

找到那裁缝，裁缝说，她拿来的那块布不够，裁缝还给她添了块布……

再一看现场那具尸体上的裤衩确实有添的一块布……

血型经验证也一致。

到他家里搜查，发现了包炸药的纸。

在抽屉里还发现了一封遗书，以及一些信件……

从遗书和信件上基本上了解了高海平为什么要搞爆炸。

原因很简单，高海平搞了对象，对象把他给吹了，他那天约了他对象一起看电影准备同归于尽，但是那女的没去，他出去那一趟就是看那女的来没来……

而无论那女的来还是不来，他都抱着必死的一条心：反正都不想活了……

当电影刚刚开始的时候，谁能想到许多人的人生即将结束……

而坐在电影院里的被炸死的那32个人，哪里能想到，那个夜晚的8点钟，一个人的不想活，竟那般残酷地剥夺了他们活着的权利啊！爆炸发生的那个瞬间，32条鲜活的生命一下子陷进了永劫不复的黑夜……

1998年：武汉长江大桥爆炸案

1998年2月14日。情人节。

武汉长江大桥。

爆炸发生在十点零八分。

公共汽车刚刚走到大桥上坡的位置。

瞬间发生的爆炸催动着被炸烂的车身又朝前冲撞到一辆车身上……

近旁的一辆出租车也被炸毁……

从现场收拾出来200多个袋子的尸体。

在这200多个袋子的尸体当中，有两具男人的残存尸体，一具挂在桥东，一具挂在桥西……

袋子被带回到公安局大院。

那些尸体的残余再次一一被摆放出来……

从北京赶到武汉的爆破专家乌国庆以及公安部刑侦局的领导会同武汉警方对现场进行着艰苦而又细致的还原和定位工作……

这辆公共汽车，左边每排坐两个人，右边每排坐一个人……坐在左边的人，基本上都是右手右脚被炸，而坐在右边的人，大多是左手左脚被炸……在所有被炸的人当中，唯独驾驶员伤轻……

那么炸点在什么位置？

依据现场的情况，炸点应在汽车的后面，靠左边座位倒数第二个位置的旁边……炸药是被放置在地上炸的……炸药的量在10公斤左右……

经过勘验，引爆方式看不出来。如果说是电引爆，现场没有电引爆的东西；如果说导火索引爆，现场应遗有导火索……

在对现场进行复原定位定炸点等一系列工作的同时，就是尸源的确定和家属的认领工作。这是一项更为艰苦更为细致的工作。对每一具尸源警方都要作出犯罪是与否的认定，最后，在对那些已被认领的尸体进行了排除的认定后，有三具无名尸体纳入了警方怀疑的视线。

三具无名尸体是两男一女。两男就是文中开头分挂在大桥东西两向的那两具尸体。

在勘验过程中，没有指向三具尸体的任何有价值证明。当地电视台反复播放三具无名尸，希望让认识他们的人来认……

就在播放的当天晚上，那个女的被认出。

女人是当地县城的一个卖淫女。她和卖淫的同伴们都在一个屋住，看电视的时候就认出了她。

原来以为这两具无名男尸和这一具女尸是一起的，排查的结果是全无关系。

那么疑点便集中在两具无名男尸上。

这时候，在现场又发现了一个被炸碎了的身份证。身份证已被炸飞炸碎，很难拼完整。

经对身份证碎片进行反复拼凑，幸好还拼凑出一个人名：唐喜明……

一个人的人名原本就是一个符号，大多的时候它不代表什么。可是，在案件现场，每一个人名所指或许就是案子的谜底所在，不容忽视。

查武汉市的户口底册里有没有叫唐喜明的……

查证的结果是没有。

查武汉市的大大小小的旅馆里有没有一个叫唐喜明的登记住过……如果确有其人住过，那么可以顺此发现一些情况……

很快，桥口分局在长渠旅社里发现了唐喜明的名字。

2月13日下午4点多钟，唐喜明和一个叫齐星献的在旅馆住过，两个人用一个名字登记的，一起来的，又住在一起……从登记的身份证号上看唐喜明是江西武宁县人。发现了这个重要情况后，即对旅馆服务员进行访问，以期了解两个人进来的情况，还有进来以后是否出去过……有个服务员回忆说，两个人进到房间之后一直没有出去，到他俩的房间里送水时，房间里有两张床，一张床是空的，两个人是睡在一张床上的，且钻在同一个被窝儿里蒙着头睡……

警方到两个人住过的房间里搜查，搜查的结果：在床底下发现一截48公分长的导火索。这结果表明，爆炸现场很可能与这两人有关。经对地面取尘土进行化验，没有发现炸药的成分。证明炸药是原来就做好的，不是在这儿做的……

连夜往江西武宁赶。

在武宁，正在碰头研究案情的时候，有人反映，昨天下午还有人看见唐喜明呢！

这当然也是有可能的，唐喜明的身份证出现在爆炸现场，并不能说明被炸死的就是唐喜明，也可能别人拿了他的身份证，那么谁拿了，见到唐喜明本人一问，或许就会出像样的线索……

如果唐喜明在，要见一下他本人，倘若不在，便要到他家里进行一番搜查，看看是否有与现场相同的导火索和炸药痕迹物证……

不一会儿，唐喜明本人真的被带来了。这就否了现场的那个人是唐喜明。问唐喜明身份证呢，唐喜明说："我的身份证是2月8号派出所做好了新发给我的。"说着就拿出了身份证。

问："以前丢过身份证吗？"

答:"以前没丢过。因为以前办身份证我叫唐明,不叫唐喜明……"

又过了一会儿,齐星献也被带过来了。

例行询问:"你叫什么名字?"

他说:"我本来叫齐星南,但是,派出所给我做身份证的时候,给我的'南'字边上加了一个'犬',我就变成齐星献。"

"那么你的身份证现在在不在?"

齐星献说:"我去年在武宁县城罐头厂打工的时候,有一个叫曹军的人,他跟我们在一起打工,他当时借了我的身份证,出去了两三个小时以后回来说,他洗澡的时候把我的身份证掉在了下水漏里被水冲跑了……为这事儿我跟他吵过,曹军说,你再做一个吧,我说做一个得花钱呀!曹军说,那钱我给你……"

那么也就是说,齐星献的身份证曾落到了曹军的手里。

查曹军的时候,有人反映,曹军曾在一个出租房里住过。找到出租房,出租房主是个老头儿,老头儿说,曹军在这儿住过一段,后来又搬到一家个体旅馆去住了……

曹军走后,那个房子一直空着再没人住过。查看房间的时候,把床垫子一打开,下面还有两个身份证,还有一截雷管……

查曹军住过的那家个体旅馆,旅馆的人说,曹军在过年前曾在这儿住过,还在这儿干过活儿……另外,还有一个人,跟他住一块儿,好像是姓武,但不知是哪儿的人……

马上让县公安局查姓武的人。查全县的户口底册,姓武的是下边一个乡里的,住在大山里。这个人,过年曾经回去过……

曹军这个人过年也出去过……

去大山里找姓武的那个人。连续的雨天,大山里路都是烂泥路,车走不了,只好步行……找到了姓武的表姐,表姐说,她表弟回来过,还有一个叫曹军的跟着一块儿回来过……表弟有老婆,但是他不回家,只跟曹军在一起,两个人吃花生米,一粒花生掰两半儿,你一半儿我一半儿……一根烟,两个人你一口我一口……睡觉呢,睡一个被窝儿……

两个人上过一回山,回来的时候拿回一个蛇皮袋子,问他是什么东西,他说是炸药。说是九江有一个朋友要买……表姐还嘱咐要注意安全……

到姓武的家里去看，姓武的老婆也不在家。但他的老婆给他留了一封信，信上除了表达对他不回家住的不满，还有很重要的一段话："你那件事千万不要干，你要干，就对不起党和社会主义……"

　　这段话是话里有话。经跟村人聊，以及跟姓武的老婆正面接触，最终了解到，姓武的不在家时，他老婆跟一个男人好，这事被他的母亲发现了，他的母亲就骂他说："你没本事，连自己的老婆都管不了……"他就跟老婆吵，吵架的时候，他扬言说："你要是把我惹急了，我他妈就去炸火车……"

　　两个人8号回到了老头儿的出租房。经进一步跟老头儿询问，老头儿又说，两个人回来时提回来一个蛇皮袋子，这个蛇皮袋子最初被放在了一堆草里，他烧火做饭的时候发现了草里的蛇皮袋子，他打开看了看，发现是炸药，当时还数了数，一共四包，一包30管……后来，两个人把那个蛇皮袋子又挪到了他们住的那间房子里……

　　再一次查看房间，试图能找到两个人遗留的指纹。房子很脏很差，取不到指纹。他们便去那个大山里，取了姓武的父母的血做DNA检验，检验的结果确认其中一具无名尸体是他们的儿子。

　　而怎样才能证明另一个人就是曹军呢？经再一次问屋主人，这房间里以前到底还有什么东西，屋主人说："他们还留下了一双雨鞋，我现在脚上穿着呢！"

　　又去了一次出租房，发现抽屉不见了，问那个抽屉哪儿去了，屋主人说："抽屉里没啥东西，被我拿上去了，里边就一个揉碎了的烟盒……"

　　而就是这个揉碎了的烟盒的底部那个位置发现了一枚左手上的指纹，而现场另一具无名尸体也正好有左手指纹，经同一认定，此人正是曹军……

　　在曹军住的床头，有一张画，画着一个戴披肩的女人，画旁边还附有一首诗，诗里充满着失恋和厌世的情绪……

　　直到今天，仍没有人知道曹军是谁，哪儿的人，为什么要跟姓武的两个人一起制造了武汉长江大桥爆炸案？

　　而唐喜明的身份证为什么会在那个爆炸现场，也一直是个谜……

　　有一些人，有一些事，或许是因一些很不起眼的细小的诱因，在历史的某一个瞬间，于偶然之中便与历史性的某个重大案件相牵连在一起……而许许多多多无辜的人，就成为了某一个历史瞬间里的永远的牺牲者……

"9·29" 专案：破解伪装犯罪现场

2003年9月29日中午1时许，陕西省咸阳市公安局110接到电话报警，报警者称，其妻在家中被捆绑，隔窗呼叫不应，怀疑已经被害。警察进一步询问报案者单位、姓名，报案者称，自己叫陈平，咸阳秦都区检察院检察长。

如此特殊的身份，让接警警员心下一惊。

现场位于咸阳市向福园小区的8号楼内。咸阳市公安局处警人员及侦查技术人员赶到现场时，发现人已死亡，死者胸部有多处刀伤。犯罪分子杀人后劫走手机两部、小灵通一部和一些现金。警方查证，被害女子叫汪林，是咸阳秦都区检察院检察长陈平的妻子，系被人杀死在家中。

案件发生后，当地党政部门领导非常重视，要求尽快破案。

而这起案件难度之大，不仅仅是因为被害人的身份特殊，而且现场复杂。咸阳警方发现，太多矛盾的线索交织在一起：看似强奸抢劫现场，死者身体并无性侵且犯罪分子并未在死者身体内外留下精斑也并未将贵重物品和包内的大量现金带走。犯罪分子作案后明显对现场进行了精心掩饰和伪装。但是到底怎么分析、研究？从何入手？咸阳警方遇到了前所未遇的挑战和难题。

为了能够反复研究勘查，现场被警方完整严密地保护起来，死者家属也不得进入。

案件被定名为"9·29"专案。但一个月过去了，案件仍无进展。10月29日，公安部派刑侦专家乌国庆赴咸阳参与指导案件的侦破工作。

据死者的丈夫陈平说，早晨上班时他忘带家门的钥匙了，上午给家里打电话没人接。他让他的司机去家里看看，家门锁着，敲门没人应。司机便借用梯子从窗户往里看，看见汪林在床上躺着，但腿是被捆绑着的。司机觉得情况不妙，试着紧喊了几声，无应答。陈平说他是接到司机的电话后急急赶回家里的。他从窗户看到老婆在床上的样子，怀疑老婆被害了，所以赶紧向公安局报案。公安人员到现场后因陈平说自己没带钥匙，便叫来锁匠打开防盗门进入现场。

于乌国庆，他所做的第一件事就是复勘现场。每次，当他身临现场，便身不由己地感觉到现场的空气有别于那一门之隔的外面的平常空气，呼吸之间仿佛飘荡着一种特殊的气息和味道，它们欲语还休，当你刚刚嗅到点儿什么，它们瞬间就匿迹于某一墙缝、砖石、棉絮、木质纹理之中。它们看似沉默，却是有话要说。在现场，没有专家，现场就是专家。它们静默地待在那儿，有逻辑有条理，只不过，它们散乱地被丢弃于满目的芜杂血腥和残酷里。一个侦查员，就是要从这芜杂里剔除伪装，辨识真伪。

现场是一个三居室二厅二卫的套房。房间装修得很好，从装修就可以看出这家富足有钱。门窗上都有锁。屋里所有的门窗都没有撬盗痕迹，从门的入口进来以后，是客厅，由于现场保护得好，现场原始的脚印仍然存在。乌国庆仔细辨识那一串脚印，发现脚尖都朝着一个方向，是灰层夹层的痕迹。客厅沙发上有一身衣服，是一身外出的高档衣服，一看便知是男主人的，应该是晚上睡觉放沙发上的。客厅门至卧室门间地面有成趟的灰尘足迹，足迹长 28.5 厘米，经核查系温州万莲鞋业产"万莲"牌皮鞋所遗留。

客厅茶几处。茶几桌垫下存折内有 15 万元存款，茶几下的抽屉内还有名贵手表。均未有翻动过的痕迹。它们躺在那里，静默，确似说明着什么。

客厅沙发后放的是死者外衣，衣服足够高档，应该也是头天晚上睡觉时放的。

中心现场显现给乌国庆的原始状态是这样的：死者斜躺在床上，整个床上没有血。死者头旁放着一本邮票，一个女包。据小区里的片警介绍说，小区多次发生入室盗窃，就在女主人被杀的头天晚上，片警曾入户访问，女主人从床头柜里取出过两个包，一个是她丈夫的，另一个就是这个女包。男包里有一万多元人民币，犯罪分子只拿了女包里的钱而把空包扔到了床头，男包没有任何翻动。

死者口中塞有衣物，是男主人的。塞进的长度有两厘米。但死者的嘴里没有损伤。

再看死者的睡裤被褪到小腿上，裤衩被脱至膝盖下，睡裤的外面无血而里面有血。就是说，内有血，外没血。一般人不会注意这样的细节，可这样的细节对乌国庆来讲太有价值了，因为这个血是滴落上去的。如果没有滴落的血滴，真不好分析犯罪分子是先杀后脱的呢，还是先脱后杀的。这样一看乌国庆心中就有数了：是先杀后脱。

而腿部被捆绑的情况和特点也引起了乌国庆的注意，从生活常识上来讲，一般捆人或是东西，都是捆上面。而死者是连内裤一起被捆着，位置在小腿肚子上，这就证明，死者是在穿着裤子的情况下被捆的。

死者手部被捆绑的那根绳子，跟腿部是一条绳子，是从中间挑开的。由于捆得太松，基本上是散搭在那儿的。死者后背没有伤：既没有抵抗伤也没有危急伤。倒是死者的胸前部有三处主要伤：腹腔有伤，心脏有三处贯通伤，有几处穿过了胰脏。这些伤都有生理反应，系生前伤。而血呢，为什么外面没什么血，只有刀子滴落的血滴，没有其他的血？因为血都集在了腹腔里。所谓血点，是犯罪分子用刀子捅被害人抽出刀子时血滴落在衣物上的。所以乍看上去，床上是没有血的。

后来，乌国庆在窗根儿处还发现了同样的顺刀子滴下的血滴，另有刀子形状的血印痕，那种血印不是动态而是静态的，血印周围还有滴落的血滴。这个血滴是在刀印形成前滴落的还是刀印形成后形成的？是犯罪分子在擦刀时形成的还是把刀放下时形成的？

书房门曾被触动过，柜子也被动过，里面有红包，包里有钱，柜子边缘有血迹，但没有擦血迹的痕迹。北卧室，床下有现金，电视柜和床头柜面上均有擦拭血迹。柜内衣架上，皮衣内存放有大量现金未被翻动。衣架上有很多包也没被翻动过。

乌国庆的目光停在床头柜上，他注意到，柜子拉手上隐隐有血手印，但里边没有大的翻动。床头柜面上有细线手套血印痕，床头柜内存放的股票未见触动。门内衣架上挂着多个女式挎包，挎包内都有大量现金，也未翻动过。

卫生间。灯开关上有血手套印。置物台上放有戒指，仍安好地放在那儿。

现场所遗留的一切都不是孤立的，它们看似谁跟谁都不搭边儿，但，它们是同一个现场里完整的证据链条。作为刑侦专家，单从痕迹的角度，需要研究的问题实在不少。乌国庆的思路首先回到现场开头的那串脚印，这像是犯罪分子进来留下的。这个足迹说明，犯罪分子是一个人。既然犯罪分子一个人进来活动过，那么这个人就到过这些地方。而这些证明他去过的地方，地面上竟没有足迹。那么，这个足迹，在门厅留下了痕迹，可是，犯罪分子在屋子里活动了很长时间的地方，却没有留下痕迹，且在有足迹的地方，没有重复的。这是为什么？此一重大疑点一直盘旋于乌国庆的脑海里。

那么，依陈平所说自己是早上 7 点 50 分离开的家，据他说他走时他老婆还在床上睡觉呢。可是，这个衣服在呢，沙发前后这些东西都在，她睡觉，犯罪分子怎么进来的？

陈平说他上午 10 点 8 分时打电话家里没人接。看看睡裤，肯定是在杀她之前被扒下来的，而扒下裤子之前腿被捆起来了，可是，扒下来，阴部又没有精液。而这种状态应该有性侵害的行为，但化验结果没有。而从另一个角度分析，如果从一开始就把人的腿捆起来，如何有性侵害的行为？

死者身上那么多伤，勘验结果共有 21 处，处处都有生理反应，伤都很集中。而塞进死者嘴里的东西仅有两厘米深，嘴里无伤。受害者只要稍一挣扎不就挣脱了吗？这种情况说明，受害者既有生理反应又无法反抗。只有一种可能，那就是服过安眠类的药物。

化验胃内容物，果然有苯巴比妥，剂量大于治疗量小于致死量。可是，在现场并没有发现一丁点儿以前或是睡前受害人用过苯巴比妥的痕迹。而且这种药吃过一个小时后才有反应，三个小时才有昏睡现象。如果外来的人进来把她杀了的话，还得先给她吃苯巴比妥吗？杀了人后见钱不要那又是什么原因呢？

任何现场都会有不经意中刻意强调的东西。而乌国庆面对的这个案子现场似乎强调了很多东西。比如：乍一看有强奸状态，其实没有；有脚印，可是，只有进没有出的脚印。那脚印留有太多解释不清的矛盾。

最关键的还有刀印。乌国庆开始以为是擦刀留下的印记。可是，仔细研究那刀印，确是静态形成的。另还有一个刀印，这两个刀印的区别是：一个有滴落血迹，一个没有。那么都是刀印，这里边就有个过程：一个刀印说明刀起初曾经在这块布上放下过。再用时，有血滴下来过。在犯罪分子捅人过程当中中断过。刀印位置的局部血迹是形成刀印以后形成的。而为什么能捅这么多刀不反抗？是因为吃了苯巴比妥。

那么从整个案件犯罪现场的痕迹物证看，透露给乌国庆的还有大量的犯罪信息：为什么那么多刀伤，人动都不动？为什么牙咬着两厘米的东西却吐不出来？为什么从尸体状态上看像性侵害而实际上没有？为什么到处翻东西钱却不要？为什么鞋印是单向的，只有进来的，没有出去的？

乌国庆按照自己的分析法得出结论认为：这起案件犯罪现场的痕迹物证

和大量的现场犯罪信息，反映出来犯罪分子想得周到做得笨，具有反侦查的意识，缺乏反侦查的能力。

从鞋印看是怎么形成的？为什么出现这样的痕迹？这是因为犯罪分子作案以后，又穿上鞋到走廊里走了几圈故意留下鞋印，也就是说，这几个鞋印是故意留的。犯罪分子知道反侦查，也做了，但做得不到位。

死者嘴被堵住了，双手被反捆着，小腿部位也被捆绑着。但臀部和大腿部是裸露的，给人的印象是死者受过性侵。先前有人也确是作出了犯罪分子实施入室抢劫强奸、杀死受害者然后逃离现场的论断。乌国庆通过现场的痕迹进行综合分析，推翻了先前有人提出的这一论断。

反常足迹表明，犯罪分子刻意留下单向脚印的心理暗示主要是为了迷惑办案人员。那么根据足迹的伪装心理，犯罪分子想告诉警方的是，作案者是从正门进来的。可是，犯罪分子只是从自我的合理性出发设计罪案现场，他要告诉警方罪犯是从正门进来的，但他忽略了作案者怎么进到了屋子里。因为门锁都是完好的，那么排除了破坏性进入的可能。也就是说，作案者可能有屋门钥匙，是自己开门进来的。他为什么有这家屋门的钥匙？这就留下了疑问。作案者是跟这家人认识，他叫门，受害人被叫醒后开门放进来的？依据受害人沙发后边的衣物原样放在那里、受害者受害时穿着睡衣睡裤这一点判断，受害人跟作案者不但认识而且是熟人，否则，怎么可能穿着睡衣接待来者呢？此一疑点是作案者百密之疏没有预见和没想周全的。更重要的一点是，受害人胃内容物里有安眠药，而现场既无装这种药的药瓶也没有剩下的这种药。不会是自服，也看不出是强灌的，更不像是误服的，那么还有一种可能就是骗服。谁骗服的？只有和她能够接触的人，才能达到这个目的。这个人会是谁呢？

而又据法医的鉴定得知，受害者胸部伤痕确是在受害者还有生命迹象之前形成的，遇害时也没有反抗。这种奇怪的现象也表明，受害者是在安眠药效尚在、人处于没有死的体征表现下，在不清醒的情况下被杀害。也就是说，人活着，受害者被刀捅时不是没有动是无法动弹。

没有人告诉警方受害人服过药这个细节，严格意义上来讲，死者的丈夫陈平不但没说而是向警方隐瞒了这一信息。而陈平的某些说法事实上干扰了警方的判断。

陈平怎么也不会想到，最终，乌国庆是从最微小的细节——血刀印入手，将"9·29"案定成铁案。乌国庆认为血刀印反映出的信息是，犯罪分子在杀人过程当中，曾经放过两次刀。乌国庆判断，犯罪分子第一次放刀，是发觉受害人在安眠作用下，仍有被刀刺后因疼痛而产生的下意识的痉挛生理反应并伴有下意识的呼叫，他曾经放下刀去用自己的衣物堵住受害人的嘴，而第二次放刀则反映的是犯罪分子内心极度的恐慌和恐惧……从这枚刀印寻找到那把作案工具就成了侦破此案的一个突破口。

经咸阳警方秘密侦查和调查了解到，陈平的一个朋友张某曾送给陈平和其他三个朋友同一样式的工艺短刀，侦查员提取了张某送给其他人的这把工艺短刀进行鉴定，被子上遗留的血印痕与此类刀的刀印吻合，且与汪林身上的刺伤也完全吻合。当警方核查四把刀的去向时，陈平的三个朋友都完好地保存着属于他们的那把刀，只有陈平的那把刀不见了！面对警方，陈平说不清自己那把刀的去向……更无法自圆其说刀究竟怎么不见的。他有万千的心理准备，就是没想到警方最终会从一把刀入手且对这把刀穷追不舍，因为他正是用这把刀杀害了他的妻子！

陈平是在案发后的第108天，被咸阳警方以涉嫌故意杀人罪提请并实施了刑事拘留。据陈平交代：他跟妻子汪林因生活琐事一直深陷争吵和矛盾中。

2003年9月28日晚，两人在外均喝了些酒，回到家中，又因琐事吵起来，他实在不愿再忍受这样的生活，就起了杀念。

他趁汪林在卫生间冲澡时，将事前买的安眠药溶化在水杯中，待汪林出来后递给她喝。眼见汪林端杯子喝了，他借口有公务要忙就躲到了书房里。其间，他到卧室看过汪林睡熟了没有，后来，大致到了凌晨4点左右，他试着喊了汪林几声，看汪林丝毫也没有反应，就准备下手。但因心里害怕，他又喝了点儿酒壮胆，随后戴上手套，又找了条尼龙绳，先用尼龙绳把汪林捆绑好，接着就用刀在汪林胸前腹部乱捅，他也不知道自己到底捅了多少刀。陈平说，在捅前几刀时，汪林发出过喊声，虽然微弱但足以令他惊恐万状，他随手抓了件T恤堵住汪林的嘴，后来，不知是自己的错觉还是汪林真的把眼睛睁开了，他赶紧用床上的另一件衣服将汪林的眼睛盖住……一个人一旦实施了犯罪行为，就不可能回头了。有了第一刀就有第二刀、第三刀，接下来的一刀又一刀，是出于恐惧还是恨，他自己也说不清了。

确认汪林真的死了，陈平把刀子、血手套等作案工具装到一个纸袋内，在早晨6点左右离开家走到渭河大桥附近，把装有作案工具的纸袋扔进了水中。7点左右回到家中后，又对现场做了一番伪装，于7点50分按每天上班的点儿准时下楼坐车上班……

根据多年的现场勘查勘验所积累的经验，乌国庆认识到，犯罪现场不单纯是一个地域的概念，任何人做任何一件事情，都是在一个特定的时间和空间内进行的。同样，犯罪分子实施犯罪行为，作任何一起案件也是在一个特定的时间和空间内完成的。不论是正常人做一件事情，还是犯罪分子作一起案件，均发生在一个特定时间与特定空间的交会点上，所以侦查人员在侦破案件中首要的是定时位，即犯罪分子是什么时间开始作案，或案件是在什么时间发生的。陈平妻子被害时间，系在凌晨，而陈平将自己不在现场的时间自我伪装推定在早上7点50分以后，但他并无夜间和凌晨不在现场的证据和证明。从时间段的定位上看，犯罪分子进入现场作案，可能长可能短，但一定有一个时间段。通过现场实验，犯罪分子不可能随意地在早上7点50分进入现场完成这么多的精心伪装。这个现场的作案的时机性也说明犯罪分子了解现场情况，属于熟人作案。其实从汪林被杀案现场，大量的信息表明，那些看似假意翻动过的地方，却没有发生真的毁坏和盗取行为，也没留下本应留下的印痕这一点看，也烙印着犯罪分子熟悉这个空间里的一切，他跟这个空间里的一切带有某种内在的亲近融和。所以说，任何一起刑事案件的犯罪现场，都是由特定的犯罪主体实施了犯罪行为才形成的。所有的伪装都是徒然。身为检察院检察长的陈平，最终并未明白自己在实施了杀妻的犯罪行为后，由此引起的一系列变化形成的这一特定的犯罪现场，正是自己为自己设定的一张无以为逃的大网。

2005年1月19日，咸阳市中级人民法院对被告陈平宣判死刑。

2011年6月12日，有"中国的福尔摩斯"之称的著名刑侦专家乌国庆等10人光荣当选"我最喜爱的人民警察"，75岁的乌国庆因其对中国刑侦事业作出的突出贡献，同时被评选活动组委会授予"终身成就奖"。

铁警神鹰

——记陈善珉和他的功模团队

郑淑榕

> 伟大出自平凡。把每一项平凡工作做好，就是不平凡。正是万千平凡人直面工作生活中困难、勇于奋斗拼搏圆梦的精神，才汇聚成我们这个时代的奋进之光。
> ——2018年12月29日人民日报，《致敬，平凡中坚持的你》

福州市中心有两个紧挨着的公园，一个是始建于西晋太康二年的西湖公园，另一个则是兴建于二十世纪九十年代初的左海公园。2018年年底，这两个原本独立的"湖""海"已融为一体，连成一片，形成大西湖景观。水域交接处，架起了一座名为"翠浪"的仿古石拱桥，桥名源自辛弃疾在福建安抚使任上写下的《贺新郎·三山雨中游西湖》一词。词云：

> 翠浪吞平野。挽天河谁来照影，卧龙山下。烟雨偏宜晴更好，约略西施未嫁。待细把江山图画。千顷光中堆滟滪，似扁舟欲下瞿塘马。中有句，浩难写。
> 诗人例入西湖社。记风流重来手种，绿阴成也。陌上游人夸故国，十里水晶台榭。更复道横空清夜。粉黛中洲歌妙曲，问当年鱼鸟无存者。堂上燕，又长夏。

词中"翠浪"原指西湖周围一碧万顷的绿色庄稼。词中"卧龙山"原位于福州新店义井村，二十世纪五十年代末，因修外福铁路被夷为平地，今天的福州版图上已无其踪迹。

一直以来，西湖就是福州市民观景休闲的好去处。在一些重要的节假日里，园中民众之多，真可谓摩肩接踵。平常日子，又非周末，往来于此的，大多是家住附近的老人。他们或独行，或三五成群，或漫步，或闲聊。他们的身躯不再挺拔，步伐不再稳健，脸上皱纹深刻，头上白发稀疏，甚至"寸草不生"。他们当中许多人，看似普通，但只要"拱趴"（福州话，闲聊的意思）起过去的事情，你就会发现，他们的一生是那么不平凡。他们既是时代的见证者，又是时代的创造者，甚至是一个时代的英雄。这些人里就有我们的铁道卫士——陈善珉。他是铁路公安队伍里一名普通的民警，在平凡的岗位上干了一辈子，兢兢业业，忠于职守，奉献了青春、智慧和热血。无论是在计划经济时期打击投机倒把，还是改革开放后打击走私贩私，他都功绩卓著。三十多年的从警生涯，他多次立功受奖，几乎获得了这个行业所有的荣誉——红星奖章、铁道卫士、全国优秀共产党员、中国十大杰出民警、全国劳动模范、全国公安系统一级英雄模范。他是二十世纪八九十年代威震八闽、闻名全国的铁路神鹰。他是福建铁路建设、发展的见证者、亲历者，更是它坚定勇敢的保卫者。

闽境多山地丘陵，河谷盆地穿插其间，建设和发展铁路对于福建人来说，不是一件容易的事。辛弃疾词中的"卧龙山"，就是当年修建外福铁路的拦路虎。陈善珉是1936年生人，在他出生前六年，即1930年，距离他家乡——漳平市永福镇——百里之外，运行了二十年的漳厦铁路，因为经费不足，停止营运了。此后，近三十年的时间里，福建不通铁路。1955年的春天，当十八岁的陈善珉在漳州开始艰苦卓绝的军营生活时，刚刚开始全线动工的鹰厦铁路正在如火如荼建设中。四年后，也是春天，当这个在部队荣立过两次三等功的年轻人要退伍的时候，通车不到两年的鹰厦铁路急需用人。他和他同一个班的战友，都被安置在了漳州郭坑火车站。1960年，因为外福铁路建成开通，陈善珉被调至福州车辆段当车电钳工。次年，被选调到外福铁路通车后才成立的福州铁路局公安处。除"文化大革命"中有近三年被"清理"出公安队伍，以及中弹后因为身上留有四个弹孔而不得不"退处"机关，其余时间，无论是在一等站南平、三等站杜坞、四等站白沙，还是特等站福州，陈善珉都坚守在一线值勤岗位上。做线路民警时，巡逻检查铁路线，走访教育沿线民众，劝阻在铁道两侧玩耍的村童，牵走误闯铁轨的耕牛，爬上货车核对物资，清理辖区"盲流"……车站派出所执勤时，在站前广场、售票厅、候车室、站台、出站口往返巡逻、疏导秩序、排查可疑对象、帮助困难旅客……清晨来，深夜去。没有周末，没有节假日，吃饭喝水都是见缝插针。特殊的工作性质、强烈的责任心，在温暖湿润的南方，陈善珉却将自己训练成了一匹沙漠的骆驼——耐饥渴，能走很长的路。这种因工作而养成的习性，已是耄耋之年的陈善珉仍然保持着。他经常在西湖公园里漫步两三个小时，无论是天热还是天寒，从不在外喝一滴水。此外，他还不吸烟、不饮酒。他说吸烟影响健康，影响健康就影响工作；喝酒的人容易胡说，一不小心就会泄露警情机密。因为有这样的自律和坚持，所以面对持枪歹徒，陈善珉能够临危不惧，中弹倒地后，手里仍死死攥着犯罪嫌疑人的证件。在医院抢救过程中，心脏一度骤停三分钟，但他还是顽强地活过来了。

枪声响起

三十年前的1989年11月27日，家住福州铁路新村的陈善珉和往常一样，天刚蒙蒙亮就起了床。在他洗漱的时候，爱人许美淑把精心准备的早餐端上了饭桌。早些年，三个孩子还小，陈善珉每天都是晚归又早走，家务活儿一点儿也帮不上忙。看着忙碌又疲惫的丈夫，许美淑也不忍心让他插手。二十世纪八十年代以前，厨房里没有液化气、没有电饭煲、没有高压锅、没有抽油烟机，给五口之家做一日三餐，绝非易事，尤其是早餐，对许美淑来说，不亚于一场战斗。现在，孩子们都大了，上班了，许美淑终于有时间可以全心全意为陈善珉安排每日三餐。趁着吃饭的时间，她也可以和陈善珉多说说话。三餐当中，也只有早餐，陈善珉会安稳地坐在家里的饭桌上吃。其余两餐，经常是过了饭点，见丈夫还没把家还，许美淑就提着装满饭菜的大搪瓷缸去车站"搜索""围堵"陈善珉。这个早上，许美淑特意做了陈善珉最爱吃的家乡美食——永福清汤粉。出门前，许美淑又习惯性地用纸包好了一颗水煮鸡蛋，放在陈善珉衣兜里，并嘱咐道："别又忘了吃。"虽然陈善珉脾气很好地连连答应，但她知道，这颗蛋十有八九会和陈善珉一起下班回家，或完好，或碎裂，再或者进到别的"需要"的人的肚子里。陈善珉的理由不外是：忙，忘了。

  榕城的深秋，只要不下雨，阳光又好，就会"温暖如春"。今天就是这样的好日子。离开家门，踏上沁园支路，经过站前路，没一会儿，陈善珉来到了车站的广场前，因为距离第一列到站和始发的车次还有一些时间，所以广场上的人并不多。陈善珉常规性地一边巡逻，一边和刚开张的几个店家打着招呼。售票大厅的窗口，已经有人排起了队，一切正常。候车厅的旅客也不多，一个穿着牛仔裤的年轻人似乎在补觉，原本攥在手里护在胸前的人造革手提包正在往地上滑落，陈善珉紧走几步，上前接住了手提包。几乎同时，年轻人被惊醒了，下意识地伸手抓包。陈善珉把包放在他怀里的同时，笑着提醒他说："别再睡了，看好你的包。"然后走向别处，继续他的巡查工作。年轻人的目光追随着这个远去的绿色背影，心里满是敬意和谢意。在候车厅巡视一番后，陈善珉经由贵宾休息室，来到站台，用他的雷达眼，在1号站台和2号站台之间瞄了瞄。现在是8点零5分，还有15分钟，北京方向驶来的45次列车就要到站了，该组的客运人员已在2号站台准备就绪。站台忙碌而有序，一片祥和。根据多年的工作经验，陈善珉总结出一套自己的工作流程，那就是，列车发车时在站检票口检查危险品，列车到站时在站出站口防止发生盗窃，其余时间，巡视售票大厅、站前广场、行李房。这天也不例外，陈善珉从站台拾级而下，简单巡视过地下通道后，就往出站口方向走去。看看还有一些时间，陈善珉又去广场维持了一下接送客人的各种车辆的秩序，然后才站立在出站口内东侧，面对即将涌来的人流高峰。

  8点23分过后，开始有三三两两的到站旅客抵达出站口，有的只身一人，有的携家带口，都是步履匆匆经过安检口。党的十一届三中全会以后，经过十年的发展，1989年的中国在各行各业都取得了长足的发展，但与产品之丰富、物流之发达、交通之便捷的今天相比，还是有很大差距。那时乘坐火车出行的旅客通常会随身携带大大小小的行李。当然，也有例外。这不，一个三十来岁、个头儿中等、身穿灰绿色夹克、前额头发稀少的男子，两只手就是空的，身上没有任何行李。在陈善珉犀利的目光落到他身上的刹那，他低下了头。陈善珉捕捉到了他低头瞬间流露出的不安和恐慌，立即大声冲他喊道："请你出来，出示你的车票。"陈善珉边说边将其带离出旅客队伍，向出站口内侧的值班室走去。

"好好好。我也是铁路系统的，没有车票，只有免票证。"

"工作证带了吗？"

"带了带了，乘车证也带了。"

问答间，那人就把三证递了过来。

大多数情况下，查票时，遇到铁路内部职工，对方会显得漫不经心，个别的还会说几句阴阳怪气的话，然后很不情愿地、懒洋洋地、慢吞吞地掏票证，像这样积极主动配合，甚至有些讨好的现象，比较少见。在发现这名男子的异样后，陈善珉就提高了警惕。在带离的过程中，他注意到这位旅客走路的样子有些奇怪，尤其迈右腿的时候，显得极不自然，再一看，右裤兜下垂明显，不知装着一件什么重物。因为急于出站，那人显得有些焦躁，刚才他是用左手把三证一起递给了陈善珉，速度很快，似乎早有准备。他的右手一直放在同侧裤兜里，始终没有拿出来。为便于观察和控制，陈善珉和他面对面站着，借检查三证的机会，用旁人不易觉察的目光对其右裤兜进行重点扫描。当年驻守漳州角美和海沧时，陈善珉练就了一手好枪法，获得过"优秀射击手"的称号，参加公安工作后，也用过很多型号的手枪。对于这个认识了三十多年的"卡溜帮"（福州话，好朋友的意思），陈善珉再熟悉不过了，所以，他仅凭这个男子裤兜外形轮廓就分析出：不好！这人裤兜里的东西是枪！为了进一步确认，也为了制造有利时机，陈善珉把右手接过来的票证换到了左手上，然后用空着的右手似乎很无意地碰触对方的右裤兜。没错儿，是枪！在陈善珉将要发力控制枪支的瞬间，对方意识到自己暴露了，隔着裤兜扣动了扳机，对着陈善珉就是一枪。这一枪射进了陈善珉的左腹，进入软组织后从左后腰穿出。当时出站口附近已经聚集了大量的到站旅客，稍有不慎，穷凶极恶的歹徒就会伤及无辜群众。"一定要抓住他，夺下他的枪。"这是陈善珉当时唯一的想法。虽然感到气短，陈善珉还是咬紧牙关，向右侧移动步伐，想绕到对方后背，将其制服。几乎同时，歹徒跳向自己的左后方，把枪从口袋里掏了出来，举在胸前，对着陈善珉又是一枪。这一枪的子弹，经过陈善珉的右胸，穿透身体后，从左后背穿出，造成了陈善珉左肺叶 3.5 厘米的长破裂口、双侧血气胸，以及左第五后肋骨粉碎性骨折的严重后果。这一次，陈善珉倒下了，殷红的鲜血从他的身体里涌出来，他感到胸腹内热浪翻滚，五脏六腑撕裂般的疼痛，但左手仍死死攥住歹徒的三张票证。事发当时，经过此地的福州站劳服公司经理刘希强也不幸倒在歹徒的子弹下。

在出站口西侧执勤的方长华，注意到陈善珉这边情况有异，立即飞奔过来。看到跟随多年的师傅倒在血泊中，方长华立即俯下身，想把陈善珉抱起来。但是，我们的英雄陈善珉，忍着剧痛，拼尽最后一丝气力，举着左手的票证，对他的战友说："是这个人！快去抓住他，不要管我！"

案发时，福州铁路公安分局的领导正在开党委会。枪响后，局长张金山、副局长赵成魁等领导，果断中止会议，立即分成两个行动小组，一组负责抢救伤员，另一组负责抓捕罪犯。

五分钟后，持枪歹徒在保安余友义、解放军战士韩静文、民警谢杰以及众多的铁路职工和周围群众的合围下，被抓捕归案。从他身上缴获五四式手枪一把，弹夹两个，子弹十发。经审讯，凶犯郭某，原系鹰潭铁路大修段职工，曾因盗窃罪被判刑五年。此枪是其伙同他人，于前一年，即1988年1月8日，在江西抚州东乡县法院盗窃所得。近一年的时间，他一直隐伏在鹰潭市，伺机作案。此番来福建，欲到宁德市福鼎县抢劫银行。他还有两个同伙，乘坐的是同一车次，趁着混乱逃出了出站口。福州铁路公安分局立即联合福建省武警总队、福州市公安局，迅速展开大规模的搜查抓捕活动，很快在重庆将此二人抓获。

由于陈善珉的及时发现，避免了更大的恶性犯罪和流血事件的发生。

方长华在站长王龙海的协助下，将昏迷过去的陈善珉、刘希强送到了铁路医院。刘希强因伤及颈部动脉血管，失血过多，壮烈牺牲。对陈善珉的抢救进行了七天七夜。陈善珉的妻子和孩子们在第一时间赶到了医院。在排队献血的人群中，陈岳平是第一个为父亲献血的人，望着病床上虚弱的父亲，从前心中的种种不满，顷刻间都烟消云散。他只希望，那个总没时间陪家人看电影、去西湖划船的父亲早一秒脱离危险，早一天睁开双眼。七天的时间里，许美淑吃不下睡不着。大出血、休克、心脏骤停、呼吸衰竭……陈善珉的每一次紧急抢救，她的心都提到嗓子眼。其实自二十七年前嫁给陈善珉的那天起，她的心就没放下过，甚至在陈善珉刚退休的那几年，因为怕打击报复，她每天过得也是提心吊胆，一直到近十年才不会担惊受怕，过上了安稳的日子。虽然陈善珉在家里很少谈工作，但从邻居和陈善珉的同事那里，她知道他的工作除了给需要的人以帮助，更多的时候，他是在和不法分子作斗争，危险的事情时有发生。不要说陈善珉，连她和孩子们都受到了威胁。曾经有一段时间，她出门的时候，会有人鬼鬼祟祟地跟在后面。大儿子读小学的时候，有一天放学，被一群陌生人堵在路口暴打一顿。其中一个人还放话说："臭小子，告诉你爸，要手下留情。不然，有你们一家好看的。"陈善珉知道后，也只是让她和孩子们多加小心，还说："那是我的工作，总不能眼睁睁看着不法分子从眼皮子底下溜走吧？"她说："你那眼睛也太好使了。"

是的，陈善珉有一双明亮的眼睛。

明亮的眼睛

陈善珉的眼睛似乎有特异功能，能过目不忘，能辨真伪，能一眼看穿你的心思，不仅识人，还能辨物，所以他被称为"铁警神鹰"。中央电视台拍过一部名为《神鹰》的电视剧，说的就是他的故事。

早在 1962 年，陈善珉在福州闽侯杜坞做驻站民警时，货场里一个装着二百斤椰子油的大铁桶被撬开了，里面的油被偷了将近一半。在站长一筹莫展的时候，陈善珉的眼睛却亮了，他看到了站旁小路上的油渍。循迹而去，又看到了附近农家大门上的油手印。可怜的偷油贼，手还没洗干净，就被陈善珉抓了个现行。这次的经历，陈善珉怎么也忘不了。相对于他后来经手的那些大案要案，这实在算不了什么。他之所以记忆深刻，是因为这是他第一次出手。初次破案的成功，让陈善珉对未来的公安工作充满信心。

在闽侯杜坞和白沙工作不久，陈善珉被调到了南平站派出所。相对于闽侯的山区小站，作为地级市所在地的南平站，治安环境要复杂得多。提到这段经历的时候，陈善珉总是忘不了一个人——时任南平专区公安局局长牛羊江。回忆往事，陈善珉说，其实刚开始，他对铁路公安工作的职责和意义也不是很明白。在一次执勤的时候，遇到候车的牛局长，他就上前请教。牛局长告诉他："我们都是新中国的建设者和保卫者，要干一行，爱一行，钻一行。只要你做到了'爱'和'钻'，你一定会成为一名优秀的铁路警察。人民就会记住你,感谢你,会对你竖大拇指。"

正所谓响鼓不用重锤敲,这简单的几句话,不仅坚定了陈善珉的从警信念,而且让他意识到,工作中遇到问题一定要多想办法,多总结经验。七年的时间里,陈善珉迎日出,送晚霞,不仅在站区维持秩序、清理黄牛党、排查不法分子、查缴违禁品,还无数次走进南平市的大街小巷、桥洞、工地、草丛……起获赃物,搜索嫌疑人。七年的辛苦付出,换来的是一副好眼力。

1964年,在南平站的候车室,一个扛着四大包行李的年轻人进入了陈善珉的视野。外面天气晴好,他浑身上下的衣服却"湿气"很重。陈善珉把他请进了值班室。

"哪里人?"

"江西余干平洋人。"

"来南平做什么?"

"在建阳伐木场做小工。"

"衣服怎么湿的?"

"老家有事,急着回去,洗过的衣服还没干,只好穿在身上。"

经过几个回合的较量,最后这个人不得不承认:前天晚上,雨下得很大,伐木场的工人都去看电影了,他趁机跑到工人宿舍区,撬锁溜门,偷了很多东西。因为东西太多,他一时半会儿运不出来,就先藏在山上一个隐蔽的地方。这天上山取东西时,在赃物中看到了一套满意的衣服,尽管被雨淋湿了,他还是不管不顾地穿在了身上。他坐上了开往南平的汽车,想从南平乘火车回老家。不承想,刚到候车室坐下,这套光鲜"湿润"的衣服就被陈善珉盯上了,风光了还不到半天,就露了原形。

1966年11月,往返于北京和福州的45/46次列车开通不久,在一次排队检票进站的队伍里,有个提着旅行袋的中年男乘客引起了陈善珉的注意——那么大的一个帆布袋,他提起来却那么轻松。陈善珉走上前去。

"请打开你的袋子。"

"哎呀,袋子里没什么。你看,都开始检票了,你别误了我的火车。"

在陈善珉威严的目光下、坚定的声音中,这个旅客不得不拉开旅行袋的拉链。袋子的最上面是一层草纸,草纸下面是几千盒火柴。原来是个投机倒把分子,他想把从南平火柴厂买来的几千盒火柴倒卖到浙江金华,再把金华的鸡蛋贩卖到福建。投机倒把不说,这一大袋火柴要是上了火车,那可是一颗不定时炸弹。

1968年,在南平站的候车室里,他发现一对忧伤的年轻夫妇——是的,陈善珉"看"出来了,他们是夫妻关系——也是提着个大旅行袋。那个旅行袋他们没有放在地上,也没有放在身旁的空椅子上,而是抱在女的怀里。陈善珉走上前,温和地对他们说:"请打开包,检查一下。"

那对夫妇没有说话,流着眼泪打开了旅行袋,袋子里装的是一个死婴。

通过盘问得知,原来这对夫妇是顺昌下洋人,他们带着得了重病的孩子到南平医院治疗,但没有抢救过来。他们知道火车不能带死人,但又能怎么办呢?既不忍心随便抛弃,人生地不熟的,一时半会儿,也不知道去哪儿买棺材,去哪儿埋葬,只能带上火车回家。了解情况后,陈善珉和车站附近工地的负责人商量,找来四长两短的六块板材,帮他们做了一口小棺材。又去做附近村民的工作,请求村民允许把死婴埋在村界内的山上。

1969年的夏天,因为不愿违背良心检举揭发自己的战友,陈善珉被脱去了警服,一直到三年后,1972年的秋天,才重新回到了他心爱的铁路公安队伍。这一次,陈善珉被安排在省会站,也是福建省铁路最大的客运站——福州站派出所工作。虽然遭遇了一些挫折,但陈善珉初心不忘。在"文化大革命"那几年,铁路的各种规章制度无法正常实施,逃票、打架事件时有发生。面对混乱的站车秩序,他依然能够默默地坚守在自己的岗位上,抓流窜犯、查获倒卖粮票的投机倒把分子、查堵易燃易爆品。"文化大革命"结束后的次年,即1977年春天,陈善珉因查获一名闽清籍的盗窃杀人犯和一名闽清籍的投机倒把分子受到通报表扬。

改革开放初期,经济领域中的违法犯罪行为,尤其是走私贩私的问题,情况特别严重。作为东南沿海门户和枢纽的福州站,成为这类不法分子眼里一条重要的"黄金通道",走私犯罪活动十分猖獗。虽然这些不法分子知道这里有个长着"神眼"的警察,但在巨大的利益驱动下,不惜铤而走险。他们煞费苦心地把走私品藏在罐头里、香烟里、鞋底下,伪装成军人、警察、孕妇,但都难以逃脱陈善珉的法眼。既然惹不起,难道不能躲吗?他们踩点时,发现陈善珉是白天当班,就购买晚上的车票,不料陈善珉晚上还在车站。

他们以为陈善珉晚上值班，就买第二天一大早的票，哪想到，陈善珉比始发车的工作人员还早到岗。

二十多年的一线公安工作经验，二十多年的潜心钻研，陈善珉额上有了皱纹，鬓角有了银丝，但是那双眼睛却越来越清澈、越来越犀利，能在千万人中发现与众不同的"你"。

福州站的站台上，也是一个早上，也是迎接45次列车的到来。正点到达后，从车厢下到站台的人流中，出现了一个大腹便便的孕妇。老孕幼残是个特殊群体，容易发生意外情况，对于他们，陈善珉总会给予特别的关注。于是他就多看了一眼，就是这一眼，让他决定"帮助"这个孕妇减轻一下负担。在车站检查室里，协助陈善珉检查的女客运员，在孕妇脱掉了宽大的外套露出"孕肚"的刹那，没忍住，"扑哧"的一声笑出来。那高高隆起的腹部，是一个注满水的塑料袋，袋里满是游来游去的鳗鱼"宝宝"。原来她是个假扮孕妇的走私犯。

因为有过四年的军旅生活，陈善珉对部队、对军人有着特殊的情感，所以每次巡逻时，看到军人，他会情不自禁地多看两眼。那些伪装者，只要被陈善珉多看一眼，就无处遁形。

在候车室巡视的陈善珉，看到了三位军人，再看一眼，他就把他们"请"进了警务室。先是检查他们的证件，接着检查行李，没有发现可疑物品。觉察到对方稍许放松的时候，陈善珉向其中一人腰间摸去，那特制的腰带里藏了十几只走私手表。他的两个同伙也是如法炮制。

一对刚下火车混在出站人流中的假情侣——是的，陈善珉识破他们是假情侣——被陈善珉拦下。男的穿着陆军军装，女的打扮时髦。大庭广众之下，他们一点儿也不避讳，很亲热地挎着胳膊，向出站口走去。

带至警务室后，陈善珉对那位军官说："把外衣脱了。"

一听说脱衣服，刚才还佯装镇定的军官，马上瘫软下来。原来在军装上衣里，藏着一件特制的背心，里层缝满了走私的银元。

还有一次，在出站口，一个中年男子，带着一男一女两个孩子正在过安检，男孩儿有六七岁的样子，女孩儿年纪更小。陈善珉跨前一步，将他们拦下盘问。

"这是你的孩子？"

"是是是。"中年男子连声应道。

"他是你们的爸爸?"陈善珉又俯下身子,温和地问两个孩子。

两个孩子迟疑又胆怯地望向中年男子。

陈善珉蹲下身来,用更加和蔼的语调对两个孩子说:"不用怕,我是警察。跟我说实话,我会帮你们找到你们的爸爸妈妈。你们的爸爸妈妈一定正在着急地找你们。"

两个孩子这才扑在陈善珉的肩头,放声大哭,边哭边说:"他不是我们的爸爸,我要回家,我想妈妈。"

原来这是个人贩子,这两个孩子是他在建阳拐来的,准备卖到泉州去。

据说在英国伦敦警察厅有些"超级辨别者",他们在人脸识别方面能力超群,能够对见过的人"过目不忘",在辨识罪犯方面卓有成效。陈善珉似乎就有这样的超能力。前文提到的四个假军人,在被抓获前,他们与陈善珉都有过"一面之缘"。那三个腰缠手表的假军人,一年前,他们退伍返乡时,就是在福州站上的车。部队为他们举行欢送仪式时,正在维持秩序的陈善珉,想起自己退伍的情景,不由得往这边看了几眼,那三张面孔,就这样存储在他的脑海里。而那个满身银元的假军人,则是几天前,着便装出现在候车厅。当时陈善珉并未对他特别关注,只是擦身而过。对于这四个人而言,当初的"一面之缘"是"惘然",但对陈善珉来说,却是"此情可追忆"。据心理学家研究,具有这种超能力的人,有的是与生俱来,有的是后天习得。对于后者而言,必须持之以恒,天天训练,才能获得好的效果,而这,只有意志坚定的人才做得到。因为具有异于常人的观察力而参加过江苏卫视《最强大脑》的王昱珩说:"其实我一直认为我不是最强大脑,我只是比别人可能有闲工夫愿意安静下来看一些东西。"

是的,陈善珉就是这样的人,勤奋、执着、专注。他常常看起来是静默的,但其实,他在眼观六路耳听八方。三十多年,每一天他都在对成千上万的旅客进行观察、分析、比较,然后就有了这样的一双火眼金睛。"干一行,爱一行,钻一行",这九个字深深印在他的脑海中。因为肯钻研,肯花时间,无论是计划经济年代,还是改革开放时期,他总能找到不同阶段违法犯罪活动的规律和特点,总能想出应对的手段和措施。

当年那个女客运员曾好奇地问陈善珉:"你怎么看出来她是假孕妇?"

"因为她只有肚子大，胸不大，屁股也不大。"

"我的天啊，我也生过孩子，也知道有这些变化，但从来没注意到这些区别。那你是怎么知道的？"

"我老婆也生过小孩儿，别的女人不能看，自己的女人，多看两眼没关系吧？"陈善珉嘿嘿一笑。

这就是陈善珉，他把所有从生活中学到的知识、总结出的经验，都运用到工作中。根据多年的观察、分析，他总结出假孕妇有四怕，一怕羞，二怕发现，三怕民警，四怕检查。他这种爱琢磨事儿的习惯，保持至今。退休后，在西湖公园观察了几年后，他总结出，人老了有八大变：头白、眼花、耳聋、牙掉、手抖、长斑、流口水、走不动。

中国拐卖妇女儿童的问题从二十世纪八十年代开始严重起来，这与当时的计划生育政策，以及国人重男轻女、养儿防老的意识有关。电影《盲山》、《失孤》、《亲爱的》表现的就是这一类问题。陈善珉识别人贩子也很有一套。说起来，很简单，只有八个字——"以貌取人，闻声识人"。所谓"以貌取人"，就是一看长相，二看着装。看长相，就是看孩子和带他们的大人之间长得像不像；看着装，就是看孩子和大人的穿着从品质到风格是否具有一致性。还有一点很重要，亲生父母通常会把孩子打扮得整整齐齐、干干净净，而人贩子带的孩子，往往衣冠不整、邋里邋遢。所谓"闻声识人"，就是听他们之间怎么称呼。亲人之间彼此交流称呼，一般都有一个具体的称谓，而人贩子和被拐儿童之间，彼此往往以"喂"相称。另外，亲人之间，在行为举止上会比较亲昵，互动比较多，孩子相对活泼一些，而人贩子和被拐儿童之间，表现冷漠。陈善珉说，综合以上方面分析、判断，发现可疑对象后进行盘问，一查一个准。

有人说，陈善珉是个傻子，一根筋，不懂人情世故。他在巡逻时，曾捡到过近两百克的黄金，在没有第二个人知道的情况下，毫不犹豫地上交了。他在稽查违法分子时，对方为了逃避打击，用大把的现金、贵重的物品和他做交易，他不为所动。他查获不法分子后，前来说情的有亲朋好友，有上级领导，有多年的老同事，他统统拒绝，谁的面子都不给。如果对生活没有进行细致入微的体察，缺乏对人性、人情的深刻了解，他就不可能识别人贩子、假孕妇、假情侣、假夫妻。他说，真夫妻，即使在吵架、闹矛盾时，还是一条心,还是有爱情的样子。也许正是明白了这一点,他从不和许美淑吵架,而是从内心深处感谢她。那花儿一样的姑娘,不嫌他穷,只是看到了他眉宇间的轩昂,便毅然嫁给了他,然后不计辛劳、毫无怨言地为他生儿育女,操持家务。当然,他们也没时间吵架,陈善珉的心思全在工作上,没有节假公休;许美淑也体谅他,看到丈夫那么辛苦,她哪忍心增添他的烦忧,而且是那样一个让她骄傲的男人。

还有人说他没有人情味儿,如果没有人情味儿,就不会为那个在南平站发现的死婴钉棺材,找墓地。当时有"好心"人告诉他:"傻瓜,你这么年轻,自己还没有孩子,做这个多不吉利。"但另一些好心人又鼓励他:"小伙子,好样儿的。这是积德行善,好人会有好报。"当年的陈善珉既没有考虑吉不吉利,也没想到日后是否有好报。禁止违禁品上车,这是他的职责,帮助困难群众也是他的职责。早在闽侯白沙,他就在巡线时发现的一具尸体旁,守了整整一夜。这既减轻了死者家属的悲痛,又化解了一场矛盾和纠纷。中国是个人情社会,《红楼梦》中宁国府的上房就挂着这样一副对联:"世事洞明皆学问　人情练达即文章"。人情味儿,本是指人际交往中的相互关心和帮助,但很多时候,它变了味儿,成为权钱交易的捐客。深情的陈善珉之所以被有些人说成没有人情味儿,是因为,他没有用特殊岗位赋予的权力去换取任何个人的好处。

陈善珉是福建的骄傲,多年坚守在平凡的岗位上,默默奉献。他是一名铁路警察,他的执勤点在车站、在线路上,在八闽的山水间。可是他工作的地点又远在八闽之外。他无论走到哪里,想到的都是工作。二十世纪七十年代,他出差路过北京时抽空去参观了人民大会堂和故宫博物院。

人民大会堂作为中国最高的政治议事殿堂,是人民当家作主的一个重要的标志性建筑,几乎每个到北京的人都会前往参观。陈善珉也不例外,他花了两角钱购买了门票,这在当时可是一笔不小的开销。在参观的过程中,他暗下决心,今后要更加努力工作,争当英雄和模范,在这里接受党和人民的检阅,那将是一件多么令人骄傲的事情!不长的时间里,陈善珉就实现了他的光荣梦想。1980年,因为工作突出,他在这里参加了全国公安战线表彰大会,受到党和国家领导人的接见,第一次站在主席台前,他十分激动。同时告诫自己,千万不能骄傲,要争取更大的进步。此后,他又多次来到了这里,都是出席各种表彰大会。就在枪战发生前两个月，他因被评为全国劳动模范，在人民大会堂受到了邓小平的接见。至高的荣誉，更加激发了他的责任感和事业心。

　　在故宫参观时，他认真看展品，仔细听解说，像在参加一个文物知识培训班。这段经历，在他以后的工作中发挥了大作用。1949年之前，中国文物长期外流。新中国成立后，国家十分重视文物保护工作，福州长乐人郑振铎是第一任国家文物局局长。改革开放后，由于境外文物商贩对大陆文物的兴趣、文物交易的高利润，在2002年《文物法》颁布之前，文物走私行为相当猖獗，无数珍贵文物流失海外。以当时的条件，大多数的走私者只能选择火车作为交通工具。具有基本文物知识和丰富查缉经验的陈善珉常常让他们的发财梦断在福州火车站。有一次，陈善珉查获一名携带了16件瓷器文物的旅客，相关部门顺藤摸瓜，在其住处缴获贵重文物83件，从而破获了一起重大倒卖文物案件。

　　郑振铎有一首创作于五四时期的诗歌，题目是《我是少年》，诗中少年锐意进取、勇往直前。诗云：

一

我是少年！我是少年！
我有如炬的眼，
我有思想如泉。
我有牺牲的精神，
我有自由不可捐。
我过不惯偶像似的流年，
我看不惯奴隶的苟安。
我起！我起！
我欲打破一切的威权。

二

我是少年！我是少年！
我有沸腾的热血和活泼进取的气象。

> 我欲进前！进前！进前！
> 我有同胞的情感，
> 我有博爱的心田。
> 我看见前面的光明，
> 我欲驶破浪的大船，
> 满载可怜的同胞，
> 进前！进前！进前！
> 不管它浊浪排空，狂飙肆虐，
> 我只向光明的所在，进前！进前！进前！

诗中少年，何尝不是青年的陈善珉、中年的陈善珉、暮年的陈善珉，他有如炬的眼，有博爱的心田，不愿苟安，一直向着光明的所在，前进！

陈善珉不是福州人，他的故乡在九龙江的支流——永福溪畔。在退休前，他没陪爱人逛过街，也没有在节假日带上全家老小下馆子、看电影，但他熟悉福州每一条街巷、每一家老字号。他或者步行，或者乘公交，或者骑自行车，从火车站出发，取道八一七路，或者六一路，到汽车南站，到中亭街，到聚春园，到安泰楼，追踪嫌疑人，起获赃物。

有一年夏天，一位乘汽车从宁德来到福州准备坐火车去金华的旅客，向陈善珉报警："警察同志，我的包被人偷了。"

"什么时候，在哪儿被偷的？"

"就在刚才，我在广场水池边洗了个脸，一抬头就不见了。"

"包里有什么？"

"有钱包、单位证明、粮票。"

陈善珉在广场、候车室搜索了一番，没有发现可疑目标。他返回问报案人："你来车站前去过哪里？"

"我一大早到的福州，看看还有时间，就去东街口，逛了逛。快中午的时候，我去味中味吃了个饭，然后就坐公交车到了火车站……哎呀，不好，我可能忘在味中味了。这可怎么办？这么远，折腾一趟误了火车不说，指不定还白跑一趟，这可怎么办？"天气本来就热，这位来自宁德的旅客，已然面红耳赤，浑身冒汗。

"不要急,在执勤点这里等我。"

说完,陈善珉回到所里,骑上武夷牌自行车,顶着中午火辣辣的太阳,南行到东街口,停好车,走进了味中味。一问,包果然落在这里,服务员收拾餐桌发现后,把它交给了餐厅经理。取到包,谢过对方,陈善珉又马不停蹄地往火车站赶。来回十公里的路,陈善珉只用了四十五分钟。望着眼前这位大汗淋漓的橄榄绿,宁德旅客不知说什么好,他从包里取出一百元人民币,塞在陈善珉手里,说:"警察同志,我赶火车,来不及了,这点儿钱您拿去买点儿水,解解渴。"

陈善珉淡淡地摆了摆手说:"已经开始检票了,快去,不然真的要误点了。"

见他还在坚持,旁边的方长华说:"你就别客气了,想叫这位同志收下你这一百块,比登天还难。"

那位旅客最终放弃了"纠缠",向检票口走去。他时不时转回头,冲着陈善珉拱手作揖。

群鹰翱翔

一枝独秀不是春,百花齐放春满园。陈善珉不仅自己干得漂亮,还带出了一支优秀的队伍。

方长华,就是其中一位。他和陈善珉一样,也是军人出身,他的故乡在闽北建瓯,他的老家一直到陈善珉退休的那一年(1996年)才通上火车。党的十一届三中全会召开的时候,经过五年军旅生涯历练的方长华退伍转业,加入了福建铁路公安的队伍。进福州站派出所不久,他就知道了陈善珉的大名,心生敬意。刚开始,他和陈善珉接触不多,因为他做的是乘警工作,跑线路,只是在出发前和到站后,与陈善珉打个招呼。这一跑,就是五年。五年里他听到太多太多关于陈善珉的传奇故事。他一方面好奇,另一方面又有些怀疑:"陈善珉真的那么神吗?"跟着陈善珉工作一段时间后,他发现陈善珉一点儿都不神,无非是在工作上比别人花的时间多些。多走,多看,多问,发现的案情自然就多。用陈善珉自己的话说,就是要做到"四勤"——眼勤、口勤、手勤、腿勤。又过了一段时间，他发现陈善珉还真是神人也。神就神在，陈善珉不是一天两天，不是一个月两个月，也不是一年两年，而是十几二十年，把全部的心思都用在工作上。陈善珉的神不仅在于长久坚持，还在于全身心投入，他能把许多看似平常的人和事进行分析、总结，发现规律和特点，并把这种经验和心得再次运用到工作中，他的"看问思查"四字工作方法就是理论与实践相结合的典型。因为像师傅陈善珉一样，肯花工夫，善于思考，方长华也练就了一双好眼力，甚至青出于蓝而胜于蓝。陈善珉曾在旅客随身携带的牙膏里发现秘密，而方长华，在医院的X光照射之前，就能"感觉"到嫌疑人藏在肛门里的金子。当年陈善珉遭受枪击的时候，他就在身旁。有好心人提醒他："工作过得去就可以了，千万别像你师傅一样，不然下一个挨枪子儿的就是你。"方长华和早年的陈善珉一样，也是个寡言的人，他没有多说什么，但心里明镜似的。不法分子的子弹，陈善珉的鲜血，不但没让他退却丝毫，反而更加坚定了他努力的方向。在福州站工作的二十多年里，他抓获的各类犯罪分子4286人，缴获各类走私物品、赃款赃物，总价值达人民币1250多万元，先后拒礼、拒贿50余次，价值4万余元，是继陈善珉之后，又一个威震铁路战线、名扬八闽的稽查能手。在陈善珉退休的那一年，他获得了公安部授予的全国公安系统二级英雄模范的称号。

退休后的陈善珉，忆及往昔峥嵘岁月，常常念叨一个叫丁榕的人："哎呀，我这个女徒弟可不得了，比我还厉害。"1983年，才十八岁的丁榕就参加了铁路公安工作。这位年轻的姑娘，颇有她那位老革命奶奶当年的风范，作风泼辣，胆大心细。她父亲是陈善珉的同事，在一次弹痕检验中，不幸牺牲。她是在陈善珉创造一个又一个奇迹的环境中长大，在她心里，陈善珉就是福尔摩斯，就是神探亨特。和前辈陈善珉、方长华一样，丁榕总能在别人习以为常处发现端倪，总能在别人意想不到处挖掘出不法分子的秘密。并且能很好地利用自己的性别特点，亲密接触女性不法分子，从她们的贴身内衣、私密处，发现"私情"和"隐私"，将陈善珉"四勤"、"四查"的工作方法发扬光大。作为陈善珉的邻居，丁榕很早就习惯了那个每天清晨五点左右就出现在小区的"大叔"。在成为陈善珉的徒弟之前，丁榕当了四年乘警，1987年，加入陈善珉的查堵小组后，作息时间自然和陈大叔一样。榜样的力量，加上自身的努力，丁榕迅速成长起来，在打击走私贩私行动中，表现尤为突出，她先后获得过"中国十大杰出青年"、公安部一级英模的荣誉称号。2000年，福州站派出所成立了以丁榕名字命名的"丁榕查堵组"，培养出了一批"追逃能手"。

继陈善珉、方长华、丁榕之后，福州铁路公安迎来"70后"、"80后"、"90后"，经过科班训练的他们，在警务智能化的今天，能够将传统的查缉理论、实践经验与大数据、云计算、互联网等现代技术手段相结合，取得了事半功倍的效果。这些人中就有二级英模石天清和"杨仁德警务室"负责人杨仁德。

1998年，从铁道部郑州人民警察学校毕业后，石天清先后在闽清车站派出所、沿线和乘警大队锻炼，2001年被调到了福州站这个英模辈出的先进集体，2003年加入"丁榕查堵组"，2004年查获网上在逃人员42名，成为全国铁路追逃冠军。他不仅是追逃能人，还是一个能在两三秒内识别出证件真伪的高手。为了提高查假技术，他经常深入各类假证制作地调查、研究，为了不荒废"武功"，每天都坚持将各类假证放在耳边搓动、辨识，工作以来，他查获的各类假证装满了办公桌的三大抽屉。他的经验是："只要用功，假的再怎么逼真，总有蛛丝马迹可循。"说起陈善珉，石天清很是感佩，"我到福州站工作时，陈老已退休，但他经常来单位，给我们传授他的站车查缉经验。他经常对我们说：'铁路公安工作很平凡，很枯燥，很辛苦。年轻人一定要立足岗位，干一行，爱一行，钻一行，要多干，多总结。'"2007年，石天清被评为全国特级优秀警察，所里开庆功会，请陈善珉为他披戴绶带。受陈善珉精神的鼓舞和启发，2013年，已是副所长的石天清和几位所领导几经商榷酝酿，联合共青团福建省委员会、福建警察学院、福州火车站地区综合管理办公室等单位，在福州火车站设立了全国首个"功模服务站"。2014年12月，该站被评为全国公安机关爱民模范集体，所长林志强作为代表进京参加表彰大会，受到党和国家领导人习近平、李克强、刘云山等亲切接见。2009年，石天清被公安部评为二级英模。

杨仁德是石天清郑州警校的师弟。这位来自闽北松溪的敦实小伙儿，憨态可掬，再加上浓浓的乡音，又平添了几分亲和力，在这样的警察面前，前来求助的乘客很容易产生安全感。但是对违法犯罪分子而言，他又实在"太狡猾"。有一次，为了几分钟内在上万人的候车室迅速找到一名李姓在逃人员，他手举写着名字的纸板，站在椅子上大喊："李某某，你的东西掉了，快来认领。"因为突如其来，排在检票队伍里的李某某，本能地招手作答："这儿，我在这儿。"等他反应过来，已成瓮中之鳖。"杨仁德警务室"成立于 2018 年 10 月 9 日，取代了之前的"功模服务站"，这是全国铁路公安首个以民警名字命名的车站警务室。有人问杨仁德创造奇迹的窍门是什么，他说："如果这世上有奇迹，那一定是努力的另一个名字。"

这些神鹰队的新秀，和陈善珉一样，作为铁路警察，他们都有一双明亮的眼睛、一颗温暖的心，不仅能迅速捕捉不法分子，也能及时发现需要帮助的人。2005 年，石天清在一次帮助困难旅客的事件中受到启发，建立了一个"爱心账号"，以备乘客应急之需。截至 2018 年年底，这个"爱心账号"已帮助了六百多名求助旅客。2015 年，石天清自福州北站调至南站工作。次年，杨仁德又自筹五千元设立"爱心基金"，此后，他多次将自己获得的各种奖金充实到这个基金当中。有一次，杨仁德在进站口截获一名网逃人员，与其同行的怀孕七个多月的妻子，将独自一人乘坐三十三个小时的火车到达州的家中待产。杨仁德就从这个"爱心基金"中提取经费，将孕妇的硬座换成卧铺，为她买了水果点心饮料，又嘱咐列车员予以照顾。在逃犯和他的妻子都十分感动，表示会主动交代，好好改造，也会教育孩子，将来要做一个好人，一个对社会有用的人。杨仁德的警者仁心不仅体现在站区，体现在南来北往的旅客身上，还惠及他黄屯村的父老乡亲——援病助学、捐款修路。杨仁德的生活并不富裕，他只是一名普通的铁路警察，妻子是一名小学教师，可是从警二十一年，他捐助的各类善款多达十几万元。

改革开放四十年来，福州火车站派出所，获得一级英模两人次，获得二级英模三人次，其中陈善珉一个人就获得了两次这样的荣誉称号。一个所有四个英模，这在全国的基层所中是极其罕见的。闽山苍苍，闽水泱泱。江山代有才人出，榜样是前行路上耀眼的光芒，既指明方向，又给予力量。

陈善珉做了三十多年的铁路公安工作，身上的警服颜色几经变化，不变的是他那双明亮的眼睛和那颗温暖的心。他见证了福建铁路从无到有，从低速到高速，从单线到双线，从尽头式到纵横海西铁路网的发展历程。他在祖国的东南门、东海之滨把关守卡，保平安，解忧难，在平凡的岗位上为党的事业和改革开放作出了巨大贡献。

在鲜花和掌声中，陈善珉一直认为自己很平凡，只是做了一个警察、一个共产党员应该做的事，但党和人民给了自己太多的荣誉和关怀。当年陈善珉在医院抢救的时候，时任福建省委书记陈光毅、省长王兆国都下达指示："不惜一切代价，救活英雄。"习近平总书记在福建工作期间，多次到陈善珉家中探望，嘱咐他保重身体，并为他解决实际困难。2018年和2019年春节期间，公安部领导专程到陈善珉家中送去节日的问候，表达崇高的敬意。二十世纪九十年代，福建省老干部合唱团演唱的歌曲《歌唱陈善珉》，至今为福州人民所熟悉，歌中唱道："陈善珉，你是人民的好干警，您是当代的活雷锋，爱憎分明，立场坚定……擒拿凶犯，临危不惧，生死关头，英勇冲锋。"

漫山红遍

又是一年春来到，西湖公园里的山茶、梅花、玉兰又依序开放，将这个消息悄悄地透露给前来游园的人们。开化屿上千株、百余种的茶花，在掠湖而来的春风中摇摆。古堞斜阳外墙的梅花，临水照影，娴静中自有孤标，向晚之际，最是动人：抹斜阳一角，送湖上千里暝色。

走在湖畔博物馆盛开的樱花树下，陈善珉拾起一串落英，轻轻放在许美淑的手里，深情地说："我们家乡的樱花应该也开了。"

陈善珉的老家在龙岩漳平永福，他是村里人的骄傲。当陈善珉在福建铁路公安战线上奉献一切的时候，永福的山乡也乘着改革的春风，发生了翻天覆地的变化。陈善珉年少时放牧牛羊、割稻插秧的山丘坡地，早换了容颜。漫山遍野的杜鹃、樱花、茶树，让永福赢得了"高山花园"、"大陆阿里山"、"中国最美樱花圣地"等多种美誉。

自十八岁离开家乡，因为部队作战和训练的需要，因为公安工作的需要，他回家乡的次数屈指可数。几位至亲病重离世之际，他都没能见上最后一面；父亲去世时，他在广州实习；母亲去世时，他在福州查巡站车；和他最要好的三哥去世时，他在上海出差。直到退休以后，他才能在每年的冬至回到家乡，对长眠在茶山花林下的亲人诉说他的思念。

今年4月24日是中国铁路之父詹天佑逝世一百周年纪念日。一百多年前，詹天佑拼尽他所有的心力，乃至生命，在中华大地上铺铁轨。今天，有许许多多的陈善珉为了铁路网的安全、畅通，同样在奉献他们的青春、血汗和生命。他们都是平凡的人，都是在平凡的岗位上做出了不平凡的事业。一花一世界，一木一浮生。在浩瀚的历史长河中，每个人都渺小如尘埃，唯有汇入时代的巨流中，才能成其大。

左右逢源

——"时代楷模"汪勇的故事

胡 杰

"一个湘西大山里的土家族少年,从参军、提干,转业当民警,一路走来,直到成为出入人民大会堂的'时代楷模',我的成长经历正好见证了中国的改革开放四十年。"四十八岁的汪勇曾这样说。

——题记

倒 查

汪勇最早在分局范围内出名,缘于一件坏事儿。

有一年春天,陕西省西安市咸宁东路一家汽车修理部发生汽油闪爆,造成五死一伤的事故。省、市、区各级都非常重视,马上成立了调查组,明确要求对相关责任人进行倒查追责。发生闪爆的地点,属于西安市公安局新城分局韩森寨派出所辖区,负责的是咸东社区民警汪勇。

事发第二天,汪勇就被调查组叫去,接受调查。"你是怎么履行职责的?都做了哪些防范措施?认识管理对象吗?有没有办理相关手续?签没签有关责任书?"调查组的问题一个接着一个。

对事故倒查,可不是闹着玩的。西安曾发生一起燃气泄漏事故,一家肉夹馍店发生爆炸,造成多人伤亡。倒查下来,派出所负责消防工作的副所长被撤职,社区民警被追究了刑事责任。

这天，陪同汪勇去调查组的，还有韩森寨派出所的所长和新城分局局长。"怎么样？有咱派出所的事儿吗？不会把汪勇怎么样吧？"汪勇是个转业干部，当社区民警只有三年。在警察队伍中，他差不多还是个"新兵蛋子"呢。冯厂生局长一出来，忐忑不安地守在外面的政委杜创建马上迎上前问他。

杜政委刚调新城分局工作不久。一个月前，一天晚上他下去检查工作，正要去另一个派出所，指挥中心报告说，韩森寨派出所一个民警出警时被打了。杜政委让司机掉转车头，立即去韩森寨派出所。一进派出所，值班民警指着留置室里的一个小伙子跟他说："袭警的，就是他！"这小子身高有一米八几，身体壮实，满嘴酒气。到这个时候，酒还没全醒。

"哪个民警被打了？"杜政委接着就问。

"汪勇。"值班所长告诉他。

当天晚上八点左右，公园南路一家餐馆发生一起醉酒闹事事件，有两个小伙子喝多了，和餐馆服务员发生了撕扯。所里出警的民警里，就有汪勇。借着酒劲儿，留置室里的那个猛人对冲在前面的汪勇推推搡搡，口口声声拳打狄寨塬、脚踢纬什街，不信，就去打听打听他。"我们是警察！你今天酗酒打人，我就要管你！"汪勇这么说，就是明显不给面子。眼前这个说话的警察个子只到他肩膀，怎么敢跟自己叫板？猛人挥拳就往汪勇的脸上砸，把汪勇的警帽都打落在地。最后，汪勇掏出了警用催泪喷雾器，给猛人及时地上了点儿"眼药"，和同事一起好一番折腾，才把他铐上了警车。

在三楼一间办公室，杜政委见到了汪勇，汪勇的形象让他很意外。以前，新城分局有个从部队体工队下来的篮球队员，身高两米二，骑着加重的自行车像骑着辆童车一样。杜政委没想到，新城分局还有个子这么小的民警。听值班所长介绍，汪勇抓那个壮汉挺勇猛，杜政委因此对汪勇印象深刻。

"没事儿，没事儿。"一见杜政委的紧张劲儿，冯局长笑了，"你把汪勇的台账看看，就知道了。那台账整整齐齐，不但每个月都有检查记录，还和每家店的负责人签订了安全责任书。连公安部消防局的一位领导都当场说，像这样的社区民警，不仅不该受到处罚，而且应该受到表扬呢！"

就这样，汪勇经历了他警察生涯里的一次重要考验，成为分局关注、培养的一个社区民警榜样。

身高只有一米六，汪勇"海拔"是真低了点儿。能当上警察，和汪勇的性格有关，也和他一次遭遇打劫的经历有关。

汪勇刚刚转业的那个冬天，有一次去阎良区看望已在那里安家的弟弟。回到西安市里时，一场大雪正下得猛。走到太华路立交桥下，他让一个小青年盯上了。汪勇正走着，这小子把一只白色旅游鞋往他脚下一伸，然后一声惊叫："哎，伙计！"

"咋了？"汪勇一张嘴，就坏了，他的湖南普通话让人一听，就知道是外地人。

"咋了？来来来，过来跟你说个话。"说话间，路边又凑上来三个小伙子，跟白旅游鞋一起把他推推搡搡。汪勇想往前跑，前面又有三个小伙子，正在跟他招手。显然，他们是一伙儿的。这天也实在糟糕，汪勇身上带着八千元现金。钱来得不容易，要是让这些家伙抢走了可如何是好？

"先别动，你们弄清我是谁再动手！"紧急时刻，汪勇想到口袋里有还没上交的军官证。当他手伸到口袋里往外掏证件时，那几个小伙子突然四散跑掉。

说到这儿，就扯远一点儿。据资深的刑警介绍，现在的电信诈骗案，嫌疑人一般也有几项原则。打电话时，如果听出受害人是这样几种身份，嫌疑人一般会放弃继续行骗：军人、警察、公务员，以及老上访户。对于骗子来说，他们也不愿意惹火烧身。那几个想抢汪勇的人，是不是也有类似的原则呢？不得而知。但汪勇后来一直认为，那帮人多半把自己当成了警察，才没有霸王硬上弓。

以前当战士时，有一回买烟，汪勇掏出一百元，人家找他九十多元。人家当着他的面数了两遍，汪勇看得清清楚楚，一分都不少。可回去以后，再一点，却发现少了二十块钱。那个时候，他就很想知道，那些坏人都有怎样的猫儿腻。经历了雪天差点儿被打劫这件事，汪勇对自己今后的职业就有了一个明确的目标：进公安局，当警察！

那会儿，公安局是热门单位。转业干部多半把当警察当成第一选择。军装穿惯了，再脱下来，都有些难以割舍。而警服是最接近军装的制服，而且，军人有军衔，警察有警衔。不过，有不少转业军人当上警察之后，却发现真实的警察职业同他们当初的理解和想象差别很大。有个部队的营职干部到了分局后，一听说二次分配让他去当巡警，眼泪唰地一下就下来了。后来，领导让他去督察大队，像破涕为笑的小孩子一样，又神气活现起来。督察戴个白钢盔，是个管警察的警种。他的腰杆就此挺得板板的。当然，这样的事儿，同事们私下里都是当成笑话在说呢。

汪勇不傻。想进公安局，他也找过关系。在部队，他给一位首长开过车，老首长对他印象不错，正好地方上又有朋友，于是替他给一位公安局的部门领导打了电话。本来，人家满口答应尽量帮忙。可一见汪勇，人家态度就变了："你！"领导说话有些迟疑，"你恐怕不适合当警察吧？"领导没明说，但汪勇从领导上下打量他的目光里已经清楚，人家嫌他个子矮。

当年当兵时，十八岁的汪勇身高还不到一米六呢。人又长得瘦小，体检根本就没过。汪勇他爸买了包好烟，悄悄塞给人家体检的大夫。人家狠狠瞪了一眼，毫不客气地给扔了回来。在当兵这件事儿上，汪勇他爸的决心可真大。第二天一大早，汪勇跟着老爹又赶了二百多里路，来到县城，找了县民政局一个远房表叔。表叔领着他们见到了接兵的一个排长，好说歹说，人家才把他收下了。其实，排长能下决心收他，是因为他们要招的兵种是工程兵。和坦克兵有点儿类似，工程兵要钻山洞打隧道，个儿大了还真不行呢。因为湖南、四川两地的人个头儿偏矮，部队才把身高要求定在一米六以上。后来的事实证明，汪勇没辜负把他招进部队的排长。在部队，他入了党、提了干，而且三次荣立个人三等功。

凭着部队的功绩分，汪勇转业时可以优先选单位，他还是当上了警察。当时，转业干部都先进特警支队。一两年后，才调到了新城分局韩森寨派出所。找到所长，汪勇说他想干刑警。可是，第二天会上一宣布，却让他到咸东社区当了社区民警。

所长叫程波，像关公一样，面如重枣。老刑警出身的程波，阅人无数。他看人，眼光老辣着呢。程波清楚，当刑警，特别是在派出所当刑警，不光要更多地面对面与刑事犯罪嫌疑人较量，而且警服穿在身上，得对坏人具有威慑力。以汪勇的个头儿，很难有这样的气场。不过，和汪勇聊过之后，程波对这个新民警还是高看了一眼。一个从贫困山区走出来的兵，在部队喂过猪、做过饭、挖过隧道、当过卫生员、通讯员、公务员、运输兵，能够入党、提干，这已经足以说明，他具有很强的融入能力，适应性强。社区民警跟形形色色的人都要打交道，不正需要有这样特点的人吗？

一心想干刑警，所里却让干了社区民警，汪勇就没有想法吗？程波也在观察他。可是，他发现汪勇既没托人过来跟他说情，也没有为此闹过情绪。这个小个子转业军人，真的潜下心去干社区工作了。

咸东社区是派出所地盘最大的一个社区，周边几个城中村，住着大量外来人口。这一片儿老旧院落多，下岗职工多，案子发得也特起劲。特别是东城桃园小区，动不动就因为发案上了报纸、电视。别说社区民警，连程波对这个小区都伤脑筋。东城桃园小区是西安最早的一批商业小区之一，面积不算大，也就十几栋楼。可是，有一段时间，小区像中了彩票一样，平均每个月都要发六七起入室盗窃案。小区建得早，人住得杂，好些业主连物业费都不好好交。以前的社区民警也费了不少劲抓防范，效果却不明显。

换人如换刀。汪勇去了以后，东城桃园小区却很快有了起色。汪勇随和，跟物业工作人员关系处得相当好。人又勤快，遇到业主跟物业发生矛盾，他能随叫随到。程波听说，汪勇还把房屋出租、暂住证办理的登记权限和住户身份的登记验证权限下放到物业，让物业协助他管理。有了这个"权"，遇到不肯登记身份信息的主儿，物业就可以按规定限制购水购电。有民警撑腰，物业有了权威，管理上不再那么难缠了。当然，程波清楚汪勇的心思。依托物业，他正好可以把小区的常住户、租住户很快摸个清清楚楚。而且，有了这个程序，一些底子潮的主儿也就不愿来东城桃园小区租住了，因为交物业费的时候，会暴露他们身份信息的。

过去，因为资金问题，东城桃园小区技防一直不到位。这也是这里案件高发的一个重要原因。让程波意外的是，汪勇居然找到了物业公司的上级老板，一次就给小区解决了三万多元的高清摄像头、路灯和探照灯。汪勇还提供线索，联手所里刑警在东城桃园小区设伏，打掉了一个技术开锁入户盗窃的团伙，一气儿破获了一百多起同类案件。那伙贼都是大白天趁人上班时作案，进屋以后，只要是值钱的东西，见什么偷什么。偷来的赃物从电视机、摄像机、笔记本电脑，到名表、金首饰、玉手镯，再到羽毛球拍、集邮册，应有尽有，摆满了派出所一间大房子。这回，当着一大群记者，程波也扬眉吐气了一把。再后来，汪勇配合物业，整治小区停车问题。有人告状告到程波这儿来，程波坚决给汪勇撑腰。一个治安老大难小区，就此翻篇儿了。

其实，初当社区民警，群众并不接受这个湖南口音的小个儿。敲门走访群众，有人不仅不开门，还隔着铁栅栏防盗门飘凉话："警察？我知道你是真警察还是假警察？"没办法，那会儿，汪勇的警官证还没办下来呢。

汪勇把照片、联系电话制作成社区民警公示牌，挂在社区每栋楼里。有人把照片眼睛挖掉，还给脸上糊上了泥巴。这事儿，搁谁，都会不爽。汪勇也一样，很不痛快。当然，他很快就知道这事儿是谁干的了。

这栋楼里，住着一个精神病人老李。老李原本就内向，后来又连续经历了下岗、离婚等倒霉事儿，脑子就出了问题。犯病时，他拿榔头砸过邻居的门，还烧过人家的门帘子。有人报警，汪勇能不管吗？汪勇收过老李的榔头、打火机，俩人有肢体接触，就把他得罪了。

知道老李拿自己的公示牌泄愤，汪勇"噔、噔、噔"就去了老李家。敲门，里面没动静。汪勇说出的话，却让老李爱听："李哥，开门，我是部队转业的小汪！"老李当过兵，对部队有感情。门缝里看到汪勇手上拎的水果，老李才把手中紧握的菜刀搁到一边儿。

"李哥，你的花养得真好！"进屋后，汪勇扫见了门口杂物上放着的那把菜刀。可他跟老李的交流，却是从夸他的花开始的。

"这盆是铁线蕨，这盆是金钱草。"汪勇问，老李就答。问到一盆半高的绿植，老李告诉他，这叫袖珍椰子："那是我儿子过生日时，同学送的。他端回来时，就巴掌大一点儿。那会儿，他还上小学呢。现在，养这么高，已经好些年了。"说到儿子，老李的神情又暗淡下来，重新变得沉默不语。

老李的房子黑乎乎的，电线到处乱扯，房子里的灯却不亮。晚上照明，居然靠的是一台旧电视机。汪勇找来电工，给他重新布线，装上节能灯，房间里重新变得明亮起来。老李生活拮据，汪勇也看在眼里。他帮老李联系原单位，费了不少口舌，赶在春节前给他争取到了四百元的生活补助。钱虽不多，但老李却很在意。打这儿以后，再看汪勇的民警公示牌，老李总会给擦得干干净净。

在安装四处北院，汪勇认识的第一个人，是像电影演员田华一样满头白发的徐宝老太太。当时，徐奶奶是北院的居委会主任。汪勇还是部队的习惯，一见面，给她敬了个军礼，把老太太吓了一哆嗦。后来，工作上打交道，就多了。院子里一有事儿，徐奶奶就给汪勇打电话。

徐奶奶的儿女离得都远，她家就她一个人住。汪勇嘴甜，一见面就阿姨长阿姨短的。老太太有啥干不动的活儿，比如每年天热时要拿抹布擦吊扇上的灰，汪勇就搭把椅子替她干了。有一回，老太太眩晕犯了，第一个电话打给汪勇，第二个电话才打给她儿子。为啥？老太太岁数大，可不糊涂。她知道，汪勇的社区警务室离她家只有一站；她儿子打工的地方，有十几站呢。

那天下着雨，汪勇打车把她送到医院，开了核磁共振的单子，她才想起，出门走得急，医保本落在桌子上了。"没关系，我去给您取！"汪勇把老太太安顿在走廊的椅子上，就赶快返回她家取医保本。取回医保本，收费窗口也排到了，老太太又想起医保卡没带。外面雨下得哗哗的，咋办？没辙，汪勇只好又打着伞跑回她家取了一趟。等他一脚泥水再跑回来，什么都搞定了，徐奶奶儿子才赶到医院。

和徐奶奶住一个院的张奶奶，心脏不好。张奶奶老伴儿叫王志茂，前些年在银行存了一笔钱，用的却是他过去的旧名字王子茂。因为户口本上没有更名信息，有一回，老两口儿急需用钱，银行却不给取。老两口儿前后往银行跑了三四回，人家认定账户上的名字和身份证、户口本上的名字不一样，说啥都不给取，让他们找派出所开证明。

张奶奶就去找了汪勇。问明详细情况，汪勇抓紧时间就给他们办。两天后办下来，又赶上下大雨。想着老两口儿等着用钱，外面下雨路滑，汪勇干脆就把办好的户口本和证明材料给张奶奶送了过去。

"一听敲门声，我就知道是汪勇。"提起汪勇，张奶奶就笑眯眯的，"他知道我有心脏病，敲门都是轻轻的。我家人以外，只有他是这样的。也没人跟他说过啥呀！"张奶奶喜欢像祥林嫂一样，反复说起这事儿。而且，她一定会强调汪勇那天晚上的敲门声。

穷　人

　　前些年，陕西首次推出了三位"三秦楷模"，汪勇是其中之一。来年春天，有艺术家专门为汪勇写了一首歌，电视台要配着词曲拍个MV。本是阴天，编导却要下雨的画面。于是，就从一户人家接了水管儿，天上、地下一通浇，足足浇了半个钟头。镜头满意，编导喊收工，汪勇却悄悄把那户群众拉到一边，要塞给人家一百块钱。这钱，人家怎么会要？俩人一拉扯，别人就看见了。"这家人我知道，生活挺困难。平时用水，可省了。下雨天，还接雨水浇花、拖地呢！今天让人家水龙头流了那么久，多不合适。"钱没给出去，事后汪勇很不安。

　　一天晚上，汪勇在所里带班，所里接到一家面馆老板电话报警：有新疆人持刀在面馆闹事！汪勇带民警全副武装赶去，却见面馆里三层外三层，就围了一个新疆小伙子。刀呢？就一把削铅笔的小折叠刀罢了。一问，小伙子不过就想吃碗面，只是身上没有带钱。"端一碗面，要大碗的，我出钱！"汪勇盼咐老板。吃饱了肚子，刚才情绪激动的小伙子才平静下来，说出自己的姓名，以及自己刚从牢里放出来、身无分文的情况。那么，小伙子该到哪里去落脚呢？汪勇听说他在火车站一家烤肉店给老乡打过工，就替他拨通老乡电话，让他跟老乡通了话。送他出门，汪勇又给他挡了辆出租车，把二十元车钱塞他手里。

　　基层民警，遇到别人有难处，喜欢慷慨解囊的，不少。汪勇就属于这类人。尽管，他从来就不是一个有钱人。

　　我当年采访汪勇时，他还不出名。也是临时动意，我让汪勇领着去他家里看一看。汪勇当时的家，就在他派出所对面一个老小区。一栋简易楼里，一套租来的房子收拾得干干净净。说是一套，其实只有一间。三十多平方米的房子，被汪勇隔成两半：他们夫妻俩半间，奶奶和孙子住另半间。一张架子床，当时十五岁的儿子睡上铺，七十岁的老母亲睡下铺。"这柜子、饭桌和儿子学习用的桌子，每样都是五十元，都是我从旧货市场淘来的。"摸着这些家具，汪勇一一告诉我。

一个民警，论工资收入，在工薪阶层里应该算是比上不足比下有余的。汪勇的家境为什么会这么清寒呢？采访汪勇时，我就带着这样的疑问。

拨开头顶的头发，汪勇让我看他头上的几道伤疤："这些疤痕有一岁时留下的，也有两岁时留下的。小时候，父母要忙着种田，没时间管我们，就把我们往山坡上一放。我们抓着自己的屎都吃过，别说头上的伤了。"

汪勇是湘西的土家族，老家至今住着像凤凰古镇上的吊脚楼，支撑吊脚楼的，不是水泥柱子，而是很粗的圆木。他的父母一共生过七个孩子，四子三女，活下来的，只有他们四兄弟。四个兄弟中，汪勇排老二。他的哥哥弟弟们，都在打工。当时，他四十八岁的哥哥在广州扛水泥、石灰，干下苦的活儿。兄弟们日子过得艰难，给父母养老的担子差不多就全落在了汪勇一个人身上。谁让他是这家里唯一"吃公家饭"的人呢？

1990年3月，汪勇离开湖南省沅陵县清浪乡麻栗坡村老家，要去当兵。离开家的时候，父亲给了他五百元。当时，汪勇简直想象不出，父亲怎么拿得出这样一笔"巨款"。后来才知道，家里卖掉了唯一一头用来耕田的水牛。怕他把钱弄丢，母亲小心翼翼地把钱缝在了汪勇的背心里。临走，父亲留给他就一句话："出去以后，就是要饭都不要回来！"

在部队，汪勇当了近十年义务兵，这期间做过挖隧道的工程兵，喂过猪、做过饭，当过卫生员、通讯员和公务员，还当过运输兵。他有A照，现在仍能开大客车。凭着勤快、肯吃苦，汪勇终于被提了干。要知道，那个时候义务兵转干非常不容易，一个师一年也只有一两个指标。这以后，排长、副连长、汽车连长、后勤部助理员、司令部政治协理员，汪勇一步一个脚印干下来，直到由营职转业。

2005年，西安的房价还没涨起来。转业时，汪勇有部队发的八万多元安家费。别的战友开始按揭买房，但他不敢花这个钱。汪勇的妻子家在临潼农村，随军家属按说转业应当安置工作，但实际上她一直没有工作。作为一代新移民，汪勇在西安用钱的地方很多。更何况，他要留着钱给老父亲看病。

汪勇父亲从很年轻时就患有肾病。农村，医疗条件差。去医院看病花钱不说，交通首先不方便。上趟县城，得先坐拖拉机到乡里，然后再坐很长时间的船。所以，多年来，父亲都是能忍就忍。等他实在疼得受不了，到西安一检查，右肾已经完全坏死，左肾也有多颗结石，输尿管堵塞。汪勇把老父亲送到医院，一天就得五六千元，没等到做手术，就已经花掉了三万多元。看到账单，父亲跟医生急了眼："你们以为我儿子是什么人？他狗屁都不是，就是个小民警。你们这样干，是逼他去犯罪！"于是，老汉说什么都不肯再做手术，硬是从医院搬了出来，闹着回了湘西老家。

  这些年，汪勇母亲一直生活在汪勇身边。为了减轻儿子的负担，老太太多年来一直在打工。老太太最后一份工作，是在一家超市做保洁。超市清早六点多打卡，老太太常常四点多就起床，生怕睡过了。可有一回，老太太上午快九点给汪勇打电话，不知道自己在什么地方。其实，超市离他们家也就一公里多点儿，但老太太脑子反应有点儿迟钝，再加上山里人，在大城市分不清东南西北，结果一气儿走了好几个钟头。最后，打车回来，汪勇付给出租车司机三十多元钱。出了这样的事儿，汪勇才硬是让老母亲辞了那份工作。

  家里困难，连老母亲都出来找活儿干，汪勇怎么不让媳妇出来工作呢？我问汪勇，才知道她家有些具体情况。汪勇媳妇是临潼马额人，父亲是位老教师。乡村学校缺师资，老教师仍在教书，可他乡下还有个九十高龄的老父亲需要照顾。于是，汪勇媳妇经常得回乡下照顾爷爷，西安临潼两头忙。爷爷在九十一岁去世，汪勇媳妇才在西安轻工市场找了个卖水杯的临时工作。家里有老人，有上学的孩子，她得给他们做饭呢。

  汪勇家厨房灶台上，放着一台像是宾馆用的那种单开门小冰箱。汪勇说，这是转业前部队一位老领导送他的。送之前，人家也已经使用了好几年。我专门打开冰箱看了看。这台小冰箱只有冷冻室，里面的冰很厚，一只保鲜袋套着的碗里，放着一点儿烧好的熟肉，除此之外，就没什么了。"我们家一个月的生活费，一千块钱就是一堵墙。"汪勇说。如果照湖南人的吃饭习惯，炒菜、米饭，每月至少得一千五；好在他媳妇主要做陕西饭，以面食为主，油泼辣子就算一道菜，所以，生活费就能控制住。"我们两口子身上的衣裳，也没有超过一百元的，都是地摊儿货。我媳妇也不在意这些。"

  我注意到，汪勇家里没有电视机。"原先有一台，因为怕影响孩子学习，就把电视处理掉了。电视机虽然旧了点儿，但图像、声音都好好的。可收旧家电的却只肯出五十，我说，拉倒吧。我还不卖了呢。"汪勇说，"我就把电视机送给了黄金顶。"

后来，我跟着汪勇去过省建八公司家属院黄金顶家。黄金顶偏瘫多年，看上去有六七十岁，其实那会儿才五十来岁。黄金顶一直没结婚，以前有理发手艺，偏瘫后，这些年就一直一个人待家里。汪勇告诉我，黄金顶年轻时，曾在河南找了个对象，要去跟人家结婚，把户口都迁过去了，对象却黄了。他迁到河南的户口，还是前任社区民警费了挺大劲帮他迁回来的。以前，社区民警帮助黄金顶，主要是逢年过节给他送些米面油之类的东西，基本上都是"规定动作"，没什么"自选动作"。对于帮扶黄金顶，派出所就有不同声音。过去，黄金顶曾因赌博被派出所打击处理过。有些人认为，像他这样的人老无所依，是自作自受的结果。

黄金顶是个大多数时间都躺在床上的人，对他来说，电视机的重要性就比一般人大得多。他原来看的是一台黑白电视，图像差得几乎看不清。汪勇送去的旧电视，正好解了他的燃眉之急。

从一接手咸东社区，汪勇就开始照顾黄金顶。在他眼里，黄金顶只是一个可怜人。黄金顶现在一直在领的低保，就是汪勇帮他办下来的。黄金顶行动不便，只要从他家经过，汪勇都会去给他帮帮忙。一进门，拖地、抹屋子，手脚不停。临走，还会帮他把垃圾带下楼。

有一回，大冷天，汪勇发现黄金顶正端个纯净水瓶子服药。一问，煤气灶坏了。汪勇没言语，当天就去给他买了个煤气灶装上。黄金顶就特感动。这事儿他给他妹子都说了半个月，他妹子也没来给他换。

一晃四年过去，汪勇送给黄金顶那台旧电视因为型号太老，连不成机顶盒，只能看两三个频道。考虑到黄金顶确实需要看电视，2012年春节前，汪勇下决心，花六百多元给他买了一台新电视。

有必要说说这六百元对于汪勇是个什么概念。直到2013年，汪勇一个月也就挣四千多元。儿子小饭桌、补课，得一千元；一家人吃饭得一千元，房租一月八百元。每个月，他还得给老父亲寄生活费，一年下来也得上万。如此下来，汪勇一家省吃俭用，一个月下来也只是略有节余。我问汪勇，花六百多买台电视机送别人，你乐意，你家属愿意吗？汪勇笑着说，他也考虑到了这个问题。为此，他专门领着媳妇、提着水果，去看过黄金顶一次。"我媳妇也是苦孩子出身，黄金顶日子过成了那样儿，她看了也挺难受。我再去买电视，就不用背着她了。"汪勇说，在家里，还是他说了算。

这几年，黄金顶的病变得更严重了。以前他还能下楼，现在彻底不行了。一天三顿饭，都是社区的义工给送。他住的房子很老旧，没有暖气。怕黄金顶冻着，汪勇后来又掏了几百块钱，给他买了个电暖气。电暖气用电量可比电视机大，怕黄金顶家的电源插座不安全，汪勇还专门给他买了个接线板，给他接好才走。

对于汪勇来说，黄金顶只是他帮扶的一个对象，但对于黄金顶来说，汪勇却是唯一靠得住的人。有一次，汪勇正在分局开大会，黄金顶打来电话："汪警官，我难受得很，恐怕要上医院。"汪勇赶快就从会场溜出来，打的过去，用轮椅推着黄金顶上医院看病。年前，黄金顶好些了，汪勇又推着他去医院复查了一回才放心。社区要给困难户发笔额外的补助，要求本人得到场。又是汪勇陪着黄金顶过去，领了钱，还帮他存进银行。他要用钱，一打电话，汪勇就帮他过去取钱。

像黄金顶一样，红旗机械厂小区的杨玉凤母女也是汪勇关照的重点人员。杨奶奶如今已经八十多岁，仍在照顾双目失明的女儿。她女儿还有癫痫病，连大小便都失禁，也是快六十岁的人了。汪勇不嫌弃她，每次登门，都称她"姐姐"。

早些年，有一次杨奶奶不小心摔伤了胯骨。那段时间，汪勇往她们家跑得最勤。像在黄金顶家一样，她家里的一些活儿，汪勇也顺手就干了。转眼到了盛夏时节，有一回汪勇去她们家，发现她们家不到三十平方米的西晒房子，简直像烤箱。一打听，原来，她们家的电风扇坏了。杨奶奶没有空调，就是有，电也用不起。汪勇自己摆弄了半天，电扇确实转不起来。他就拎到外面，找了家电器维修部请里面的师傅看看。一问，人家说这风扇型号太老了，零件不好找。要修好，起码得两三天。

天这么热，站阴凉地儿，汪勇的汗都在不停地往外冒。这两三天，让这母女俩可怎么熬呢？买个新电扇，也就百把块钱的事儿。但汪勇知道，杨玉凤阿姨是个要强的人，她一定不肯收的。于是，汪勇熟门熟路地来到旧货市场，花五十元买了个还不错的旧电扇，给娘儿俩送了过去。他跟她们说，他家装了空调，电扇用不着了。

汪勇当上"三秦楷模"后，市公安局照顾汪勇，分给他一套六十平方米的旧房子。至此，汪勇一家结束了租房子住的历史。转眼间，儿子汪毓泽也已经长成了大小伙子。过年的时候，汪勇曾让上高中的儿子陪着自己，拎着米面油及自己家蒸的馒头，到社区看望过黄金顶、杨玉凤这些困难群众家。"这孩子，打小就挺懂事。因为我没钱交择校费，他小学、初中都上的是普通学校。"2018年岁末，和汪勇一起出差去北京，高铁上和他聊到了儿子。上高中时，汪毓泽还是考上了一所市重点。高考时，他的分数过了一本线，被一所公安院校录取。"第一次参加大型活动执勤，学校大概给他发了三百多块钱补贴。一拿到钱，他就给我和他妈发了红包。给了他妈二百元，给了我一百元。"提起儿子，汪勇语气里透着自豪。他说，儿子拿到了奖学金，又承包了学校图书馆的打扫卫生工作，一个月有五百元收入。这样，一个学期下来，他只向家里要了不到六千元生活费。"从学校回家，他都舍不得坐高铁，嫌贵。我劝他，他都不听。"

2017年国庆放假前一天，所里晨会结束，汪勇一回办公室，就发现一对中年夫妇正在门外等他。一进门，没等说事儿，女人就给他跪下了："汪警官，你得帮帮我呀，我们实在没办法了！"

扶起哭哭啼啼的女人，才知道是这么一回事儿：这两口子九年多以前收养了一个男孩儿，直到现在仍报不上户口。学校刚刚下了最后通牒，一个月之内拿不来户口本，就要勒令孩子退学了。

男人姓冯，陕钢厂的下岗职工；他媳妇家在咸阳乡下。老冯下岗之后，夫妻俩在田家湾村开了一个生产蜂窝煤的小作坊。他们的小独院，是租别人的。为了省几个钱，他们又把多余的一间房，租给了一家在西安看病的富平人。一个六十多岁的老汉带着儿子、儿媳和孙子，挤在这间十几平方米的小屋里。这家的儿子得了尿毒症，儿媳又怀着二胎，孕检说是个双胞胎，还是男孩儿。熟了以后，老汉就常跟老冯夫妇倒苦水。因为给儿子看病，家里已经把钱花光了。本来过日子就艰难，再添俩孙子，可怎么养活呀！

老冯夫妇心软。看老汉那熬煎劲儿，就动了收养他一个孙子的念头。时间一长，两家人处得像一家人。老汉一家在西安看不起病，带儿子回到富平老家，老冯夫妇还去看过他们多次。后来，老汉儿子病故，儿媳如期生下了双胞胎。孩子生下来第五天,老冯夫妇就去抱回了其中一个男婴。

抱养孩子之后,双方的心思都起了变化。老冯夫妇本来有个女儿,中年得子,不希望别人知道孩子是抱养的。打这儿以后,他们也就不再跟富平老汉那边再联系。前几年,城市里不允许烧蜂窝煤,小作坊关了门,老冯靠给卖沙发布的门店打工谋生,收入微薄,一家人过得也很难。为给养子报户口,老冯夫妇到派出所、民政局跑了足有几十次。要报户口,派出所需要孩子父母出具亲子鉴定。可是,老冯夫妇从富平老汉那儿得知,儿媳妇生下双胞胎不久,扔下孩子就跑了,听说已经改嫁,但嫁到哪儿去了,老汉也不知道。显然,儿媳也不想让人知道这段过往。给孩子做不成亲子鉴定,就只能通过民政局办收养手续。西安的民政局认为,孩子是在富平生的,理当在富平办手续;可是,富平民政局却认为,老冯夫妇有自己的亲生女儿,根本不具备办收养的条件。如此这般,皮球踢来踢去,孩子的户口一直没解决。

因为知道自己没户口,老冯的养子从上幼儿园开始就很自卑。因为小朋友喊他"黑娃",他曾经回家问过老冯夫妇:"我是不是被拐卖来的?"到了上学年龄,因为没户口,所有学校都不收。直到孩子长到九岁多,老冯才在南三环外一个私立学校给他报上了名。但是,开学不到一个月,学校又给他下了最后通牒:如果拿不来户口本,就只能让他退学了。

处理完手上的急活儿,汪勇马上和老冯夫妻一起去了趟孩子上学的学校,见到了教导主任:"孩子是无辜的。给他办户口,是派出所的事儿。能不能让他先在这儿安静地上学,给我们些调查取证的时间?"汪勇亮明了自己的身份。

"不是我们不想让孩子上学,实在是上面查得严,我们也受不了呀。"和跟家长说的一样,教导主任给汪勇的时间,也只有一个月。

国庆值班后换休,汪勇马上联系家长,准备到富平跑一趟。因为汪勇没有私家车,老冯找朋友开来一辆很破旧的北斗星。10月4日一早,汪勇和老冯夫妇一起上路。这个时候,汪勇已经当选党的十九大代表,电视上频频露面。一到富平县公安局户政大队,他就被接待的民警认出来。户政大队积极配合,派出两路民警,一头儿去找孩子出生的医院取证,一头儿想办法寻找孩子的生母。

方案是汪勇提出来的:一是找到孩子生母,确定孩子与母亲的关系,然后在孩子母亲户口所在地给他报上户口；二是把生母与养父母叫到一起，办理相关公证手续。有了这手续，可以想办法在西安给孩子报上户口。但是，两条方案前提都一样：必须找到孩子的生母。

汪勇自己这一路，是跟着老冯夫妇，摸到了孩子的爷爷家。头发、胡子和眉毛都已经花白的老汉带着两个孙子在过活，一眼就看得出，他们的房子在村里最为破败。一家三口，身上都是破衣烂衫。老汉说，儿媳自打离开家，这些年就再也没有回来过。听人说，她嫁到了出琼锅糖的流曲镇，至于在哪个村，他就不清楚了。汪勇又来到流曲镇，通过当地派出所，终于查到了孩子生母的地址，找到了她。

这是一个两腮有"红二团"、面容苍老、憔悴的女人。见到她时，她戴着围裙，正在做饭。她的头上，戴着一顶像是医院才有的白帽子。见到警察找上门，女人眼神慌乱。可是，稍稍镇静下来，她一口否认有个孩子让人抱养这回事儿，态度十分生硬。

"你知道你的亲骨肉这些年经历了什么吗？"汪勇给女人讲述了她儿子这些年因为报不上户口一直无学可上的经过，"当初抱养孩子时，老冯夫妻俩意见就有分歧。这些年，老冯早就打算把孩子给你送回来。为这事儿，他们夫妻俩吵了多少次架，你知道不？"汪勇一边说，老冯一边默默地点头附和，老冯媳妇的眼泪早就忍不住，只是她捂着嘴巴，才没有哭出声来。到这份儿上，白帽子女人也哽咽起来："我求求你们，别给我添麻烦了。我有这么个家，不容易呢。我是二婚，现在又有了娃，还要过日子呀。我当家的脾气不好，村上人都知道的。当初结婚时，我就答应过他，不和过去的娃来往。这事儿让他知道，不得了呢。"说着，女人的眼泪也越过皱红的双颊，流成了两条线。

虽然女人还有抵触情绪，但孩子生母毕竟找到了。流曲派出所民警说："甭管了，汪所，剩下的事儿，就交给我们了。"

离开流曲镇，已经是晚上九点多。这时候，下起了很大的雨。汪勇发现，司机开车很吃力。一问吓一跳，司机有点儿弱视，平时晚上都不敢开车。"算了，我来开吧。"握住方向盘，汪勇才知道这辆车有多难开。离合器调得老高，这让身材矮小的汪勇很别扭；更要命的是，刹车是软的，得踩好几脚，车才刹得住。这么大的雨，副驾那边的雨刷器居然还是坏的，而且车的灯光也像司机的视力一样，弱得厉害。司机这才嘟囔，这是辆半年就得一审的老爷车。高速路上，汪勇打着应急灯，一直在应急车道上跑。怕刹车踩不住，他一直凭着加减挡位慢慢开。平时顶多一个半小时的路，汪勇神经高度紧张地开了三个来小时。回到家，累得散了架，汪勇还不忘给老冯打了个电话，问他们是不是平安到家了。

党的十九大期间，汪勇在北京接到了富平县公安局打来的报喜电话："娃的户口办好了，随他生母，就报在流曲派出所，还是用他现在的名字。他养父、养母把户口本都拿走了。"果然不久，汪勇又接到了老冯的电话，报告同一件事。再往后，老冯给汪勇又打过多次电话，说来说去，就一件事：他们两口子就想请汪勇吃顿饭，表达一下感激之情。

耳　目

就在跟老冯夫妇去富平回来不久，珠海市公安局拱北口岸分局几个民警来韩森寨派出所找汪勇，让他配合，抓一名涉嫌电信诈骗的犯罪嫌疑人："您是'时代楷模'，照片我们网上早看到了。这案子，就得麻烦您了啊！"为首的一口广东普通话，手握得力度有点儿大，像老朋友一般。是不是刑警都是这样见面熟？

有一阵儿，冒充公检法工作人员进行电信诈骗的招儿刚冒出来。拱北分局下面好几个派出所都有群众报案，被骗了巨款。这种电信诈骗犯罪嫌疑人都躲在境外，珠海警方下了很大的力气，把案子破了，抓了一批人。但是，家在西安的嫌疑人赵强却跑掉了。本来，这起案子的主谋是福建人，但下面干活儿的十来个人都来自西安。一审查，这些人都是赵强叫去的。不是赵强的同学，就是他的亲戚、朋友。有男有女，从二十来岁到五十来岁不等。这样，赵强就成了主要犯罪嫌疑人。

赵强是个二十五六岁的小伙子。当骗子的，脑瓜子都好使。珠海民警告诉汪勇，这家伙反侦查意识特别强。他居无定所，平时不用手机。更要命的是，他连二代身份证都没办过。一代证上的照片，是他七八岁时照的，还系着红领巾呢。珠海民警来西安好几次了，一直没发现他的行踪。说实话，他们连赵强长啥样儿都没整明白呢。

其实，赵强的户口不在汪勇的辖区，也不在新城区。珠海民警怎么找到汪勇这儿来了呢？原来，赵强的父母住在安装四处北院，属于咸东社区。珠海同志网上一做功课，发现咸东社区民警是个"时代楷模"，就挺高兴。他们商量后一致认为，把寻找赵强的工作交给汪勇，准定靠谱！人家专门来找汪勇对接，汪勇当然就不好意思掉链子了。

他们一走，汪勇背上包就到安装四处北院转了一趟。这是个老旧小区，住的尽是些退休老职工和下岗职工。案子要保密，不能惊动了赵强家人，汪勇只能侧面跟社区群众打听。说起赵强，大家的描述都是些"白白净净"、"人挺机灵"之类的话。他们说，赵强现在跟小时候可是大变样了。过去，他就是个瘦麻饥杆、整天穿双拖鞋在院里晃的小闲人；如今，人壮实了，身上穿的见棱见角，偶尔回院子来，开的也是好车。不知做什么买卖，反正是，发了。据说，赵强在西安买了多处房产，高新、曲江房子贵吧？人家都买了。至于他的房子在哪个小区，就没人说得上来了。

小区的门卫是个临时工，外地人，跟院子里的人不熟；不常回来的人，更不熟。想了想，汪勇就去物业问水电工。这是个老小区，房子旧，水电工是最忙活的人，谁家都去过，谁家的事儿都知道。水电工五十六七岁吧，是个喜欢叼着烟卷说话的人："我嘛，虽说也是安装四处的老人儿，可跟那小子不熟。"听汪勇一说，水电工一边吞云吐雾，一边眨巴着小眼睛，告诉汪勇一个名字。他说的，是赵强他家后面楼里的一个送外卖的小哥："他一天骑着个电动车，院子里出来进去比我还多呢。关键，他跟赵强是发小儿。打小儿，这俩小子就老爱一起玩。你问他，他准知道。"

汪勇就去找那个外卖小哥。这小哥他认识，但不熟。

小哥是个圆头圆脑的人，三十来岁，一进院子，就让汪勇喊住。小哥家跟赵强父母家住前后楼。推着电动车，他告诉汪勇，他和赵强也早没来往了。赵强偶尔回来，也多半是在晚上："我家住三楼，他家住一楼。从我家厨房窗户，正好可以看到他家。他开一辆白色的标致越野，偶尔会回来看他父母，大包小包地从车上往下提东西。一般来说，都是放下东西就走。"在自家楼下，小哥把电动车停好，"人家现在，发了！跟咱不是一个档次的人了。"

从小哥这儿，汪勇得到了一个重要情况：赵强刚生了个女儿，八天后，要给娃过满月。小哥妈跟赵强妈是同事，赵强妈邀请她去吃满月宴了。摆酒在什么地方呢？小哥说，在揽月楼。汪勇一听，就觉得不对劲儿。揽月楼是一家部队招待所的餐厅，现在部队停止对外有偿服务，揽月楼怎么还会继续做生意？结果，一去调查，嘿，赵强女儿的满月宴，就是揽月楼的最后一单生意！

八天后，汪勇和所里刑警队的民警早早就恭候在揽月楼外面。当然，他们都穿的是便衣。为了不引人注意，同事开的是自己的私家车。过了中午十二点，看着吃酒席的人大多都进去了，汪勇就给几个比较铁的熟人打电话。他注意到，安装四处北院老居委会主任徐宝也进去吃满月宴了，就先给徐阿姨打电话："阿姨，您告诉我，赵强在不在？"

"没见呀！我在大厅里坐着，没见到赵强闪面。这孩子，都当爸爸了，还这么没谱。不知道他在忙啥呢。"

怕徐阿姨眼神不济，看走了眼，汪勇又给另外两个跟他关系比较铁的老头儿、老太太打了电话。他们的说法和徐阿姨一样，都在大厅里吃席，都没看到赵强出现。不过，他们告诉汪勇，赵强的满月宴场面挺大。大厅坐不下，还有好些人是坐在包间里的。

赵强不差钱。这天，他摆了三四十桌酒。除了大厅之外，还要了八个包间。赵强在不在包间里，得推开门去看。可别说便衣刑警不认识他，就是汪勇亲自去推门辨认，也不认识呀！

吃饭时间，前后也就两三个钟头。时间不敢耽搁，要不，一会儿酒席就散了。刑警当然着急："汪所，能不能弄张赵强现在的照片呀？"

"嗯！"汪勇就想到了烟民老白。

前几年，汪勇把老白送去强制戒毒，这下可捅了马蜂窝。打他进了戒毒所，第二天开始，就有两部轮椅跟着他。汪勇在派出所，轮椅跟到派出所；汪勇到警务室，轮椅就摇到警务室。谁？一个是老白他妈，一个是老白他爸。老白父母都七老八十的，他妈高血压，连大小便都失禁；他爸脑梗，心脏还做过搭桥手术。老白是这对老夫妇的独子，从小老两口儿对他就有些娇生惯养。长大成人后，老白也没少给他们惹麻烦。可到现在这份儿上，汪勇把老白关了，只好自己给二老当儿子。他家买菜之类的事儿，汪勇全包了。要不，他们谁有本事把菜买回来?

2016年春节,我接了个采访任务,采访汪勇在社区过大年初一。问他先一天怎么过的年三十,汪勇说,他出去买了鲈鱼、西兰花等,给全家做了一桌年夜饭:"说实话,我给我自己家都有五年没买过菜了。"

可是,那一年中,老白父母吃的菜,全是汪勇买回来的。老头儿、老太太生病,送医院也是汪勇的事儿。我问买菜谁掏钱,汪勇说:"他们点名要吃的细菜,他们自己出钱;有时候,我也自己掏钱,给他们买些一般的菜。"

揽上这活儿,不光麻烦,还挺操心。老白他家虽然住一楼,但出门还是得下几个台阶。怕老人下台阶摔了,汪勇专门请人给他家门口用废旧的自来水管子,焊了一段扶手。这么硬挺了一年,估摸着老白毒瘾戒得差不多了,汪勇给领导汇报后,专门打了报告,把老白从戒毒所放回来,改为社区戒毒。其实,这还是汪勇的事儿。他得盯着老白,不能再跟烟民们往一起钻呀。每个月,汪勇得抽出工夫,雷打不动地带老白去做一次尿检。

说到尿检,顺便说一下汪勇常带烟民去的这家民营医院。这家医院专业从事成瘾治疗和心理康复,接纳自愿戒毒的人员。有一回,有个戒毒人员以看牙为名,趁盯着他的保安走神,跑进了附近的张坡村。这个城中村住着十万人,有几十个路口。院长带着几十个医护人员和保安,满头大汗地找了三个多小时,都没找到人。赶巧家属来了,听说人跑了,不依不饶地大闹。尽管张坡村不在韩森寨派出所辖区,但求助汪勇后,汪勇还是马上赶来,通过调村里的监控,最后把人给找到了。三个月后,汪勇又通过追查一份外卖,打掉了一个向医院贩毒的团伙。打这儿以后,医院专门下了聘书,聘汪勇为法制院长。院长要求医院职工,见到汪勇,都要喊"汪院长"呢。

抓老白的,是汪勇。可老白不仅不恨汪勇,还感谢他。那又为什么呢?原来,汪勇把老白感动,主要有两点:一是汪勇提前一年把他放了回来。爹妈老了,家里这么个情况,老白当然比谁都清楚。另外,汪勇帮老白把工作保留住,才是老白最在意的。

起初,老白被送到戒毒所之后,他单位找不着他,就给他家打电话。老白父母怕儿子丢了工作,就给单位撒谎,说他们有重病,需要儿子在家照顾;再打电话,又说老白自己生了病,没法儿去上班。后来,老白公司火了,告诉老头儿、老太太,老白再不去上班,按公司规定,半年可就要除名了。这下，老白父母慌了。汪勇再来取钱买菜，就跟他求助。为老白的事儿，汪勇专门跑他单位去了一趟，替他办了停薪留职。他单位头儿说，你是个"时代楷模"，你的话我们不信，还能相信谁？这么着，等老白放回来，还回单位上班，这事儿也就抹过去了。汪勇琢磨，老白没两年就该退休了，如果单位不管，把他这样的人推到社会上，那不是给社会添乱嘛！

现在，汪勇给老白打电话，问他有没有赵强的消息。当然，这个电话不是瞎打的。果然，老白说，还真有。

赵强的叔叔也是汪勇辖区的一个烟民。老白被送强制戒毒那回，身上搜出的毒品，就是从赵强叔叔那儿买来的。只不过，赵强叔叔不认账，证据不足，那回没收拾他。为找赵强，汪勇也接触过他叔。赵强在咸宁湾小区买了一套房，让堂妹（他叔的女儿）住着。他叔手上也有钥匙，偶尔会去那儿一下，给闺女跑个腿儿、干点儿活儿。赵强他叔卖小包包货，以贩养吸，也曾经被派出所打击处理过。汪勇让老白留神赵强他叔接触的人，看他是不是又在频繁接触烟民。当然，最近，汪勇又给老白派了个任务：看看这叔侄俩有没有见过面。

电话里，老白告诉汪勇，最近手头紧，三天前，他跑到咸宁湾，向赵强他叔借了二百块钱。赵强他叔跟他说，这钱是他侄子刚刚给他的，还没暖热就借出去了，所以，得还！一听这话，汪勇赶快就往咸宁湾小区赶。老白说的时间很具体，那天晚上十点半他们见的面。调取监控时，汪勇就前后各延了十分钟。结果，十点二十几，赵强他叔身边真出现个小伙子。汪勇把截图发微信给老白，老白很肯定地说："那就是赵强，这小子，打小儿我就认识！"

汪勇赶紧把照片发给守在揽月楼外面的便衣刑警。还好，酒席还没散。八个包间，刑警装作走错门，一个个推门看了，却没见到赵强。汪勇不死心，又悄悄问了参加酒席的那几位老者。他们证实，赵强从头到尾确实没出现！

又过了三天，中午，外卖小哥突然给汪勇打来电话："汪所，你在哪儿？赵强回他妈这儿了。您快来吧！"小哥说，赵强这回没开车，骑了辆红色的电动车。

"你就站你家厨房窗户跟前，给我盯好了，我这就来！"电话里，汪勇叮嘱小哥。

这天是星期六,恰好汪勇值班。叫上几个便衣刑警,汪勇他们开上车就往安装四处北院赶。

赵强家的门,汪勇还是很有把握能叫开的。为啥?因为汪勇给他家也办过事儿。

赵强父母、叔叔都是安装四处的下岗工人。他叔没房,长期就跟哥哥、嫂子住一起。后来,为给兄弟申请廉租房,赵强他妈到警务室找过汪勇:"汪警官,你都不知道,我们这些年是咋熬过来的。房子那么小,客厅里的那只沙发,晚上就是他的床呀。那么大岁数一个人,又不是小孩子嘛!"女人说着,眼圈都红了。

"这说明,你是一个好嫂子嘛!"汪勇几句话,又把赵强他妈哄高兴了。虽是派出所的民警,但汪勇还兼着咸东社区的副主任。社区开会,他是有点儿话语权的。咸东社区穷人不少,想要廉租房的人挺多。会上,汪勇替赵强叔叔说了话。办成了这事儿后,赵强父母在院子里也是老远就笑着跟汪勇打招呼,说话客气得很。

走路上,汪勇突然想到,赵强家住一楼,他家的房子会不会改造过?

安装四处是个老院子,一楼的住户,好些把门窗改造过。有的开过小卖部;有的呢,纯粹是觉得原先房子的结构不合理,改了住着更舒坦。虽然常来这院子,但谁家改了门窗,改成什么样儿,汪勇哪儿记得住呀。

问外卖小哥,小哥说:"嗯,好像是改造过的。您问有几个出入口、装没装防盗网,哎呀,那我可说不清。没注意呀。"

这问题可得弄清楚。汪勇心说,好嘛,这会儿去抓人,万一民警从门口进,人家跳窗子跑了怎么办?

从派出所到安装四处北院,路虽不远,但车子也得开一会儿。趁这工夫,汪勇赶紧再打电话,尽量问清楚。第一位告诉,赵强家厨房没装防盗网;第二位告诉,他家只有一个大门;第三位是个老太太,姓雷,一口清:"他家只有一个大门,有防盗门;卧室装的有防盗网;只有厨房没装防盗网。"

这位雷奶奶是个捡破烂儿的,七十多岁了。汪勇怎么会有她的手机号呢?

原来,雷奶奶是安装四处的家属,丈夫因公去世,她靠着单位给的每月二百来块钱补贴生活,日子过得很不容易。她住的房子只有二三十平方米,单位办房产证,她都拿不出钱。所以,她的家是院子里少有的几户公租房。

当了先进，组织上给汪勇赠阅了好几份报纸。每个星期，汪勇会把看过的报纸攒在一起，带过去送给雷奶奶。

雷奶奶是东北人，老家有个弟弟，智障，弟媳妇跟他过了没几年，离婚走人了。留下个小男孩儿，雷奶奶弟弟养不了，要送人。雷奶奶不忍心，就接回西安自己养。雷奶奶平时靠捡破烂儿为生，自己生活都不易，还得拉扯这么个孩子。好在这孩子挺懂事，知道学习，老师都喜欢。小学毕业，考上了西安理工大学附中。去报名，就遇到了麻烦。他没西安的户口呀！雷奶奶跑来跟汪勇说，汪勇专门跑学校去了一趟，协调这事儿。好说歹说，人家答应给孩子保留学籍，但孩子得赶快把身份证办了拿去。

汪勇是社区民警，当然清楚办身份证的程序。能不能异地办证？可以是可以，但按规定，第一次办证，必须在户籍所在地办。也就是说，这孩子非得回趟东北不可。孩子回一趟东北，花费起码得上千块。这笔钱对于别人可能无所谓，但对于雷奶奶来说，可是个大数目。当时，孩子才十二岁，从没单独出过远门。对于东北老家，他都不记得啥了。让他独自回去办身份证，雷奶奶也不放心啊！想了想，汪勇就把这事儿应承下来了。

反正也好些年没休过干部假，这回，汪勇就休了几天。他买了火车票，带着孩子跑了趟辽宁，来回六天，把事儿办了。怕人家说他作秀，他回来也没吭气。直到四年后，这事儿才传出来。

雷奶奶住小区里最后一排。赵强家有了空酒瓶啥的，也喊她过去拿。有一回，赵强妈还把一个旧冰箱给了雷奶奶，让她到家里把它弄走。要不，雷奶奶怎么能一口说清赵强家的情况呢？

去敲赵强家的门，汪勇心里多少也有点儿打鼓。赵强父母虽然不到六十，但身体都不怎么好。汪勇心说，可别像那回抓了老白一样，家属把他给绑定了。这号事儿，他遇到的可不止老白一个了。

听他报了名字，赵强妈果然马上就来开门了。可她一看汪勇身后跟的便衣，脸就变了："汪所，你们干啥？"他们家也不大，汪勇边往里走，边打量房间里的情况。就见，卧室的门是关着的。

"别进去！儿媳妇在给娃喂奶，不方便！"她这么说，汪勇更有数了。推开卧室门，只见一男一女两个年轻人坐在床边，男的低着头，怀里抱着一个婴儿。

"你是赵强吧?"

听汪勇问,小伙子扫了他一眼,冷淡地说:"不是。"

"你把身份证给我看一下。"

"没带!"

"那你报一下你的身份证号!"

小伙子报了一个号,汪勇立即输到警务通里查询,结果显示,没这个号。

"号不对,你重报。"

小伙子白了汪勇一眼,停顿了一下,重报了一个号。这回输进去,跳出来的是赵强的信息,同时跳出了"逃犯"的提示。

"你看看吧!"汪勇把警务通举到赵强的面前,他不吭声了。

带着赵强往外走,他妈不干,追着问汪勇:"咋回事儿,咋回事儿?"一口急赤白脸的河南话赛麻绳,恨不得捆住汪勇呢。

"你回头来找我,我慢慢跟你说。"汪勇的湖南普通话仍然拖着长腔,慢条斯理的。

要说汪勇能抓住赵强,多亏外卖小哥通报信息。难道,汪勇跟小哥也有故事?他不是跟小哥也不怎么熟吗?我问汪勇,他说:"故事还真有。不过,不是跟小哥本人,而是跟他父母。"

小哥的父母都是安装四处的下岗职工。他爸是个电焊技师,身体不好,病退。有一阵儿,他从单位一分钱都拿不到。家里生活困难,总要想办法生活。他们两口子看上车棚旁边一间很小的闲置简易房,想把这儿改造成一个小麻将馆。可是,这房子是人家田家湾村的,房子小,租不上几个钱,人家又放着些破烂儿,小哥他爸去跟人家说这事儿,人家一口就回绝了。听说这事儿,也知道他家生活确实困难,汪勇就出面帮他去说。人家给了汪勇面子,六十块钱一个月,租给小哥家了。小麻将馆开张后,小哥父母沏个茶水、卖点儿小零食,一天也总能赚个几十块钱。钱不算多,但对于他们家来说,这笔收入却非常重要。

安装四处北院的老年人,一早、一晚爱去兴庆公园,唱大合唱,或者锻炼身体。在公园里,小哥他爸就结识了一些人,其中有个广西佬。广西佬人挺大方,有时候会请他们去小饭馆吃吃喝喝。饭桌上,广西佬说到的一件事儿，就让小哥他爸上了头。回到家，他东拼西借，弄了五万元，要入股广西佬弄的一个建筑公司。

广西佬开出的条件，让小哥他爸简直不能拒绝。小哥他爸身体不行，在建筑工地，已经干不动了。人家说："不用你干活儿，你顶多就是给我把把质量关。你不是高级技师嘛，我跟人家谈事儿时，你也去，穿得干干净净的，注意点儿形象。你只要把你的高级技师证带上，就够了。以后嘛，你一个月拿六千，年终还有分红。至于分多分少，那就得看咱的效益了，现在不好说。当然了，咱这事儿也才起步。跟人谈生意，起码得请人家吃个饭唱个歌吧？要不，谁肯把工程交给咱做呢？所以，大家都得先入个股。起步五万，多了不限。对了，年终分红，也是根据股份多少来分的。"

小哥爸回家一说，小哥妈就觉得有点儿不靠谱。可是，小哥爸正上头呢，哪听她的劝呀。联想到男人这些年已经上过好几次当，小哥妈就悄悄地找了汪勇，让他给想想办法。汪勇就跟她说，让她回去告诉她老公："跟广西佬说，我们家在派出所有个亲戚。这五万块钱要往出拿，得这个亲戚点个头。"

汪勇是个动不动就上电视的名人，小哥爸不信别人，却没有不信他的道理。他就把汪勇的电话给了那个广西佬。结果，就没下文了。广西佬电话打不通，兴庆公园也见不着了。这下，小哥爸回过味儿来。他们全家，当然都感谢汪勇了。

排爆英雄张保国

张宝中

在采写张保国之前,我在网上看到过他的一些资料,知道他是一个很了不起的人物:他是济南市公安局的"第一排爆手",是个"拆弹专家",是"与死神打交道的人",已在极其危险的排爆一线坚守了20年。先后出色圆满完成奥运火炬传递、第11届全运会、第16届亚运会、上合组织青岛峰会等重大活动安检排爆任务1400多次;先后鉴定、排除和销毁各类炮弹、炸弹4000多枚,销毁废旧雷管30多万枚、导火索和导爆索50多万米。荣立个人一等功一次、二等功五次、三等功三次。资料里还列举了他的很多荣誉称号:"中国五四青年奖章"获得者、"全国优秀人民警察"、"山东省公安系统模范人民警察"、"山东省十大杰出青年"、"全国公安系统一级英雄模范"、"最美退役军人",等等,不下十几个。

因我干过20多年记者,采访过各行各业的很多先进人物,知道每一个数字背后都是常人难以想象的艰辛,每一个荣誉称号都是用汗水、心血、忠诚、担当、坚守铸就的,其含金量之高是常人难以想象的。据我所知,这些荣誉称号,一般人从参加工作到退休,努力一辈子也得不到其中一个;大部分民警,二等功一辈子也立不了一次。尤其是"全国公安一级英模",一般都是因执行极其凶险的任务牺牲后,才追授这一称号的,活着的很少,这是公安机关的最高荣誉和最高奖励。

采访张保国是愉快的。他比我大三岁,我称他"老兄",他称我"老弟"。他面相和善,性情温和,思维敏捷,表达清晰,普通话也很标准。很坦荡很敞亮,不管我问什么问题,他都痛快地回答我。遗憾的是他非常非常忙，拿不出太多的时间和我在一起。他是2018年5月被人社部、公安部授予"全国公安系统一级英雄模范"称号的，11月又被中宣部、退役军人事务部授予"最美退役军人"称号。此后，他被人民日报、新华社、中央电视台、人民公安报等从中央到地方的几十家媒体"围追堵截"。还要参加为期半个多月、辗转多个城市的全国"最美退役军人"先进事迹报告会，上万字的报告稿要自己加班加点地写，有些还要背下来。几次给他打电话，他都在去外地的火车上。北京两家影视机构还以他为原型，在济南拍摄"排爆"题材的电影。据说有一部他出演"男一号"，本色出演，由著名演员和他搭戏。但接受采访、商讨剧情、选外景、制作道具等事项非常琐碎、耗时。几个月来，他几乎没在家过过一个周末。几次见到他，他看起来都非常疲惫，说话也有些有气无力。

我对张保国及其家人、同事、朋友的采访只能见缝插针。在父母眼中，他很"争气"，是全家人的荣耀和骄傲。父母知道他经常去北京，还在人民大会堂作过报告；知道他经常上电视和报纸，经常受到一些高级别领导的接见。在妻子眼中，他"不浪漫，没情调"，但却是个好丈夫。女儿小的时候，上幼儿园主要是他接送，女儿的早饭也由他"承包"了——几乎每天都是面条。只要有空儿，他就在家里围上围裙做饭。他动手能力极强，家里的冰箱、洗衣机等家电都是他修。在女儿眼中，他"不是很严厉，但很严格"，做事很严谨，有板有眼，比如：茶杯、拖鞋一定要摆放得整整齐齐，早晨起床后一定要叠被子。他很正直很善良，知识面很广，和他一起散步，他能从物理、化学讲到人工降雨、辩证唯物主义。对他"有点儿崇拜"。在朋友眼中，他待人真诚、热情、仗义。2005年9月他去昆明参加"全国防爆安检技术研讨会"，从当地报纸上看到一位花季少女得了脑瘤，单亲妈妈债台高筑，就和当地同行一起去医院探望，并把刚刚发表的一篇专业论文的2000元奖金捐了出去。在同事眼中，他是一个人格魅力很强大的很"暖心"的老大哥，和他共事心里很踏实，有如沐春风的感觉。

我还经常"偷偷"地看张保国的微信朋友圈。他的个性签名是"孝、悌、忠、信、礼、义、廉、耻"。他几乎每天都发一些诸如"每一个不曾起舞的日子，都是对生命的辜负"之类的励志警句，还有"我已坚持64天英文阅读，完成80篇文章""全国降水量预报图"以及自己参加各种活动的报道和照片，等等。我们有几位"共友"，我发现他很少给别人点赞，只在看了诸如《宁给君子提鞋，不与小人共财》的文章后才点赞……

通过断断续续的采访和侧面了解，我感觉张保国是一个纯粹的人、一个高尚的人、一个有人格操守和担当的人，是个当之无愧的可敬的英雄。

必须优秀，永不懈怠

山东德州市陵城区经济技术开发区大刘村，是张保国的老家。大刘村有六七百人，距离陵城城区10公里，距离德州市区20多公里。张保国自1965年10月出生，至1981年初中毕业，一直生活在这里。

张保国的父亲当过5年兵，1958年入伍，1963年随部队集体转业到核工业部的一个建设公司当工人。他是那种老实忠厚、沉默寡言、隐忍内敛的人——直到现在，已79岁高龄的他和陌生人说话的时候还会脸红。有累活儿脏活儿，他总是抢着干，哪怕发高烧，也要坚持到最后，以至于累得昏迷不醒。入党是他多年的心愿，但组织上动员他入党时，他却出人意料地婉言谢绝了：自己年纪大了，年轻人更需要进步的机会，还是让给他们吧。无论是在部队、工作单位，还是在村子里，一提起他来，就没有不夸奖的。

张保国的母亲通情达理，贤惠，勤劳，坚韧。张保国用两个关键词评价母亲：要强、不俗。老人热心助人，不贪小便宜，责任心很强。"单干"前在村里参加集体劳动，把公家的事当成自己的事，凡事都做得无可挑剔。人生态度积极乐观，喜欢唱歌，还喜欢做"花纸"装饰房间。更难得的是，老人还上过初中。在那个年代，在村子里几乎是文化程度最高的了。因此在村小学当了11年民办教师，语文、算术、音乐，什么都教。那时候校舍很简陋，教室里没有课桌，是几十个土台子。张保国从小就经常待在母亲上课的教室一角，老老实实地旁听。一直到1975年张保国的弟弟出生，因家务繁重，老人才不再继续任教了。

因张保国的父亲在部队有一些津贴，他们家的经济条件算是比较好的。他们家有一台"北极星"牌挂钟，是村里的第一台挂钟；他们家的"工农"牌缝纫机是村里的第一台缝纫机；还有崭新的"红旗"牌自行车。尽管如此，张保国的母亲一年四季从不闲着。经常用缝纫机帮村里人做衣服，村里人按集上裁缝铺的规矩给加工费，一件5毛钱。她不好意思要钱，但村里人硬塞给她。张保国记忆最深的，是小时候母亲每天都编一领炕席。从早晨编到晚上，一天编一领。等编了四领，第五天早早地吃完早饭，骑自行车驮到近二十里地之外的集市上去卖。一领炕席只赚几毛钱。卖完炕席回来的时候，再以每斤9分钱的价格买两捆芦苇，自行车后架上一边绑一捆，驮回来用于编席。张保国还记得，母亲两只手的手指和手背上，布满了被苇篾子拉的血口子，经常贴着白色胶布。

张保国在这种家庭环境中长大，从小就很懂事，荣誉感很强。从小学到初中，他一直是全班学习最好的，从没考过第二名。1981年，张保国初中毕业，遇到了一件对他一生命运有重大影响的事：沐浴着改革开放的春风，往年只面向德州城区招收非农业户籍学生的德州一中，第一次搞招生试点改革，面向全地区13个县招收100名农业户籍的优秀学生。在整个德州地区100名尖子生当中，张保国的考试成绩是第30名。1984年高中毕业时，他那个班的50名同学，有45人考上了大学，其中将近一半是本科。德州一中那年的升学率，在该校历史上至今也没有突破。在张保国的小学和初中校友里，他是第一个大学生，也是那个年代为数不多的本科生。

张保国以493分的高分被中国人民解放军军械技术学院"弹药"专业录取。该校位于石家庄市区靠近北郊的"北马路7号"，是全军重点院校，隶属总后勤部。张保国在小学、中学里优秀，在大学里依然优秀。因为热心、勤快、关心集体，入校半个月后，他就被指定为副班长，一个月后当了班长，三个月后当了区队长，一当就当到毕业。管理学员、为学员服务，这需要多方面的能力和素质，各方面必须优秀。也就是从这个时候开始，"必须优秀，永不懈怠"成了他的自觉意识和行为准则。1987年1月8日，他在校光荣入党。

1988年，张保国以优异的成绩毕业。四年的"砺军魂，求真知"，使他从入学时的一个农村孩子，变成了一名政治素质、军事素质、专业素质都十分过硬的优秀军官。根据统一安排，大部分学员都被分配到部队弹药仓库，少数被分配到各军区的弹药修理装配站。这样的单位，几乎都在大山里，交通很不便利，生活条件也相当艰苦。但张保国作为军人和党员，没有任何怨言地服从组织的安排。

于是，他也被分配到济南军区军械维修检验所下属的弹药修理装配站，开始与济南这个城市结缘。

小山沟里拿大奖

张保国的同学、亲戚都知道他大学毕业后留在了济南。其实他的工作单位并不在济南市区，而是在郊县长清县（现长清区）万德镇北马套村的山沟里。在济南市区以南偏西，距离千佛山38.2公里，距离泰山火车站13.5公里。行政区划上属济南市，但距离泰安市更近。

修配站和村庄相连，分为营区和作业区。营区里有一栋三层办公楼，还有两栋分别是二层和三层的宿舍楼。修配站外面坑坑洼洼的小柏油路三四米宽，会车都很难。黑白电视机只能收四个台，还经常满屏"雪花"。收到的报纸也是几天以前的。业余时间去阅览室看看报纸杂志、打打篮球、下下象棋、听听收音机。出了营区就是村庄，想逛街都没地方。全站官兵一共30多人。官兵的婚姻问题是个"老大难"。战士还好说，服役三年就退伍了；难的是那些年轻军官，他们在这里工作时间较长，没有姑娘愿意和他们生活在这个小山沟里。当时所政委每周都去修配站，对他们的婚姻问题表示关心，做一些安抚和稳定性的思想工作。

在和平年代，那些弹药生产出来以后，有的二三十年就报废了，就要销毁。修配站是个正营级单位，级别不高，却是整个济南军区唯一的弹药修理和销毁机构，每年承担800吨报废弹药的销毁任务，职责非常重要。张保国从省会城市石家庄，一下子进了小山沟里，但他心里并没有孤独、落寞、惆怅等负面情绪。相反，他认为在弹药修配第一线，可以获得更多的实践机会，学以致用，从而大显身手。所以，一参加工作，他就积极投入到繁忙的工作中。一年的见习期满，他晋升为助理工程师，并担任了站助理员。

1990年，也就是张保国军校毕业后的第三年，赶上全军弹药修配站正规化达标建设。作为修配站当时仅有的两个本科生之一，他在这方面是最专业的，他在军校里学到的扎实的专业知识有了用武之地，他的文字水平、计算机水平也都能得到充分发挥。新建的弹药修理车间三条机械化流水线都由他来设计、制图、撰写论文、搞安全评估，他样样在行，为修配站正规化达标作出了重要贡献。他执笔的《弹药技术处理区安全评估》课题还获得了全军科技进步四等奖。

弹药修配站销毁各类废旧弹药一般有两种方式：一是炸掉；二是用很笨重且存在一定危险的办法拆卸掉，回收一些钢材和炸药。这两种方式的生产效率都很低，劳动强度也很大。尤其是对应用最广泛的军用TNT炸药（三硝基甲苯），如果一炸了之，不仅作业强度大、危险性高，浪费也很大，还会产生严重的大气污染。炸毁的时候，漫山遍野都是炮弹的碎片，钢材和炸药无法回收，空气里还飘着苦臭的黑烟。

张保国就琢磨开了：如果把炮弹里的炸药全部回收利用，把这么好的炮弹钢也全部回收了，能为国家节省多少钱啊。琢磨了两个月，他有办法了。TNT炸药有个特性，那就是加热到80摄氏度左右，就会由固态变为液态。张保国利用这个特性，查阅资料，反复试验，研制出了"弹丸装药倒空制片设备"。使用这一设备，炮弹钢和炸药能全部回收，还极大地降低了劳动强度，减少了炸毁造成的污染，一举三得。这一科研项目于1992年获得了全军科技进步三等奖。

炸药回收后怎么用呢？张保国又琢磨开了。他了解到，泰安市周边一些山区的村庄，吃水要打深井，打一眼井动辄花费几万甚至几十万元。打井的费用一般都是村民集资，而有的人家很穷，一百元都拿不出来。水利工程师经过勘探，选定了打井的位置，可是井打好以后，有的出水量太少，有的根本就不出水。如果用适量的炸药在井内适当的位置进行一下爆破，就能沟通附近的水源、增加出水量，"死井"也许就能起死回生了。张保国经过反复钻研、试验，形成了一项"深井定向爆破引水技术"。

那时候军队还允许搞些服务地方的生产经营创收，张保国和战友们就用这项技术给周边一些山区的村民服务。只收取很低的费用，一般一口井只需六七百元钱，多的千把元钱，包括炸药的成本、出车的油料费用等。一年能让上百口"死井"起死回生。有的深水机井用抽水机开足马力抽水，一天一夜都抽不干。当地村民那种兴奋和喜悦难以表达，有的流泪，有的把自家山上产的核桃、大枣等土特产扔到爆破服务车上。1993年，张保国的这项技术成果又一次获得全军科技进步三等奖。也就是这一年，28岁的他晋升为工程师，是济南军区军械维修检验所里最年轻的工程师之一。

说来有趣，张保国为成千上万的村民解决"吃水"问题，在这一过程中，他自己也解决了婚姻问题。

济南东部的章丘市明水镇有个钻井队，队长听说了机井爆破的技术，就到部队去了解，后来还聘请张保国去爆破机井。一来二往，两个人就熟悉起来了。这位队长很喜欢张保国的人品和性格，每次都不让他住宾馆，而是把他留在自己家里住。两人非常投脾气，在床上盘着腿聊天，一聊就是半夜。张保国称队长"大哥"，称队长的爱人"大嫂"，就像好朋友一样。当队长得知张保国还单身时，和爱人一起热心地当起了"红娘"。可是，一年多的时间里，亲朋好友找了个遍，也碰了很多壁，没有一个女孩儿愿意嫁给这个山沟里的军人。后来，一件自然而然、水到渠成的事就是：队长两口子把自己刚刚到结婚年龄的女儿介绍给了张保国。除了改变称谓多少有点儿别扭之外，张保国觉得这桩婚事很圆满，心里美滋滋的。

张保国的妻子李静贤惠、娴静、知性，在济南市某粮库工作。二人的小家在济南市区西南部的青龙山附近的部队家属院里，婚后十分恩爱。张保国每周六下午花2元钱乘坐泰安到济南的长途汽车回市区，每周日下午或下周一一早返回部队。

"香饽饽"转业

1990年代中后期，济南城市建设步伐加快。那些在战争年代，特别是在济南战役中遗留在济南地下的各种炮弹、航弹、手榴弹、地雷等，不断在建筑工地上被挖出来。有时候一个建筑工地就能发现二三百发炮弹、手榴弹。有一个中学的建筑工地，竟一下子挖出40多枚手榴弹。大明湖清淤，一车淤泥里竟然发现有七八个手雷。

鉴定、处置这些战争年代遗留的旧杂弹药，需要专业知识、专业技能、专门场地，济南市公安局没有弹药专家，也没有适合销毁废旧弹药的场地，就经常向军区求援。张保国作为这方面的专家，每次活动都受邀参加，并提出一些重要的意见和建议。事实上，在技术层面，每次他都是销毁活动的骨干。那时候他刚30岁冒头，年富力强，思维清晰，敏捷干练，给济南市公安局的领导和同志们留下了极好的印象。

济南市公安局每次向部队求援，都要履行层层请示的烦琐手续，还要等待回复批准的熬人时间，而骇人的废旧炮弹、炸弹横在工地，无人敢接近，工期被拖延。那时候别说市公安局，就是全省公安系统也没有专业的排爆民警，他们太需要张保国这样的特殊专业人才了。在一次销毁作业过后的答谢会上，时任市局治安处的处长当着张保国的面，试探地对部队首长说："以后我们不能老麻烦你们呀，你们舍不舍得把张保国让给我们？我们很需要他。"那时候张保国所在部队不可能放走一个年轻的专业技术骨干，治安处处长的这些话也只是像开玩笑一样说说。但他的愿望之迫切，却溢于言表。

不能转业，那么能不能借调呢？市公安局的领导私下开始运作借调张保国帮助工作的事。1998年3月，春节过后不久，已和各种弹药打了14年交道的少校军衔、正营级干部、工程师张保国，穿着军装来到济南市公安局，开始帮助工作。其间，如果修配站有任务需要他，他就赶回去，在公安局和部队单位两边跑。

上班后不久的一天，张保国跟着领导走进一处位于济南东郊的地下人防工程。这里存放着多年来发现和收缴的旧杂弹药。在昏暗的灯光下，等张保国看到那些危险的爆炸物，着实大吃一惊：各种炮弹、航空炸弹、手榴弹堆得满满的，相当于两个煤气罐大小的航空炸弹就有9枚！同事告诉他，这些旧杂弹药的数量是800多发。张保国知道，这些爆炸物如果不及时安全销毁，危险程度不可想象；一旦发生意外，后果不堪设想。以前也曾发生过意外：有些生锈的炮弹看起来像个大铁疙瘩，有人弄到炼钢炉里，结果爆炸了；还有人捡回家里，想用钢锯锯开，锯着锯着就爆炸了……

了解到这些情况，张保国心里很着急，恨不能生出三头六臂，尽快把这些爆炸物都处理掉。他虽然是借调，但工作很投入很卖力，很快就和治安处的同志打成一片。在借调之前，他从没考虑过转业的事情，可借调几个月后，他开始琢磨起这事来了。他心里有点儿犹豫、纠结。一方面，他是一个心思简单的人，担心地方工作复杂，自己不能适应；另一方面，一想到那些爆炸物正在威胁着济南老百姓的生命和财产安全，他觉都睡不踏实。是国家花钱培养了他，他应该回报社会和人民。和在部队相比，回到地方工作更能发挥自己的专长。可是，离开部队、脱下军装，他心里也很舍不得。

面对这个人生的重大抉择，心思简单的张保国不得不认真地权衡利弊，心里很纠结。后来他渐渐意识到，如果选择留在部队，自己的私心就有些重了：明明知道那些爆炸物正在威胁着济南老百姓的生命和财产安全，自己却无动于衷，这不符合他做人的原则。当然，是否转业由组织决定，张保国本人并没有自主权。他在任何场合也从没表明过自己的态度，一直"不吭声"。如果组织上批准他转业，他会愉快地接受、服从。

最终，因济南市公安局迫切需要张保国，经济南军区有关部门研究，批准张保国转业。经过公务员考试，他以全市第8名的综合成绩，被市公安局录用。1999年9月，已有15年军旅生涯的34岁的张保国，这个军地争抢的"香饽饽"，脱下了军装，穿上了警服，成为济南市公安局唯一一名专业排爆民警，开始了漫长的"排爆"生涯。

三个多月经历三次生死考验

一开始，张保国转业到济南市公安局，是奔着排除、销毁城建施工中发现的炮弹、炸弹来的。可是来了以后，他的"职责范围"不断扩大，新增的职责主要有两项：一是在重大活动中保卫党和国家领导人及外国元首、贵宾的安全，对其住地、活动场所、活动路线进行防爆安全检查；二是排除、销毁犯罪分子、恐怖分子制作、放置、邮寄的各种爆炸装置。

爆炸物的种类五花八门，在大的类别上，可以分为"制式爆炸物"和"非制式爆炸物"。"制式爆炸物"是指军工企业制造的炮弹、炸弹、手榴弹等军用弹药。"非制式爆炸物"是指犯罪分子手工制作的爆炸装置，也称"土炸弹"。用土办法做，原料和化学成分都不稳定，安全性低。有的一拆就响，有的一动就响，有的见光就响，有的一歪就响，还有的剪错线就响。而且一般都带有伪装；有的还带有"诡计装置"，也就是针对拆弹设计的反能动装置。

张保国在军校里学的是制式爆炸物，结构和原理基本都懂，排爆的危险性相对较小。而各种各样的土炸弹,从来没有接触过,必须在最短的时间里去识别、破解、排除,排爆的危险性很大。毫不夸张地说,每次执行这样的任务都要经受一次生与死的考验。

刚入警三个多月,张保国就三次面对这样的考验。

1999年国庆节前的一个晚上,济南市中分局民警在玉函路某小区清查流动人口时,发现某出租房里的一男一女不是夫妻,男的还对女的说:"如果公安敢揍我,我就炸死他们!"他的话声音很小,但还是被民警听见了。民警立即把他们带到派出所,同时迅速将信息上报给市局。市局领导马上想到了张保国这个懂爆炸的新警察,命令他尽快赶到现场。这时是晚上7点半,张保国在家里刚吃完晚饭。接到命令后,他立即骑上"木兰"摩托车赶到现场。

张保国让先期赶到现场的民警在屋外等着,他独自一人打着手电进了出租屋。这是一套建于二十世纪八十年代中期的两室一厅的老房子,里面的白炽灯很昏暗,客厅里堆着纸箱子等杂物。张保国仔细搜查每一个角落,在一个房间里果然发现了一个"土炸弹"——一个装满了炸药的啤酒瓶子。瓶口还精心设置了三种引爆方式:一种是鞭炮引火线;一种是拉绳,即像手榴弹那样一拉就炸;一种是擦炮,摩擦就能引爆。啤酒瓶子外面还用胶带密密麻麻地缠着上百颗钢珠。这个"土炸弹"一旦引爆,杀伤力不亚于一颗军用手榴弹。

张保国判断,歹徒如此穷凶极恶,屋内的土炸弹可能不止这一个。果然,在床下、背包和洗漱包里,又发现了8个。其中3个是用铁质水暖三通管件制作的,5个是用手指粗的长约20公分的铁管制作的。

这是张保国第一次处置土炸弹。里面是什么炸药,是否敏感,会不会一动就炸?这些全都是未知数。但他必须尽快想出处置的办法来。忽然,他看到墙角有两个塑料水桶,就想起在军校学过的知识:无论是点火、摩擦,还是拉火式引爆,所有引爆方式都可以用水来隔绝火源,让点火装置失效。于是他灵机一动:用水泡了它!他用双手一个一个地轻轻捧起那9个土炸弹,小心翼翼地放进两个水桶里,提着水桶下了楼。

第二天上午,在郊外一个山沟里,张保国隐蔽在一块大石头后面,像扔手雷一样把那个"酒瓶炸弹"扔了出去。他本想摔碎它,看看里面到底是什么炸药。没想到，酒瓶子一落地，就"轰"的一声爆炸了。凭借对各种炸药的了解，张保国这才知道歹徒用的是对撞击、摩擦极其敏感的自制氯酸钾炸药。在处置的过程中，如果手里提着，一不小心掉在地板上，或因为紧张手抖得厉害，就有可能爆炸。

那名男性嫌疑人后来向民警交代：他是东北某林场的职工，撬开单位的保险柜偷了 8 万多元现金，匆匆忙忙逃到了济南。不久结识了在八一立交桥附近某饭店当服务员的那个女老乡，就住在了老乡那里。他心里极度恐惧，知道警察早晚会找上门来，就制作了这 9 个土炸弹，准备警察来的时候用于拒捕。

张保国处置的第二个土炸弹是"汽车炸弹"。那是 1999 年 11 月的一天，某科研所宿舍大院里，一位中年男性准备开着自己的私家车外出办事，到了车跟前发现，车门上绑着一个铁盒子，外面缠着线路板和电池，还有一张字条。他取下字条，上面的内容让他心惊肉跳：如果不在规定时间里往某个银行账户里打 20 万元，就要车毁人亡。他这才知道绑在车门上的那个东西是炸弹，于是立即报了警。

张保国赶到现场后，仔细观察，发现铁盒子上方还绑着一块磁铁和一个小闹钟，判断这是一个定时炸弹。他从车的另一侧贴近观察，但因经过伪装，无法评估它的爆炸威力和杀伤力，预置的爆炸时间当然也不知道。当务之急是尽快把这个爆炸物转移出去。可是怎么转移呢？张保国当时没有任何排爆器材，只能徒手近距离操作。他急中生智，向大院里一位大妈要了一捆纳鞋底用的细棉绳，做了一个活结儿，然后迅速上前把爆炸物连同定时闹钟紧紧地拴住，再退到十几米之外，用细棉绳拖着爆炸物离开现场。所幸，在拖行的过程中，引爆的定时闹钟和那个铁盒子拖散分离了。这意味着，爆炸物不会定时爆炸了，危险暂时解除了。张保国上前仔细一看，此时与闹钟设定的引爆时间只差 3 分钟。要是再晚 3 分钟，这颗定时炸弹就会爆炸。然后，张保国小心翼翼地打开了铁盒子，发现里面是一些黑色粉末状的炸药。刑警把铁盒子和那些黑色粉末带走，作为物证，展开侦查。

一个多月后的 12 月 25 日晚上，济南市邮政局邮件分拣处发现了一个可疑包裹。那是一个鞋盒子，上面写的收件人是"省公安厅经济犯罪举报中心负责人"，寄件人是"埠村煤矿张胜利"，包裹单上注明内装皮鞋一双。包裹的最可疑之处是重量，比一双皮鞋明显重得多。邮局的工作人员把电话打到章丘的埠村煤矿，对方答复没有"张胜利"这么个人。据此初步判断这是一个"邮件炸弹"，于是就报了警。

张保国和几名同事赶到邮局的分拣大厅时，工作人员都撤空了，躲在几十米以外的马路上，个个惊恐未定。经初步了解，张保国基本可以肯定这是个"土炸弹"。那么，怎么把它弄出去呢？他没有任何防护器材，只好向当地派出所借了一顶钢盔戴上，又找了一床被子，把这个土炸弹包起来，双手小心翼翼地捧着，一步一步走出了邮局，稳稳地放在车上。张保国心里很清楚，万一发生爆炸，钢盔和被子几乎起不了任何防护作用，顶多只是给自己壮壮胆。当时虽然天已经很冷了，他却出了一身汗，双手都僵硬了。当天夜里，张保国把这个爆炸物拉到南部山区隔离存放，第二天上午进行了销毁。

入警后三个多月，三次处置"土炸弹"，张保国展示出了极其优秀的专业技能和极其可贵的胆识和担当，让市局的领导和同事们对他刮目相看。

"我是队长，有任务我先上"

张保国转业后的前三年，市局没有专业的排爆队伍，只有他这唯一一名排爆民警，有些"孤军作战"。那时候，全国各地炸弹恐吓案件开始多起来，越来越多的地方开始重视排爆工作。其中，北京作为首都，防爆安检任务格外繁重，北京市公安局已于1995年前后成立了防爆安检处。之后，在北京市公安局的示范带动下，上海、深圳等9个城市的公安机关根据形势需要和治安管理实际，也陆续成立了专业排爆队伍。

2002年1月，由北京市公安局牵头，上海、深圳等9个城市的公安排爆部门，在北京召开"十城市安检排爆工作研讨会"，济南市局时任局长孟富强得知情况后，联系北京市局，要求参会。济南也是参会的第十一个城市。孟富强不仅派张保国参会，自己还亲自参会，他也是唯一一个穿"白衬衣"的级别最高的与会领导。据某些经济发达城市的公安排爆部门介绍，当地一年发生的炸弹恐吓案件有数百起之多。这引起了孟富强的深思，他意识到，济南的排爆工作也必须加强。他说过这样的话："发达城市的今天就是我们的明天。防爆排爆队伍我们宁可备而不用，也不能用而不备。"

这次研讨会之后，济南市局就开始运作成立专业排爆队伍的事宜。这年5月，正科级编制的排爆中队正式成立，隶属治安支队。中队由5人组成，张保国担任中队长，4名队员都是军转干部。后来又陆续装备了排爆服、排爆机器人、频率干扰仪、电子听音器等设备和器材。这也是全省公安机关第一支专业的排爆队伍。针对涉爆案件突发性强的特点，实行24小时轮流值班备勤。不论白天黑夜，只要接到出警的命令，就以最快的速度赶到现场。

37岁的张保国当"官"了，成了正科级"领导干部"。当"官"之前，他是局里唯一一名排爆手；当"官"之后，他是"第一排爆手"。他的4名队员虽然经受过军旅生涯的磨砺和锤炼，却都没学过弹药，也没接受过排爆专业的训练，不太熟悉这项业务。张保国不希望他们在工作中受伤，甚至牺牲生命，他要努力保护好每一位队员的安全。因此，一有任务，他还是亲自上阵，亲手排除爆炸物，不让队员直接涉险。

也是在这一年，济南市公安局机构改革实行双向选择，张保国本来有机会转岗，但他仍然选择了排爆。

关于"排爆"，一种通俗的说法是"拆弹"。对这一工作，社会上大部分人都不太了解。有人通过刘德华、姜武、宋佳等人主演的电影《拆弹专家》，对其有一些基本了解。但电影里那些"拆弹"情节的真实性和实际工作还是有一定差距的。至于排爆手担任的角色，张保国有一个形象的比喻："我们有时候就是惊险影视剧里那个在定时炸弹即将炸响的最后一刻而奋不顾身剪断那根关键电线的人，有时候像战场上为开辟通路而勇敢排雷的工兵。"每次执行任务都要经受一次生与死的考验，充满了惊险、刺激和挑战。因此，排爆手被称为"与死神打交道的人"。不光有勇，还要有谋，工作中不允许出一点儿差错和失误。一个小小的失误，比如手哆嗦了一下，就有可能发生极其严重的无法补救的后果。

张保国的"排爆"流程是这样的：到了现场之后，先用频率干扰仪屏蔽无线信号，防止遥控引爆。然后通过电子听音器、非线性极点探测仪、移动X光探测仪等设备，判定可疑物是否真是爆炸物，以及可能的引爆方式。有时候会使用排爆机器人，但排爆机器人只能简单地短距离搬运疑似爆炸物，或用水枪摧毁爆炸物，并不能完全代替排爆手。要拆除炸弹，还需排爆手近距离操作。

张保国最心爱的"宝贝",是那套从加拿大进口的78斤的排爆服,是目前世界上防护性能最好的排爆服。穿上之后,里面密不透风,哪怕是寒冷的冬天,几分钟就会汗流浃背、腰酸背痛。这身排爆服的防护功能也是有限的,它的防护指标是:穿上它,如果1公斤TNT炸药在3米之外爆炸,可以免受严重伤害。可是排爆手是不可能在3米之外作业的,而是与爆炸物近距离甚至零距离接触。俄罗斯一名排爆手就是穿着这种排爆服被炸得粉身碎骨,武汉市公安局特警大队原副大队长毛建东也是穿着这种排爆服被炸掉了右手。

谁穿上这套排爆服,谁就是第一排爆手,谁就是亲自剪断爆炸物导火线的第一责任人,也是"离死神最近的人"。所以,这套排爆服一直被张保国"霸占"着,轻易不让队员穿。他多次对排爆队员说:"我是队长,我的党龄最长,有任务我先上。如果我不行了,你们谁的党龄长谁上。"张保国和队员们亲如兄弟,在叫谁上不叫谁上这样的事情上,他所能想到的原则,就是按党龄的长短排序,这样才能"一碗水端平"。

一场意外事故,落下七级伤残

2005年3月2日,是张保国终生难忘的日子。因为那一天他经历了从事排爆工作以来最危险的时刻,与死神擦肩而过。

那天上午,济南市局按照惯例,在全国"两会"前,在济南西郊一个废弃的石料厂集中销毁一批从民间收缴的火药及废旧炮弹等爆炸物。这里四面环山,人烟稀少。为了确保安全,工作人员清理了山上的闲杂人员,并沿山部署了20多名警戒人员,以防周围群众误闯进山。大约10点多,即将销毁的57发炮弹、7枚锈迹斑斑的军用发烟罐(装有固体发烟剂的罐式发烟装置)和大约15公斤的火炸药卸车完毕。这批火炸药化学成分异常复杂,混杂在一起活性十足,销毁时必须格外谨慎。带队领导安排其余的工作人员撤离到位于上风口的山口处。依照惯例,张保国前去处置那些最危险的废旧火炸药。当时有4名媒体记者一同前往采访销毁作业的过程。正当张保国给记者讲解销毁过程时,他身后一个锈蚀严重的发烟罐突然泄漏,发烟剂接触到了空气立即自燃起火，喷着浓烟，冒着火苗。

几名同事发出了惊叫声。张保国回头一看，向4名记者大声喊："不好，快跑！"4名记者全跑开了，张保国却飞快地冲到发烟罐旁，将其一脚踢飞。因奔跑的惯性，他离火药堆越来越近。这时，待销毁的那15公斤火炸药还是被引燃了，"轰"的一声，一个大火球蹿了起来，把张保国裹在了里面，他瞬间变成一个"火人"。

火药燃烧时上千度的高温瞬间烧化了张保国钢盔的尼龙带，钢盔滚落一边；他的衣服也烧着了，炽热的液体顺着胳膊流到了手背上。火药爆燃时产生的灼热空气，一呼吸就会灼伤呼吸道，鼓起的水泡会堵塞呼吸道，造成窒息死亡。张保国本能地紧闭双眼、屏住呼吸，向后一退，拼命冲了出来，就地扑倒、翻滚，压灭身上的明火。但他脖子里和双腿内侧的火仍然没有灭，他用烧焦的手不停拍打脖子和腿。

同事们一拥而上，为张保国扑灭了身上的余火，然后火速把他送往齐鲁医院。一路上，被烧得面目全非的张保国疼痛不断加剧，在车里不停地翻滚。同事们含着眼泪不停地安慰他："再坚持一会儿，马上就到了，马上就到了！"可是，车子还没进入市区，他就疼得昏了过去。

医院经初步检查，张保国全身有8%的面积烧伤，脸部二度烧伤，双手深二度烧伤，有的手指严重变形。

那天是个星期三，张保国的妻子李静正在单位上班。局里派两位民警去单位找她，告诉她张保国受伤了。她一下子蒙了，只觉得两腿发软，心提到了嗓子眼，浑身一点儿力气都没有。望着两位民警凝重的表情，她极力稳定住自己的情绪，问："他还活着吗？"两位民警点了点头。当时她心里只有一个想法："我可以什么都不要了，只要他还活着，女儿还有爸爸，我们还有一个完整的家。"

自从张保国转业到济南市公安局，6年来李静最怕他出事，一直为他担心。她知道丈夫是学弹药专业的，能处置那些爆炸物，一般不会出事。但她也知道，不出事便罢，一出事就是大事。这6年，任务随时都会有，张保国的手机或家里的电话随时都会响。无论是深更半夜还是凌晨，张保国接到命令后马上就走。他夜里出去执行任务的时候，李静也跟着起床。如果不起床，躺着会觉得不踏实，觉也睡不着。她看着张保国匆匆忙忙穿好衣服出门，除了叮嘱他注意安全，什么都不问，什么都不说。张保国出门后，她打开客厅的灯，枯坐在沙发里等他，不时抬头看一眼墙上的挂钟。等得心焦，也不敢给他打电话，怕影响他工作。在沙发里坐不住，就到阳台上站一会儿，看着楼下昏黄的路灯发一会儿呆。经常一等就是两三个小时，甚至直到天亮。实在困急了，就背靠着沙发眯一会儿。直到张保国风尘仆仆地回来，她一直悬着的心才会放下来……

到医院时，张保国正躺在病床上，身上盖着被子。李静进了病房，只见他的脸被火药烧得又黑又红，肿得像脸盆那么大，肌肉像干涸的河床一样一块一块地裂开，露着粉红色的肉，五官都看不清楚了；双手皮肤皱缩、变形，已不能弯曲，缠满了厚厚的纱布，纱布上浸出一片片血迹，指尖还有黑黄色的液体不断地渗出来。李静看见张保国被烧成这样，眼泪再也控制不住了，哗地流下来了。张保国努力睁开双眼，看了她一眼，强打着精神说："媳妇，没事儿。"

张保国受伤后的前七天，是感染危险期。如果感染，伤情将继续恶化。这七天，李静每天都在病房里陪护，吃不下饭睡不着觉，不吃饭也不觉得饿，不睡觉也不觉得困。她的心每时每刻都是揪着的，就怕发生感染。七天后，医生宣布脱离危险期。直到这时，李静才有了饥饿感，不住地打哈欠，浑身乏力。那种感觉，就像刚刚重新活过来了一样。

为了向年迈的父母隐瞒自己的伤情，张保国和李静费尽了心思。张保国平时每周给父母至少打一次电话，好让父母放心。这次，他俩编了个谎，说去北京出差开一个很重要的会，一时半会儿不能回家看望他们，电话也不太方便打。济南日报的记者去医院采访，张保国要求记者在报道里不要透露自己的真实姓名。记者体谅他的苦衷，破天荒地写了一篇没有采访对象姓名的报道，只是以"一名党员民警"来指称他。据说当时济南市委宣传部的主要领导看到报道后，不由得感慨道："这是我见过的第一个没有姓名的先进典型报道。"

可是，瞒了20多天后，张保国的母亲还是知道了。

某家电视台报道某小学师生去医院慰问张保国的消息。结果，节目正好被张保国的母亲看到了。当时老人正吃晚饭，手里的碗当即掉在地上。她又气又急，马上打张保国的手机，在电话里哭着骂儿子，责怪他不该瞒着父母。

第二天一大早，老人乘坐头班长途汽车赶到济南。当时张保国脸上正在蜕皮，蜕皮后是一片片鲜红的嫩肉。老人跌跌撞撞地冲进了病房，看了他一眼，撕心裂肺地喊了一声"我的儿啊"，就再也哭不出声了。老人在医院陪护了两天两夜，长时间坐在病床前的小凳子上，饭吃不下，觉睡不香，经常偷偷地抹眼泪。

张保国和李静不忍心母亲这么劳累和难过，就让弟弟硬把她送回老家。没想到，老人回到家的第二天，因牵挂儿子还是吃不下饭，浑身乏力。她终于熬不住了，在家门口一头栽倒在地，被紧急送往县医院，被诊断为脑中风。县医院治不了，准备转往德州的医院。张保国"命令"弟弟租救护车把母亲拉回济南，也住进了齐鲁医院。母子俩住在同一座病房楼里，相隔几十米。一边是半身不遂的婆婆，一边是重度烧伤的丈夫，李静只能两边跑，同时还要照顾4岁的女儿，日子十分煎熬。老人在齐鲁医院抢救治疗了17天，脱离了生命危险，但还是落下了半身不遂，丧失了劳动能力，生活不能完全自理，需要张保国的老父亲照料。

张保国干工作不怕苦不怕累，即使受了伤，精神上也并没觉得多么痛苦。可是，一生操劳的老母亲因为他落下这么个病，老父亲也跟着受累，这让他心里十分难过。自从他参加工作有了工资收入，一直想好好孝敬孝敬父母。可是，父亲有退休金，不要他的钱；给父母买了营养品，他们却舍不得吃，一直放在冰箱里，等孩子们都回家的时候一起吃。两位老人节俭了一辈子，除了吃饱穿暖，不讲究任何物质享受。张保国想尽孝，都没有多少机会。父母没跟着他享过多少福，却因为他承受那么大的痛苦。十几年后，张保国无论接受媒体采访还是作先进事迹报告，每次说到这里，都不由得放慢语速，极力控制着情绪。在他不动声色的讲述中，所有听者都能感受到他心里的痛楚，也都不禁为之动容。

张保国住院20多天后，4岁的女儿汝佳缠着妈妈要见爸爸。张保国也很想念女儿，可是又怕自己这个样子吓着女儿。犹豫了一番，还是决定让妻子带女儿来医院。妻子事先给女儿打了"预防针"，说爸爸被火烧伤了，样子有点儿"丑"，不过很快就好了。女儿来医院的时候，张保国在病床上听见走廊里传来女儿蹦蹦跳跳的脚步声。但女儿一进病房，看了他一眼，就惊恐得睁大了眼睛，忽然嘴一撇，躲到妈妈身后哇哇大哭起来，边哭边喊："我再也不玩火了！爸爸你以后也不玩火了好不好？"

女儿的这两句话，让在场的几位病友和家属都掉了泪。张保国不知道怎么安慰女儿，只觉得自己的心像被钳子揪住用力撕扯一样疼痛。他不由得想起孩子因为他所受的种种委屈。妻子上班早下班晚，平时一般都是他接送孩子上幼儿园。可是他经常早上第一个把孩子送到幼儿园，下午又是最后一个接走。有时到了该接孩子的时间了，却突然来了任务，就顾不上去接孩子了。等完成任务后赶到幼儿园，孩子已经跟着阿姨回家了，在阿姨怀里哭累了，睡着了。

最难忘的一次，是2003年秋天的一天，张保国下班后刚开车接上女儿，就接到了出警的命令。原来，经十路拓宽工地上挖出了一些锈迹斑斑的迫击炮弹，需要他去处置。警情紧急，他没时间把女儿送回家，只好带着她去排爆现场，把她锁在车里。他对女儿说，爸爸办点儿事，一会儿就回来。女儿说有点儿饿了，让他早点儿回来。那时女儿还不满3周岁，用小手扒着车窗，瞪大眼睛看着他。他不知道处置那些炮弹需要多少时间，不敢和女儿对视，硬着心肠转身走开。等完成了任务，已是两个小时以后了。这时他才忽然想起，女儿还被他锁在车里。他一下子急出了一身汗，没和同事们道别，百米冲刺般跑回自己的车。这时，女儿哭得嗓子都哑了，尿撒在车里，车窗上满是密密麻麻的小手印……

在刚刚住院治疗的前几天，烧伤引起的剧烈、持续的疼痛每时每刻都折磨着张保国，他没睡过一个囫囵觉。他在病床上疼得死去活来，有时把头往墙上碰，有时哼哼唧唧的像说梦话。医生看他实在受不了，就给他打一针杜冷丁。后来只能每天用镇痛棒和止痛药镇痛。

张保国的双手深二度烧伤，烧焦的皮肤被清理掉了。但之后的增生瘢痕越长越厚，不得不再次进行植皮和矫正手术。这是一个极其痛苦的过程。医生把他两只手上的瘢痕切掉，然后从他两侧大腿根部斜着向后，一直到腰部，取下两块50厘米长、5厘米宽的表皮，缝合到手上，每只手要缝合150多针。从大腿根部到后背切取皮肤的部位，缝合的伤口非常脆弱，他不敢咳嗽，也不敢打喷嚏，稍一用力就可能把线挣开，皮开肉绽。

移植到手上的皮肤终于存活了。可是，新的皮肤却像胶带一样，紧绷在张保国的手背上，他的手依然无法伸直。接下来要面对的，是更加艰难的康复治疗。每次做康复治疗，张保国都站在加热过的蜡锅旁，深呼一口气，把两手一下子插进60度的蜡液里，然后把头扭向一边，紧闭着眼睛，紧咬着下唇，豆大的汗珠从脸上往下滚。疼得实在受不了，他就把两只手快速地从蜡液里拔出来，靠着墙角瘫坐在地上。一次康复治疗，要重复十几次这样的痛苦。等手上的蜡结成了拳击手套那么大的痂，医生再迅速把蜡剥离掉，趁着热劲儿，硬生生地把他弯曲变形的手指掰直。

张保国出院时，头盔的尼龙绳熔化后在他两边脸颊留下了两道深色的印记。两手的小指和无名指都扭曲变形，双手无法攥紧，握力大减，灵活性降低。经鉴定，伤残等级为七级。

愿为初心付此生

通常情况下，像张保国这样经历过生死的人，即使身体上的伤没有大碍了，心理上也会留下浓重的阴影，需要接受必要的心理干预。按照惯例，这次受重伤后，他完全可以名正言顺地要求调离排爆岗位；即使他不主动要求，组织上也会为他调整岗位，安排他从事轻松的工作。排爆队的队员们也在努力适应没有他的日子。

可是，出院后的第三天，他又"出现场"了。

张保国出院那天是2005年4月29日，是个星期五。当时他脸上刚长出新皮肤，一接触阳光就会过敏红肿，像撒了辣椒面一样又疼又痒。双手还缠着厚厚的绷带，看上去像戴了拳击手套一样，只能像随时准备出拳的拳击运动员那样举着双手。胀痛的感觉就像加压泵在血管里加压一样，十分难受。遵照医嘱，他需在家静养一两个月，其间定期去医院复查，平时不要在室外活动。

5月2日，在交通医院连接两栋楼的走廊里，工作人员发现一只黑色皮箱，长时间无人认领，怀疑是爆炸物。排爆队员接到命令后，因缺乏专业经验，能不能完成任务心里没底，就给在家中静养的张保国打了电话，希望得到他的指导。张保国把自己的伤情和医嘱置之脑后，第一个念头就是要马上赶到现场，于是他焦急地对队员说："快来车，接我！"

还有三天就立夏了,那天的阳光很强烈很刺眼。张保国下车后,冲他的队员和其他民警笑了笑。他的脸皮肤红肿,笑起来眼睛眯成一条缝,很有"喜感",甚至有点儿滑稽。他的队员看着他,谁都没有笑出来。他举着双手,一步步走向排爆现场,步子仍像受伤前那样从容。几名队员看着他的背影,眼睛都湿润了……

这次"出现场",对张保国来说是自然而然的。用他的话说就是:"各种情况推着你往上冲,身不由己,别无选择,我必须去。"他这样说,听起来多少有些无奈。其实,他的"无奈"不是来自外部的压力,而是来自他的觉悟和担当。他觉得这种危险的时候他应该亲临现场,不去是不应该的。如果不去,他心里会愧疚,觉得不光对不起自己的队员,也对不起自己的职责。

就这样,本来可以转岗的 40 岁的张保国,出人意料地主动重返工作岗位,"第一排爆手"又接着当起来了。后来,转岗的事他再也没有考虑过。

转眼又过去了 9 年。2014 年年初,已当了 12 年中队长、正科级 15 年的张保国终于成了"副处"——治安支队二大队副调研员。2014 年 6 月,根据上级要求,排爆中队从治安支队移交到特警支队,白发越来越多的 49 岁的张保国作为一名"老排爆、新特警",迅速完成各项交接工作,重组了排爆中队,更新了排爆器材,仍像以往那样热情满满地投入到排爆工作中。有些年轻民警恭恭敬敬地称他"处长",他的队员私下里称他"师傅",但他仍坚守在最危险的排爆第一线,仍是"第一排爆手"。

济南市公安局特警支队不在市局机关,位于济南东部的高新区旅游路,是个独立的院子,距离张保国的家大约 25 公里。张保国的办公室是二楼一个靠近楼梯的房间,里面有三张办公桌、七把椅子、两组铁皮柜子,窗台和办公桌上堆着厚厚的专业书籍;没有一幅字画,没有一株花草。他每天早晨 6 点半准时起床,7 点准时开车去单位,在单位食堂吃过早饭后,开始一天的工作。

2016 年,在执行一次排爆任务时,张保国再次立功受奖,得到省级领导的赞赏。

10 月 2 日,国庆假期的第二天,青岛即墨发生了一起重大自杀式爆炸案。犯罪嫌疑人在家中拒捕时自爆身亡,却留下了 5 个爆炸装置。这 5 个爆炸装置分别装在收纳箱里,采用"一开箱就炸"的引爆方式,排爆难度很大，青岛警方无法处置。10月3日，也就是张保国51周岁生日这天夜里11点左右，省公安厅治安总队通知他立即赶赴现场，指导并参与处置那5个爆炸装置。

张保国和同事连夜驾车赶赴即墨，4日清晨到达后来不及休息，立即向当地警方了解案情，查看现场照片及有关资料，认真研究爆炸装置构造，初步判明了爆炸装置的结构，拟定了处置方案。上午9点，在案情分析研判会上，张保国直接向副省长、省公安厅厅长孙立成和专案组作了汇报。下午2点半，他又向专程从北京赶来指导案件侦破工作的公安部刑侦局、技侦局、物证鉴定中心及北京刑侦总队的领导和专家们作了汇报，他拟定的处置方案得到了一致肯定。

会议结束后，他立即挑选了两名队员，成立排爆组并担任组长。领导准备安排十几名民警参与排爆，他摇了摇头说："我们三个人就足够了。"这是他早就确定的排爆"三最原则"：用最少的人数参与，用最少的次数接近，用最短的时间拆除。

4日下午，张保国带领两名队员，顺利拆解了最关键的第一枚爆炸装置，并将物证移交给青岛刑警。5日，根据破案需要，需对爆炸装置起爆系统的可靠性及爆炸威力进行技术验证。张保国带领两名队员，对另一枚爆炸装置进行手工拆解并拉发引爆，圆满完成了验证。按照既定方案，剩下的三个爆炸装置由当地警方协调爆破公司，利用诱爆的方式进行销毁。在张保国的督导下，最后三个爆炸装置成功销毁。

在这次行动中，中等身材、平和稳重、思维缜密、果断干练的张保国给孙立成副省长和北京来的专家们留下了很深的印象。为表彰他在这次行动中的突出贡献，省公安厅为他记个人二等功一次。

2018年6月9日至10日，青岛迎来一个重大的国际盛会——上海合作组织青岛峰会。张保国作为全省知名的排爆专家，又接到一项极为重要的任务：抽调到峰会安保办，担任"防爆安检组"副组长。

3月4日，张保国就提前到青岛开始了工作，直到6月12日结束任务，整整奋战了100天。他带领2600多名安检排爆队员，完成场地防爆安检任务70多场次，查获各类违禁品6000多件，确保了30多处场馆住地、500多万平方米任务区域、20多场临时勤务现场的绝对安全。

在张保国执行这一任务期间的 5 月 29 日,他被人力资源和社会保障部、公安部联合授予"全国公安系统一级英雄模范"荣誉称号。10 月 10 日下午,他的先进事迹首场报告会在济南市公安局举行。他以一篇《愿为初心付此生》的演讲将听众的情绪推向高潮,场内不时响起阵阵掌声,现场听众多次感动落泪。报告会结束后,他用残疾的右手向台下听众庄重地敬礼。后来,这张敬礼的照片刷爆了朋友圈,被网友称为"最美敬礼"。

11 月 10 日,张保国又被中宣部、退役军人事务部授予"最美退役军人"称号。他和其他 19 位获此殊荣的各行各业的退役军人的先进事迹,由中宣部和退役军人事务部联合向社会发布。2019 年 1 月 4 日,他在北京人民大会堂"最美退役军人"先进事迹报告会上作了报告,受到了中央政治局委员、国务院副总理孙春兰的亲切接见。

张保国的众多荣誉,都是伴随着各种急难险重任务获得的。他自己认为,他的事迹之所以能感动很多人,最可贵的是两个字:坚守。"善始者众,善终者寡"。自 1999 年转业到济南市公安局从事排爆工作,他在这个岗位上坚守了 20 年。作为全省乃至全国知名的排爆专家,已 54 岁的他还要继续坚守下去。他总觉得,他的经验比其他同志丰富,如果他不干的话,别人干会更危险。这种坚守是需要觉悟的,用他自己的话说,需要"耐得住寂寞,守得住清苦,经得住危险"。

张保国从警 20 年,见证了在改革开放的春风里中国公安排爆事业的长足进步。迄今为止,他已掌握了 4 大类 100 多种爆炸装置的爆炸原理和模型,先后撰写、发表 10 余篇专业论文,其中有的在全国安检排爆研讨会上获一等奖。但时代在发展,犯罪分子制造各种危险爆炸品的手段也在不断更新。张保国怕自己落伍,仍像年轻时代那样勤于钻研、学习。周末,他经常跑到电子科技市场,买各种最新的电子元器件回来研究。每当国际国内发生重大爆炸案件时,他都会第一时间收集文字、图片和视频资料,叫上年轻队员一起分析爆炸物的用药成分、装置特点和作案手法等。这么多年,他的学习笔记足足记了 20 多本。

再过 6 年,张保国就退休了。作为新中国成立后济南市第二个"全国公安一级英模",他的荣誉并不仅仅属于他个人。有关领导多次叮嘱他"以后危险的活儿就不要干了",要确保他的安全。但他要求自己,只要不退休,就是"第一排爆手"。同时，为使年轻队员早日掌握这项专业技能，确保"后继有人"，他制订了详细的训练计划，把自己的"独门绝技"倾囊相授。经他的"传帮带"，他的队员们进步都很快。当然，像他这样拥有"冷门"专业技能的专家和英模，退休后一般也闲不住。只要国家和人民需要他，他就继续愉快地"发挥余热"。

　　美丽的泉城济南，在万家灯火的祥和安宁中，有张保国汗水和鲜血的付出。没有多少人知道他，但这个城市记得他。回首自己的大半生，他觉得他对得起那身军装，也对得起那身警服。今生如果有对不起的人，就是自己的家人。因此，他心底有个强烈的愿望：退休后尽量多陪陪妻子和女儿，每月带她们回一趟老家，帮老父亲浇浇他钟爱的花草和菜园，推着瘫痪的老母亲逛逛40多年前她卖过炕席、如今越来越繁华的那些大集，感受感受新时代的巨大变化……

中国刑警的福尔摩斯方程式
——记在改革开放中成长起来的刑侦专家刘忠义

冯 锐

改革开放 40 年，也是中国刑侦高速发展并一步步扎实努力走向世界前列的 40 年。40 年来刑侦事业风起云涌，英雄辈出。不同中国刑警的名字加上不同的 "X 项" 侦查历程，就是一个又一个 "福尔摩斯" 故事，这一个又一个故事构成了一道又一道 "福尔摩斯方程式"，并一定会成为世界警察史上独一无二的 "中国刑警方程式"。此刻，我们需要解读的是一名特殊刑警的故事，尤其重点解读他的 "X 项"，因为他的 "X 项" 里隐藏着中国刑警不同于福尔摩斯的悬疑跌宕，更隐藏着中国刑警在改革开放 40 年里一步步走向世界前列的 "达·芬奇密码"。

一幅素描：中国刑警的精神高地

得知我接受了采访 2017 年全国公安楷模荣誉称号获得者、公安部刑侦局副局长刘忠义的任务，我的老领导先给我泼冷水："刘忠义这个人太低调，凡事不喜欢突出自己，估计什么也不会对你讲……记得 2010 年的时候，厅里准备给他申报二级英模，材料都准备好了，他就是不同意，坚辞不就。他这个人，心里只有案件。"

老领导是全省公安机关德高望重的大手笔，靠着写文章获得了满墙奖章，如果他说某个人难采访，那一定没错儿。他告诉我："当年我写刘忠义，一路坐着绿皮火车追着采访，可人家还不愿意接待。后来啊，我和他急赤白脸了，我告诉他，是组织安排的，你不接待也得接待。但说真的，他这股子甘当绿叶的劲头，我喜欢，也由衷钦佩。"

刘忠义是改革开放中成长起来的中国刑警杰出代表。尽管采访的前景不是很让人鼓舞，但我确定了一点，越是这样的人，故事就越多。

"故事多，但他也不会多说……"尽管没给我什么鼓励，老领导还是照样提要求，"刘忠义是从黑龙江基层刑警中走出的杰出代表，你要是写不明白可说不过去。"

我有点儿犯难了。这么不爱"配合"的采访对象，我怎么写呢？写不好，老领导会不会失望？

果然，采访刘忠义困难重重。其实他对我们这些文字工作者特别尊重，特别理解我们的辛劳与执着，但他对于自己的故事三缄其口，最多也就是重复中央电视台采访他时说的那些：每一起案件的侦破都是大家共同努力的结果，是我们公安战线几代人民警察呕心沥血的结果，是老一代刑侦专家传承带动的结果，侦破命案积案是对历史负责任，我们这些刑警的努力，是为了让人民群众知道我们国家有这样一种力量……

刘忠义不愧是刑侦专家、讯问专家，回避媒体问话的技巧无懈可击。其实，我相信他对我说这些的时候是真诚的，但这对我写好稿子没多大帮助。

围绕着"零口供"的刘忠义，我认真研究各种案件材料和新闻报道，力求还原他在侦破每一起案件最为关键的环节时发挥的不可替代的作用。我还四处寻访取证，其中有国宝级刑侦专家乌国庆、崔道植，也有刘忠义的老领导、老同事，更有当下刑侦局里老老少少的战友们。我需要通过大量碎片化的报料，给刘忠义"画"一幅素描，一幅能勾勒出一名中国刑警的从警之道的素描，这"道"，就是中国刑警的精神高地。

追捕周克华：亡命之徒遇到拼命三郎

《江湖情》、《英雄好汉》、《喋血双雄》、《英雄本色》……这些香港电影，早年的周克华看了一遍又一遍。银幕上完全是另外一个世界，沉浸在黑暗的剧场之中，现实的平庸和渺小就会渐渐远离，周克华觉得自己就是影片中提着手枪四处大开杀戒的"英雄",弹夹里永远有用不完的子弹。可一旦走出影院,幻想破灭,人又回到了现实。

改革开放初期,流行一时的香港黑帮电影绝对是内地的犯罪教学片,这些影片成就了一批巨星,但很多"60后"、"70后"暴力犯罪嫌疑人也坦陈,他们受这些片子的影响很深。与这些人稍有不同,周克华除了看《江湖情》之类的港片,也爱看《沉默的羔羊》这类恐怖片——周克华自己"导演"的"恐怖电影"里,只留下了"沉默的"自己和待宰的"羔羊"。

周克华的父亲本是"城里人",做会计,二十世纪六十年代因生活作风问题被下放农村劳动;其母则是有两个孩子的离婚女人。婚后,夫妻俩最缺的是钱,最不缺的就是争吵。1970年大年初一,周克华出生在这个穷困而嘈杂的家庭。周家的房子在村边狮子山接近山顶处,至今,这栋房子附近没有邻居,孤零零的。这也正是周家一直以来的交际状态。村里的红白喜事,周家几乎从不参与,周家的孩子结婚,也不在村里摆酒宴请客。

"沉默寡言"是周围人对他的印象。周克华不抽烟、不喝酒、不打牌,没事就喜欢抱本书看,尤其爱看侦探小说。沉默的少年在成为杀手之前,有一个逐渐"升级"的过程。1986年,未考上高中的周克华来到重庆市渝中区一家建筑公司打工。同年3月,周克华因调戏妇女被治安拘留十四天。1991年9月,周克华入户盗窃现金一百二十元、粮票一百余斤、猎枪一支。两年后,他携枪跑到武汉,被巡警发现,拒绝缴枪,后被抓获,在武汉汉南劳教所劳教两年。1995年解除劳教,周克华回到重庆,在火车东站当搬运工。次年,周克华结婚,但他并没有安分下来。1997年,他在云南边境购买五四式手枪被抓,处罚后被释放。后来,他与妻子共同经营中巴车。2001年年底的一场车祸,使周克华面临巨额赔偿,他选择了离家出走。

周克华是个欲望超强的人,他不甘于就此平庸下去。他心中还有一部属于自己的恐怖电影,他要在那部电影里上演"天下无敌"。可惜,他遇到了警察刘忠义,"天下无敌"注定只属于虚幻的电影。

2011年,初到公安部担任副巡视员的刘忠义成为"苏渝湘系列持枪抢劫杀人案"的专案组负责人。此前,反侦查能力极强的周克华已作案多起,并多次从警方眼皮下脱逃。

2004年4月22日,重庆市某公司职工赵某到江北区五黄路分理处取款后，被持枪歹徒开枪打死，抢走现金七万元，接着，歹徒又打伤一人后逃逸。一年后的2005年5月16日9时30分，重庆市沙坪坝汉渝路附近响起了枪声，一对刚刚走出银行的夫妇被射杀，劫匪当场抢走现金十七万元，并将一名路人击伤。

接下来的时间，这个歹徒突然人间蒸发了。这是一个很棘手的对手，其作案手法嚣张，却又极其谨慎，一旦意识到危险，就会蛰伏起来。

四年的平静之后，2009年3月19日晚7点42分，周克华身穿浅色风衣，头戴黑色线帽，开枪将成都军区驻渝部队十七团营房门口的哨兵打死，抢走81-1式自动步枪一支。监控录像显示，周克华随后徒步穿过石桥铺社区，乘坐一辆等候多时的出租车逃逸。当重庆警方层层设卡时，周克华已来到湖南长沙。接下来，他在这里生活了两年之久，犯下四桩血案。同年10月14日下午两点，周克华在南郊公园"黑松口"处枪杀五十六岁的李某。李某刚到长沙一个星期，给女儿带小孩儿，身上仅二十元钱。这是周克华所犯十案中唯一未以钱财或枪支为目的的枪案，且周克华并未将其一枪毙命，而是连开七枪，李某身中六弹而亡。流传甚广的一个推测是，周克华要练枪。

五十天后，周克华又作了"12·4"案，在铁道学院西门外的农业银行门口，打死一名取钱者，抢走现金四万五千元。此处距离南郊公园仅两公里，南郊公园紧邻高架桥与湘江，公园其实就是一座山林，一旦躲藏进去极难寻找。

发生在2010年的长沙"10·25"血案中，周克华选择树木岭立交桥下的一溜平房门面下手，枪杀"环诚经贸公司"经理，抢走笔记本电脑。此血案表明，周克华对作案地点是经过精心挑选的。现场五十米处有一条隶属长沙重型机器厂的货运铁路通过，东边是一大片老旧小区，道路狭窄，两车难以错开，西面则是一座高架桥，十分嘈杂。许多人在听到枪响时，还以为是爆胎。血案发生当天，长沙警方除了设卡盘查，还对全市1690家无证中小旅馆进行大规模清查，其依据是"多起重案犯罪嫌疑人都曾在无证小旅馆落脚藏身"，但最终一无所获……

凶手频繁作案，气焰嚣张，网民给他起名叫"爆头哥"，还有人传言说他在境外当过雇佣兵。这些案件被串并侦查，公安部将此系列案件列为全国第一起"有广泛社会影响的恶性案件"挂牌督办。但当时还没有人知道"苏渝湘系列持枪抢劫杀人案"的元凶是一个叫周克华的人，刘忠义和他的团队又是如何锁定周克华的呢？

2009年的一个案发现场附近，监控设备曾拍到过嫌疑人的影像。但很遗憾，几段视频的清晰度都很低。由于连长相都无法确定，所以2011年之前，警方只能根据目击者的描述向社会发布模拟画像，进行悬赏通缉。长沙警方曾在2009年和2010年分别对周克华做过模拟画像。第一次的画像上，周克华方脸平头、戴着墨镜，与重庆警方2005年的模拟画像极为相似，周克华"平头男"的绰号也正源于此。但在第二次的画像上，周克华摇身一变，成了一个戴着棒球帽、露着刘海儿的尖下巴男子。

两次模拟画像大相径庭，长沙市民风传周克华整过容，当地一家美容机构的老总在对比2005年和2009年的画像后，怀疑周克华进行过鼻子整形和脸部磨骨手术……

画像不逼真，嫌疑人如何能够找到？面对这道难题，刘忠义以他特有的细心，对现有材料进行重新梳理，提出了二十四字侦查思路：抓住不变特征，回头观看视频；去除外在伪装，发现正面图像。

沉默寡言的刘忠义即使处置这样一起棘手案件，依然惜字如金，以至于他几次关键性的表态，都让大家记忆犹新，而每一次关键表态，又都会对案件侦办起到"质变"的推动作用。不过，当这二十四字侦查思路最初摆在人们面前时，并没有瞬间激发大家的热情。视频已经看了N遍，伪装也试图去除了N遍，并没有任何突破性进展。靠这二十四个字，能找到凶手吗？

事实证明，刘忠义的关键决策彻底改变了这起案件的侦查格局和走向。

围绕长沙"10·25"案件的一段嫌疑人作案踩点视频，专案组组织近百名民警，昼夜轮班进行回看、甄别。视频中，嫌疑人乘坐905路公共汽车，在岳麓区某公交站下车后便消失了。

他不是下了905路公共汽车后消失的吗？以那辆公共汽车为圆心延伸二百米去看。刘忠义的这个决策，就像给大家打了鸡血，破案的希望重新燃起。参战人员采用人工方式，一帧一帧地审视着每一段视频，每个人都准备了滴眼液，累了就往眼睛里滴药水。

嫌疑人的无伪装视频就是凭借着这样的工作被发现的。2010年10月18日6时15分，嫌疑人在长沙市岳麓区购买早点，他步态轻松，不慌不忙，但民警见了这段视频却血脉贲张。当大家为此发现兴奋不已时,所有的线索却又戛然而止。

这仅仅是一段孤立的视频,虽然无伪装,但依然无法清晰辨别嫌疑人的面部特征,也找不到与嫌疑人活动规律、性格特点等有关的细节。很显然,嫌疑人准备充分,偶尔的"春光乍泄"似乎无碍于他的潜伏。这个对手,果然厉害。

刘忠义来到了嫌疑人买早点的地方,将自己置身于嫌疑人出现的位置,注视着周围的一切。此时的刘忠义,感觉自己距离未名的元凶是如此之近。正义与邪恶,两种意念在隔空激烈地交锋缠斗。但当时,没人从神色沉静从容的刘忠义脸上发现什么。更没人想到,此时刘忠义所站的位置,是一个决战决胜的位置。

在那个点位旁边,刘忠义发现了一个银行,于是问:"那个银行门前有摄像头吗?"

最初的答复是"没有"。刘忠义不死心,前往银行附近踏勘,发现了一个摄像头。在这个摄像头记录下来的图像中,再一次发现了嫌疑人一闪而过的身影,沿着这个瞬息而过的身影继续向前,有一个网吧——帅帅网吧!

所有新闻报道对这个过程都没有过多关注,只是轻描淡写。事实上,没有刘忠义,就不会发现这个网吧。

刘忠义很了解对手的心理。作下了这么大的案子,他必定会关注警方的动静,关注社会舆论,看自己到底造成了多大的影响,看人们是如何评价自己的,以便使自己的虚荣心得到满足。如何才能知道这些情况呢?去网吧。

刘忠义果断决策:还原网吧场景,还原每一台电脑的上网记录,核实上网人员身份。

专案组的精气神瞬间再次爆棚。结合视频推断嫌疑人进出网吧的时间,排查上网人员信息,警方很快发现一个持周波身份证的人与上网人员身份不符。经核查,周波是一名摩的司机,从未去过那家网吧,身份证曾被人骗走。嫌疑人使用周波的身份证多次在网吧上网,据网管回忆,此人每次上网前都会有意无意地将摄像头挪开。

确认了嫌疑人的上网机位,网安民警终于成功提取了两张面部清晰的嫌疑人照片,这是专案组开展工作以来,第一次看到嫌疑人的真容。根据他的上网记录，警方发现周克华很喜欢看军事网站，此外，周克华也看电影，《沉默的羔羊》与《汉尼拔》，他看了十遍！

经过长达七年的较量，警方终于发现了嫌疑人的庐山真面目。可是，照片上的人具体是谁？获取犯罪嫌疑人的样貌信息只是第一步，接下来该如何确认嫌疑人的身份呢？以两张清晰照片为依据，全国公安机关开展了大范围排查，重点是苏湘渝地区。会不会有突破，取决于群众发动情况以及民警排查工作质量两个方面。刘忠义开始耐心等待……

2011年6月初，就在侦查工作刚有了突破性进展的时候，刘忠义却不得不住院了。刘忠义长期患有腰椎疾病，犯病的时候基本都是忍着，实在忍受不了，还可以借助药物止痛。但肝脏出了问题，却是一刻不能拖延的。

公安部刑侦局二处副处长刘景杰说："刘局在2011年1月调入公安部时，肝部血管瘤直径1.8厘米，当年6月手术时直径5.6厘米，但手术完毕仅仅二十天，刘局便继续投入工作。从2011年1月至2012年8月14日周克华被击毙，长达一年半的专案侦查过程中，刘局一直马不停蹄。"

刘忠义手术期间，2011年6月28日9点37分，周克华在长沙市黑梨路选择了一处与"10·25"案环境特点极为接近的地点，再次枪击伤人。当天长沙天降暴雨，交通大规模瘫痪，交通事故报警五十三起，给长沙警方的布防带来极大困难，周克华在暴雨中再次逃脱。

刘忠义获知这一消息时，刚能够从病床上坐起来。去长沙！他豁出去了。医生惊呆了，家人流泪了，但没有人能够阻拦他。周克华是一个亡命徒，却不知道他的对手刘忠义更是不折不扣的"拼命三郎"。

身份的隐藏，成为周克华最后一道护身符。2011年八九月间，周克华因父亲去世回家服丧、守灵。他之所以能够安然来去，是因为他的身份信息还未暴露。此刻的周克华不知道，刘忠义正在向他步步逼近。他的名字最终摆上台面，仅仅是时间问题。

2012年1月6日9时54分，南京市下关区和燕路东门街2号中国农业银行门口，江苏某建筑公司员工程某取款后走出银行大门，周克华对其头部开枪，捡起装有近二十万元现金的纸袋后逃离。

枪击案发生后，南京出动全城警力排查。周克华再一次展示了他的反侦查技能。后来警方在监控中看到，逃跑途中，周克华经过一处上坡，好像预先知道正面有摄像头，刻意压低了棒球帽，用手和帽檐挡住整张脸。不仅如此，作案前的视频中，周克华走路时外八字非常厉害，而且以夸张的幅度左右摇晃肩膀，可作案后，周克华走路时肩膀竟然纹丝不动。然而这一次，周克华仅仅是暂时躲开了警方的搜捕，他还不知道，他的相貌已经被刘忠义的团队掌握。

如何持续保持民警的信心与激情？如何确保群众发动工作高效有力？这是刘忠义心中紧绷的一根弦。拖着尚未痊愈的身体，刘忠义频繁地往来于苏湘渝地区，给大家鼓劲，确保每一座曾经发生案件的城市始终处于全城动员状态。

2012年1月13日中午12点，南京栖霞区农场山上的一片坟地中，五十二岁的刘某发现一棵松树的二十多根树枝被砍断。刘某循着踪迹来到一块长三米、高七十厘米的大石头边，见有许多松树枝将石头下方盖了起来。他当时并没有掀开看，就下山了。下午三点左右，刘某在山脚下遇到邻居关某，说了在山上看到的一幕。关某正好准备上山砍竹子搭菜园架，随后上去一看，发现那是一个乱坟堆，坟堆左前方十米处有一个人，约四十岁左右，身穿黄格子西服，戴着一顶黑皮帽，帽檐压得很低。

难道是扫墓的？两人对视一眼后，关某继续前行。在前面一平坡处看见地上有个鼓鼓囊囊的黑色尼龙袋，打开一看是睡袋。怎么会有睡袋？难道这个人在山上过夜？会不会是警方通报抓捕的那个人？第二天上午，关某约了几个人再次上山，在那个松树枝条盖起来的地方又发现一个牛皮纸袋、一副白纱手套、一袋五香牛肉、几个空的娃哈哈矿泉水瓶、一个迷彩双肩包，还有一张1月10日的《参考消息》及一本《轻兵器》。这些物品引起了他们的怀疑，随即报警。

警方搜山至15日傍晚，虽未发现周克华，却在现场遗留物中发现了超市购物袋和位于瑞金路的金润发超市购物小票。警方随后调取该超市监控资料，并通过视频截图制成照片，特征和先前掌握的两张照片一致。此外，警方还发现了被掩埋的粪便，以及周克华吃剩的食物。通过这些生活垃圾，提取了周克华的DNA。

刘忠义来到周克华选择的这个藏身地，仔细观察周围环境，分析其生活习性：山间乱坟岗，人迹罕至，易于藏身；随身带《参考消息》、《轻兵器》；

把遗留的矿泉水瓶上的编码都划掉，掩埋生活垃圾……这的确是刘忠义近年来遇到的反侦查能力较强的对手，而且是一个自命不凡的职业罪犯。刘忠义坚信，即使是长沙，他也一定有这样的"生活区"。专案组向苏湘渝警方发布命令，立足山区公墓与乱坟岗交界地带，搜寻嫌疑人的藏身地。

重庆、长沙警方均派民警赶赴南京。重庆警方还提供了多个可疑人员供比对。重庆市公安局沙坪坝分局井口派出所在排查中，发现辖区内有过贩卖枪支前科的人员周克华长期不在家，拿着比对照片与周克华的照片认真研究，越看越像。警方提取了周克华家人的DNA样本，与南京警方所获的DNA样本比对相符。周克华这个名字最终彻彻底底地暴露在世人面前。

与此同时，长沙警方在长沙岳麓区周围的山区坟地进行搜索时，在天马山的一大片荆棘丛中发现了一小块平地，此处遗留了周克华的生活垃圾。

这些证据与周克华前妻徐蓉的证词得以相互印证。徐蓉承认，周克华所劫赃款大部分都给了家里，在长沙期间，他多次使用徐蓉的银行卡进行转账。周克华曾透露，其在外逃亡期间，不论春夏秋冬都睡在坟地中。周围群众介绍，该坟地并非公墓，只是附近居民死后偶有埋葬在此，平时人迹罕至。从该坟地南面的一条小路下山，左拐经天马路，即可到达帅帅网吧。

案件调查工作又重新回到帅帅网吧。网吧老板回忆，周克华每次来上网，不论吃盒饭还是喝饮料，都会把垃圾带走，从不遗漏。

刘忠义已经逐渐看清了周克华的底牌。2012年7月，刘忠义召集全国相关的刑侦专家，顶着四十多度的高温，赴长沙、南京、安徽、重庆等地，把嫌疑人去过的每个地方都逐一重新踏勘。不仅如此，专案组还围绕周克华的知情人和关系人，一一开展深入调查。刘忠义认真研究周克华的心理状态和行为特征，包括他扔在家里的日记都找到并认真研读。8月9日，专案组形成了一个有针对性的查控缉捕方案。

8月10日，案件又发生了。上午9时34分，周克华在重庆市沙坪坝区凤鸣山中国银行储蓄所门口，持枪杀死两人打伤一人，抢走现金七万元。9点45分，周克华在逃跑途中遇到铁路民警朱某，连开三枪将朱某打死。这时，公安机关发动的群众攻势再一次见效：8月11日，群众举报有疑似周克华的人出现在重庆大融城商场。

对于大融城商场获取视频中出现的男子是不是周克华，研判时产生了激烈的争论。重庆警方列出七条意见予以否定，而刘忠义根据自己对周克华的研究，提出五条意见予以肯定。其中最为重要的一条就是：大融城商场出现的这个人，走路特征与此前对周克华步态特点的判断一致。

这是一次十分关键的争论，争论的结果，刘忠义的意见占据主导。同时他断定，周克华作案后不会立即逃往外地，因为他知道案件一发，公安机关就会在交通要道设点盘查。大兵压境很快有了结果——

2012年8月14日清晨6点50分，周克华被两名便衣民警跟踪已有五分钟。他不徐不疾走过一条国道，加速向东，折入一条叫莴笋沟的死胡同。沿着小巷走了三十米，嘟哝了一句"走错了"，突然转身开枪射击，便衣立即还击。枪战持续时间很短，周克华三枪未中，便衣四枪两中，其中一枪击中周克华头部。6点54分，震惊全国的"苏渝湘系列持枪抢劫杀人案"案犯周克华被警方击毙。

"走错了。"这是周克华毙命前的最后一句话。两把枪和六十二发子弹，是周克华的遗物，另外还有两张电影票，分别是《听风者》和《太空一号》，一部谍战片和一部逃狱片。反讽的是，周克华在现实的谍战和逃亡中一命呜呼。

过去八年里，周克华接连犯下大案，以其凶残狡诈，在公众中制造了巨大恐慌。终于，他遇到了终结者——从容静气的刘忠义。

身处疑难案件现场，最需要的就是"静气"。作为中国最早一批刑侦专家，乌国庆选徒弟的标准就是"能够静下心来一心搞案件"。崔道植评价一名刑警优秀与否的标准是"技术＋精神境界"。乌老和崔老对刘忠义的评价如出一辙：他能静下心来，他能始终保持不言败的精神！

2012年8月14日早晨击毙周克华的枪战，外行看的是热闹，一场惊心动魄的大热闹。但很少有人知道刘忠义在这场枪战背后起到的主导作用。一年半的追踪，刘忠义摸清了周克华很多特点，其中包括他早起的习惯。重庆警方原定8月14日上午八点统一开展查缉工作，刘忠义说："不行，必须六点，因为他早起。"

正是这又一次掷地有声的决策，改变了周克华的命运，也决定了那个早晨的枪战。如果是八点开始行动，后果不知会怎样。

原本，8月9号刘忠义正在重庆研究发布多媒体通缉令，第二天就要向全国发通报，结果10号发案了。对于大范围发布通缉令和公布嫌疑人的每一个特征，有一种观点认为不妥当："发这样的通缉令，会引起恐慌，是不讲政治！"

刘忠义的观点则十分明确："我的政治就是破案！破了案，老百姓才能支持你。所有特征一个不留，都发老百姓！"

刘忠义已经把周克华这个人吃透了，海量的举报，都是由刘忠义最后鉴别是或不是，每次在是与不是间进行决策时，都是一瞬间完毕——既快又准。11日在商场发现周克华的是一个小女孩儿，小女孩儿先是跟着周克华一路前行，但越跟越害怕，于是打电话报警。警方有一种观点认为："不可能，昨天杀人今天来商场？此时歌乐山正被我们包围着。"

看着商场提供的视频，正在指挥部吃午饭的刘忠义端着饭碗说："11日白天周克华不在山上，逛商场的人就是他。"

有人小声说："这么模糊，你说是他？搜山任务这么紧张，如果不是，那就扰乱军心了。"

刘忠义说："南京那起案子就是作案后第三天去商场，你看看这个视频，嫌疑人总是先迈出左脚，走个三五步就回头，跟南京一模一样。"

又有人提出："作案现场视频和商场视频的走路姿势对不上。"

刘忠义说："要说姿势，作案时的运动是高度紧张的，和生活里不一样。去商场恰恰是他的原态特征，走个三五步回头，包括走路特征，都是他的原态特点。拿作案时不正常的状态和他的正常状态比较，这样不科学。我们追了一年多，既要关注这个人的不正常，也要研究他正常的一面。"

刘忠义累计驳回的七条反对意见，决定了接下来三天的工作走向。这一次，指挥权在公安部，压力则全在刘忠义一个人身上。决策的瞬间偏差，将会导致与周克华失之交臂。事实证明，刘忠义在坚持个人观点方面敢于碰硬，没让侦查工作走进死角。

沿着刘忠义的决策确定的方向继续向前，警方通过视频侦查进一步发现，周克华在商场三楼打过电话，很快查明是打给他女友的。此时，有种意见说："晚上，等他手机开机，抓人！"

刘忠义清楚，周克华不会犯低级错误。他说："不能等！围绕进山和出山做文章，重点是寻找周克华在歌乐山上的落脚点。"

便衣人员在歌乐山上展开大范围搜索，挤压周克华的生存空间。13日晚，刘忠义肯定地说："他会从山上下来，没问题。"

于是，才有了次日早晨的统一行动，才有了原定八点开始的行动提前至六点，才有了六点上岗的民警发现周克华下山，才有了警方沿着周克华当天早晨的行走路线接力追踪，才有了周克华的最后那句抱怨："走错了。"

凯里爆炸案：把自己的坚韧复制给身边的战友

"阿Q"四十多岁，无儿无女无固定住所，凡事好骂娘气不公，好逞能又无能。那段时间，"阿Q"在贵州凯里市龙场镇一个叫老山村的地方，给一个非常火爆的"滚地龙"赌博窝点放哨打更，见很多赌客赢得沟满壕平，羡慕得垂涎欲滴，也因自己没有如此好运天天骂娘。没人把他当回事儿，"阿Q"气得牙痒痒，恨恨地道出"等我把你们都炸了"，也没引起人们对他的重视。

没人知道，"阿Q"家里真私藏有炸药。被人轻视的"阿Q"常望着炸药发呆，脑海中呈现着赌场被自己炸掉的景象，一个个夜晚，他都在虚幻的满足中睡去。

"滚地龙"是流行在贵州、湖南、四川等地的一种赌博方式，由一个两米宽、八米长的超级大盒子和三个大骰子组成，三个骰子从盒子顶端滚到盒子底部，通常以点数大小来押注。这种赌博活动的首要环节是"堂主"。他们在僻静的山坡上搭建帐篷开设赌场，向庄家收取"提成"，有时也充当庄家。"堂主"之间按照股份分钱。第二环节是庄家。庄家通常是拥有巨额资金的大赌客，以两种模式向"堂主"交纳提成：按时间，庄家每小时给"堂主"两千元到五千元；按赌额，"堂主"收取庄家每场赌资的10%到20%。第三环节是大赌客，输赢数十万都很平常。第四环节是小赌客，这部分人通常输多赢少。第五环节是放高利贷的，他们不参赌，提着现金在赌场放贷，一万元的利息为每天五百元。

这一"滚地龙"链条还催生了相关"产业"：接送赌客的司机每天可以从赌场领二百元；望风的人、打手一天可以拿一百五十元到五百元；卖香烟饮料盒饭的小贩每天可以赚数百元。

"阿Q"所说的"等我把你们都炸了",就是要炸这些人。

2014年1月13日14时33分,老山村的这个赌窝果然炸了。距离炸点三公里的村民听到爆炸巨响,还以为是附近的煤矿在放炮。但赌窝里的幸存者却没听到——他们距离爆炸中心不远不近,近的全死了,稍远的直接就被震晕了。这次爆炸,并不是有人拿着炸药包进入赌场引爆,而是在地下预埋了炸药,总计造成十五人死亡、二十二人受伤。

案件惊天,贵州公安机关面临的压力常人难以想象。爆炸案与赌博有明显关联。是输钱赌客或其亲属的报复,是赌场间的竞争、股东之间的矛盾,还是针对特定目标的极端个人行为?贵州警方不放过任何疑点,可疑线索一个接着一个报上来……

这个赌场约有十个"堂主",爆炸案发生后外逃的吴某嫌疑最大。案发第二天,即1月14日,吴某落网,但他否认自己是爆炸案的实施者:作为赚了很多钱的"堂主",怎么会炸自己的场子?之所以逃跑,是因为一下子死了那么多人,他害怕公安机关找他麻烦……

1月13日,刘忠义副局长还在河南聚精会神研究一起恶性枪案。得知爆炸案发生,他按照部领导要求第一时间赶赴贵州。他刚做过腰椎手术,医生说术后需要静卧八个月到一年。可这对于刘忠义来说是不可能的。登机前,在机场洗手间里,刘忠义将腰间的绷带裹至最紧。腰上扎着绷带可以最大限度缓解疼痛,他早已适应了与疼痛"和平共处"。

14日凌晨一时许,刘忠义到达凯里,直接奔赴现场。爆炸现场冰雪泥泞,再加上大量围观人员、医护人员进出,痕迹破坏严重,又被薄雪二次覆盖。技术民警对现场进行网格式勘查,但部分参战人员还是第一次遇到这样的案子,经验不足,提取的物证目标不够明确,现场勘查显得有些混乱。中心炸点是一个大坑,深0.8米,直径3.3米,地下翻出的黄土与周围积雪形成鲜明反差。炸药,系本案元凶搬开沉重的赌具后,埋在中心炸点的,但凶手没有受伤或没在中心现场。

沉重的赌具、一具具尸体、一块块断肢碎片、凝固的血迹……刘忠义默默凝视着眼前的一切,他整个人是沉静的。他的沉静给现场所有人留下了深刻印象。刘忠义身上似乎有着一种神奇的力量,当他一次次以自己独有的沉静面对一个又一个犯罪现场时,犯罪现场曾经发生的一切仿佛会单独为他一个人呈现。在这沉静中,有人听到他偶尔念叨几个字,但谁也听不清他念叨的是什么。现场有人大声说话,立即被贵州省公安厅领导制止……

警方在调查中发现了"阿Q"的疑点,"阿Q"很快被警方控制,承认此案是他所为。但刘忠义果断否定了他的嫌疑。"阿Q"独自居住,性格孤僻,不具备结伙条件,赌具重达三百六十斤,"阿Q"一个人根本抬不起来,况且埋下炸药后还要把沉重的赌具搬回原位。刘忠义主持的一系列侦查实验表明,"阿Q"不是犯罪嫌疑人。他之所以承认是自己作案,源自他内心的不安。爆炸炸死炸伤那么多人,也炸伤了他脆弱的神经系统——既然吹牛吹这么大,说不是我炸的,谁信?

"阿Q"被释放了,对于专案组来说,则是由希望变成了失望。这时候,刘忠义对案件定性提出了自己独到的观点——此案具有抢劫嫌疑,应该把抢劫作为案件定性的可能性之一。既然将抢劫作为一种可能,嫌疑人的搜索范围就要扩大许多,而中心现场则是寻找潜在嫌疑人的关键。刘忠义要求,对中心现场区域的网格化勘查尽最大可能细化,核心区域的网格被设定至不到一平方米。同时,他指定专人对物证进行规范的统一管理,尽量避免漏登和错登。

在刘忠义主持下,现场勘查细之又细,即便是被害人指甲内的泥土都被提取做了化验。第一个突破很快出现:炸坑内提取到疑似电雷管脚线皮一段、纽扣电池一枚;炸坑外围区域提取到电路板残片、电池外壳……

最让刘忠义欣慰的是那块电路板——这是网格勘查一次次重复工作的结果,是刘忠义一次次鼓励大家保持信心与斗志的结果,更是刘忠义千叮咛万嘱咐要求大家细之又细的结果。这块电路板,充分证明了炸弹是遥控爆炸。既然是遥控爆炸,犯罪分子就不会距离炸点很近,而炸弹是何时埋好的却是一个未知数。

公安部专家组的鉴定结果表明,这块电路板残片来自摩托车的遥控装置。贵州警方下达命令:寻找与电路板匹配的遥控器。

转眼半个月过去了,数不清的小会议不算,光刘忠义就已经主持召开了四次大型会议,参加会议的人员范围尽可能扩大。刘忠义深知,所有指令必须贯彻到每一个参与办案的人,而以往工作中单纯由指挥部成员传达工作决策，往往在传达至具体办案人员环节出现失真的情况。如此一竿子插到底的会议模式，提高了侦查工作的效率。此外，每一次会议还有一个重要功能，那就是为大家打气，鼓舞斗志。刘忠义骨子里的坚持，不断复制到专案组每一个成员身上。

凯里爆炸案的破案团队多达六百人，其工作强度超乎常人想象。眼看就是农历除夕，长期处于紧绷状态，侦查员们出现了倦态。勘查工作已经细之又细，是否可以封存现场，释放一部分警力轮流休息？对此，刘忠义态度坚决：如果春节歇息几天，精气神就没了！为了保持这股劲儿不懈怠，在凯里过年！

领导坐镇，指挥部帅不离位。山间的帐篷里，刘忠义的腰伤一次次发作。他开始还能坐着工作，后来就拿几把椅子拼在一起，躺着看材料、发布各种指令。案发时，时任贵州省委书记赵克志同志批示两个月必须把案件拿下来，但在这一年的除夕夜，却依然看不到希望。时任贵州省委常委、政法委书记、副省长秦如培，时任贵州省政府党组成员、省长助理、公安厅长孙立成都专程来指挥部驻地鼓舞士气。

大年初一晚10时，专案指挥部依然准时召开案情汇总分析会。秦如培问刘忠义："大约多久能破？"

刘忠义回答："一个月。"

在随后的很长时间里，谁也说不明白刘忠义凭什么作出如此大胆的判断。因为在那个时候，每个人除了压力，什么也看不到。参战侦查员回忆："这起案件的侦破工作，特别摧残人的精神。各方面信息比较多，线索来了不是，再来了又不是，侦查员懈怠了，怀疑了，甚至认为方向错了。但刘忠义局长的指挥一点儿没乱，一直很有章法。"

办案期间，时任公安部刑侦局一处副处长柳佳因为高强度工作，左耳出现了神经性耳聋，至今未能痊愈。从柳佳身上，完全可以看出刘忠义以及全体侦查员们承受着怎样的压力！刘忠义总是在鼓舞大家：方向没错儿，必须坚持到底！

话是这么说，但随后更长的时间里，还是没有任何突破。转眼间，距离除夕已过去了二十一天，2月21日，一个振奋人心的消息传来——疑似用于引爆的遥控器找到了！二十一天，对于刘忠义和六百人的专案团队来说，就像是过去了二十一年！正是由于坚持、坚持、再坚持，曙光才会出现。

第二十二天，侦查人员找到了该遥控器的生产厂家及卖出这个遥控器的商家，并在商家配合下锁定了购买遥控器的两名嫌疑人杨文龙、杨盘中。三天后，二人到案，案件成功告破。犯罪嫌疑人杨文龙、杨盘中供认，其作案目的是抢劫！

命案积案攻坚：共和国刑侦史上浓墨重彩的一笔

刘忠义是著名刑侦专家乌国庆的爱徒。乌国庆说："我退休时建议部里调黑龙江的刘忠义来刑侦局，就是因为他除了在办案方面是人才，而且作风过硬，人品过关。"

2011年1月，刘忠义来到公安部刑侦局报到。在刑侦这支高手如林的队伍里，刘忠义是个干起活儿来不要命的人。侦查工作严谨不说，作风方面尤其要求严格。公安部票务中心的数据显示，刘忠义每年两百多天都在出差。局里的年轻同事说，他们每个人都可以24小时全天候向刘忠义汇报工作。他的身上秉承着老一辈刑侦专家严谨的工作作风和对公安事业的无限忠诚。

2016年，公安部刑侦局作出了一个见证中国刑警勇气和血性的决定——在全国范围内开展疑难命案积案攻坚行动。全国各地公安机关陆续将多年来付出心血最多却没有结果的案件上报，这些案件很多被称为"世纪悬案"，发案时间大多距今十年以上，最长的已近三十年，物证不全、现场灭失、破案信心不足等问题十分突出，难度可想而知。

公安部党委对这次挑战给予了肯定和全力支持。以往，公安部工作组都是以专家身份辅导地方，破案的侦查指挥权在当地。这次行动，公安部创新了案件侦破模式，在部领导、刑侦局杨东局长的领导下，刘忠义牵头对改革开放以来在全国具有重大影响的甘肃白银"1988·5—2002·2"系列强奸杀人残害妇女案、山西绛县"2010·4·19"猥亵杀害三名女学生案以及二十世纪八十年代哈尔滨呼兰系列枪杀政法民警及家属案等九起久侦未破的命案积案直接组织侦办。

疑难积案，没有非同一般的魄力搞不了。刘忠义又一次站在风口浪尖上。

出于各种原因，有些人不愿意触碰这一类案件，他们说："这些案件都是硬骨头，有的都快被人淡忘了，你何必揭这个盖子？"

可刘忠义认为，这些案件多年未破，被害人家属难以释怀，如不再抓紧攻破，这些案件就将成为死案。而且，这些案件始终是压在那个年代刑侦战线指挥员、侦查员心头的一块巨石。他们壮志未酬，离岗、退休甚至临终前仍对案件念念不忘。这是新一代刑侦人的历史责任和使命，体现了新时代中国刑警的担当。刘忠义由衷地说："我们要给人民群众一个交代，那些没有破的案子，是我们背的债。我们不能把它们放下。"

接下来的一年半中，刘忠义夜以继日地投身到案件侦破中。在刘忠义的科学指挥下，这九起疑难积案中的六起成功告破，为此次公安部疑难命案积案攻坚行动起到了极大的示范作用。

从1988年至2002年的十四年间，甘肃省白银市有九名女性惨遭入室杀害，部分受害人曾遭性侵，年龄最小的八岁。凶手专挑红衣女性下手，作案手段残忍，极具隐蔽性，造成巨大社会恐慌。经警方交叉比对，证实九起案件均为同一人所为。2004年，白银市警方向外界公布详细案情，并悬赏二十万元人民币，希望能够获得线索。

白银杀人案，是笼罩在这座城市上空的寒流。公安部2001年8月就挂牌督办，现在这起案件被列为九起案件攻坚之首。

2016年3月27日，刘忠义率工作组到达白银。他一遍遍翻阅案件资料，一次次来到案件发生地，考量嫌疑人潜在的性格特点，分析嫌疑人曾经的行走路线。案件发生的地方，大多已物是人非，但一切都不影响刘忠义穿越时空，把时间回溯到案件发生的那一刻。

刘忠义组织公安部DNA专家向甘肃警方推介最新DNA技术，并协调甘肃警方技术人员进行相关培训。这一点成为日后侦破案件的关键。同时，邀请当时已近八十三岁高龄的刑侦专家崔道植及公安部物证鉴定中心副巡视员闵建雄、安徽省公安厅原副厅长陈小平、湖北省公安厅原副厅长尚武、贵州省公安厅原副厅长赵翔等专家，到白银市给案件会诊。值得一提的是，这些专家大多已经退休，但职业的使命感、责任感让他们义无反顾，为了捍卫中国刑警的荣誉，他们无怨无悔地倾注自己的智慧和心血。

专家组经过对多起案件足迹的分析，确定其中若干起案件当中，嫌疑人始终穿着同一双布鞋，并在白银一家停产多年的小鞋厂找到了鞋样。身处昔日现场，刘忠义仿佛看到那双白底布鞋一步一步前行着。那是罪恶的脚步，那是警方多年苦苦寻觅的脚步。那脚步时快时慢，时而犹豫，时而迅捷，脚步之上是一张忧郁而狰狞的模糊面孔。刘忠义在努力，努力看清他的真面目。

顺着那双脚步行走的路线分析，最终发现白银市的东北角从未发案。针对东北角区域早年的情况，公安机关组织开展了区域复原，查找当年居住人员，最终顺藤摸瓜，擒获真凶高成勇。

与白银案同步开展工作的山西绛县残害幼女案的案情，虽然没有白银案复杂，却也是一个走不出的迷局。这两起案件的共同点是被害人均为女性，白银案受害人中有一名幼女，而这起案件却是三名。

2010年4月18日中午，山西省绛县古绛镇十一岁的赵某、十岁的杨某和九岁的吉某三个小女孩儿午后结伴来到小溪边捉蝌蚪，她们的身影渐行渐远，最终消失在人们的视线里，直到夜幕降临，三个小女孩儿仍未回家。女孩儿的家人报案后，三个女孩儿的尸体在绛县西沟内一处废弃的窑洞中被找到。经法医检验，三名女童均遭受不同程度的猥亵，均是窒息死亡。其中，有两个小女孩儿是死不瞑目的状态。

三名女童被害的消息如同一声炸雷，在这个三十万人口的小县引起轩然大波。省市县三级公安机关组成专案组，迅速开展侦破。警方从三个女孩儿的身体、衣服以及现场遗留物上成功提取到犯罪嫌疑人的生物物证，确定了嫌疑人大致年龄。警方从案发现场开始，对这个年龄段的所有男性进行采血，范围一直扩大到全县，共排查绛县附近居住的近十万名男子，其中包括在案发前几天来到绛县、案发后离开的人。当地警方通过生物检材比对，意外破获了其他刑事案件一百多起，但此案嫌疑人却始终没有踪迹。接下来的六年，山西警方累计出动警力两万余人次，足迹遍及全国多个省市。随着一个个线索被发现最终又被排除，每一位参战民警的意志都经受了巨大考验。

三个女孩儿的横死让三个家庭遭受了毁灭性打击，三对夫妻相继离异，三个好端端的家庭彻底被毁掉了。生活的不幸，尤其加重了三位母亲对抓住凶手的期待。她们隔三差五给公安局打电话，生怕民警把这桩案子放下。然而，山西警方已把现有的刑事技术侦查手段全部用尽，案件似乎到了山穷水尽的绝境。

就在这时，刘忠义领衔的攻坚战役将目标锁定在这里。

处置完白银案先期铺垫工作，2016年4月，刘忠义带着他的团队来到山西绛县。围绕九起案件，刘忠义和他的团队同步开辟了多个战场。时间，对于刘忠义来说显得尤为珍贵。刘忠义刚刚到达绛县便下达指令："五分钟以后集合，我们去现场。"

虽然时隔多年，刘忠义仍多次带着专家组重新勘验现场，对嫌疑人的生物检材进行复核，不放过任何蛛丝马迹。刘忠义始终坚信，现场呈现的综合信息，就是判断研究下一步工作方向的依据。刘忠义还选择在案发的时间段亲临现场，去体验那个感觉，模拟犯罪嫌疑人的作案心态。

刘忠义认真研究着现场的每一个细节：现场遗留的香烟是本地牌子"黄山"，打火机也是本地生产本地卖的那种；选择窑洞作案，而且是星期六白天，嫌疑人一定熟悉这一带的环境；嫌疑人的口音呢？不会是外地的，外地口音不容易引诱孩子进入圈套，说不定孩子会警觉。

立足现场，刘忠义还发现了一个别人看来很平常，而他却感觉非常特别的地方——嫌疑人作案后用荆棘堵住了窑洞口。所谓的荆棘就是当地的枣刺。刘忠义了解到，当地人出门的时候，为了防止牲畜跑出来，都习惯用枣刺堵住门口。

"这已经很明显，当地特征出来了嘛。"刘忠义得出结论，嫌疑人就是当地人，"咱们以案发现场为中心，周围辐射五公里。"

此前，山西警方因为本地排查手段穷尽，基本确定是外地人作案，侦查触角越伸越远。刘忠义的判断把侦查触角拉了回来。专案组重新组织精干力量，对案发中心五公里范围内的所有男性进行血样采集。刘忠义根据周边情况，把这块区域划了几大块，每块谁负责，怎么样推进，都讲得一清二楚。

工作开展不久，民警就在距离现场1.5公里的地方发现了线索，采集的血样和嫌疑人的生物特征越来越接近。再经过近一个月的延伸排查，2016年7月21日凌晨一点，嫌疑人朱某被锁定。21日凌晨四点，落网的朱某对犯罪事实供认不讳。

此次攻坚行动，原定的目标是九起命案保一争二，在刘忠义的科学组织指挥下，九起案件竟然侦破了六起！

公安楷模：功成不必在我，态度决定一切

刘忠义刚入警的时候，是鹤岗市大陆派出所最年轻的民警。一个夜晚，他跟着老民警一起巡逻。来到一栋住宅楼前，听到了一声女人的惨叫。两人驻足辨别声音传来的方向，又听到第二声惨叫。刘忠义年轻动作快，第一个冲进楼道，老民警跟在他后面。两人迅速上楼，女人的惨叫时断时续。

四楼一户人家的门虚掩着，门缝里透出灯光，声音就是从那里传来的，惨叫声中还掺杂着瘆人的钝响——后来知道，那是丈夫用菜刀砍在妻子头上的声音。刘忠义冲进屋里，疯狂的男人举刀朝他砍来。刘忠义异常冷静，在菜刀即将砍到自己的一刹那，看准时机空手夺下菜刀扔进水池，又在老民警的帮助下将其制伏。

带血的菜刀将一池子水染得鲜红，女人得救了。

那是刘忠义从警后第一次与歹徒面对面交锋，印象尤为深刻。事后，三等功的奖章却给了老民警。年轻的刘忠义不干了，他去找所长理论，所长对他说："当好警察，要过很多关，这次过的是荣誉关，你抓人表现优秀，但在荣誉关前不过关！"

不久，刘忠义和所长一起夜巡。路过一排平房时，看到一户人家里影影绰绰像是有争斗。他们立即进了院子，推开房门，却是让人震惊的场面：屋子里十来个人惊慌失措，中间一个浑身捆满炸药的家伙，正要点燃导火索！

两人闪电一般冲到他身边，瞬间控制住他的双手。制伏歹徒后，清点他身上的炸药，足足五公斤，不仅可以把屋子里的十多个人炸得灰飞烟灭，还会把周围的一排平房炸平，刘忠义和所长都吓出一身冷汗。

这一次，所长要给刘忠义申报三等功。刘忠义坚辞不就："不要不要，我得过荣誉关。"

老所长告诉他："这一次必须要！因为——事儿太大了！"

随后的几十年，刘忠义接连在太大的事儿里发挥出太大的作用。

1998 年 10 月 17 日深夜，贵州省凯里市公安局大十字派出所原副所长安坤在租住地楼梯间转弯平台处被人用钝器击头、匕首刺穿胸膛遇难，配枪丢

失。四十四天后的 12 月 1 日中午，惊魂未定的小城再发命案，时任中国银行凯里分行行长乐贵建和妻子房晓远、十四岁的女儿乐雅娴在家中被害，同时被害的还有邻居刘巧云，他们或遭枪击，或被锐器捅刺致死，现场被大面积翻动。弹痕检验结果显示，子弹来自安坤丢失的六四式手枪，两案遂并案处理。

该案曾由公安部督办，黔东南州公安局成立专案组，先后选派五百余警力参与侦破，调查相关人员一万余人，形成卷宗七十八卷，却一直没有突破，遂成为 2016 年刘忠义率队攻坚的九起重大疑难命案积案之一。

当时的现场勘查表明，嫌疑人对受害人有一定程度的了解，但作案动机是寻仇还是谋财，十几年来一直有争议。

一起案件的侦破，案件定性是首要问题，这也是最考验侦查员水平、智慧的课题。2016 年 6 月 23 日，封存十八年的案发现场再次打开，刘忠义率公安部特邀刑侦专家对现场进行复勘，重新分析了现场的痕迹物证，判断犯罪分子的目的就是侵财。

除了案件定性问题，以往的侦查还有一种占据上风的观点，就是认为系外地人作案。刘忠义推翻了这个观点，他的依据是在案发现场提取的四枚连贯指纹。这四枚指纹均系斗型纹。针对斗型纹的特点，刘忠义说："一个人一只手上连着四个手指都是斗型纹，这个特征很少见，但恰恰是当地少数民族的特点，还到外地找什么？"

同样是一起案件，刘忠义总会比别人做更多功课。从案件定性，到嫌疑人是外地人还是本地人，刘忠义的理由拿到台面上，表面看似平常，却决定了一起又一起疑难案件的侦破走向。至于刘忠义在背后花费了多少工夫，没人说得清楚。

刘忠义提出的斗型纹特征成为案件的突破口，明确了立足本地、以指纹找人的主攻方向，下一步，就是采集当地所有三十三岁至六十三岁的男性指纹开展比对。然而，此项工作 6 月份布置，8 月份却还没动，两个月没动的原因是：大量警力都用在旅游安保上，实在抽不出人来。

刘忠义来自基层，也理解基层。他没有发脾气，而是给他们出主意："警力有限，民力无穷。你们手头还有什么可用的人？"

凯里方面答复："有计划生育干部，还有转业待分配的军人。"

"好！由民警培训这部分人一个月，给予一定奖励，提高积极性！"

当地四十八万枚指纹就是这样采集上来的。最终，看守所在押人员、原凯里市棚户区改造办副主任黄某的指纹与案发现场指纹成功比中。黄某又交代出同伙潘某，专案组于12月2日将潘某抓获。二人对1998年杀害民警安坤，抢其手枪，又持枪抢劫杀害乐贵建等四人的犯罪事实供认不讳。

凯里积案的犯罪嫌疑人落网后，两人的代理律师一度在网上信誓旦旦地声称，按照目前的证据状况，难以判处二人死刑……他们显然低估了警方的决心。

两人曾交代把作案用的枪支扔进了江里，刘忠义下令捞枪。这样的魄力和决心令大家惊讶。打捞枪支？这么多年过去了，无异于大海捞针！刘忠义鼓励自己也鼓励大家："我们再挑战一下我们工作能力的极限，看看这个极限能否突破！"

2017年年初，两人作案后丢到江中的枪支被打捞上岸，二十年前的命案真相也终于浮出了水面。案件破获后，有人这样感叹：态度决定一切。

虽然近年来侦破了很多世纪悬案和数不清的大小案件，刘忠义却这样定论："有些别人破不了的案子，我虽然组织侦破了，但并不意味着我的能力最强，还有能力比我更强的，却没机会干这个活儿。我的底线是，既然有机会从事侦查破案工作，就要对国家和人民担起这份责任，不断学习，积累经验，努力做到更好。"

2017年10月，公安部举行第二届全国"公安楷模"发布活动，刘忠义光荣当选。对此，刘忠义说："荣誉是人民给的，要懂得感恩。搞案件，干工作，一定要沉下心来。荣誉对我来说不是光环，更是紧箍咒。"

有人说，在刘忠义的手里，没有破不了的悬案。刘忠义却说："任何人都不敢夸下这个海口。我只是赶上了好时代，能够全力以赴投入工作。那些未破的案件，只要拿上来，就在我们的视线中，下一步，我们还要继续攻坚克难，侦查破案没有终点，永远在路上。"

从警之道：忠诚履职，人民至上

刘忠义出生在黑龙江省鹤岗市。勤劳的矿工父亲靠着一双有力的大手养育着一家人。每到傍晚，小伙伴们会奔跑着来到矿上，等待收工的父亲们坐着升降机从矿井里升起。父亲们清一色的炭色，从升降机鱼贯而出的时候，他们的呼吸在寒冷的冬日里形成浓厚、洁白的雾气。被那雾气紧紧包裹着，小伙伴们谁也分不清前方清一色的炭色与雾气中，哪一位是自己的爹。只有一个瘦削的男孩儿，总是能从那些炭色的步态、举止间迅速判断出哪一个是自己的父亲。

这个瘦削的男孩儿一直想到井下看看父亲工作的地方，父亲当然不同意。于是有一天，趁父亲不备，在升降机即将关门下降之前，男孩儿钻了进去。门关闭的一刹那，他看到了欲追还休的父亲无奈的表情。然而，数百米深的矿井下面并不好玩，黑暗笼罩，寒意袭人，男孩儿的心被孤寂和恐惧紧紧攫住……

十五岁那年，父亲因为矿工常见的肺吸尘病去世了。男孩儿再一次来到矿上，像以往那样，站在老地方注视着鱼贯而出的炭色，却再也等不到那个无比熟悉的身影。男孩儿努力不让自己流泪，倔强地面对生活的残酷。他也曾一次次乘着升降机下到深井，去体味那里的冰冷、黑暗和孤寂，同时，心底也涌动着一丝暖意，因为那是父亲工作的地方。

家里生活最为艰难的日子，他瞒着母亲偷偷放弃学业，来到力工市场打零工。当男孩儿把辛苦赚来的钱一分不少交给母亲的时候，母亲流着泪说："你要去读书啊……没有爸，还有妈呢……"

母亲的爱与刚强，让男孩儿重新回到学校，也让未来中国警察队伍里出现了一个闪亮的名字——刘忠义。后来的岁月，每当深入一个又一个残酷的犯罪现场时，刘忠义都会感觉到一如矿井深处的那股寒意，但他并没有被寒意侵袭裹挟，就像当年一样，心底存续的温暖，永远支撑着他一路向前。

"对人民有感情，得把被害人当家人，不当家人也必须担当这个责任。"很多老同事都记得刘忠义说过的这句话。

2001年冬天，坐落在黑龙江畔的孙吴县群山乡社办村发生了一起恶性案件，村民老林的爱女晶晶在早晨去同学家的山路上被人强奸杀害。现场惨不忍睹，零下30多度的严寒里，被歹徒剥光衣服的晶晶孤零零地躺在山上的一个雪坑里，颈部有绳索的勒痕，嘴里被塞满了树叶。

孙吴县公安局成立了专案组，根据犯罪嫌疑人对现场的熟悉程度和强奸后的灭口行为，确定为当地人作案。侦查人员围绕晶晶的离家时间、行走路线以及接触人员，对案发地及邻近的群山乡三队、四队、五队、乡直、社办等村屯逐人逐户进行地毯式排查，对所有村屯中年龄在十六岁至五十五岁的男性村民进行定时定位，其中也包括外来打工、探亲访友、案发前后突然离开、情绪反常或在野外地窖子过冬的人员。经过七天七夜的奋战，专案组发现王某具有重大作案嫌疑，审查时，王某又交代了同伙李某，二人被刑事拘留。不料，抽取二人血样送省公安厅检验，却与现场提取的生物检材不符，他们的嫌疑被排除，先后被释放。

由于错案导致部分参战民警被追究责任，加之错案当事人和被害人家属多次上访，孙吴县公安局十分被动。案发后的五年里，专案组几乎没有间断过对这起案件的侦查，多次进行大规模走访排查和外出调查取证，却没有丝毫进展。那五年，民警们背负着重重压力，走路都不敢抬头，一位年轻民警说，他回家都不敢跟弟弟说话，因为弟弟就是晶晶的同班同学……

2005年11月9日，刘忠义带领命案督导组到黑河市研究命案侦破工作时，孙吴县公安局将此案作了汇报。按理说，作为省公安厅刑侦总队副总队长，此时还肩负着数百起命案侦破的督导任务，对这样一起五年前的案子，原则上指导一下也就可以了。况且这是基层搞了五年的疑难案，业务风险比较大，稍有不慎，一世英名就毁于一旦。但刘忠义没有回避，面对惨不忍睹的现场照片，刘忠义动容了。他对孙吴县公安局的办案人员说："我决定把这起案件作为特殊督办案件，不光督办，我还要和你们一块儿干，一定给死者家属一个交代。"

刘忠义在仔细研究案情后认为，此案虽然历经五年曲折之路，但仍有两个比较好的基础条件：一是发案地域范围不大，围绕社办村及其周围只有千余户，除去老少和妇女，纳入视线的中青年男子只有几百人；二是现场提取了足够的DNA检材。

针对这种情况，他拍板定方案，对纳入视线的三百余人重新提取血样，做进一步DNA验证。为了防止漏验、伪验、替验、逃验，他要求在提取血样时必须有民警、法医、村干部、乡领导四方人员在场，同时注意观察被提取人的现场表现是否反常。

由于案件久侦未破，又有错案在先，加之以前多次打扰，群山乡的部分群众产生了抵触情绪，采集血样遇到了前所未有的困难，民警们也有了畏难情绪。刘忠义动员参战民警："假如被害的是我们的妹妹、女儿，我们怎么办？还能按部就班无动于衷吗？还能因为怕辛苦、怕不被理解，就放弃追查下去吗？一定要带着感情去办案，把感情转化成责任和动力。"说这话时，人们看见他眼里闪着晶莹的泪光。

参战人员重拾信心，民警挨家挨户宣传，苦口婆心劝说，终于得到了群众的理解和配合。他们冒着零下30多度的严寒，每天工作十四个小时以上，只用了七天就完成了近三百人的血样采集工作。

2005年12月7日，刘忠义率领孙吴县公安局的法医和民警带着血样抵达北京。为了得到公安部第二研究所的支持，他们把晶晶遇害的情况、几年侦破工作走的弯路以及当地公安机关面临的压力如实作了介绍。二所的专家们被他们的责任感和敬业精神感动，所长当即表示全力支持，连夜进行检验。

两天后，全部血样检验完毕，仍然没有发现犯罪嫌疑人。看着黑龙江民警们失望的脸色，专家们建议，再从这些血样中挑十七份，做血缘关系鉴定。在这些血样中，专家们发现，一份标明"群山乡五队邢兆建"的血样与案件现场提取的DNA检材有单亲血缘关系。据警方掌握的情况，邢有两个儿子，一个在外地，一个在孙吴县奋斗乡工作。消息传回孙吴县，专案组立即对邢的大儿子邢加友采取控制措施并抽取血样，同时布置力量寻找邢的另一个儿子。

11日，邢加友的血样被送往公安部进行技术鉴定。12日18时许，鉴定结果出来了，邢加友的血样与案件现场提取检材DNA数据的十二个基因位点相符合，真凶就是此人。当天晚上，邢加友被"请"到了公安局。面对无可辩驳的证据，这个在法外逍遥了五年的元凶低下了头。

案件侦破后，刘忠义对专案组的同事说："一个刑警，如果没有忠诚履行责任，没有把人民利益放在第一位，就没有了灵魂，没有了动力。这起案件，我们真正履行了作为一名刑警的责任。"

的确，刘忠义的从警之"道"没有那么复杂，就是简单一句话：忠诚履职，人民至上。

法医专家田雪梅

张和平

2018年12月18日上午，庆祝改革开放40周年大会在北京人民大会堂隆重举行，参加大会的各界代表约3000人。一位身着警服的中年女子端坐在台下，她目光炯炯，淡定的神态中透出一股内敛沉稳之气。她，就是公安部物证鉴定中心法医田雪梅。

法医，承担着解读死亡密码、寻找证据守护正义的神圣职责。27年前，她选择成为一名法医，穿上了警服；27年中，她奔波于重大案件和灾难性事故的现场，无数次与"尸体"打交道，办理案件2000余起，参与1000余起重大疑难案件的检验鉴定，尤其在灾难性事件个体识别工作中立下汗马功劳。她不仅用自身所学寻找证据为破案抽丝剥茧，更致力于推动刑事技术工作的发展，在实践的基础上不断提升业务理论水平，在法医病理学、法医人类学方面颇有建树。她荣获一等功、二等功等多项荣誉，2006年被评为全国公安科技先进个人。

2017年，田雪梅被选举为十九大党代表。从一名"为生者权、为死者言"的法医，到一名"为民发声、为国献策"的党代表，她说："这是一份殊荣，更是一份沉甸甸的责任，于我而言是一个新的起点。"

二十七载法医生涯中，她以一颗对党忠诚、服务人民的心，怀着对公安法医事业的热情与执着，书写着一名公安刑事技术工作者的坚守与忠诚。

初出茅庐

田雪梅永远忘不了自己第一次出死尸现场的情景。

呼啸的西北风，遮天蔽日的黄沙。三月的河北省张家口，正值料峭春寒。强劲的西北风夹杂着黄沙在不停地吹着，能见度只有几十米。

田雪梅站在山坳中，尽管穿着棉大衣，但仍然被冻得瑟瑟发抖，眼前的一切强烈刺激着她年轻的神经。难道这就是自己的法医生活吗？虽然在大学时代，老师就曾不止一次地讲，警察这个职业是目前最危险的职业，而作为一名法医，责任更加重大，不仅要做好吃苦的准备，而且更要学会担当，要善于用自己掌握的知识为侦查破案提供帮助。田雪梅咬了咬嘴唇，暗下决心，一定要像大侦探福尔摩斯一样，把杀害小女孩儿的凶手抓获归案，告慰小女孩儿的在天之灵。

现场位于张家口市的一个偏远农村，一个刚刚六岁的小女孩儿侧卧在山沟里，半个脸被埋在泥土中。

田雪梅抑制住满目的悲怆，认真查看着现场的一切。派出所的民警一边搓着手，一边介绍着案情：当天早上七点，山西沟的李家成在到村东拾粪时，看到不远处的土坑内有一个橘黄色的衣物。李家成出于好奇，背着粪筐走到土坑下，准备将其捡起来当作旧衣物使用。当他走到土坑底下时，他看到的不仅是一件橘黄色的上衣，还看到了黑底红格裤子，再一看，原来竟然是一个女孩儿，小女孩儿佝偻着身体倒在沟底，脸半埋在土里。山西沟村并不大，李家成一眼就认出，女孩儿是本村刘文亭六岁的闺女刘小丫。李家成第一次见到死尸，扔下手中的粪筐，"妈呀"一声向村里跑去。

中午时分，田雪梅跟随着张家口市公安局的侦查技术人员赶到了现场，开始了艰难的现场勘查工作。

田雪梅顾不上漫天的黄沙和寒冷，配合着郭法医紧张地忙碌着。

"田法医，让我们来干吧！我们这边的风硬，您先歇歇，暖和一下，别冻坏了身子！"郭法医看到在寒风中有些瑟瑟发抖的田雪梅，眼睛有些湿润了。

"没事儿，咱们早一点儿做完尸检，就能早一点儿给侦查员提供破案线索，尽快将犯罪分子绳之以法。"田雪梅头也不回地说道。

郭法医又看了一眼田雪梅："第一次出死尸现场吧！"

"嗯。"田雪梅怯生生地回答着。

郭法医半开玩笑地说："我跟你说，当法医这行可不同于一般的医生，什么现场都得出，什么死尸都得解剖。我就纳闷了，你一个长得这么俊的北京姑娘，咋会干这一行呢！难道不怕找不到好老公呀！"

田雪梅的脸红了，想了半晌才说："入乡随俗吧，反正我感觉当法医也挺好的，虽然苦点儿、累点儿，但能够为无辜者伸张正义呀！至于能不能找到好老公，那就看缘分了。"

郭法医惊诧地看了一眼田雪梅，不再言语了。

在整整半天的尸体解剖过程中，田雪梅头上、脸上，甚至汗毛孔里都布满了泥土。

"死因检查出来了吗？"当地负责刑侦工作的王副局长瓮声瓮气地问道。

"已经检查完了。"郭法医看了一眼田雪梅，"王局长，这次的检查，田法医检查得特别细，有些检查的结果，我都没想到，还是让她先说吧。"

"这……"田雪梅理了一下思路，"根据我和郭法医的检查，女孩儿尸长115厘米，发育正常，右上肢屈曲上举呈半握拳状。左上肢上举呈半握拳状，两下肢呈屈曲状，尸僵中等……经过对尸体解剖，在双上肢背外侧、前胸部、腹部两侧发现暗紫色尸斑。面部泥血污染，擦拭后，在额头、右眼、下唇发现多处损伤，最大处2厘米乘8厘米挫擦伤，两鼻孔内有明显的泥土……在会阴部、大腿内侧发现大量血浆，处女膜撕裂至后联合，深达肌层，阴道内大量出血，肛门十二点处皮下组织、括约肌被撕裂1.4厘米乘4厘米……经过尸体解剖，我们发现，女孩儿的头部、眼部、胸部多处点状、片状、条状挫伤，系遭钝器打击所致，死者会阴部阴道肛门之伤属于暴力入侵所致，死者鼻腔内呼吸道充满泥土属于生前吸入。我们的结论是，小女孩儿头面部、会阴部生前遭受暴力侵袭，吸入泥土后至呼吸道阻塞窒息死亡，另外，我们还在现场发现了三枚足迹。"

听完田雪梅的介绍后，在场所有的侦查员一片哗然。

"也就是说，小女孩儿是被强奸后活埋的。"

"这是谁干的？简直是丧尽天良。"

王副局长看了一眼郭法医："田法医说的对吗？"

"完全正确，不愧为北京来的法医，分析得头头是道，有的检查项目连我都没想到。"

王副局长在田雪梅的肩膀上重重拍了一下，冲着田雪梅狡黠地说道："田法医，要不我和部里请示一下，把你留在张家口吧！我会给你建最好的实验室。"

田雪梅冲着王副局长莞尔一笑："我服从组织安排。"

王副局长冲着侦查员说："田法医已经指出了小女孩儿的死因，是被强奸后活埋的，手段太残忍了。这个山西沟村比较偏远，很有可能是熟人作案，大家都打起精神来，围绕着小女孩儿失踪的前前后后仔细地查。就是挖地三尺，也要把这个杀人恶魔挖出来。"

事实证明了田雪梅的判断。侦查员经过认真排查，第二天一早便有了结果。有人证实，在案发前一天下午，同村的李金刚在本村的磨面房附近与刘小丫说过话，还送给了刘小丫一些零食。

看来这个李金刚有重大嫌疑。侦查员立刻赶到李金刚家，将熟睡的李金刚抓获。

李金刚是一个只有二十三岁的男子，个头儿不高，头发蓬乱，看到警察后，两只小眼睛闪露着某种不安。

田雪梅在院子的窗台上发现了一双与案发现场鞋印相似的鞋，这双鞋子刚刚被洗刷过。她拿起鞋子看了半天，终于在鞋的内侧发现了暗红色的痕迹，于是向李金刚的母亲询问。

李金刚的母亲是一个五十岁左右的妇女，头发已经有些花白。她惊慌失措地看着田雪梅，想了好久，才颤巍巍地说："金刚昨天下午骑自行车到镇上买东西，路不好走，摔了一跤，把鞋弄脏了，让我给洗的。"她生怕田雪梅不相信，又补充道，"金刚也是个苦命的孩子，他爸死得早，刚上完初中就不上学了，一直在家帮我种地。金刚平时挺安分守己的，你们这是……"

这时，两名侦查员押解着李金刚走了过来。

"站住！"田雪梅叫住了李金刚，然后撩起了他带血的衬衣，厉声道，"你衣服上的血是哪里来的？"

李金刚看了看眼前漂亮的女警，然后眼珠一转，迅速低下了头，喃喃道："我……昨天到镇上去买东西，不小心摔伤了。"

"那你的伤口在哪里？"

"我……"李金刚撸起了裤腿，在膝盖处露出了一块不太大的挫伤伤口。

田雪梅仔细看了看李金刚膝盖处的挫伤，和侦查员交换了一下眼神，思索了片刻，问道："李金刚，你这膝盖的挫伤能流多少血？又怎么能弄到内衣和鞋子里面去了？"

李金刚不言语了。

侦查员厉声道："李金刚，实话告诉你，没有证据，我们是不会找你的。前天下午，你到底干什么去了？"

李金刚想了想，扑通一声跪在了地上："我……我……刘大伯的闺女是我弄死的。"

"啊……我这是作了什么孽呀，你这个不争气的东西，倒霉鬼！你怎么能这样，你怎么对得起你死去的爹呀，简直是想要我的命呀！"李金刚的母亲一屁股跌坐在地上，号啕大哭起来。

李金刚竹筒倒豆子一般，交代了活埋刘小丫的作案过程。

事后，王副局长称赞道："真没想到呀，到底是北京来的法医，不仅精通法医，而且还能破案，真是天生的女福尔摩斯呀！"

识骨追踪

这天，田雪梅正在与同事张继宗研究着一张张 X 光片，忽然传来了敲门声。

田雪梅打开门一看，一个中年男警提着一个很大的包装袋走了进来，大概走得太急，满头是汗。男警放下包装袋，掏出介绍信和工作证："您是田法医吗？"

田雪梅点了点头。

"我姓高，是河北省邯郸市局的，我们有一个案子需要您鉴定。"

田雪梅看过介绍信，给高法医倒了一杯水："您别着急，有事慢慢说。"

高法医接过水杯一饮而尽，然后说道："今年5月4日，我们市的几个放羊人在一个涵洞里发现一具正在燃烧的尸体！当我们赶到现场时，尸体已经被烧成了骷髅，只剩右小腿肌肤。我们在死者颅骨枕部上，看到一处严重凹陷碎裂的骨折伤，又切开气管检验，没有发现吸入的烟灰，初步断定该受害人被烧时已停止呼吸，是生前头部遭受钝器击打致死。可是死者的相貌、性别等外部特征都被完全烧毁了，我们从那段没被烧的小腿上光滑白净的皮肤和脚的形状，以及尸体旁那块蓝底粉花的丝绸布判断，受害人应该是一名女性。我们领导有点儿不放心，想请您帮助鉴定一下。"

高法医说着打开了装尸骨的塑料袋。

顿时，一股浓烈的尸臭充斥了整间办公室，连高法医自己都不禁捂住了鼻子。

"好家伙，这味道可真足啊！"田雪梅忙不迭地起身关紧了门。干法医这一行，闻尸臭是家常便饭，但大可不必让这味道满世界乱窜，弄得左邻右舍都陪着一块儿来"分享"。

田雪梅拿起放大镜，和张继宗俯下身子对摊在地上的检材查看起来。由于事先电话联系过，检材基本是按照专家的要求带来的，包括左侧肩胛骨一块，左侧肱骨、胫骨、腓骨各一块，左下颌第一、二、三磨牙等。

田雪梅用放大镜看了看，又用尺子测量了一下，抬头对高法医说："这是具男尸呀！"

"啊——"高法医很是吃惊。

这时，张继宗也朝他点点头："不错，你们送检的检材确实是男性的骨头。"

高法医从椅子上站起来，凑过去拿起一块骨头盯着看："怎么会呢？"高法医放下骨头，有些疑惑地看着两位老师，"我们一直都认为是女的呀。"

"高法医，你们说这是女性的骨头，有什么科学依据？"田雪梅用手背推了推鼻梁上的眼镜。

"科学依据到谈不上，可我们在现场发现了一小块花绸布，尸体的脚那么小，皮肤又白又光滑，再说尸体上还留着一撮长头发呢，我们判断这尸骨就是女的。两位老师，请再仔细看看，千万别搞错了，不是我不相信你们，只是因为事关重大呀！为破案，队上的同志天天都蹲在现场，若是侦查方向搞错了，那得走多少弯路……"高法医仍坚持自己的观点。

田雪梅笑道："现在留长发的男人并不稀罕呀，再者说，男人也有部分小脚的人呀。"

张继宗补充道："田老师也是国内法医人类学方面知名的专家，已经做了上千次这方面的鉴定了，从来没出现过差错，难道她的话你也怀疑？"

高法医摇了摇头："我不是这个意思，两位老师，我是说，我们市局的法医都认为现场发现的是女尸，怎么就变成了男尸了呢！你给我普及一下知识吧。"

"高法医，你大概没学过法医人类学吧？"

高法医摇了摇头："没有。只是听说过。"

田雪梅放下放大镜，慢慢介绍道："法医人类学是运用体质人类学的理论与方法，研究解决法庭科学审判所涉及的骨骼鉴定问题，主要包括骨骼的种属、种族鉴定、个体的性别、年龄、身高推断、面貌特征的重建及鉴定等。如果你具有这方面的知识，你就能对这具尸骨作出正确的判断，我这么说，你一时也听不明白。这样吧，过两天，部里就有一个法医人类学的培训班开课，你最好跟你们领导说说，参加一期学习，参加完培训，这里面的道理就全明白啦。"

高法医兴奋道："这太好了，我一定积极争取报名参加。我这次的收获太大了，不仅完成了鉴定任务，还增长了这么多知识。"

田雪梅和张继宗又对尸骨进行了测量和鉴定，田雪梅拿起打印好的鉴定报告，笑着说："根据骨龄的鉴定，我们推断这名死者年龄应在 35 ± 1 岁范围内，身高在 1.65 米左右，性别为男性。"

张继宗又看了看高法医说："可以再做个 DNA 印证嘛。记住，DNA 能查出性别，可查不出身高和年龄。"

高法医想了一下："这样最好。我先把老师的结论向我们领导汇报一下……"

高法医打完电话，继续说道："市局领导对这起焚尸案特别重视，成立了专案组。这些日子，我们一直在围绕着女性受害人进行调查。一方面在查找第一现场，你也知道，查到了第一现场，案情也就水落石出了；另一方面呢，就是尽快确定受害人的身份，我们以第二现场中心三公里范围内的七个村为重点展开调查，到现在也没查出一个所以然来。闹了半天，我们把受害人的性别给搞错了。田法医、张法医，二位老师先忙，我得赶快赶回邯郸，配合刑警破案去了。"

时隔一周，高法医再次来到鉴定中心，一进门，就告诉田雪梅一个好消息："我们找到受害者啦，确实是一个男人。"接着滔滔不绝地讲起了寻找尸源的经过。

原来，邯郸市公安局按照田雪梅的鉴定结论，及时调整了侦查方向，焚尸案迅速有了进展。5月12日，有一个叫张春霞的中年妇女来刑警队报案，说是她丈夫吴世江有好几天见不到人了，恐怕与公安局正调查的无名尸有关。这个吴世江今年正好35岁，身高1.65米，完全符合田雪梅的判断。经查，吴世江在堤北承包了一座砖瓦厂，专门生产砖坯子。吴世江因为有几个钱，喜好张扬，再加上业务繁忙，骑着摩托车独来独往，经常去魏县县城，有时十天半个月不回家。吴世江常年在外，张春霞慢慢也习惯了，男人嘛，挣钱要紧，以前顶多给吴世江打个电话，问一下他啥时候回家。张春霞每次打电话，吴世江总是很反感，后来张春霞心一横，也就不再打电话了。但吴世江这次一连十来天没有音信，张春霞打了几次电话，吴世江的电话也没人接。后来听说涵洞里发现了死尸，张春霞便心里发毛了，再也坐不住了。

侦查员向张春霞详细询问了吴世江的身高、年龄，感觉与尸骨的鉴定结论相吻合，很有可能就是他了，认为有必要做DNA检验加以确定。

"您看，这就是吴世江妻子张春霞和他女儿的血样。"高法医举了举手中的物证袋。

"那你赶快鉴定去吧。祝你们迅速破案，尽快抓获犯罪嫌疑人。"

DNA的鉴定很快有了结果。经检验得出张春霞及其女儿的DNA与无名尸的DNA比对结果：无名尸是吴世江的可能性为99.9552%。

破解了无名焦尸的身源，侦查员立即围绕吴世江展开调查。

吴世江这个人虽然成家十几年了，但仍然改不了拈花惹草的恶习。有人反映，吴世江与一个叫胡文静的未婚女子相处甚密。据砖瓦厂的工人反映，平日里吴世江对胡文静照顾有加，二人之间甚是亲密。吴世江经常骑着摩托车接送胡文静上下班，有时候还带着胡文静到魏县的县城去玩。但是不知什么原因，就在吴世江失踪的第二天，胡文静辞掉砖瓦厂的工作回家了。

侦查员判断，吴世江的死十有八九与这个胡文静有关。

侦查员来到胡文静家进行调查，首先在胡家院内的农用车旁发现了几桶柴油，现场焚尸使用了助燃物。接着在西屋的墙壁上发现了刮痕，又在西屋衣柜上看到一卷与现场同样的红白蓝三色编织布，这些物品或许还不足以说明什么，但查到胡文静的居室时疑团陡然加大——隔窗望去，墙上大片明显的刮痕赫然在目！很快，他们在墙上、床下、桌上暖瓶外壳、纸箱上等部位共发现11处血痕！其中，床下的血痕面积最大，墙上最高处的微量喷溅血痕达三米多高！这一搜查结果让侦查员十分激动。看来这里便是吴世江被杀案的第一现场了！

经对胡文静住房内提取的数份血痕检材初步检验，血型均为O型，与受害人吴世江的血型一致！

5月21日，邯郸市公安局技术中队的冯队长带着血样检材，第三次来到公安部物证鉴定中心，去进行此案的第三次DNA鉴定。但让所有人意想不到的是，检验法医对检材刚刚进行完种属的检验，就有了结论。但结果却让人大跌眼镜。邯郸警方所有检材均未检出人血反应，这些检材全是动物血！

听了这话，冯队长此时连哭的心都有了，闹了半天自己带来的竟然是动物的血迹。他不甘心，又向田雪梅请教，得到的答复是，在血型检验中，动物血很容易与人类的O型血相混同。于是冯队长马不停蹄地赶回了邯郸，和侦查员来到了胡家。经过询问胡文静的母亲，找到了答案。原来，去年冬天胡家养的山羊下小羊，怕冻着，给牵到屋里生的，结果弄得到处都是血。

经过艰苦的排查，邻村一个叫王玉兰的女人从所有的嫌疑人中凸现出来。经查，十几年前吴世江曾跟王玉兰好过。在吴世江婚后一年左右，有个男人曾提着刀子来找吴世江拼命，就是因为王玉兰。当时在吴家人的劝阻下，吴世江作出保证，说今后不再跟王玉兰来往了，这事儿才算了结。

王玉兰的邻居反映，发案前的日子里，常有个骑摩托车的男人在这一片转悠，长相与吴世江很相似。还有，以前王玉兰经常到邻居家唠嗑儿，这些天却天天关着家门。

警方对王玉兰家进行搜查，结果在卧室的墙上、窗台、粮囤、木箱、床头等部位共找到14处血痕，随后又在炉灶里掏出了烧毁的摩托车灯罩、仪表盘等物品，在院内杂物棚的地下挖出一个摩托车的发动机。

5月31日，警方第四次派人携检材到公安部物证鉴定中心做DNA鉴定，结果五份检材所有DNA的点位均与涵洞焦尸一致，据此作出了同一认定。

"王玉兰，你还有什么要说的？"侦查员厉声道。

"我……我……吴世江他不是人，简直就是一个畜生。我以前和他好过，可我都结婚了，他还不放过我，最可气的是，他竟然还要糟蹋我的闺女，呜呜……"

王玉兰哭诉着供述了杀害吴世江并焚尸的经过。

邯郸市公安局的领导再一次来到了公安部物证鉴定中心，这次给田雪梅送来了一面锦旗。

正值黄昏时刻，一辆红色摩托车穿过熙熙攘攘的人群，在小镇前一个不起眼的房子前停下，穿着红色衣服的长发男人和女人，回头看了看忙碌中的人们，然后会心地一笑，向一旁的房间走去，两个人钻进了附近并不严密的一个山洞……

房子是王五毛提前租下的。早在监狱里的时候，王五毛就听狱友介绍，现在要搞就去搞发廊妹、餐馆妹、按摩妹的钱，因为她们的钱来得容易，只要出高价，你让她们到哪里都行，而且这些人在外面用的都是假名、假地址。正是由于她们的钱来得不干净，搞她们的钱她们是不敢报案的，即使报案也没人相信她们，因为她们的流动区域很大，搞死她们也没人相信，只要找到一个隐蔽的地方就行。

这年三月，王五毛就和李大奎开始找房子。当他们看到晓红的房子时，王五毛顿时眼睛一亮，那里紧挨着公路，屋后面有一个山洞，两个人一拍即合，将房子租了下来，然后对山洞的结构进行了改造，将六米高的山洞分三段用火砖和水泥砌好后，分别安好三个木门，又在最里面砌了六根柱子，每个柱子上安了两个铁环，后门改为铁门上锁。

房子改造好了之后，王五毛和李大奎把目光很快锁定到附近的按摩妹身上。几句好话之后，一个叫作荔枝妹的女人便跟着王五毛走进了山洞。然而一切并没有像荔枝妹想象的那样简单。当两个男子对荔枝进行摧残之后，王五毛向她提出了最贪婪的想法："把身上的钱全掏出来。"

当荔枝把钱全部掏出来后，看着掌心中的几张钞票，王五毛的眼睛顿时有些疲软了，拿起了几张钞票扔向了荔枝："难道你就这几个臭钱？"

王五毛说着从荔枝姑娘贴身的衣兜里摸出了银行卡，王五毛摇了摇银行卡，冲着黑暗中的荔枝笑道："说，密码是多少？"

"这……"荔枝没有说话。

"啪，啪。"王五毛上前抽了荔枝姑娘两个大耳光。

"说，密码是多少？"

荔枝姑娘无奈之下说出了密码。

王五毛拿到密码后，用铁链把荔枝两臂锁好后，欣喜若狂地开着摩托车离开了。当天晚上，他从荔枝姑娘的银行卡中取出了两万元现金。

当晚10时，赤裸着上半身的荔枝从山洞中探出了头，她四处张望了一下，然后惊恐不安地向山下跑去。

"站住。"王五毛追出了山洞。

荔枝四处看了一眼，然后慌不择路，不料竟然走进了死胡同。面对步步紧逼的男人，荔枝禁不住握紧了拳头。

不知是由于王五毛恼羞成怒，还是别的什么原因，王五毛举着酒瓶子向荔枝的头上砸去。

"啊！"荔枝一声惨叫，声音传出老远。

王五毛四下看了一眼，然后把荔枝拖进了山洞，又过了半个小时，王五毛再次走出了山洞，哼哼唧唧地发动了摩托车，扬长而去。

就在王五毛走后不久，荔枝再次苏醒过来，她试着把手从铁链中挣脱出来，信手一摸，居然摸到了一具死尸。她赶忙缩回了自己的手，然后用石头砸坏三道门，从岩石壁爬出来，出现在山洞口。此时的她早已经伤痕累累，更让人感到惊愕的是，她身上竟然戴着一个手镣。她四下看了一眼，然后拖着柔弱的身体，一点儿一点儿爬出了山洞。

第二天一早，爬出两公里的荔枝昏倒在马路边上，闻讯而来的民警把荔枝送到县医院，过了好久荔枝才苏醒过来。听完荔枝姑娘的诉说后，侦查员兵分三路，分别对现场进行了勘查。当侦查员跟随着荔枝走进这间居室的时候，被眼前的一切惊呆了。在强光照射之下，六平方米的山洞中的棉絮、草垫子以及各种作案工具，让民警大吃一惊。现场勘查组从山洞内发现了大量的骨骼。为了鉴定骨骼的性质，专案组立刻让技术民警带着这些骨骼连夜赶往公安部物证鉴定中心。

听完王法医的汇报，田雪梅感觉到头皮一阵阵发紧。送来的检材包括数十块骨骼碎块，她紧盯着这些尸骨，一时说不出话来。经过认真的检测，得出结论：这些是由两层密质骨及其中间的松质骨组成，碎片的边缘可见锯齿状的骨缝缘，据此形态学特征可以认定该碎块为颅骨的碎块，且根据其上骨缝嵌合齿缘的形态特征，符合人颅骨骨缝的特点。而这些骨头不仅排除了是其他动物的骨骼，而且属于不同人的骨骼。

当田雪梅检查完所有的骨骼，她的表情凝重起来："王法医，经过对你送来的检材进行认真的检测，你带来的这些骨骼都是人的骨骼，而且分属于不同人。"

"有多少人的骨骼呢？"

"那可不好说，不过可以肯定的是死者都很年轻，且都是女性。"田雪梅坚定地说。

"那好，谢谢您了。"王法医接通了市公安局的电话，把结果告诉给那边的领导。

就在田雪梅对王法医带来的骨骼进行检验的时候，在长江南岸的深山区，一场针对王五毛和李大奎的抓捕正在进行。专案组根据几名女性银行卡取款的录像资料，迅速把李大奎纳入到了侦查视线。李大奎三十岁，也是刚刚从监狱出来不久，在镇子上开了一个大排档。他长得一脸横肉，完全没有南方人那种秀气。侦查员按照分工，混在李大奎开的大排档的入口处。这天傍晚时分，李大奎骑着他的红色摩托车刚刚来到大排档附近的水电招待所，就被埋伏的民警发现。当民警正准备实施抓捕时，李大奎突然蹿上了摩托车，开始逃窜。民警追出200多米，才追上李大奎的摩托车，将人抓到。

当然，这些事情都是王法医专门打来电话向田雪梅汇报的。尽管王法医用的是南方话，但田雪梅还是听出了事情的端倪，原来警方已经把两个杀人恶魔抓获归案了，一举破获了14起杀人碎尸案。

破解青少年骨龄密码

2001年，广西柳州市某地的山谷。

荷枪实弹的武警，蓝幽幽的枪口，戒备森严的刑场。谁也不会想到，刚才还是寂静的山谷很快变成了处决死刑犯的刑场。

随着伴随着鸣叫的警笛，一个警车组成的车队疾驰而来。车队打头的是两辆警车，中间是两辆囚车和一辆救护车，一辆警车断后。由于刚刚下过雨，车队所过之处，飞溅起一片片污水。

车队到达刑场后，呈"一"字停好，从囚车上分别押下来一男一女两个死刑犯。两个死刑犯下车后，相互对看了一眼，都感到在这里还能见面实属意外。他们本能地向对方走去，但很快被法警分别带开了。

两个死刑犯默默地走着，呆滞的目光，蹒跚的脚步，不知是身上的镣铐过于沉重，还是两个死刑犯临行前的思想过于沉重，他们缓慢地走了几步，回首看了看眼前滴翠的青山，然后两腿一软，几乎瘫软在地。因为他们知道自己罪孽深重，自己年轻的生命即将走到尽头，已经开始在按分钟、秒钟计算。

行刑的法警从公文包里拿出了中级人民法院的判决书，开始大声宣读。另外一个法警拿出了头套，准备开始行刑。

不料，法警的判决书还没有宣读完毕，女死刑犯突然抬起头来，大声哭喊道："政府呀，我冤枉！"

为首的法警顿时一怔，手中的判决书险些落地，但他很快定了定神，厉声道："自古以来，杀人偿命，你们俩非法剥夺他人的生命，属于故意杀人，有啥冤枉？"

女死刑犯继续哭号道："我知道，我杀了人，死有余辜，我对不起父母，也对不起政府，但是我确实有冤情呀！"

男死刑犯见状，眼珠一转，突然也半跪在地上哭喊道："政府呀！我们是冤枉的，我们真的冤枉呀！"

求生是人的本能。但两个死刑犯在执行枪决的法场同时喊冤，法警不免感觉有些蹊跷，他拿起判决书端详了半天，然后大声问道："判决书上写得清清楚楚，你们俩犯了故意杀人罪，判决事实清楚，证据确凿，定罪准确，审判程序合法，你们在法庭上也没有提出任何异议，现在为什么突然改？嗯？"

女死刑犯痛哭流涕地喊道："我一时糊涂，杀了人，但是我突然想起来了，我犯罪的时候，确实还不够十八岁呀，是十七岁半。政府不能就这么稀里糊涂地枪毙我们，我还不是成年人啊！还不够十八岁呀！我们不能就这么死掉呀！"

男死刑犯也匍匐在地，向前爬了几步，捶胸顿足地哭喊着："我杀人的时候刚满十七岁呀。我不想死，求政府放过我吧。"

《中华人民共和国刑法》明确规定，犯罪的时候不满十八周岁的人和审判的时候怀孕的妇女，不适用死刑。

听了两名死刑犯的哭诉，在场的法警顿时蒙了。想了半天，最后掏出电话，向负责宣判的柳州市中级人民法院领导汇报了此事。中级法院的领导经过层层请示，告诉在场法官一个电话号码。

法官不敢怠慢，马上拨通了这个远在北京的电话，讲述了现场发生的一切。

话筒立刻传来一个女性坚定的声音："人命关天，我先不管这两个罪犯犯的是什么罪，他们既然喊冤了，我希望你们立刻停止对这两个人执行枪决，对他们的实际年龄进行重新鉴定，你们可以把相关材料报送公安部物证鉴定中心。"

半个小时后，两名死刑犯重新被押上了囚车。

大山恢复了昔日的平静。

一个月后，一份关于申请对两名死刑犯实际年龄鉴定的紧急公文送到了公安部物证鉴定中心。

事隔一个月，由公安部物证鉴定中心出具的鉴定结论出现在广西壮族自治区人民检察院的案头上。

两个月后，广西壮族自治区高级人民法院对两名死刑犯作出了终审判决。经过公安部物证鉴定中心鉴定，女死刑犯因犯罪时实际年龄未满十八周岁，被判处死刑，缓期两年执行，就这样，女死刑犯在地狱的门口把命又捡了回来。那个男死刑犯因为犯罪时已经年满十八周岁,被押赴刑场,执行枪决。

与此同时,由田雪梅主导的青少年骨龄研究方法揭开了神秘的面纱,呈现在世人面前。

北京长安街旁的一座大厦。公安部物证鉴定中心就坐落在这里。

夜已经很深了,田雪梅独坐在办公室内,心里久久不能平静。她的案头堆满了鉴定报告和人类学报刊。自打到公安部物证鉴定中心工作以来,外出办案、加班加点已经是她的家常便饭。

作为全国刑事科学技术领域专业最全、实力最强、最具权威的专业机构,公安部物证鉴定中心除了现场办案外,还担负着中央领导交办的案件、各省市疑难案件的现场技术支援,同时还承担着全国司法机关送交的各种物证的检验鉴定,包括死因鉴定、法医人类学鉴定等。虽然我国很早就开展了痕迹、DNA、毛发、指纹等方面的研究,并且在侦查破案中发挥着越来越重要的作用,但由于当前科学技术的限制,使很多检验鉴定受到这样或那样的局限,比如在二十世纪九十年代,未成年人年龄的鉴定就是一个难题。由于刑法对于犯罪年龄有着严格的规定,一些人企图用谎报年龄的方法逃避严惩,那么法医怎么才能破解这一难题,为侦查破案提供线索、为法庭诉讼提供科学依据呢?田雪梅陷入了沉思,进而在室内不安地踱着步子。

对,骨龄,中国人群的骨龄计算。一个火花在田雪梅心头一闪,建立一个根据骨骼推断中国青少年年龄的方法,这样不仅可以填补我国法医鉴定在这方面的空白,而且对各种刑事案件、灾害事故中未成年人年龄鉴定具有重要意义。但这个火花只是一闪,就熄灭了。全国九百六十万平方公里,从南至北,由于地域和生活习惯的差别,人们的骨骼结构千差万别,建立一个覆盖全国范围内的根据骨骼推断青少年年龄的方法,谈何容易。田雪梅拿起了大学时代的法医人类学课本,并找来世界上最权威的法医人类学应用读物,研究起来。

经过几天的思考,骨龄研究的构想慢慢初具轮廓。

这天,田雪梅鼓足了勇气,找到了处室领导,说出了自己的想法。

领导看了一眼面带倦意的田雪梅:"按照你的思路说下去。"

田雪梅整理了一下自己的思路,滔滔不绝地讲起了自己的设想:"我做过一些调查，我国户籍管理制度的现状，导致了户籍年龄存在不真实的可能。一是在我国部分地区，特别是边远及农村地区，一部分人出于入学、招工、参军等目的，随意更改户籍年龄；二是我们在侦查破案中，经常抓到这样的盗窃犯，他们很多来自我国的偏远地区，这些人的户口所在地偏远，语言交流上有障碍，调查其真实户籍年龄常常要花费很多时间；三是少数罪犯在犯罪后为了逃避刑事处罚，通过关系人为地更改户籍年龄；四是计划生育超生人口不上户口或被拐卖的儿童、被遗弃的儿童，也没有准确的户籍年龄。我最近一直关注国内外利用骨骼、牙齿等推断未成年人年龄研究的进展。国外已经有利用牙齿或者骨骼推断活体年龄的方法，国内也有利用手腕骨推断参赛体育运动员年龄的方法，可是在我国的法庭科学领域，还没有一个可信度大、精确度高的活体年龄推断方法。我想通过对我国青少年的骨骼生长发育情况进行研究，形成一套精确和比较完整的青少年骨龄鉴定方法，然后在全国法庭科学领域中普及，这样不仅可以对侦查破案发挥作用，同时也会有利于法庭审判中的定罪量刑。"

领导听了田雪梅的大胆设想，顿时兴奋起来："骨龄研究？雪梅，说说你的依据。"

田雪梅继续道："骨龄就是骨骼年龄的简称，是人体生物学年龄的重要内容。在人的生长发育过程中，骨骼系统是最容易真实地反映生长时间的。我们可以用骨骼的生长发育成熟和衰老的规律来推断年龄。"

"还有呢？"处室领导点了一支烟，凝眉深思道。

"目前，我国涉及刑事犯罪的青少年活体年龄鉴定的案件在逐渐增多，而我国的刑法对于十四周岁、十六周岁、十八周岁三个关键年龄在案件的审理结果上有着不同的规定：刑法第十七条规定，已满十六周岁的人犯罪，应当负刑事责任；第四十九条规定，犯罪的时候不满十八周岁的人和审判的时候怀孕的妇女，不适用死刑；第二百三十六条规定，奸淫不满十四周岁的幼女，以强奸论，从重处罚；第二百六十二条规定，拐卖不满十四周岁的男女，脱离家庭或者监护人的，处五年以下有期徒刑或者拘役。我们可以通过活体的肩、肘、腕、髋、膝、踝六大关节X线片上所示的骨骼发育情况，准确地推断个体年龄，将骨龄与实际年龄的误差控制在±1岁范围。这特别有助于判别活体是否已满十四周岁、十六周岁、十八周岁，为需要进行年龄鉴定的案件审判提供科学依据。再有就是自然灾害中的尸体的个体识别……"

"好，这个设想太好了。"没等田雪梅把话说完，领导竟然率先鼓起掌来，"法医学研究永无止境，我们既是公安部的物证鉴定中心，也是全国刑事科学技术的研究中心，就是希望我们中心的每一个人都有像你这样的大胆设想，为全国的刑侦工作提供技术支持和保障，说一说你的具体设想。"

听到领导的赞扬，更增添了田雪梅的信心，她继续说道："以往的国内外骨龄研究，其结果误差较大，多在±2岁左右或更大，我想以我国青少年为研究对象，建立准确推断十二至二十周岁青少年实际年龄的方法。具体来讲，一是以户籍年龄为基础，专门针对涉及刑事责任年龄的年龄段十四周岁、十六周岁、十八周岁的人群进行分析研究；二是选择人体左侧六大关节中多个指标进行观察，观察其随着年龄增长而变化的规律，并制定各观测指标随年龄变化的分级标准；三是建立推断年龄的多元及逐步回归方程；四是建立判别是否已满十四周岁、十六周岁、十八周岁的Fisher's线性两类判别方程。"

"太精彩了，你这是填补了我国在这一领域的空白呀！你尽快制订一个详细的课题申报计划，中心会马上进行进一步论证的，如果立项成功，我们也会调动全国这方面的资源，为你提供数据支撑。"

从领导的办公室出来，田雪梅感觉到此时的自己无比轻松，同时隐隐感觉到一种无形的压力，因为自己的这个研究课题太难做了，田雪梅甚至怀疑自己当初的想法是否过于天真。

在随后的三年时间里，田雪梅切实感受到了法医领域科研工作的艰难。法医科研毕竟不同于一般的科研院所，因为公安部的物证鉴定中心不仅是一个科研单位，而且是一个实体作战单位，承担着对重大现场的出警、为侦查破案提供技术支持和保障的重任。

衣带渐宽终不悔，为伊消得人憔悴。与骨骼对话的田雪梅深深体味出其中的艰辛。

中国青少年骨龄鉴定迫在眉睫。田雪梅心急如焚，她购买了国内外最具权威的法医人类学专著，结合中国人群的生活特点，反复研究、统计、分析，还查阅了国内外几乎所有的关于骨龄研究的书籍文献，并从全国各地获取了大量的关于中国人群骨骼研究、生活习惯的相关资料。随着时间的推移，田雪梅电脑数据库的数据在海量增加。光笔记本就用近二十个。田雪梅阅读的所有报刊书籍，无不留下她娟秀的字迹和鲜明的观点。

在三年的时间里，为了兼顾现场勘查和骨龄研究，田雪梅几乎把家搬到了单位。她白天出现场，挑灯夜战搞研究，有时候连续出几天现场，回来的时候，早已身心疲惫。但每每看到那些面对尸骨检验愁眉不展的侦查人员，看到那些在自然灾害中无法确定身份的遇难者，她便有一种说不出的滋味。

田雪梅深深懂得，法医人类学的每一个观点都需要实践的检验，于是每一次外出办案，都会深度挖掘每一具尸体上的相关信息，进而进行深入的研究，为刻画尸源提供技术支持。她上高山下矿井，战严寒斗酷暑，奔走于全国各地，积累下数十万个宝贵的数据。

在经历过艰难的探索和计算后，关于中国青少年骨骼 X 线片和法医齿科学的轮廓在她的心中逐渐形成，关于中国青少年的骨龄计算方程式也在逐步验证成熟。继而一篇篇观点鲜明、论据充分、论证严密的学术论文开始见诸国内法庭科学方面一流的学术期刊。在此基础上，田雪梅与张继宗共同出版了《法医人类学经典》中的《骨龄鉴定中国青少年骨骼 X 线片图库》。

田雪梅建立的利用人体六大关节推断活体年龄的方法开始被国内法庭科学领域所广泛应用，需要推断年龄的送检案件数量越来越多。而田雪梅的身体也在越发憔悴，还有几次出现了低糖反应。终于在熬了一个通宵后，当田雪梅在单位的洗漱间对着镜子洗漱时，竟然发现自己年轻的脸上多了几条皱纹。

创建中国式 DVI

DVI 也叫灾难遇害者身份识别，是通过法庭科学技术手段对灾难等群体性死伤案（事）件中的身份不明死、伤人员进行个体识别的工作活动。由于地震、海啸、洪水、龙卷风等自然灾害，以及坠机、沉船、矿难等意外事件，还有恐怖袭击等暴力案件均可能造成大量人员伤亡，且死亡人员的尸体可能遭到严重破坏，导致其容貌毁损、物品遗失、躯体破坏，难以通过照片、证件等途径实现身份确认，为此，国际刑警组织专门成立了这个机构，我国虽然没有主管 DVI 工作的常设机构，但是由公安部组织的代表团会定期参与

DVI 国际会议与活动。国际刑警组织推荐的 DVI 技术包括 DNA、指纹、牙齿三种。

2011 年 2 月 22 日，新西兰基督城发生 6.3 级地震，导致 200 余人失踪，在坎特伯雷电视大楼（CTV）"国王教育学院"中 23 名学习雅思的中国留学生遇难。2 月 28 日，应新西兰警方要求，公安部派出包括田雪梅在内的 5 名法医、DNA 专家赶赴新西兰参与遇难者身份识别工作。地震发生后，新西兰警方迅速建立了灾难事件遇难者个体识别中心进行个体识别。救援人员通过挖掘，发现尸骨 267 具。由于 CTV 大楼整体坍塌严重，并引发火灾，导致部分尸体焚毁十分严重，鉴定识别工作困难。此次个体识别中，新西兰警方采用的原则是首选指纹和牙齿比对，只有在尸体毁损非常严重的情况下，才优先考虑检验 DNA。而无论是指纹比对或是牙齿比对，首要的前提必须是生前资料组和死后资料组都采集到相应指纹或牙齿的信息，才能进行同一比对。由于种种原因，我国失踪人员恰恰缺乏生前指纹和牙科记录，所以造成了我国失踪人员迟迟得不到识别。当中国警方专家组到达时，竟然连一具中国人的尸体都没识别出来。

公安部物证鉴定中心法医病理损伤鉴定处处长、公安部特邀刑侦专家闵建雄，以及田雪梅等一行人员看到此情形后，立刻向新西兰警方建议尽快进行 DNA 检验，并承诺中国警方完全可以承担国内失踪人员亲属的 DNA 样本的采集和检验。同时对遇难的 23 名同胞生前的所有信息进行了认真的梳理。在公安部的指挥布置下，公安部物证鉴定中心和各地相关公安机关积极快速落实，在极短的时间内完成了 9 省市 14 个家庭 22 个个体的采集、检验和复核工作，并及时经专家组将数据提供给新西兰环境科学研究所，很快确认了大部分中国遇难者。

但有几具遇难者的身份识别就没那么幸运了。田雪梅只能通过自己掌握的法医人类学知识，甚至从遇难者的面相以及身上的纹身、手串儿、手镯等具有中国文化元素的物证进行判断，寻找出高度的关联，首先把尸体确定下来，然后再进行识别证据的加固。

"田老师，您看！"田雪梅随着工作人员涂政所指的方向看去，看到了一个遇难者身上龙的纹身。

田雪梅知道，龙的纹身不仅在中国有，在越南、日本、菲律宾等国也曾有过龙的纹身。田雪梅细细观察遇难者的尸体检验照片，经过半个小时的观察，最终确定这个遇难者是中国人。很快，她利用自身在中国人人种特征、生活习惯等方面的知识，迅速判明了其中5个中国遇难者的尸体。

"田老师，这里有一个手串儿。"田雪梅看了看遇难者的面相，又看了看手串儿的质地，很快断定出这个遇难者的真实身份。

而正是这次特殊的任务，让田雪梅对DVI在中国的应用有了新的认识，自此，她一直致力于研究适用于我国国情的重大灾难遇难人员身份识别工作规范，填补了我国在灾难事件遇难者个体识别工作方面的空白，加快了我国DVI工作规范的发展步伐，促进了我国DVI技术与国际接轨。

2013年1月，47岁的田雪梅调任公安部物证鉴定中心现场勘查处工作。现场勘查处实行24小时备勤，面对的都是全国有影响的大案要案。

但田雪梅就是田雪梅，有一种永远也不服输的勇气。在无数次出现场中，她练就了过硬的心理素质，早已成为了一名警营里的女汉子。面对那些血淋淋的杀人现场、支离破碎的尸体、腐臭的气味，她没有一丝退让，因为她深知"为生者权，为死者言"是法医的天职。现场在哪里，尸体在哪里，你就得在哪里。无论是山里、水里、矿井里，极冷或者极热的天气，只要案件需要，就必须无条件地上。

田雪梅除了有读书的习惯之外，还有收看电视新闻的习惯，这样可以及时掌握国内外刚刚发生的重大案事件，并快速研究制定与自己承担职责有关的案事件处置预案；也可以了解世界上最前沿的科技发展动态，进而有效地应用到我国刑事技术中。

2015年6月2日，田雪梅起床后刚刚打开中央电视台的《朝闻天下》节目，便听到男播音员沉重的声音："新华社消息，6月1日21时30分许，重庆东方轮船公司所属旅游客船'东方之星'号客轮在由南京驶往重庆途中，突遇龙卷风发生翻沉。据初步统计，事发客船上共有458人，其中旅客406人。事件发生后，党中央、国务院高度重视。中共中央总书记、国家主席、中央军委主席习近平立即作出重要批示，要求国务院立即派工作组赶赴现场指导搜救工作，湖北省、重庆市及有关方面组织足够力量全力开展搜救……"

看到这里，田雪梅再也看不下去了，马上赶往单位。

刚进办公室门，就看见中心领导及处长都聚齐了，中心领导说："刚刚接到部里通知，6月1日21时30分，从南京驶往重庆的'东方之星'号客轮在长江中游湖北监利水域翻沉，船上442人遇难，这是新中国成立以来死亡人数最多的一次航运灾难。党中央、国务院对此事高度重视，习近平总书记、李克强总理都作了重要批示。部党委决定，公安部物证鉴定中心派专家立即赴事发地湖北监利，与湖北省公安厅一道，迅速组织开展遇难者个体识别工作。"

当田雪梅跟随专家组一行来到事故现场的时候，眼前的惨状不禁吓出她一身冷汗。透过蒙蒙细雨，"东方之星"号客轮仍然倒扣在江中，现场周边已经设置了警戒区。很多救援船只围在客轮周围，开展紧张的援救工作。岸上各种实施救援的抢险救灾车、救护车、警车闪着警灯，警笛声此起彼伏。

"真是一场人间少有的灾难呀！雪梅，这次沉船事件涉及面广、个体识别量大，同时遇难者以老年人居多，很大一部分不满足DNA检测的条件。你是参加过多起国内外重大灾难事件的现场处置工作，翻译过《灾难事件遇难者个体识别指南》，参与制定过《公安机关重大灾难事件遇难者身份识别法医学操作手册》，同时也是国内法医人类学方面的专家，现在就看你的啦！""东方之星"沉船个体识别前方副总指挥闵建雄说。

田雪梅收回自己的目光："是呀，这次个体识别的难度确实很大，刚才我已经了解了'东方之星'号客轮上相关的信息，这艘船的乘客是一个夕阳红的老年人旅游团，涉及8个省26个地市！"

"看来这真是一场硬仗！你可要有充分的思想准备呀！"闵建雄看了田雪梅一眼。

"您放心吧，我会尽最大努力做好相关工作的。"田雪梅咬了咬牙，坚定地说道。

参与过数十起重特大刑事案件现场勘验和自然灾害事故现场处置的田雪梅深刻认识到自己责任重大。综合材料组的工作如同一个中枢交换平台，所有的数据信息都汇聚于此，这里是唯一一个对外发布信息的出口。它不仅要制订全国步调一致的个体识别方案，总体协调遇难者遗体检验、样本采集、DNA检验、DNA比对和善后移交等工作，而且要担负协调8个省26个地市的公安局机关对遇难者及家属DNA采集、鉴定的重任。

已经零时了，综合材料组的办公室内仍然灯火通明，电话铃声不断。湖北省公安厅的三个民警正在按照田雪梅的安排有条不紊地工作着，田雪梅则挥汗如雨地打着电话。这次死亡的家属大多来自南方各省，每个省又涉及很多地市，工作量之大、任务之艰巨超出常人的想象。由于长期奔波于全国各地，田雪梅已经与全国各地公安机关建立了良好的合作关系，这次正好可以点对点进行现场指挥协调。

在绵绵细雨中，田雪梅拨通了公安部刑侦局的电话，首先向领导汇报了各种方案的制订情况，接着汇报了个体识别工作的进展情况。田雪梅的这个电话打了足足半个小时，当她挂断电话时，突然感觉一阵阵恶心，才想到自己已经一天一夜没休息了，再加上连续的多雨闷热天气，自己可能中暑了。她赶忙跑进办公室，从挎包翻出几粒藿香正气胶囊吞下。

"田老师，您怎么啦，脸色这么惨白？"

"您都一天一夜没休息了。"

田雪梅粲然笑道："我没事儿，你没看？习总书记这么关心救援工作，李克强总理都来监利现场指挥了，咱们要加快进度，今天晚上把各种方案准备好了，部领导明天一早要听汇报。我交给你做的方案做好了吗？"

"报告田老师，已经做好了。"小王拿过一摞厚厚的材料。

田雪梅接过材料，坐到自己的办公桌前，详细地看着材料，同时对方案的不妥之处认真修改起来。

6月3日，公安部刑侦局下发紧急通知，要求涉及的11个省市按照统一技术要求做好亲属血样采集、沿江打捞尸体检验及相关DNA检验工作。

6月3日凌晨，第一批遇难者的尸体被打捞上来，紧张的个体识别工作开始了。沉船事故涉及上千个家庭，万一认错一个，将会给家庭带来不可挽回的影响。6月3日上午，当一名法医递过一份身份鉴定结果让田雪梅审核确认签字时，她发现该具尸体虽然经过DNA鉴定认定为张某，但尸体面貌特征与张某二代身份证中照片所显示的面貌特征明显不符。于是她对综合材料组成员说道："这个身份需要重新比对确定，今后不管是哪个领导催结果，对于拿不准的报告，必须重新鉴定，我们要对每一位死者负责，更要对他们的家属负责，让逝者安宁、生者安心。"她立即拿起电话与DNA鉴定人员联系，询问情况。她了解到张某是单亲家庭，此身份认定不是通过三联体方法确定的，又马上拨通"东方之星"沉船个体识别工作总指挥、时任公安部物证鉴定中心主任刘烁的电话，详细汇报了情况。刘主任指示："从现在开始，DNA鉴定由11个点提高到15个点，最大限度确保准确率，同时要综合应用遗体生理特征、随身穿戴遗物以及随身证件、面像比对、法医人类学检验等手段进行验证，必须确保所有的检验结果和移交记录均可溯源，经得起检验。"

直到6月11日20时，田雪梅在最后一份检测报告上签完字，才如释重负地长长出了一口气。

2015年6月12日，田雪梅拖着疲惫的身体，终于登上了返回北京的飞机。在短短10天里，公安部个体识别组共完成1318件样本的DNA检验和比对工作，成功地确认了442名遇难者身份，无一遗漏、无一差错、无一异议。

飞机上田雪梅真想美美睡上一觉。按说，对于连续十天每天只能休息一个多小时的田雪梅来说，应该很快熟睡了。但她说什么也睡不着，只要一闭上眼睛，那些惨烈的画面就会浮现在眼前，湍急的江水、倒扣的客轮、大雨中哭号的人群，还有忙碌的救援队伍……一串泪水从田雪梅的眼角流下……

田雪梅的书柜中除了存储着一大摞奖章证书和几十本读书笔记、法医学权威书刊外，还存储着很多办案笔记。大连"5·7"空难的法医学处置、新疆鄯善"6·26"暴恐案、甘肃白银系列妇女被残害案、珠海虐待保姆案、赵尚志烈士头骨鉴定……田雪梅和战友们一起打了一场又一场硬仗、胜仗。28年来，她先后参与1000余起重大疑难案件的检验鉴定工作，交出了一份又一份经得起检验的法医鉴定。

翻开那些厚重的笔记，透过那些娟秀的文字，你不仅会感受到田雪梅的胆大细心和缜密的思维，更能感受到一名法医为了维护法律尊严的付出。

"要做个好法医，需要有过硬的专业知识和心理素质，需要缜密的思维和日积月累的积淀，但最重要的是要有一颗忠诚奉献的心，要有对这个职业的使命感和敬畏之心。"回首28年法医生涯，田雪梅感慨万千，"作为一名共产党员，作为一名公安法医，只有牢记忠诚二字，才能真正担负起守护公平正义的重任；只有心如公烛，四方上下无所不照，才能对得起头顶的警徽。"

2018年11月13日,"伟大的变革——庆祝改革开放40周年大型展览"在国家博物馆开幕。田雪梅也去参观了此次展览,当看到改革开放40年间那些伟大成就时,田雪梅的眼里涌动着泪花……

"从警27年来,祖国发生了天翻地覆的巨大变化,作为一名法医,我亲眼见证了公安事业的成就与辉煌,也亲身参与了刑侦技术迅猛发展、科技利剑日新月异的历程。新型犯罪形形色色,必须借助科技手段提升打防管控、社会治安治理、服务人民群众的能力和水平。物证鉴定是在改革开放40年的伟大历史进程中几代人锻造而成的打击犯罪分子的利剑。"田雪梅在自己的笔记本上写道,"改革开放40年,不变的是初心,不变的是人民警察忠诚于党、服务人民的情怀。改革开放40年,是我们国家波澜壮阔的历史进程,也是我们每个人民警察的激情燃烧的岁月。事非经过不知难。我们置身其中,看到改革开放的辉煌,深知公安工作的艰辛。前一段时间微信上有一句刷屏的话:'哪有什么岁月静好,不过是有人替你负重前行。'看了这样的话,我觉得我们的付出是值得的,国家知道我们,人民理解我们。这个事业值得我们一辈子为之付出。"

超越,为了让人民满意

——宁波市公安局交通警察局车管所深化"放管服"改革纪实

陆明光

引子

改革开放40年来,我国经济保持强劲快速增长,GDP由1978年的世界第十位上升到世界第二位,创造了人类历史上最大规模、最快速度的经济增长奇迹。道路交通也迎来了大发展,成为经济快速发展的最显著标志之一。

当前,全国汽车保有量达2.4亿辆,驾驶人超过4亿人,汽车登记量每年突破3000万辆,驾驶人每年新增3000多万人。

汽车社会对交管服务提出更高要求,在办理交管业务时,广大群众不仅要求降低经济成本、时间成本,还要求品质体验、公平公正。

人民对美好生活的向往,就是我们的奋斗目标,深化"放管服"改革,既是贯彻落实全面深化公安改革的重要内容,也是坚持以人民为中心的发展思想,推动公安工作高质发展的必然要求。

为积极回应人民群众对美好生活的新期待、新要求,认真贯彻落实国务院召开的全国深化"放管服"改革转变政府职能电视电话会议精神,按照国务委员、公安部部长赵克志关于深入推进"放管服"改革批示要求,公安部部署进一步深化改革,提升交通管理服务便利化工作,并公布了简捷快办、网上同办、就近可办等20项交通管理"放管服"改革新措施。

2017年以来,宁波公安交警认真贯彻落实中央、省市和上级公安机关的决策部署，牢固树立以人民为中心的发展思想，在宁波市公安局党委的统一领导下，强力推进"最多跑一次"改革，努力实现"五个跑"转变，在提升公安交警办事效率和服务质量、提高人民群众获得感和满意度方面取得了良好成效。2018年5月26日，宁波市召开全市公安机关"最多跑一次"改革现场推进会，宁波市委常委、公安局局长黎伟挺等领导对公安交警阶段性改革成效给予了充分肯定。

交通是最基本的民生问题之一，交管工作服务水平高低、服务态度好坏，直接关系公安机关形象，直接影响人民群众的获得感、满意度。化繁为简、提升效率，是广大群众的迫切期待，是宁波公安交管部门的不懈追求。

一

改革开放40年来，宁波全市汽车从1979年的8569辆到1984年的22306辆，再到2011年9月汽车总量突破100万辆而迈入"汽车时代"，如今，全市汽车保有量已达到254万辆，在40年间增长近300倍，汽车驾驶人也超过了323万人。

汽车保有量发展历程，一般都经历三个阶段，即汽车发展的初始期、发展期和平稳期。在汽车发展初始期，汽车作为一种交通形式保有增长缓慢，尚未进入普通家庭，城市交通半径小，对汽车的依赖度不高；第二阶段是汽车保有量的发展阶段，那是一个漫长的过程，那个阶段汽车保有量呈几何级数增加，汽车成为人们主要的出行方式之一，这个时期道路交通基础条件和管理水平无法适应汽车的增加速度；第三阶段是平稳期，机动车保有量趋于稳定，交通基础设施得以进一步完善。

目前我国总体处于汽车保有量发展期，这个过程是一个漫长的过程。改革开放40年，宁波市的汽车数量一直在快速增加，这期间，我们交通管理、车驾管的能力尽管也在不断提升，但始终无法适应汽车及驾驶人增加发展的步伐，上牌难、考证难、车检难一直是困扰着管理部门的一个难题。

超越现在，突破瓶颈，求新、求变也是宁波公安交管工作的核心。超越，是一个不断改进、不断提高、不断完善的过程，没有最好，只有更好，让办事群众享受到更好的服务，体验心之交流，感受到浓浓的温情。超越也是一个否定之否定、提高之提高的过程，事物是在不断否定中提高，在不断否定中进化，在日积月累一个一个细小的变化中找到最大的分母，那个分母就是人民群众，心里装着对人民群众的深情厚谊，想人民群众所想，急人民群众所急，用自己的能力，用自己的满腔热情，去解决人民群众所需，去满足人民群众对美好生活的向往。

国家治理能力水平越来越高，国家治理整体水平不断提升，为我们推进道路交通治理能力现代化创造了最有利条件。科技的飞速发展，为我们的交通管理、车辆管理各项工作的推进创造了条件和可能，以阿里巴巴、百度、腾讯等高科技公司为代表的互联网科技企业，已经进入政府管理的方方面面。

宁波交警在许多科技领域与阿里巴巴等科技公司有比较深入的合作，以"互联网＋"、大数据、物联网、车联网为代表的新技术，改变着人们的交通行为和交通方式，催生着新的业态，也提供了更多解决安全畅通、服务人民群众的方法和途径。

创新交通管理模式，让宁波公安交通管理插上了腾飞的翅膀。

宁波市公安局副局长、交通警察局局长施大年清晰地认识到传统的交通管理模式已经不能适应交通管理的现实，创新工作思路，向科技要管理、向科技要警力、向科技要秩序已是趋势。在有关高校、科技机构的支持下，宁波交警成功研发了一系列国内领先的交通管理科技装备，不仅为优化交通组织、提高通行率、减少交通事故隐患提供了有效的保障，为交通规划决策和日常应用提供了大数据，为公众出行提供多途径、多类型的交通信息服务，同时也广泛地应用到深化"放管服"和"最多跑一次"改革中，简化了办事程序，极大地方便了群众。

2018年6月27日，公安部在宁波召开公安交通管理"放管服"现场推进会，对公安交管部门深入推进"放管服"改革、提升交管服务便利化水平、不断满足新时代人民新期待新要求进行了专题部署。

公安部交通管理局要求各地进一步总结推广36个大城市推进改革的经验做法，狠抓责任落实，狠抓督导督办，在配套保障、协同联动、降费减负上下功夫，确保2018年9月1日前20项改革措施在全国全面推行。要求36个大城市开展全面的体验式验收检查，以群众办事是否满意为标准，再梳理、再优化、再提升。同时，鼓励各地进一步解放思想，大胆创新，研究推出一批分量重、含金量高、受益面广的改革举措，营造良好营商环境，切实增强人民群众获得感。

如何进一步落实上级公安机关的指示要求？如何进一步再提升服务空间，满足新时代人民新期待新要求？宁波公安交警的"放管服"改革虽然已经走在了全国的前列，但施大年的心里总是充满着危机意识，他的信条是"没有最好，只有更好"，理想主义的情怀，使他一直奔跑在为理想而努力的路上。

施大年说："宁波交警把群众体验感作为检验'放管服'和'最多跑一次'改革的关键指标，将进一步深入查找群众到交警部门办事的难点、堵点、痛点，以更加积极的姿态、有力的措施推进改革向纵深发展，让群众享受更好更多的改革红利。"

二

读者将和我一起进入车管所的办证大厅，一起去聆听宁波车管所副所长王珏昊和车管所档案科科长林静的介绍，去真切地感受宁波车管所深化"放管服"改革如何顺应新时代的召唤，如何按照上级公安机关的要求，大胆创新，推出一批分量重、含金量高、受益面广的改革举措，切实增强人民群众获得感。

就在采访车管所的前几天，我去美术馆参观著名画家林绍灵的画展，除了被林绍灵意象派的画风所震撼外，画展之外的氛围，也让我受到艺术以外的熏陶。

思维模式从美术馆的画展突然跳跃到车管所的办证大厅。

虽然观画的人数也不少，但大家都默不作声，都静静地在看画，静静地在感悟，生怕因为自己的一次喧哗，扰乱这一池漂满浮萍的春水，这时如果掉下一枚针，也会让人听得真切。

馆内的背景音乐极其低沉，如果有一丁点儿的嘈杂，这音乐声就无法进入你的耳朵，这就是艺术的魅力。如果把这一场景置换到车管所的办证大厅，大家可能不会相信，我在车管所，我几乎聆听到同样的背景音乐，感觉到同样的静谧。

我在车管所副所长王珏昊的陪同下,走进车管所的办证大厅,旋即被它的氛围所感染。

大厅内静悄悄的。王珏昊告诉我,最近他们与一家科技公司合作,开发了一套无声叫号系统,办事的群众在导办台识别身份后,办事的全过程都会在微信和短信里显示：手续已经进行到了哪一步,大约还要等多长时间,到几号窗口取证……你只要在休息区内,听听背景音乐,玩玩手机,其余的一切都在无声无息中搞定。

不仅是办证、换证等手续,就连上一辆进口汽车的车牌,也变得跟买一部手机一样简单。你只要把你的车子停在上牌区域内,然后把一些合规的资料和汽车钥匙交给车管所的工作人员,你就可以安坐在休息区里等待,余下的所有事,车管所的工作人员都会帮你办好,包括对进口汽车的封闭式查验,然后把钥匙交到你手上。

这时,我看到我初中的同学林元珍也来办理驾驶证的换证手续。她在导办员金芳芳的指导下,在自助拍照机前完成了拍照,还喜滋滋地让我看了看取出来的照片,觉得挺满意的,金芳芳让她在休息区等候,没几分钟,她手机的显示屏上就跳出了几行字:"你的受理已经办好,请到7号窗领取驾驶证。"

一切都在静悄悄地进行,你感觉不到任何嘈杂,全然没有公共场合的吵吵闹闹,有的只有导办员的耐心指引和工作人员翻动资料的沙沙声……

林静与她的小姐妹们都是车管所创建全国巾帼文明岗的团队成员。她们在这个岗位上工作,代表着宁波车管所的整体形象,同时也是宁波公安交警整体形象的一个组成部分,所以她们感到责任重大、使命光荣,时时刻刻留意自己,把最灿烂的笑容绽放,让人民群众感受到温暖的春风。

有人说林静是宁波车管所的形象大使,那就让我们通过这名形象大使去感受车管所服务窗口的细致入微,感受宁波车管人的爱民情怀。

林静长得典雅秀气,又透出江南女子的灵气,如同她的名字一样,文文静静。齐耳的短发,细圆的脸,化着淡淡的妆,她说,作为窗口的民警,向服务对象展示良好的形象,也是体现对人的尊重。她待人接物,恰到好处,让人感到信任和亲近,这是一种由内向外体现出的自然的亲近,一种由个人的道德情操和职业的责任感混合的流露。

林静2000年从警校毕业,分配到海曙交警大队,在宁波市最繁华的中山东路开明街执勤。她穿着合体的警服,佩戴着执勤的装备,英姿飒爽,成为那条大街上一道亮丽的风景。

林静把严格执法、文明执法和为民服务,有机地结合起来。有一次,70岁左右的曹阿姨吃力地翻越交通隔离栏,因落地不稳,脚崴了一下,显得有点儿蹒跚。林静本想去纠正她的交通违章,但当她看到曹阿姨受伤的样子,便伸出双手去搀扶她。曹阿姨看到林静走近,有点儿紧张,但林静却把她扶到路边,亲切地询问她有没有伤着。当确认曹阿姨并无大碍时,她才轻轻嘘了一口气,和风细雨地对曹阿姨进行了一番交通安全教育,然后对曹阿姨说,根据道路交通管理条例规定,行人翻越交通隔离设施要罚款。曹阿姨不仅没有责怪,反而连连称道。

从此曹阿姨成了林静的"粉丝",经常来看望林静,看她指挥交通,看她纠正违章,还好几次为她送来点心。因为她的文明执勤、文明管理、文明举止、警容姿态,她所在的岗位很快就受到大家的关注,她良好的文明执法形象也得到了社会的广泛认可。

林静把这一传统带到一个又一个新的岗位,把文明的传统弘扬光大。到了车管所工作后,她大部分时间都在窗口工作,树立窗口的服务形象,努力创建文明岗位,她所在的岗位多次荣获省市巾帼文明岗以及其他荣誉。从去年起,宁波车管所开展创建全国巾帼文明岗,林静建议把岗位的名字称为"37℃巾帼文明岗"。她说:"'37℃'是一个人生命的正常温度,是一个最让人舒适的温度,就像让来车管所办事的群众感受到最温馨的服务,体验一次完整的'放管服'和'最多跑一次'。"

大家对交警的感情来自于那首歌"我在马路边捡到一分钱,把它交到警察叔叔手里面",对交警有一种朴素的情感。我们从一进公安交警队伍开始,就会听到各级领导、前辈老交警的教导,他们会说,我们的形象不仅代表自己,更代表党和政府,代表法律,我们不仅要注重自己的仪表、执法的形象,而且还要树立起全心全意为人民服务的思想。

公安交警与公安派出所一样,是与人民群众接触最广泛的一个警种,时时刻刻与老百姓打交道,服务群众。一个人从出生起,就开始与派出所打交道;一个人从开始上路起,就开始与道路交通打交道。交通管理最直观的方法是交警的指挥和执法、交通信号灯、交通标志标线等,但交通管理的面还要广,车辆上牌、驾驶人的考试、交通事故的预防处理、交通安全的宣传教育等,都是交通管理的广义范畴,是交警的一项项具体工作。车管所涉及的这块就是车辆上牌、驾驶人考试以及相应的管理工作。

现代社会,随着人民生活水平的提高,学车、购车已经不再稀奇,所以,车管所与大家的关系十分密切。

学车、购车是每个人人生经历中的一件大事。许多人在进入成年后,就会考虑去学习驾驶技能。学会开车,已经成为当代国人的基本技能,就跟学会上网一样,这与二十世纪八十年代初学开车不一样。当时学开车,当驾驶员是一种职业,是为了养家糊口;现在的人学开车,是为了满足对美好的追求,是为了去更好地工作、更好地生活、更好地去追逐梦想。改革开放40年,人民生活水平有了极大的提高,学开车成了人们日常生活中的组成部分。

车管所是权力部门、热门岗位。以前在车管所工作的民警非常吃香,考试、办牌、车检,每一项几乎都能行使"权力"。近年来,宁波车管所从权力中剥离,让权力关在制度的"笼子"里,关在科技的"笼子"里,让权力不能肆意妄为,让制度的光辉照耀每一道程序。

其实在车管工作创新过程中,并不是一帆风顺,其中也充满着艰辛。宁波市公安局交通警察局副局长钱文军分管车管工作,他颇有感触:"车管工作在各种各样的挑战中发展,我们一定要不断地去探索管理之道,深化'放管服'改革,不断自我加压,主动迎接挑战!"

三

从我对车管所的办证大厅的叙述中,大家对宁波车管所的"放管服"改革和车管所的其他工作有了初步的印象,印象如何呢?

宁波交通事业发展的历程、宁波车管所发展的历程,也是我国改革开放40年发生翻天覆地变化的一个缩影。

"80后"、"90后"的读者可能没有领略过以前车管所的工作场景,让我请我的老同事、老战友卢雄来介绍一下。

卢雄是位老民警，在车管所连续工作 30 多年。1986 年 10 月国务院决定改革道路交通管理体制，由公安机关负责城乡道路交通的统一管理。卢雄原先属于交通监理部门，因管理工作需要，卢雄调到公安的车管所工作。

他说，当时，全市的车辆上牌、驾驶员考试、各种各样的手续都必须到车管所办理。那时宁波连接各地的还没有快速的交通网络，一些主干道还是简易的沙石公路。办一个车牌、考一个科目、办一次手续，就需要一天，甚至几天时间；一个驾驶员的转籍聘用，就要盖满四五个印章。

车管所每个窗口都排着长长的队伍，办证、办牌、过户转籍、考试报名、付费领证领牌等，都是单独的窗口，如果排错了队，又要重新排一次。特别是办理上牌手续，要带齐厚厚的一大沓资料，缺一不可，往往等你好不容易排到队，轮到你办手续时，因为遗漏了什么资料，或少了一些无关紧要的内容，就会被退回，需要重新补齐或补办，等办齐了这些手续，又得重新排队。

有人统计过，当时办一个机动车上牌手续，需要在车管所排四到五次队。那时的车管所是一个四层楼的房子，办事大厅不到 200 平方米，空间狭小，真可谓是"螺蛳壳里做道场"，拥挤程度跟菜市场一样，也跟菜市场一般嘈杂。即使工作人员的声音很大，窗外的人也不一定听清楚，窗外的人着急，窗内的工作人员也着急。那些办事人员忙于审核各种手续，也很少与大家作互动交流。那时还很少用电脑，办事流程以手工操作为主。

卢雄在车管所多个窗口工作过，上牌、办证、驾驶人理论考试、驾驶人场地考试、驾驶人路考，现在在车管所监管中心工作，对车管所的各种业务都比较熟悉。

往事历历在目，因为都是亲身经历、亲眼所见、亲耳所闻，卢雄谈得比较随心。

"以前驾驶人考试都是人工操作的，考生通过驾校报名，几天后考试科民警就会收到学员名单。当时就七八个考官，每天每人要监考 20 个左右的考生。"卢雄说，"虽然大家努力做到公平公正，但仍然会不时收到考生的投诉。2000 年起，驾驶人科目一考试启用无纸化考试，出题、改卷都由计算机完成；2010 年起，科目二、科目三考试也率先应用智能评判，这样就代替了人工评判，减少了误判的可能。"

现在，卢雄的工作地点由考场转移到了车管所监管中心，从每天拿着考评单坐在副驾驶座上看着考生一脸紧张地操控车辆，变成了通过音视频和数据分析来监管考试，考场上的任何风吹草动尽收眼底。"考生在考试过程中完全不用跟我们见面，通过了科目三安全文明常识考试还能当场领到驾驶证，这在以前是完全不敢想象的。"卢雄笑道，"更贴心的是，考生还可以根据自己的时间，通过网上平台预约考试时间。"

四

在车管所的办证大厅，我待了好长时间，听王珏昊和林静的介绍，目睹一个个办事群众忐忑而来，满意而去。

申请换领驾驶证，只在一个业务窗口出示自己的身份证件，并且没有填写任何表格材料，即可快速办理、立等可取，全程不超过5分钟；办理一辆进口汽车上牌手续，半个小时可以搞定。

"以前办进口汽车转入，要先向市环保部门提交资料，审核通过后才能到车管所登记上牌。现在一个窗口就能解决，真是太方便了。"市民黄先生从上海购买了一辆二手进口奥迪越野车，他到宁波车管所提交申请后，很快就办好了车辆转入手续。类似的业务如果放在十几年前，没有一两天是根本办不下来的，黄先生说："这种体验超乎想象！"

"由于机动车上牌要经过查验、登记两个不同环节，市民需要在两个窗口多次跑，颇为不便。"王珏昊说，为让群众享受到更优质的服务，宁波试点推出"交钥匙服务"，办理上牌的市民在相关车管窗口提交资料和车钥匙后，便可直接等候领取证件，中间所有环节的数据均实现内部流转，变"多窗跑"为"一窗跑"，还通过微信扫码取号，实时推送业务办理进程。

"没想到如今汽车上牌这么方便，时间省了一半以上，还能通过手机实时查询业务进程，很贴心。"顺利拿到行驶证后，市民陈文十分高兴。

宁波车管所积极落实公安部"放管服"20项改革措施、浙江省公安厅加快推进浙江政务服务网事项、宁波市公安局"最多跑一次"便民利民举措等工作要求。为了缩短办事时间，办理窗口将群众办理车管业务需要自行填写的 14 种表格，统一改由窗口打印，并实现了身份证明免复印、申请表格全过程免填写、部分申请材料免提交、车辆识别代号免拓印等"四个减免"。联通治安、出入境等警种以及环保、国税、保险等部门的数据，实行联网核查，真正实现"一证通办"，有效解决了群众办事"多头跑"的问题。

目前，宁波共梳理公布群众到交警部门办事事项 77 项，除 5 项法定事项外，其余 72 项全部实现"最多跑一次"，推出了车管业务"一窗通办"服务窗口 123 个，实行"审批申请统一受理、对外咨询统一答复"的集成服务，群众到任何一个窗口都能办事，真正实现了群众办事只进一扇门、只到一个窗、只排一次队，平均办事时间缩短了三分之二。群众办理驾驶证考试、满分学习等 4 项车驾管业务时，未能一次性提交全部资料的，允许先行办结，事后通过邮寄等方式补交，避免群众"往返跑"。

历史的影像倒回到 1983 年。那年，宁波市公安局挂牌成立"宁波市公安局车辆管理所"，车管所雏形初现。当初仅有 3 名民警，却承担着宁波市老三区所有车辆和驾驶人业务。1987 年，交通车辆监理部门正式将车辆和驾驶人管理职能全面划归至公安交警，车管所队伍逐渐"壮大"，24 名民警负责整个宁波地区的驾驶人培训、考试、审验教育和车辆上牌、检验等业务，宁波才有了真正意义上的车管所。

"尽管当时车辆和驾驶人不多，但车管业务服务点比较少，而且一个窗口只能办一件事，车管所总是人山人海，我们也始终努力让每一位群众满意而归。"曾经在宁波车管所工作 20 多年、即将退休的原车管所副教导员章伟大不无感慨地说。简单而质朴的话语，体现出的是历代宁波车管人一切"以人民为中心"的不变宗旨。

近十年来，宁波车管所先后承担了汽车驾驶人实际道路考试智能评判、机动车安全技术远程审验、小型客车驾驶人"自学直考"、小型非营运汽车检验监管智能审核、车管业务社会化专网建设应用、车辆购置税电子完税信息办理车辆登记等公安部、省公安厅的试点任务，并率先推行车辆和驾驶证档案影像化建设、车管业务全覆盖监管、机动车封闭式查验等举措，甘当改革创新急先锋。

2017 年以来，宁波车管类事项"一次办结"实现率、满意率分别达到 98.1%、99.05%，位列全省前茅。2018 年 6 月，全国深化公安交通管理

"放管服"改革现场推进会在宁波举行,宁波经验向全国推广。宁波车管所荣膺全国一等车辆管理所"九连冠",先后被公安部记集体一等功,并授予全国优秀公安基层单位荣誉称号。

五

科技创新是宁波交通管理的不竭动力,"互联网+"为宁波车管插上了腾飞的翅膀。

作为沿海开放城市,宁波有大量的外贸企业。小宋是外贸公司的一名白领,同欧洲客商做生意,工作十分忙碌,没有时间去补领遗失的驾驶证,也没有时间去交通违法处理窗口办理交通违法的处理。当小宋得知宁波交警能网上办理驾驶证补证和交通违法处理,就很快上网办好了补领驾驶证和交通违法的处理。

如今,群众为了汽车和驾驶证的事而"跑断腿"的现象彻底消失了,大家充分体验到了网上办理的便捷。小宋经常会对人说:"现在车管所便民服务做得特别到位,我工作时间请假不方便,通过走网上申请,车管所很快就把我遗失补领的驾驶证邮寄到家里,车管所为老百姓想得很周到,我非常满意!"

坚持把服务工作做大做强、做精做细,在方便群众的同时,能够为社会和群众节省一大笔开支,而且有利于道路资源的节约。

在宁波,有车一族都有这样的体验:不管是办理车管业务、处理车辆的交通违法,还是处理小事故,只要身上带着手机,不用跑交管窗口就可以轻松搞定。

这是宁波公安交警大力推进"互联网+交管服务"战略带来的巨大变革。随着科技信息应用技术的飞速进步,宁波公安交警在应用好公安部12123平台和浙江政务服务网的基础上,重点构建了阿拉警察APP、宁波交警微信公众号、支付宝服务窗、互联网门户网站四大平台,推进网上平台深度融合,使交管服务从"一次跑"升级到"零次跑"。

宁波交警部门在公安交警、行政服务、社区便民等窗口投放"自助车管办理机"、"车辆购置税自助缴纳机"、"交通违法自助处理缴款一体机"215台，在车管行政规费、交通违法缴款中更是在全省率先引入多家主流第三方支付平台，已成为群众的首选。

目前，宁波车管所已将车管业务最大限度下放到全市7个县级车管所和3个直属分所，仅保留重点机动车注册登记等5种法定需由市级部门办理的业务，推出机动车注册登记等"全城通办"事项69项。2017年以来，县级车管所办理的业务量达到283万笔，交警局车管所业务量减少近七成，群众办事平均出行距离大幅缩短，实实在在享受到了改革实惠。

2019年1月16日，我和车管所三分所所长石奇峰一起，来到宁波余姚车管所。余姚车管所所长朱权，正在车管所办事大厅巡视各窗口的情况。近年来，余姚车管所努力提高车管工作规范化建设，服务水平不断提高。去年6月，公安部在宁波召开公安交通管理"放管服"现场推进会，余姚车管所也有经验介绍。我们这天主要是去了解他们的"警医邮"工作情况。

在子陵路邮政营业部，市民小曹将身份证和旧的驾驶证交给邮局工作人员，并在指引下完成了量身高、测视力等一系列体检流程和信息采集。随后工作人员告诉小曹："我们会通过邮政快递，将新的驾驶证寄送到您家。"

余姚邮政局市场营销部主任兰亚向我们介绍了余姚"警医邮"的实施情况。她性情开朗，快人快语："'警医邮'是省公安厅交通管理局与省邮政局联合推出的一个便民项目，通过浙江邮政的网点，普惠广大的驾驶人，特别是农村地区的驾驶人。宁波余姚是浙江省实行'警医邮'比较早的地区，通过'警医邮'这种形式，大大地方便了群众办事。目前，我们邮政方面已经投入了很多物力、人力，虽然还没有什么经济利益，但我们的目的是方便群众、为人民服务。相信随着知道邮局有这一服务能力的群众越来越多，上门体验的驾驶人也会越来越多，到时也会有经济效益的产生。"

兰亚还是余姚市的政协委员，今年的政协会议上，她把在余姚政府有关部门借鉴"警医邮"的经验作为提案。

群众可以在邮政点办理交管业务，这种模式在过去是无法想象的。宁波交警大力推进"警医邮"一站式便民服务。以往办理驾驶证换领，群众须提交健康体验证明和近期照片，需要在医院、照相馆、车管所三地往返跑，一些偏远山区的群众为此花费一整天时间。现如今，宁波交警已联合邮政、医疗等部门，设立运作"警医邮"服务站41家、"警邮"服务站84家，极大方便了农村、山区、海岛等偏远地区群众就近办理车管业务。同时，还在全市汽车4S店、金融机构、市县两级法院、保险公司等设立社会化车管服务点近200个，群众平均办事距离减少五分之四。

据宁波市公安局交通警察局车管所所长吴元章介绍："如今，宁波车管所便民服务的能力进一步得到提升。我们使用专业设备，现场采集群众照片和体检材料，远程传输给医生审核，再流转到公安交管部门办理，几分钟就能走完换证办理程序。"

六

"流动服务车"是宁波车管所的一个响当当的服务品牌，创始于2009年。那些大大小小的由大巴车、中巴车改造的"车管所"，每天穿梭在宁波市的大街小巷、企业机关、农村海岛，为人民群众送去温暖带来方便。

"流动服务车"服务的内容也在逐渐增加，硬件设施也随着科学技术的进步在不断提高。

宁波车管所牌证科科长夏建武说："服务车起先因为受网络传输的影响，只能在有限的区域提供服务。""流动服务车"目前可受理补领机动车号牌、行驶证，机动车所有人联系方式变更备案，申领临时号牌，提交驾驶人身体条件证明，驾驶证补证、换证、联系方式变更，核发检验合格标志，驾驶人员体检、拍照以及交通违法处理、交通安全宣传、接受群众咨询投诉等多项业务。

现在，车管所的流动服务车还接入车管所的监管中心监管系统，功能更加健全，除了上牌、考证以外，基本上涵盖了大部分车管功能，成为名副其实的"微型车管所"。

车管所已制订了定期到各机关企事业单位、街道社区、商业广场等地开展"现场即办和无偿代办"业务的计划，让市民可在工作休息期间或外出散步、逛街购物途中办理一些车管业务。

夏建武说："我们的流动服务车还积极拓展服务范围，服务宁波市的经济建设，为大型项目、民生工程服务。"

2018年年末，宁波比亚迪汽车工业有限公司的350辆新能源汽车亟待上牌。根据国家相关政策，这批车须在2018年12月31日前完成上牌。而按照正常业务流程是根本无法在一周内完成的，且集中安排350辆新能源汽车前往指定地点，将给企业本身、沿线交通及业务点带来较大困扰。

得知这一情况后，宁波车管所迅速对业务总量需求进行了评估，当即调派两辆"流动车管所"赶赴位于奉化莼湖的比亚迪公司基地，上门为这些新能源公交车进行现场查验。车管所党员小分队的同志们对车辆的外观形状、安全装置等项目一丝不苟地逐辆进行查验确认。

为在最后期限前完成任务，车管所克服雨雪低温恶劣天气困扰，主动放弃元旦假期，通过提前到岗、延时下班、双休日加班等，以专业的职业素养和过硬的业务技能，使得整个查验程序高效运转。

宁波申洲织造有限公司是国内最大的针织企业之一，有五万多名员工，大部分是外地人。因为公司业务忙，每年要到农历十二月二十六才开始停工，公司统一组织数百辆大客车把数万外地职工送回老家。

为了保障参与春运的车辆安全，在之前的数天时间，宁波北仑车管所的"流动服务车"就开展上门服务，所长王炜、指导员金雪波亲自带头，为车辆进行安全检查，审核春运驾驶人资格，对驾驶人员进行安全教育，帮助办理安全许可。

金雪波的生日就在农历十二月二十七，她已经连续六年生日都是同一个内容：凌晨三点钟到岗，指挥数百辆大客车编队，指挥人员有序上车，然后再对车辆进行一遍安全检查，对驾驶人员做一番提醒。这些工作做好后，车队浩浩荡荡地驶离。

北仑车管所以"强化管理，优质服务，争创一流车管所"为目标，坚持更新理念，创新管理，改善服务，积极完善各项工作制度，规范车管业务，促使车管工作上台阶，已连续六年蝉联一等车管所，多次荣获全国公安机关优秀县级车管所称号。

吴元章说："'流动车管所'让人民群众感到贴心。目前，宁波市各地车管所已经推出10辆'流动服务车'，它们深入农村地区、居民社区、机关企业、商贸中心等人流集中区域以及偏远地区，上门办理驾驶人体检、换证和车辆查验、上牌等18项车管业务，被群众亲切地称为'家门口的车管所'。"

七

  如何放得开，管得住？这个问题一直都萦绕在施大年的脑间。作为宁波公安交警的第一责任人，施大年考虑的问题当然要复杂许多。他经常说，放得开是意识，管得住是本事，为人民服务是宗旨。放得开与管得住是成正比的一对统一体，虽然看似矛盾，但内涵是一致的。放得开，简化办事程序，让人民群众方便办事，少跑路，甚至不跑路，但那是建立在管得住的基础上的。如果公安交警没有能力守住交通安全的第一道防线，不仅违背了我们的初心，我们公安交警部门也愧对了人民赋予我们的权力，愧对党委政府对我们的信任。我们一切工作的目的就是为了满足人民对美好生活的追求，我们一切工作的出发点就是让社会更安全。

  这些天，施大年的眉头拧得特别紧，晚上思来想去。第二天一早，他把副局长钱文军和车管所所长吴元章叫到办公室，商讨如何加强监管，如何做强做实车驾管的监管和封闭式的查验岗位，充分发挥车驾管监管中心和查验岗位的作用。

  施大年说："公安部交管局领导、省公安厅交管局领导、市公安局领导多次强调加强监督管理的重要性，一定要把程序、安全、监管作为我们的生命，依法办、规范办，坚持放管并重、放管结合，业务延伸下放到哪里，监管就跟进到哪里，健全监督制度机制，加强智慧监管建设，加强信息系统安全保障，确保放而不乱，保证严格规范公正文明执法。"

  车管所的监管工作，这些年确实已经做了不少工作。2018年5月，在施大年的努力争取下，宁波车管所车驾管监管中心正科级的编制得以落实，成为浙江省内第一个正科级编制的车驾管监管中心，建立了支撑车驾管监管强大的制度体系、人员体系和科技体系。

  钱文军深有感触地点点头："用心、细心，才能放心。车管所的同志一定要提高责任心，提高危机意识、防范意识，任何一道程序，都不能有丝毫马虎。"他说的是大实话，当年钱文军任车管所所长时，经常对所里的同志讲这句话："用心、细心，才能放心。"这么短短的一句话，包含着深切的期许，也蕴含着深刻的哲理，把许许多多的道理都说得十分透彻，用心、细心、尽职尽责，才能让老百姓放心，才能让自己放心，才能让领导放心。

吴元章十分认同施大年和钱文军的说法。作为车管所所长，他深感使命光荣、责任重大。他说："做好、做实、做强车驾管监管中心是上级党委的重要部署，是我们车管所的一项重要工作。深化'放管服'改革，放得开，守得住。我们一定要恪尽职守，守土有责，常有危机意识，不断查漏补缺，不断查找和解决新的问题，加强对监管队伍的自我管理、自我约束，确保车管队伍的纯洁。"

施大年说："部局明确要求一等车管所要率先垂范，牢牢树立标兵意识，增强责任担当，争当改革先锋，率先将'放管服'改革新举措落实到位。宁波车管所已经连续九年获得一等车管所的称号，一定要以更高的标准来要求自己，服务要一流，监管也要达到一流，没有一流的监管，就没有一流的服务。"

监管中心的成立，是宁波车管所在深化"放管服"改革的一项创新举措，既要放得开，又要管得住。车管所作为车辆登记发牌和驾驶人考试的政府机构，承担着保障维护公共安全的重大责任，是交通安全的第一道防线，把不住这道防线，是一种严重的失职行为，是对人民群众的犯罪。

令人感到欣慰的是，宁波公安交警、宁波车管所为之一直都在努力，一直都在奔跑。

当我进入宁波车管所的监管中心，我面对的是一幅分割的电子大屏，这个大屏把许许多多的工作场景尽收眼底。许多民警和工作人员坐在大屏前，根据各自的工作分工和工作要求对各自的区域进行监管。

周新赟是车管所车驾管监管中心的主任，他给我介绍了监管工作的基本情况。他说："监管中心主要有这四块工作，驾驶人考试监管、驾驶证业务监管、机动车业务监管、窗口规范监管。"

监管中心强大的后台支撑，保证了监管水平的不断提升。

除了做好、做大、做强监管中心外，宁波车管所针对问题机动车的不法产业链深入剖析，积极打造机动车封闭式查验执法办案区域，创造良好执法环境，支持、保障查验人员依法行使职权，强化执法质量管控，加强对机动车查验环节的监督，完善责任追究制度，健全执法过错纠正和责任追究程序，实行质量终身负责制和责任倒查问责制。

封闭式机动车查验区是指专门用于办理机动车业务时对机动车进行查验的相对隔离封闭式工作区域，是公安交通管理部门的执法场所。机动车查验工作是确定机动车唯一性的重要环节。

封闭式查验区与当事人形成物理、空间隔绝，防止查验员受外界干扰，造成不必要的工作疏忽，同时杜绝了人情车、关系车的不安定因素。真正实现公平、公正、规范、有序的查验工作制度。

这一切，都是为了让人民满意，让人民放心。

心存梦想，超越梦想，是一个人、一个群体、一个社会不断进取的不息动力。心系人民、想人民所想、急人民所急，把人民群众的满意作为我们工作的出发点和目的，我们就觉得责任重大、使命光荣。只有这样，才能不断超越自己，超越现在，超越未来。

超越，为了让人民满意……

"猎狐"攻略

——深圳市公安局经侦支队打击经济领域犯罪活动纪实

易买生

深圳福田区范奶奶一大早接了个电话。

"范奶奶！您老投在'投之家'的钱全没了，老板早就卷了钱，逃到国外去了。"

范奶奶不敢相信自己的耳朵，她慌忙地向几个知情人打了电话，消息被证实。

范奶奶走在街上，感觉天地在打晃。

73岁的范奶奶同老伴儿相依为命，去年，老伴儿中了风，虽被抢救了过来，但半身已是瘫了。范奶奶平生积蓄的4万元钱，是二老的棺材本，平时一分钱当三分钱花，听说把钱存在"投之家"，可多得利息，她便把钱一分不留投了进去。

人说七十三八十四，阎王不收自己去，看来这是阎王要收自己的节奏。范奶奶到菜市场买了一包毒鼠强，已是作好了同老伴儿一起走的准备。

回家前，范奶奶明知报案管不了用，钱是追不回来了，还是踏进了深圳市经侦支队。

接待范奶奶的是经侦支队一大队大队长龙浩。

龙浩见到范奶奶的第一眼，就被老奶奶的眼神吓住了，他平生第一次见到这样的眼神：绝望、哀怒、悲伤……龙浩直到今天，还记得这个眼神。

"奶奶，我想看看您手机的信息……"

范奶奶一双发抖的枯柴般的手，把手机递了过来，这是一个早已淘汰的老旧机，按键上的阿拉伯数字几乎已被磨光，成了一层包浆。这种手机，丢在马路上，都不会有人看它一眼。

龙浩一阵心酸袭来，正是血气方刚的年龄，他咬了咬牙，对老奶奶说："奶奶，您放心，这个骗子，我就是找到天涯海角，也会把他抓回来，把您的钱追回来！"

龙浩没有想到的是，他这一句话，把老奶奶两口子从阎王面前拉了回来。

他更没有想到，他和他的团队，从此走上了一条艰辛的"猎狐"之路。

一、异国猎狐记（上）

2018年10月10日，龙浩同侦查员黄生辉、陈东栋、田剑四人乘坐的南航国际航班，准点降落在柬埔寨金边国际机场。

龙浩四人此次的任务，是抓捕在柬埔寨的深圳"投之家"金融信息服务有限公司的头目"安哥"季某忠等四个公司负责人。

三个月前，深圳市政府门前突然聚集数千人，称深圳"投之家"金融信息服务有限公司突然停止兑付到期借款，办公室已人去楼空，涉及金额30多亿元的两万多名受害者呼天抢地，绝望地向政府求助。经查，公司几名头目已携款潜逃到早已在柬埔寨备好的豪宅里享清福去了。

龙浩等人出机场的那一刻，心情并不轻松，他们身负的是公安部和广东省公安厅经侦局领导"千方百计、想方设法把犯罪分子带回国内绳之以法"的期待，压力很大。四人还是第一次出国，一切都是陌生的，不免有些紧张。但想到柬埔寨与我国有引渡条约，何况他们已查明，这几个头目都住在柬埔寨的第二大城市西哈努克港，当地人称西港，这是西哈努克的家乡，这地方的人应该对中国有好感，只要当地警察配合，抓捕引渡这几个人应该没有问题。龙浩还计划任务完成后，要在西港好好玩一天，享受享受那里美丽海港、细沙碧水、静谧独异的风光。

然而，在与我驻柬使馆人员及公安部驻柬人员对接后，四人才知道，当初的愿望只不过是在做一个美梦罢了。

柬方的警察分治安警和移民警，治安警管街头，移民警管室内，两家互不搭界。治安警称，你要到室内抓人，找移民局；你要在街头抓人，得把人找到才行。移民局称,你要在路上抓人,找治安局;你要在房间里抓人,你得知道房间里有你要抓的人。两个单位唯一相同的交叉点就是不负责替你找人。

公安部驻柬人员提醒,安哥在柬居住近十年,与移民警交往很深,在没有找到人之前,最好不要惊动移民局,担心有人通风报信,人先溜了。同时,在西港,安哥手中有武器,在当地有一股势力,爪牙耳目众多,一旦你们的身份暴露,他便会溜之大吉。

龙浩四人心里凉了半截。他们当夜便租了车,前往西港。

一路上,四人迅速与支队情报大队联系,搜寻安哥等四人在西港的相关信息。深圳经侦支队情报大队也不是吃素的,很快回复:安哥曾在微信里晒过一张显摆他的路虎车的照片;女头目号称茹姐的,也有一张在西港的照片,照片背景是一面写着中国汉字"重庆地瓜老火锅"的广告牌;另一个头目阿俊,有自称住在"自由女神"的信息;还有一个头目叫阿忠,没有获取到相关信息。

既然如此,那就通过找路虎车找安哥,通过找广告牌找茹姐,通过找"自由女神"找阿俊,至于阿忠,只能看运气了。既然西港遍布安哥的马仔,龙浩四人的身份便成了到西港投资经商的"买地党"。

西港连日阴雨绵绵,四人好不容易找了家旅馆,一打听价格,180美金一天,我的天!赶忙走人,找了三四家,才找了家能住得下的,88美金一天,档次与在深圳的80元一天的小旅店相差无几。

安顿好住宿,四人便当即商定次日找人方案。方案定完,已是饥肠辘辘。四人出去找吃的,找了一家饭店,是梅州人开的,四人一阵兴奋。既然是"自家人",大家顾不得许多,吞着哈喇子,看了就点,点了四道"大菜":一盘烤鱼,一盘客家酿豆腐,一盘炒鸡蛋,还有一道蔬菜沙拉。听说店里的三鲜饺子好吃,一气儿点了三盘。

酒足饭饱,管钱的田剑打了个饱嗝,问老板:"多少钱?"

"780元,先生!"

"不贵,不贵!没想到,您这里还收人民币。"

"我这里只收美元,不收人民币,先生!"

"美、美元? 780美元?"田剑差点儿把吃下的东西吐出来。

一顿饭吃掉了四人几天的补贴，剩下的日子里，四人只好以康师傅充饥了。

找人！找人！

偏偏这里天天暴雨不停，西港原来也是一片远离闹市喧嚣的旅游胜地，只是这两年，柬政府受中国深圳的刺激，也号称要把西港建设成柬埔寨的深圳。于是，大批外商涌入，房地产商蜂拥而至，大多数还是华人，到这里大兴土木。一座城市，雨天便成了一摊烂泥，垃圾遍地，苍蝇能飞到人嘴里。投资老板多了，带动物价飞涨，便有一些人对华人恼怒起来。飞车党坐地而起，专门抢劫华人。

四人脚穿拖鞋，身着雨衣，两人一组，兵分两路，一组龙浩、田剑往东，一组生辉、东栋往西。走了一天，哪有几个信息点的影子？

生辉与东栋一组穿过一个小巷子，没想到巷子似乎走不到尽头，听身后有突突的摩托车声响。二人刚一回头，就见第一辆摩托车从俩人身边擦身而过，坐在第二辆摩托车后面的黑大汉伸手就来抢生辉的包。生辉是特种部队出身，身手还在，一手护住包，一手一个右勾拳抢过去，那黑大汉身子往后一闪躲过，抢包没有得手，两辆摩托车又突突往前开走了。东栋看到，那黑大汉还恶狠狠地用一只手指了指他俩，也不知说了句什么。

"这帮家伙会不会再纠集人来堵我们？"东栋预感不妙。

生辉往前后看了看，这巷子又深又窄，两边没有出路，要是这帮家伙不善罢甘休，纠集人两头一堵，怕是凶多吉少。

"怕什么，大不了鱼死网破。"

东栋看了看，前面有一棵树，树不大，却很高，树旁的民宅却不高，只有两层楼，便说道："不如我们爬树上房顶吧？"

生辉还在犹豫，东栋说道："不要忘记我们的任务，多一事不如少一事。"

俩人便爬上树，蹿上屋顶，生辉感觉到从未有过的狼狈。

果然，不到半刻工夫，又见那两辆摩托车呼啸着开了回来，此时只见两辆摩托车后排坐着的人一人手里拎了一把八十公分长的大砍刀，在巷子里转了两个来回，没有找到人，悻悻地走了。

回到旅馆，四人一身都是泥水，双脚像是灌了铅，简单洗漱后，倒头就睡。睡到半夜，众人又都醒了，是被一阵阵拍打蚊子的巴掌声吵醒的，开灯一看，四人的手掌上全是血，一屋子全是拍蚊子的血腥味。

"这里连蚊子都这么冷血，连个声音都没有！"

睡不着了，龙浩说："这样下去不行，明天，得租一辆车才行。"

田剑摇了摇头："我问过了，一辆面包车一天200美金。"

"那就租嘟嘟车吧，总比这'11号'强。"

嘟嘟车就是一种两轮摩托车，四人租了两辆分头找。转了两天，人没找着，龙浩、田剑一组被警察当飞车党抓了。好在这个国家有收小费的传统，这种小费，上至官员警察，下至平民百姓，都可以收，多少不论，警察只要收了小费，便会认真地给你办事。龙浩二话不说，向盘查的警察递过去两张美元大钞和护照，一切搞定，警察连他们在车上的物品都没有查，便挥手放行。

田剑心有余悸："幸亏没有查物品，要是发现这些侦探器材，会怀疑我们是间谍，我们岂不百口莫辩！"

暴雨连下了四天，四人每次一身泥水回来，换洗的衣服三天也干不了，每次洗了澡，没有干的内衣短裤换，只好光着身子钻进被窝儿里。

第四天，天晴了，终于传来喜讯，茹姐的公寓找到了。

生辉俩人先是找到了"重庆地瓜老火锅"的广告牌，便在附近四处查找。这附近只有一幢大楼是住宅，叫西港99公寓。这是一幢西式四层开放式公寓楼，每套房间门前有开放式走廊相连，外面可看到每个房间的房门。

茹姐晒的照片背景只能表明她在这里吃过火锅或在这里出现过，并不能确定她就在这公寓住宿。即便是她住在这里，这每层楼有十几个住户，如何去找？

生辉有办法。

大楼门前有个邮箱，每天都有一个邮差收送邮件。生辉给了邮差小费，可以让龙浩每天查看大楼收寄的邮件。第二天，便查到了，是邮寄的一个化妆品，邮单上赫然写着西港99公寓407号曹某茹小姐收！

接着，便是蹲坑监视了。在其他三人没有找到前，不能让她失控。

公寓407号房的门，虽然从外面能看得到，但环顾对面的建筑，除了一个KTV歌厅外，没有其他可蹲坑的建筑物。

西港的 KTV 歌厅，说是歌厅，其实就是一个红灯区。这是一座三层楼的建筑，里面的房间是一个个供客人玩乐的小卧室，从小卧室的窗户，可以盯死 407 号门。看来，只有租下这里的一个包间了。

"你们要租一间房好几天？你们要干什么？"歌厅老板娘会讲一口流利的普通话，警惕性还蛮高。

"不干什么，只是玩玩，玩玩。"生辉说完，搂了搂一旁田剑的腰，还亲昵地在田剑脸上亲了一口，向老板娘飞了飞眼。

老板娘一脸作呕的表情，挥了挥手："这样的话，我这价格可不低！"

"价格好说，好说！"

生辉便与田剑在选好的房间蹲了下来。

第二天，龙浩便接到田剑的电话："老大，这选的是什么鬼地方啊！这活儿我干不了，换人吧！"

"你怎么了？"

"你来住一夜，看你受得了受不了？"

龙浩明白，那房间墙壁是木板房，不隔音，隔壁两边房间自然会常有妓女嫖客光顾，一个晚上，那种声音肯定少不了。

龙浩哭笑不得："多备些纸巾塞住耳朵就是了。"

"你来塞给我看看，塞得我的头一个晚上都是嗡嗡的！"

"瞧你那点儿出息！"

二、异国猎狐记（下）

龙浩、东栋俩人继续找人。

现在，找的是在"自由女神"的阿俊了。

"自由女神"是什么名堂，他们不知道，打听了半天，才晓得那是一套别墅群的名称。

到了别墅群一看，我的天！几十幢别墅错落有致地分布在一座山腰处。

靠查邮箱这一套也不灵了，这里的邮寄方式是一幢一幢房屋投递，每幢楼都设有邮箱。

整个别墅群有四个大门出入，而现在龙浩他们只有两个人。

看来只有在大门保安身上打主意了。龙浩的主意是，把田剑抽出来，三人各蹲守一道门，再花钱收买另一道门的保安。

"这样好是好，只是担心要是这保安是安哥的耳目，岂不弄巧成拙！"

"不怕，先探探口气就晓得了。如果排除不是安哥的耳目，这里的人只要收了小费，干活儿比我们还来劲。"

二人转了一天，又渴又饿，浑身被日头烤得透湿，商量定了，便想找个清凉的小吃店，喝口冰水吃碗面。路过一家酒店门口，东栋眼毒，只是向店内瞄了一眼，便忙拉了拉龙浩："你看，我怎么觉得那个人像阿俊？"

龙浩一看，饭桌上坐着一个人，是侧背对着门口，正在与坐在对面的人说话，看背面有点儿像。俩人便进了饭店，找了旁边的桌子坐下。

"先生，请问要来点儿什么？"服务员认得出华人，便用普通话问候。

声音惊动那人，回头看了龙浩一眼，就这一眼，让龙浩激动得心都要跳出来：这人正是阿俊！

真是老天有眼！

人找到了，但是不能惊动，东栋便承担起盯阿俊的任务。龙浩把田剑抽出来，同他一道找安哥。

找了两天，生辉来电："茹姐三天没见动静，连平时晒在走廊上的内衣裤都不见了，是不是出走了？"

龙浩一惊："你连个娘儿们都看不住，是不是被那声音迷昏了头了？"

"天地良心，我每天起得比鸡早比狗睡得晚，我的视线就没有离开过那扇房门！"

"难道是个宅女？"

"要是宅女就好了！"

煮熟的鸭子，可不能让飞了，这事大意不得。龙浩只好赶来核查。

龙浩费了九牛二虎之力，好不容易找到公寓的房主。

"我们想在这里租四套房，一年期的。"龙浩已暗地打听到该公寓还有两套房没有出租。

"先生，这里只剩下两套空闲房！"

"要不，三套也行。"

"对不起，只剩两套了。"

"不会吧？这两天搬走的算不算？"

"是谁这两天搬了，我怎么不知道？"

"是谁我不知道，好像是 407 房的人。"

"407 房？怎么可能？她搬来还没多久呢，说是长租的。"

房主一面说着，一面找来电话本，拨打 407 房间电话，龙浩记住了电话号码，电话通了，一个女声传来："喂——"

房主正要问话，就被龙浩把电话按住了，连连点头："好了好了，是我弄错了！抱歉抱歉！"

路虎车可不好找。西港虽不大，但加上外来人，也有三四十万人。路虎车也不少，找了一辆，守了大半天，来开车的人却不是安哥。

三天过去了，没有收获。

刚来的时候是连日的阴雨，大家盼天晴，可连日的晴天，那太阳确实毒辣，龙浩同东栋被晒得已成了非洲人，脖子上、手臂上被烤得表皮脱落，脱落后露出浅色肉皮，加上被蚊虫叮咬过的密密麻麻的红点，远远看去，就像是一幅地图。地面上原来是泥水，几天太阳一烤，又变成了厚厚一层尘灰，俩人走在路面上，常常被迎来过往的车辆扬起的扑面而来的尘土掩没。

"早知这样，还不如下雨天！"田剑叹息道。

于是，街面上天天出现这么俩人，头戴草帽，脸上是墨镜和口罩，骑着一辆嘟嘟车，在大街小巷窜来窜去。

五天过去了，找到了十来辆路虎车，可哪有安哥的踪影？

"这样找下去不行！这样的大枭，可能不只有一辆车，要是平时不开这车出门，我们这样守株待兔，恐怕一个月也未必能找到！"

得另想办法了。

龙浩想，既然已看住俩人，这俩人是安哥的手下，而且还有茹姐房间的电话，何不与茹姐沟通，让茹姐在毫不怀疑的情况下透露出安哥的相关信息？

"这样当然好，只是太冒险，要是被识破，前功尽弃。"

龙浩咬了咬牙："没有别的法子了，冒险也要试试，我们好好研究个方案。"

俩人研究了大半夜，与茹姐对话的剧本出来了。

然而，还没有等方案实施，一个意想不到的消息传来。公安部传来信息，安哥牵涉到杭州的另一起非法集资大案，杭州市公安局民警也到了西港，抓捕的四个犯罪嫌疑人，其中就包括安哥。此时，深圳经侦支队情报处带来一个令龙浩惊喜的消息，他们弄到了安哥在西港的手机号！

真是应了一句话：踏破铁鞋无觅处，得来全不费工夫！

手机一定位，好家伙！这是一座深藏在山沟里的别墅，三面环山，别墅门前只有一个几公里长的车道直通山外。

守门的保安口气挺大："我们老板说了，没有他的同意，任何人不得进入。"

龙浩知道，在这个国家，治安警是无权进入室内抓人的，就是中央移民局要入室抓人，还必须征得当地移民局同意才行。

应杭州警方要求，在杭州警方没有抓到其他嫌犯之前，先不必动安哥，这让龙浩有充足的时间制订引蛇出洞的方案。

在杭州警方锁定要抓的三名嫌犯时，已过去了五天。现在，两地警方可以同时收网了。

按照方案，先将安哥引蛇出洞，抓捕后，即向其他要抓捕的人员发出中国公安要来西港抓人的信息，引嫌犯出逃时，在家门口擒获。一切似乎天衣无缝。

在收网行动前四个小时，意外出现了：安哥的定位信息显示，他已离开原住地，向东南方向移动！

东南方向，正是机场方向。是这家伙知道风声出逃了？

深圳、杭州警方的人面面相觑。

龙浩忙同各蹲坑点的人查询动态，各组回答：没有动静。

"不会的，不会的！我们的计划不可能泄露！如果泄露了，安哥不可能不通知其他人出逃。一定有其他原因！"龙浩等人一面驱车追赶，一面安慰自己。

众人还未到机场，却见安哥继续向机场以东方向移动。

"这家伙搞什么名堂？"

众人只得跟随，翻过一座山，山下一片银沙碧水的美丽海滩展现在众人眼前，看那安哥，正躺在海滩上悠闲地享受着日光浴，身后停的车，正是他的路虎。

此时不抓，更待何时！

正在此时，东栋来电话了："阿俊出家门了，怎么办？"

"都什么时候了，还能让他出门？抓！"龙浩下达命令。

"他如果要打电话通风报信，就让他打好了，正好引蛇出洞。"

龙浩收起电话，同众人不慌不忙地迎了上去，靠近安哥时，安哥正好接一个来电，原来正是阿俊气急败坏的声音："大哥不好了，中国公安来抓人了！快快快走呀！"

安哥正要回话，被抢上一步的龙浩抢过了手机，其他人迅速控制了安哥的双手。

从另一辆车里出来一个人，一面冲过来一面大吼："你们什么人，敢动我大哥！"

龙浩一看，不禁喜出望外，这人正是阿忠！

龙浩冷笑着对安哥说："你被抓了，你的那些兄弟，总要通知他们一下吧，是你来通知呢还是我来通知？"

安哥却不慌不忙，抬头哼了哼："你们不要得意得太早，你抓我容易，想押送我回国，你们休想！你们等着瞧！"

龙浩笑了笑，在安哥的手机上向群里几个兄弟发信息："中国公安已到西港，速到机场集合！"

10月22日，深圳、杭州警方锁定的七名嫌疑人全部落网。

众人押人到了金边，将人移送移民局，等待遣返。

生辉说："龙队，这下可以吃顿大餐了吧，这半个月的康师傅吃得都想吐了。"

"好！正好摆桌酒，请杭州的兄弟们欢庆欢庆！"

众人吃喝个痛快，然而，他们高兴得太早了！

其实龙浩听了安哥的话后，也有预感，在将嫌犯移送至移民局后，见移民局并没有将嫌犯押送到拘押场所，而是安排在一家别墅区内，就感觉有些不对头。果然，过了三天，移民局才回话："嫌犯遣返证据不足，需要重新审查！"

"难道这家伙真与移民局高官有勾结？"龙浩慌了，一面在别墅周围布控守点，看住这伙人，别又让他们跑了；一面报公安部，由公安部协调我驻柬使馆向柬政府施压。

五天过去了，没有动静。

十天过去了，还是没有动静。

这是龙浩等人在高度焦虑中度日如年的日子。

第十五天，还是没有消息。

龙浩病了，发高烧，说胡话。

在采访龙浩时，龙浩叹息道："你不会理解，为了抓到人，再大的难题难不倒我，再大的困难也难不倒我。可是在那个时候，我们有劲使不上，有劲没处使！那些天，哪个不心急上火！想想我们费了多大的劲抓了人，嫌犯却带不回，眼睁睁地看到他们将诈骗百姓的血汗钱在那里挥霍享受，逍遥法外。我怎么回去面对那两万多双盼望的眼神！我不甘心，死也不甘心！我当时有一种冲动，实在不行，我就闯入那幢别墅，与他们同归于尽，让我的血肉之躯来偿还两万人的心血和眼泪……"

第十八天，终于有消息了，柬内政部批准了移民局对安哥等七人的遣返申请。

回国的民航班机在蓝天上翱翔，龙浩终于看到了祖国蔚蓝如镜的南海和碧绿似墨的海南。

祖国！我们终于回来了！

龙浩情不自禁道："我们唱首歌吧，《我爱你中国》！"

众人轻声唱了起来：

我爱你中国，

我爱你中国，

我爱你春天蓬勃的秧苗

我爱你秋日金黄的硕果

……

只唱了这几句，四人的声音就哽咽了，四人的眼里，都闪出了泪花。

三、打开了潘多拉魔盒

深圳经侦支队的五大队以"闪电行动"闻名，几年下来，对诸如非法传销、地下钱庄等开展了一连串的"闪电一"、"闪电二"到"闪电五"的系列行动，战果辉煌，闻名遐迩。在深圳经侦支队，像"闪电"系列行动只是公安部年度十大经济案件之一，还有如"海浪号"系列、"海啸号"系列、"会战号"系列、"飓风"系列等公安部年度十大经济案件，案值都是过百亿，这些都是深圳经侦支队办的。提到这些案件，不得不说到六大队的侦查员王强，这是一位令虚开增值税和骗取出口退税犯罪集团胆寒的"克星"。

说到虚开增值税发票，不少人也许不明就里。打个比方吧，几千万元的人民币堆在你面前，应该像座小山吧，这一堆钱，拿几张税值相当的增值税发票就可提走。

面对一笔笔大数额的增值税专用发票，税务人员自然是要查清来历的。于是，犯罪团伙便对发票的来历设置一道道防火墙，发票通过非法中介，或自己在全国各地组织的空壳公司中中转，或到一些煤炭、矿区等实体企业进行"洗票"。你不是要查吗？好！发票的来处多了，第一站是北京，再就是昆明、上海、郑州，再到山西，最后到了煤矿，税务人员跨省异地办案，是要走复杂程序的，特别是省级层面，有很多沟通阻碍，时间就拖得更久。本来就困难重重，办案经费有限不说，等查到煤矿等矿产，那些矿产都是些私人老板的，挖矿虽是像挖石块一样，可拉出来便是钱，一天数十万的买卖，发票能正规吗？查到头儿来，还是一笔糊涂账，谁搞得清？就是查清了，一年半载过去了，人家早就赚得盆满钵满，携款到国外挥霍去了。

三年一个亿，胜过印钞机！

比起贩毒来，干虚开行业的风险小多了，至少抓起来不会杀头。

于是，近年来，这些犯罪团伙迅速蔓延，深圳这块资金流异常活跃的黄金宝地，自然成了"沃土"。

虚开增值税专用发票，首先要注册空壳公司，注册公司是要有身份证的，王强便从公司注册查起。

在深圳，每年注册公司有五六十万家，王强等通过虚开案件线索从中筛选、核查、核查、筛选，选出了十几家空壳公司，查注册人身份证，全是在一家建筑工地的农民工。

"是谁让你们去注册公司的?"

"我们哪里要去注册什么公司？有一个老板，说是借我们的身份证用两天，借一天给两百元钱，这个钱，哪个不想嫌!"几个农民工抢着答。

"你们就不怕这身份证回不来，或者利用你的身份骗走你的钱，或是去干违法犯罪的事?"

一个黑黄牙齿的人嘿嘿笑着说："回不来就回不来，大不了再花二十元钱补办一张，我们这些人，穷人一个，贱命一条，那证能当个屁用!"

王强哭笑不得："你们总记得那老板姓什么叫什么长什么样子吧?"

姓什么叫什么，没有人知道。王强明白，就是知道姓名，也不会是真的，长相样子倒造不了假，知道是个身高一米七左右的瘦高个子，通过几个民工的描述，王强画出了模拟像。

回来一比对，出来了几百个长相相似的人，王强拿出来找农民工一个个辨认，终于找到了，是一个送盒饭的姓蔡的河南小伙子。

"我是在网上认识他的，他让我找些身份证来，借用一下，每张证三四百元钱，我常常给民工送饭，所以在网上应了他。"蔡某说。

"那人姓什么叫什么？长什么样子?"

"他在网上有个昵称，叫什么'无耳朵老鼠'，长什么样子看不出来，他约我见面的地方很偏僻，骑黑色电摩，戴着蓝色头盔，又是晚上，大半个脸都看不见，只能看到嘴下部的地方，个子不高，可能不到一米六，穿着灰色夹克。"

既然在网上有痕迹，就找 IP 地址。

地址找到了，却发现这个地址飘移不定。定位跟踪了两天，发现每天早晚在甲乙两地着陆较多。

到实地一查，王强头疼了，甲地是一个人员密集的商业区，乙地也是一处人员密集的居民住宅区。

既然这人每天在甲乙两地穿梭，必然要经过两地之间必走的有红绿灯的道路，这道路装有交通监视视频，王强只得在这个视频中找突破口了。

他要在这上下班高峰期的视频中找一个每天早晚骑着黑色电摩、戴蓝色头盔、一米六左右的男子。

王强就蹲在狭小的空间看视频,一看看了四十多个小时,双眼都快看瞎了。通过汇总八天的信息,嫌疑人被锁定了。

跟踪发现,这个张某,是饶平人!

王强热血沸腾!他知道,饶平这个地方可不简单,目前全国干虚开骗税的,都与饶平人脱不了干系。这是一个亲属或老乡关系或地域关系很强的犯罪集团,联系紧密,信息共享,一有风吹草动,会立即毁灭证据,作鸟兽散。

张某既然是饶平人,一定就是圈子里的人,王强不能惊动他,但要想个法子接近他,在其毫不知情的情况下获取其电脑或手机里的圈子人员信息。

于是在某一天,在张某上下班的路上,发生了一起小小的撞车事故。王强开着一辆身后坐着"妻子"的电摩,撞上了张某的电摩。当时,王强"接了一个电话",车速又快,当张某的电摩从对面过来时,王强躲避不及,两车相撞。王强自己受伤了,左腿划出了两道血印;张某也是左腿撞伤,痛得龇牙咧嘴。

"妻子"自然是先对王强一顿臭骂,然后便上前去安慰张某:"您要紧吗?要不报警吧?"

"不不不,不报警!"

这是王强预料到的。

"我送您去医院查查吧?"

张某痛苦地摇着头。

"还是去查查吧,只要医院开了鉴定,我也放心不是!不要到时候你又出现这痛那病,懒到我头上,我可负担不起。"半劝半拉,送到医院。

医生查看完,对张某说道:"先拍个片子吧。"

拍片子是不能带手机的,手机放到了外面。只几分钟时间,手机内的所有信息就全部被"妻子"导入到王强的笔记本电脑中。

查看手机内的信息,手机内有个名叫"恒顺公司"的微信群,群内有122人。看群内信息,王强咚咚直跳的心简直快要蹦出来,他无法用语言来形容,不知是自己打开了潘多拉魔盒,还是打开了阿里巴巴的宝库。

群内有对话有文字,也有语音,用的全是潮汕话。

通过 IP 地址发现，该群内的人在全国 26 个地区有活动轨迹，深圳、沈阳、上海、北京等地都有分布。不用说，这批团伙的所有人，全在这个群内！

四、踩点，还是踩点

经侦办案与刑侦最大的不同，就是刑侦犯罪团伙相对比较集中，发现即可抓捕。侦经不同，122 人，只要有一个人没有摸到位，就不能动手，因为你不知道这个人是不是头目或关键人物，或者他是否随时会有通风报信的可能，会让你的收网行动功亏一篑。王强有过教训。到了一个片区去摸人，还不能让当地辖区的派出所出面，倒不是对派出所不信任，而是犯罪团伙在一个地方待久了，派出所就那么几个人，派出所民警不认得他们，他们却早已对派出所的每个民警都了然于胸，民警一出派出所的门，就会惊动他们。还有各社区的大门保安，也弄不清是不是他们安插的内线。一句话，一切都得靠自己想法子。

通过技术定位，遍布全国的 26 个点的大致地域有了，具体在哪个房间不晓得，得一个个去摸。

从此，王强便开始了长达四个月的踩点工作。

郑州的这个点，定在一片密集的居民区内。

王强以要购房为由，找到房产中介，弄清了各幢楼内的面积和结构布局。王强判断，这个组织少说也有五六个人，要集中办公，只会要一套套内面积最大的，最大的套房楼正好面对湖边，该楼一面靠湖的东墙全是窗户，王强便在对面选了一间房蹲坑，每天数各个窗户的灯光。

数房间灯光干什么？

这幢楼是用来住人的，不是用来办公的。只有干见不得人的事的公司才在这里办公。既然是用来办公的，房间里就放不下床了，他们白天关门办公，晚上就会回各自宿舍休息，房间就不会有人，也就不会亮灯。

王强每到晚上 7 时至 11 时之间，便数哪些房间亮灯、哪些不亮灯。

数了几天，有十来间房晚上没有亮过灯。

没有亮过灯的房间不等于就是犯罪组织的办公室，有没有住人的，也有一家人不在这里住的,或外出旅游了,甚至是购来炒的。于是,王强便找了一家维修家电的师傅,到这几家没有亮灯的房门前投放维修家电的广告名片。

在门前放广告名片也有讲究,要插在门钥匙把手旁的门缝中,让开门的人一眼便看见取了或开门时就会掉在地上。而且还要插牢固,不要被旁边的开关门声震掉了。

第一天放了名片,第二天来看,不亮灯的房间里,正好只有一间房的名片被人取了。

房间是定了,但还不能锁定里面是些什么人。

过了一天,王强便成了电工,大白天将这层楼的电拉了闸。这层楼白天的人都上班了,即使家里有人,应该也只有老人或保姆带孩子在家。家里断了电,老人保姆不着急,反应慢,不会急急忙忙出来找原因,可是在这层楼里办公的人肯定得急红了眼,想想看,电脑正在工作呢,一断了电,数据没有保存下来,还不气急败坏!很快,房里便冲出两个人来,看到正站在强电间操作的电工拉的闸,一口潮汕话便骂了出来:"我屌你老母!干吗关我们的电!"

"对不起对不起!我以为这大白天房间没有人,换个保险丝!"王强一脸歉意。

在沈阳的这个点,可就麻烦些,定位显示的是一个人多繁忙的商业城。

这个商业城建筑面积相当于一个足球场大,有八层的商业楼,容纳100多家店铺和公司,衣食住,吃喝玩,什么都有,每天在这里办公的、购物的、吃饭的、看电影的、玩游戏的,男女老少,乌泱乌泱的,有数十万人。

大隐隐于市,这帮家伙懂。

如何找?王强没有其他捷径,只有一层楼一层楼一家一家逐个找。

不管什么人,总要吃饭的,除了开酒楼饭店,一般工作午餐,大都是吃快餐解决。

王强在附近找了一家叫"我挑食"的快餐店,正好饿了,点了两道菜一份饭开吃。开快餐店的是位风韵犹存的老板娘。

"生意好做吗?"

"好个嘛!原先还行,现在你看看,这巴掌大个地方,一下子冒出了几十家快餐店！"

"这么大个商业楼，要吃饭的人也不少。"

"现在的年轻人，那嘴可刁哩，饭菜不上口，专挑怪里怪气的脏东西吃。"

"我来给你上门推销，如何？"

老板娘疑惑地看了看王强："你是干吗的？你怎么个推销法？"

王强笑了笑："你不要管我是干什么的，反正我就去这商业楼一家一家去推销，推销成了，以订单算，按劳计酬，如何？"

老板娘当然求之不得，忙笑呵呵地亲自上前泡上茶来："兄弟！兄弟！看来肯定是个有来路的人，你要来帮姐这个忙，姐也不亏待你……"

王强便穿上了"我挑食"的工作服，拎着一袋子的广告名片和一本印制精美的菜单，从八楼开始，一家家推销快餐。

"请问要订快餐吗？我这'我挑食'快餐，东西南北中各大菜系都有，要什么口味的有什么口味，而且价格便宜，食材新鲜干净，您这里要订五份以上，第一次免费……"

王强一面说，一面递上名片。

这第七、第八层楼大多是公司，你别说，走了十多家，还真有几家要订的，尽管大多数公司人员是毫不客气地将他轰出了门。

六楼有一家专卖化州桔梗的，这是专治咳嗽化痰的中药，像卖这种药材的，应是在楼下面几层顾客光顾率比较高的门面里，而不是这种偏僻的办公区，而且这门面装修的空间不大，只有十七八平方米，一面玻璃柜台，里面和后面墙上开放式柜子里放了些大小玻璃瓶子装的桔梗，柜台后坐着一个大约六旬的老头儿。靠里面一侧有一扇门，门关着。王强看着有些不太对劲，这套内的面积，应与相邻房间的面积是一样的，约80平方米，这间隔出来的小房间只占套内面积不到四分之一，那么这门后的空间少说也还有60多平方米，这么大空间用来干什么？

"大爷，您要订快餐吗？"王强毕恭毕敬地递上名片。

"不要不要！出去出去！"大爷操一口潮汕口音。

"大爷，要不我给您留下名片，您要什么口味的，只要来个电话，我明日免费送一份给您尝尝？"

王强还赖着不走。

大爷见轰不动，显然生气了，站起身来："我说你这人，怎么听不懂话，我说不要就不要，你在这里啰唆嘛子！走走走！"

王强只好灰溜溜退了出来。

他记住了这家门牌号，是6-11号。

王强虽然心里似乎有了底，但剩下的几楼，还得走完，一是要履行对老板娘的承诺，更重要的是，不能让这一家起疑心，还有就是看看还有没有其他可疑的房间，毕竟只是可疑而已，不要错过真佛。

走完这座楼，已过了三天，没有发现其他疑点，倒是无意中给女老板挣到了20多份80多个盒饭的订单。

接下来，王强找了个合适的地方，盯死6-11号这个门。

果然，到了中午，真的送盒饭的来了，老大爷收了单。一看，好家伙，有五六份哩！

到了下班时间，房间里的人陆续出来了，四男两女，相互用潮汕话打招呼。

从年初开始，为摸查窝点，王强还扮了很多角色，包括收垃圾的、送水的、快递大哥、修理水电的……到了5月初，这个团伙遍布全国的26个窝点，全部被王强的团队摸完，没有惊动一人。可以收网了。

5月5日，公安部收到了深圳市公安局经侦支队密发的收网请示。

5月7日，公安部成立专案指挥部，在全国统一开展行动，各相关省特警，已秘密收到26个窝点附近集结的命令；上午9点30分，26个点到位，公安部指挥部与26个行动队对表；上午10点，公安部指挥部同时对26个行动队下达"行动"命令。

此时，王强正在赶回家的路上。他回家只能待24个小时。两天后，他要会同税务等部门到他来过的这些窝点一个个取证。取证工作，繁重复杂，专业性强，没有他不行。

很久没有回家了，王强几乎瘦了一圈，脸也黑得吓人，露出一双血红的双眼，平时常留的平头现在又长又乱。从深圳宝安国际机场下飞机，他来不及收拾打扮，到了自己家的小区门口，已经很晚了，差点儿被门口的保安当作小偷扭送派出所。到了家，门被反锁，敲开门，年轻漂亮的妻子正在看新闻，新闻正在播放公安部开展"会战5号"全国统一收网行动，成功抓捕遍布在全国各地26个窝点的虚开增值税发票的违法犯罪团伙，案犯无一漏网。王强的妻子还想这是不是与自己老公办的案子有关。正要打个电话过去，敲门声响了，妻子开了门，愣了愣："先生，您找谁？"

五、差点儿被洗了脑

在深圳经侦支队，像龙浩、王强的"猎狐"故事，数不胜数。

四大队副大队长魏小红，小两口儿刚买了新居，正准备装修，魏小红就接到了出差的任务，这一去就是一个多月。妻子罗女士一个人找装修公司，跑大型的建材市场……等魏小红出差回来，装修基本上已经完成。后来妻子怀孕，他又要去做传销卧底，愣是把妻子送回了娘家养胎。

深圳经侦支队收到中央批办的案件线索：深圳市某实业发展有限公司涉嫌非法传销，其传销组织因资金链断裂即将崩盘。

警方初步发现，此公司传销活动遍布除西藏外的所有省会城市，涉及十万名受害群众，一旦崩盘将会对侦破和后续维稳工作带来非常大的困难。

传销案件侦破的瓶颈在于证据收集、固定，另外传销组织的高层行踪难定，并易引发群体事件。这让魏小红一开始就寝食难安。群众利益无小事，何况达十万之众！魏小红决定主动请缨做卧底。

有情报称，该传销组织在深圳盐田某滨海酒店开展为期一周的全国骨干精英培训。

传销集团内部人员组织严密，要打入进去，须经反复盘问和严格审查。魏小红以做保健品生意为名，报名参加此活动，对方先是审查，又让他填写一张表格，表格的内容几乎应有尽有，包括家人、亲友、生意上往来的朋友等，还要填上姓名、籍贯、工作单位、职务、身份证号码、联系电话……

魏小红的手机被"收上去"了，这是魏小红以韦大进的新的身份使用的手机，手机内的人员名单，全是经侦支队的成员，只不过真名被诸如阿芳、大可、姐夫等名称替代了。

审查人员查看魏小红手机内的电话，找出一个"姐夫"的电话，拨打了过去。

"喂！你是韦大进的姐夫吗？大进现在在我这里，正在办一个案子，审犯人呢，他让我打个电话给你，这几天他不回家，请你告诉姐，不要担心。"

这家伙是个老手了。

接电话的是深圳经侦支队侦查员小吴，小吴听了，冷笑一声："你弄错了吧，他一个卖保健品的，办什么案子？"

这家伙不死心，又拨了阿芳的电话："你是大进的女朋友吧？大进在我这儿喝酒啦，喝多了，回不了局里了，他又不敢给你打电话，他让你随便找个理由，给公安局领导请个假呗。"

接电话的是经侦支队的女侦查员小王，她正坐在小吴的旁边，小王听了电话，向小吴使了个眼色，故意显得惊慌："你是什么人？他在哪里喝酒了？他一个卖药的，还有人请喝酒？你给他灌了多少马尿，让他这样信口开河……"

魏小红经"领导特批"，被邀请进来，穿上了统一的服装。

魏小红一进去，就发现自己步入了龙潭虎穴。传销组织与外界完全隔离，培训是每天从早上六点开始到晚上11点结束，外围有10多个高大平头黑衣人警戒。最可怕的是精神危险，这个国内影响力巨大的传销组织此次培训不光请来最出色的演讲培训师，而且也聚集了10多个高管和300多名传销骨干。在一周内，高强度的组织化培训，所有与会人员被进行深层次洗脑。

"钱是什么？它不是什么贞洁圣女！钱就是婊子，不会因为你的善良、忠诚、正直、无私就会委身于你……"

"你知道古往今来的寺庙和尚，为何把自己的寺庙选在远离人类的高山僻岭吗？那是因为他们要远离红尘。红尘是什么？红尘就是这个社会，因为他们知道，这个社会是肮脏的，它会把善良变成邪恶，把忠诚变成奸诈，把正直变成虚伪，把无私变成贪婪……现在，是我们远离这个肮脏社会的时候了……"

"今天我们既然来到这里，就丢掉一切私心杂念吧，让我们忘却亲情，忘却爱情，忘却友情，忘却一切善恶美丑，忘却人世间的一切恩恩怨怨，只要我们怀着一颗干干净净的心，来做我们想做的事，就一定会成功……"

一次次的洗脑，让魏小红犹如站在人生的十字路口，差点儿让他难以自拔。

"我是谁？我是警察。我是来干什么的？我是来办案的，不是发财的……"在每晚睡觉前，他都要进行一次反洗脑。

慢慢地，魏小红通过秘密拍摄相关传销证据，掌握了传销组织高层总监身份、赃款流向及运作模式。在离开传销组织后，深圳市公安局经侦支队出动史上最多的警力，在其他部门和警种的配合下，一举打掉该传销组织，抓获十余名主要犯罪嫌疑人，冻结资金500万元并查封价值1000万元的办公场地。

卧底传销组织，只是魏小红的客串表演，魏小红做得更多的是打击经济犯罪领域的一线组织者。随后，魏小红参与指挥侦破公安部督办的"中东市场"特大网络销售假药案。据了解，其中的假伟哥工艺成本才一粒一两元，但到零售终端接近一百元。该假伟哥的西地那非含量与真伟哥的含量不同，远超真伟哥五六倍，使用者会有生命危险。

开始侦查阶段，魏小红等人共搜索出55个QQ群、35个医学专业论坛，搜集了近30万条数据。然后是大海捞针，通过甄别、研判，将嫌疑程度高、涉及全国各地的300多个QQ号进行排查，最终确定名为"中东市场"等在内的69个QQ号作为重点对象。大海捞针难就难在找到针在哪儿。为了确定一个QQ的IP地址，经常会花很多时间。

随后，魏小红将涉及省外的37个QQ号提请公安部发动集群战役。获得公安部、省厅收网指令之后，魏小红还得去深圳各地摸查此前侦查到的犯罪窝点，进一步确定犯罪嫌疑人的最新动向，10个点他去了6个，一连72个小时没有回家。

随后，魏小红根据深圳市经侦支队领导指示，部署100多名警力同时开展行动，他自己先后前往6个窝点现场组织抓捕、搜查、审讯。

在魏小红的指挥下，"中东市场"案件现场缴获51公斤假伟哥和150多种200万粒假药，抓获19名犯罪嫌疑人，彻底摧毁了一个从山东、广东汕头与东莞等地流入深圳，再向韩国和国内福建、江西、浙江及辽宁等地分销的特大网络销售假药集团，此案被评为全国"打假行动"经典战役之一。

二大队副大队长姚志亮办理的"善心汇"案件，是习近平总书记在全国金融会议上点名的案件，也是全国首宗"双百"级大案（人员过百万、资金过百亿）。主犯张天明在湖南落网后，面对镜头声泪俱下忏悔过往。张天明永远不会想到，他的被捕归案，与远在深圳的经侦支队民警姚志亮有关。姚志亮还破获了中央领导批示的"霹克币"案件，此案是近年来较为典型的境内外互相勾结的虚拟币案件。因后台数据缺失，案件推进一度陷入极为不利的局面，只能靠传统办法寻找传销头目的"下线"并固定证据。姚志亮同志带领团队，在一个月内跑遍湖南、湖北、江苏、浙江、上海、北京、辽宁等七个省市，行程数万公里，抓获主犯在内的数十个高级下线。他们采取"蹲坑守候"等方式，硬是将层级、下线加以固定。办法虽然"笨"，但最终姚志亮用这种方式将主犯白艳伟等五人推上了审判台。

六、无声的较量

2018年，中国改革开放40周年。

作为中国改革开放前沿阵地和排头兵，深圳倍感荣耀和自信。40年间，深圳从一个小渔村发展到有1200多万常住人口，年度GDP2.4万亿元，有华为、中兴、腾讯等闻名世界的高科技巨头企业，这艘里程碑式的巨轮，用"迎风破浪"、"突飞猛进"这些词来形容，一点儿也不夸张。

40年后的今天，人们的生活是如此方便，千万人口的城市，涌动着滚滚潮水般的人流、车流、物流，更有看不见的信息和资金流。纤细的、粗糙的指尖在手机或电脑键上点击之间，便是千百万的钞票在暗涌流动。洪流般的钞票，又带动滚滚如潮的人流、车流、物流，也往往会吸引一双双贪婪的眼睛和一双双罪恶的黑手。

深圳的涉众型经济犯罪逐年呈两位数递增，而且是以高科技为支撑，网罗精尖人才，不断创新手段，向网络化、智能化方向发展。

魔高一尺，道高一丈，这是一种深沉无声的较量，深圳经侦面临的是前所未有的挑战。

深圳经侦支队没有沉醉在历年的战绩中，没有被抓获过过万的犯罪嫌疑人而陶醉，没有为为百姓和国家追回或挽回超万亿的经济损失而炫耀，他们的眼光，盯着未来，盯着随着高科技而兴起的智能城市中那些继续伸向无辜百姓和国库的黑手。

经侦支队举办了一个活动,叫"我为改革开放40周年亮高招"的活动。亮什么高招?总结出来的三招是:要给企业的资金流设置"防火墙",给银行的资金流设置"安全锁",给老百姓的资金流设置"红绿灯"。其目的,就是千方百计要将危害百姓利益的经济犯罪率降下来。

迅猛发展和积累的大数据,是深圳经侦支队这批专业高手的财富宝库。情报大队大队长方文强率领的团队,通过分析近年来各类网络金融诈骗案的人员特征、行为特征、网络特征,以借贷理财、私募股权、虚拟货币、消费返利等"高回报、低风险"为诱饵,通过互联网站、手机APP途径公开实施网络金融诈骗等种种手段,通过打破行政机关的大数据壁垒,收集行政、互联网、公安机关的三大数据库资源,进行数据整合,依托腾讯的技术力量,引入腾讯金融风险态势感知系统数据,建立了"深融系统"平台,实现对金融风险的实时感知、实时预警、实时防控。该平台以人员背景、企业背景、违规行为等8大维度26项指标为参数,实时进行数据碰撞和融合分析,每项指标形成分值,分值量化为风险指数,自动产生出红、橙、黄三色预警,并对三色预警分别提出相应处置措施:出现黄色预警时,进行网上反制,由腾讯公司通过电脑管家、手机管家和QQ浏览器等客户端,将风险信息通过网站以及APP应用向用户弹出风险提示,提醒市民群众识别风险,抵制不法分子的诱惑;出现橙色预警时,由公安等相关执法单位上门核查,对违规行为依法作出行政处罚措施;出现红色预警时,便依法实施打击。

2018年5月,深圳经侦支队"深融系统"在互联网上线。

目前,"深融"已提醒200多万网上用户,成功拦截访问超过900余万次,市民有了一道资金流的"红绿灯"。

在深圳各企业中,还活跃着一个"蜜蜂"团队,这是由深圳经侦支队一批精通业务、表达能力强的23名民警组成的经侦"讲师团"。"讲师团"由经侦支队综合处邓伟辉、周智庆等人率领,主动落实好定期走访、挂点联系制度,与全市部分知名企业进行沟通、联系,认真听取和全面收集企业对改进经侦工作的意见和建议,深入了解企业在防范犯罪、内部管理和生产经营中遇到的困难和存在的薄弱环节,共同研究解决的思路和措施,重点在合同诈骗、职务侵占、挪用资金、商业贿赂、侵犯商业秘密等企业高发经济犯罪方面进行深入研究,制定适合企业自身防范、管理的相关规定。在此基础上,精心制作各类课件，定期到全市行业领军、高新技术企业开展"送法进企"等活动。目前，经侦"讲师团"已先后到华为、中兴、迈瑞、大疆等全市知名企业开展送法上门200余场次，重点突出对侵犯商业秘密、职务侵占、商业贿赂等涉企多发经济犯罪活动的法制宣讲，覆盖企业高管上万人。

2018年，经侦支队与银行合作的"银行账户分析系统"平台开始发挥作用，银行的资金流有了"安全锁"，这还极大提高了侦查工作效率。

……

在庆祝改革开放40周年纪念日，深圳市公安局经侦支队举办了大型文艺表演活动。

这批在经侦战线上与犯罪集团斗勇斗智中锤炼出来的精英，也不失诗情画意，意气风发，激情澎湃，豪情万丈。

  青春是用意志的血滴和拼搏的汗水酿成的琼浆——历久弥香
  青春是用不凋的希望和未来的向往编织的彩虹——绚丽辉煌
  青春是用永远的执着和顽强的韧劲筑起的一道铜墙铁壁——固若金汤
  ……

这是王强的诗朗诵，王强的大队长肖永全说，王强的诗，是用他的心血和汗水凝成的。

深圳经侦支队的每一个人，都有一首用心血和汗水凝成的诗，一首写不完的诗。

散文

寻人记

江苏省南通市公安局政治部宣传处　葛　波

作为改革开放的同龄人，我经历了祖国发展的日新月异；20年的警察生涯，有幸见证了公安发展的风雨历程。

从第一个旅馆业计算机管理信息系统，到警务综合信息应用系统；从第一个道路监控系统，到立体化现代化防控体系；从第一个多功能指纹仪，到DNA实验室；从第一个办公自动化系统，到覆盖基层所队的公安网络……改革开放40年，从"红领章"到"橄榄绿"，再到"和平蓝"，多少青春的容颜已经白发苍苍，多少平凡的经历变成故事传唱……

回想从警之初，第一次体会到警察职业带来的自豪感，是在公安寻呼台当接线员时，因为一个"寻人"的警情。

那是1998年的寒夜，我接入派出所民警的电话。他声音沙哑，语速较快，要求发全局群呼：所里"捡"到一位老太太，神志不清，寻找家人。落款季警官。他说话乡音浓重，描述体貌特征很详细，我不得不反复核对内容，同步录入电脑……按下发送键，这条信息到了全局所有民警的BP机上。

1998年的那场雪，下得特别猛，我们班是落雪后的这夜，四个接线员都在牵挂迷路的老太太。凌晨三点，又接进季警官的电话，要求撤销"寻人"消息。说"再见"前，我不禁问，怎么找到的？他先是一愣，随后淡淡地说，兄弟单位接到家属报警，就对上了。

20年前，手机是稀罕物，派出所还只有户籍室有电脑，寻呼机最大限度地实现了信息共享，为警务工作提供了便利。我为自己能在其中发挥小小的作用，感到高兴和自豪。

公安寻呼台运营15个月后，接线员全部改由辅警担任，我们第一代民警接线员光荣"下岗"。1999年3月，我转岗到派出所，做了材料内勤。

派出所里，"寻人"是家常便饭。

有个15岁的少年从县城跑到市区，躲进汽车站附近的旅馆。他在QQ上和同学炫耀时，父母正对着社区民警老季哭诉。老季辖区就几家旅馆，他很快查到孩子登记的那家，可赶过去时还是晚了一步，敏感多疑的少年刚退房。

暮色已近，老季泡了碗方便面，端坐在电脑前。他一直盯着的是全市旅馆信息查询系统，少年只要再登记，系统就会显示……功夫不负有心人。子夜时分，老季还真找到了少年。

我在接处警记录本上看到这事，问老季，孩子为什么离家出走？老季说，孩子妈当场泣不成声，说如果失去儿子，他们也没法儿过了。他觉得这事没完，要单独和孩子聊会儿。他让孩子有事可以找他聊，还留了张警民联系卡。自从被找到，叛逆的少年始终没说话，但抵触的眼神柔软下来。老季叹口气说，终究还是个孩子。

老季多像电话线那头儿的季警官啊，焦灼的心绪在成功处置警情后，看似轻快又夹杂些许沉重。老季早不记得当年事，但我几乎认定就是同一人。那天，我把老季的故事写成了文字，想让更多人知道。进入21世纪，科技信息化为警务工作提供了更多便利，但那个夜晚，如果老季不能坚守在电脑前，少年又哪能这么快被找到呢？

离开派出所后，我一直战斗在公安宣传战线。这些年，我对警营里的故事始终抱有敬畏之心，也时刻让自己保持善于倾听的姿态、动情述说的能力以及激情写作的冲劲。

我知道了，老季的"寻人"还在继续。

老季在找一个逃犯。这人曾经落在老季手上，有张身份证，但老季总觉得哪里不对劲，可苦于没有确凿证据，只能放人。老季不甘心啊，直奔这个人的暂住地，想挖点儿线索。

走访到一户居民家中，离这人暂住地已经比较远，老季自己都不抱希望，没想到这家男主人却主动提供线索，说这人是以前房客的大儿子。顺着这条线索，老季通过系统查询，查实房客身份，证实这人果真是个逃犯。事后，老季感谢男主人，他却说，如果不是季警官，那件事还没能解决呢。他是古玩市场摆摊儿的啊。

老季倒真忘了这茬儿。那是两年前的事，两个小贩打得头破血流，见到处警的老季，一个劲地指责对方，老季都插不上嘴。可老季并不恼，只说都伤得不轻，快去医院！他是支走两个"火药桶"，自己一头钻进了古玩市场。

目击者倒有一个，但人已经走了。老季不死心，继续问，终于知道那人在城东头开家小吃店。接下来就是脚力活儿，老季根据相貌描述，用了个笨办法——挨家挨户地找。跑了两天，倒真给他找到了。见到那人，俩小贩瞠目结舌，万万没想到有这么较真的警察。他们收起蛮横无理和互相推诿，老老实实陈述了事实。

老季啊，警务技术越来越发达，怎么又回归到脚力活儿了呢？

岂止是脚力活儿，老季是会"功夫"的！老季的徒弟说了这样一件事。

当时，师徒俩在黑黢黢的地下停车场，老季像是在发愣，而徒弟认为一定是个假警，逗警察玩，这种人最讨厌！

老季嘘了一声，他其实没发愣，而在仔细听：偌大的停车场里除了刚刚的回声，没一点儿动静。徒弟嚷着，谁没事跑工地来？老季说，这可没准儿，万一要是真的，可是一条人命。徒弟吐了吐舌头，拧大了手电亮光，和老季你一声我一声地呼喊……

喊了有好几分钟，徒弟给粉尘呛得难受，喊不动了，只剩下老季连绵不断的声音。这声音音域宽广，百转千回，不离不弃，渐渐自空旷中沉淀下来，终于得到回应，那是微弱的一声，我在这里……

声音来自一处偏僻的水井，足有两米深，里头还有半米多的积水。原来，报警的姑娘独自一人到地下停车场看车位，黑暗中失足掉进了水井，怎么都爬不出来，呼救了很久也没人应答，手机打完110后就没电了，她以为会死在井里。

把姑娘送回家，徒弟啧啧道，师父，您那招"传音搜魂"可是逍遥派的功夫。老季皱眉说，武侠小说看多了吧！我哪会什么功夫！

老季，干警察这行快三十年了，你找到那么多人，靠的是什么呢？

找人这事吧，不管情况简单还是复杂，不管技术落后还是发达，最终靠的还是这里。

眼角爬上了皱纹，但老季的眼神依旧清澈坚定，他指着自己的胸口，那里镌刻着忠诚的警魂，珍藏着为民的初心。

我眼中的"改革开放"

北京市公安局顺义分局　刘　巍

1978年十一届三中全会，定下了改革之音，自此之后，中华儿女众志成城，携手奋进，华夏大地换颜展新篇。"改革"这个词乍听起来似乎对我们"80后"来说，好像有点儿遥远，但是细细回想，"80后"却成为了时代发展中最特别的一群人：我们是中国改革开放以后最年轻的一代人，虽然我们没有亲历这定音之时，但却一路伴随改革成长，同时也被刻上了彰显个性的时代烙印。

于我而言，可能比同龄人更能感受到改革开放带来的巨变，而这个巨变来源于我的"家"。"丁零零，丁零零"，听，这就是金鱼胡同早上7点的铃声，也是我最熟悉的声音。爷爷穿着白色的警服，戴着红红的领章，骑着那个"二八"大车上班了。我的爷爷是一名老交警，1953年加入了公安队伍，一干就是半辈子。我小时候总是找不到爷爷，每次一问奶奶："爷爷在哪啊？"得到的回答总是："在天安门站岗哪。"天安门？站岗？小小的我并不明白这其中的意义，只能执拗地记得，天安门不仅住着伟大领袖毛主席，还有我的爷爷，这就是属于小小的我的"天安门"。我的父亲也是一名警察，穿着那橄榄绿的警服，戴的是黄黄的领章，不变的是依旧骑着那"二八"大车，"丁零零，丁零零"。自然，我就成为了在姥姥家长大的孩子，姥姥家便是我对改革开放最初的记忆。姥姥家是从市里跟随着维尼纶厂建厂搬过来的，虽然我没全部赶上，但是从长辈的话语中不难听出厂子曾经的辉煌与红火，但后来随着中国经济的转型、民营经济的发展，厂子的产品开始滞销，最后无力回天，一个曾经名噪全国的企业轰然倒塌，心中的失落难过不言而喻。

父亲告诉我，这就叫历史，这就叫改革。那时候也是我第一次听到了"改革"这个词，更是我生活中亲历的第一次"改革"，不过我明白这其实也是改革进程中不可逾越的一部分。改革有成就、有硕果，但同时也会有挣扎、有煎熬，我们在改革的路上不仅要享受改革为我们带来的"春风化雨"，更要接受改革进行时的"刮骨疗毒"。中国改革如此，公安改革亦是如此。

　　公安，我想我这一生都离不开这个词了。没错儿，从小有着强大的"维尼纶厂"作为我的生活背景，我是一个骄傲的孩子，也有着"骄傲"的梦想，但是这个梦想在最初却与警察不搭边。"我不要当警察，我不要穿制服，我要为我自己而活！"这就是曾经叛逆的我的"宣言"，但是父命难违啊，我还是被掐着脖子穿上了这身属于我的"藏蓝"。说到"藏蓝"，这个词如今大家都明白代表着什么，但实际我们的警服却也随着时代发展经历了数次沿革与更新。1953年我的爷爷第一次穿上了白制服，他告诉我这是五五式制服，样式有些单一但却不失威严；父亲1980年加入了公安队伍，他说他那时穿着七二式制服，蓝色的制服配着红领章，极具时代特色，但是我印象中最深的还是他八三式的橄榄绿。到如今，跨入新世纪的我，虽"不情愿"地穿着新时代"藏蓝"，但是这一干，也有13年了。忆昔抚今，警服颜色从我眼中的白、蓝、绿变成了藏蓝，但是改变的也仅仅是制服的颜色，世代公安人继往开来的为民情怀一直没变，英雄本色痴心未改，这就是我眼里的第二次"改革"。

　　我默默奋斗在公安路上，有两件事直击我的心灵，让我的思想发生了彻底转变。在一次下雪的午后，我拉着父亲去医院看腰，但由于积雪导致桥下严重拥堵，当时交警因为堵车还未赶到，父亲不顾自己已直不起的腰身，强忍着疼痛，毅然决然地下车干起了"老本行"，疏导起了交通。我在车里默默地看着，眼眶湿润了。父亲长得并不高大，但是他在我的眼里却无比光辉。父亲身上，像这样的事情还有很多，我从他的身上看到了一名警察的责任和担当，看到了一位老党员的党性和觉悟。那时候，父亲刚刚退休，虽然警服已无法穿在身上，但他用实际行动证明了，他早已将警服穿在心上，将为民情怀融于血脉！我的爱人也是一名警察，我们就是别人眼中的"双警"。2016年2月，我的爱人在处置一起精神病人拿刀砍人的事件中，为了保护群众的生命安全，不顾个人安危，在千钧一发之际用血肉之躯挡住了嫌疑人的砍刀，面部被砍伤，至今仍有一道10厘米的疤痕，面部神经严重受损，被评为七级伤残。我在心疼的同时，更多的是对这份职业有了一个新的理解。虽然他毁容了，但我觉得他的伤疤是最帅的勋章，更是对忠诚信仰最直白的镌刻。回想自己这十几年，从开始的"极不情愿"，到后来的"既来则安"，再到最后的"深深热爱并甘愿为之付出全部"，这便是我心中的第三次"改革"，这个"改革"源于内心始于当下并付之未来。我的家人如此平凡，但又如此伟大，平凡是因为他们只是北京几万民警中的成员，伟大是因为他们身上浓缩着首都警察的情怀。这是我的家，并不突出，但很特别，从爷爷穿上警服的那一天，我们与公安就结下了不解之缘，我们已离不开也脱不掉这身警服了，难舍的不只是这份责任与担当，更是心中的这份情！

几十年薪火相传，三代人接力守望。记得有一天夜里值班，大厅里突然被群众送来了一个衣着单薄、意识不清的老人，好心群众说："这大冬天的，老人一个人躺在地上，我怕出什么意外，就只能给您这儿送来了。"我看到老人嘴唇冻得发紫，浑身哆嗦，连忙脱下我的外套为老人披上，又为她端来了热水和吃的。可头疼的问题来了，老人根本讲不清自己的情况和子女的情况，身上也没有任何有价值的信息，很显然这是一位患有阿尔茨海默病的老人。但是我并没有放弃，待老人休息一会儿后，继续耐心地询问，终于知道了老人儿子的名字，但是老人只记住了名，却怎么也想不起来了姓。我立即利用网络信息系统进行筛选比对，并第一时间向兄弟单位发了协查，争取将范围进一步缩小，然后再一个个地打电话进行确认。终于在"大数据"的帮助下，找到了老人的儿子，家属也很快赶了过来。试想，如果没有先进的网络查询系统，那么我们要用的就不仅仅是这两个小时了。回望这一路，"80后"的我不仅见证了我们的警服从月牙白到橄榄绿再到国际蓝的变化，更见证了我们的工作伴随着改革开放走过的不平凡之路，这是一场解放思想的改革，更是一场开拓创新的变革，我们从过去揣着纸笔做笔录到现在的无纸化办公，从过去的"腿着"实地踏勘到现在的网络查询全覆盖，从过去的骑车巡逻到现在的"探头站岗天眼巡控"，从过去的"民警在路上"到现在的"数据在网上"，这些都是改革为我们带来的硕果。如今我们的公安事业正在乘着改革的东风，在基础信息化、执法规范化、警务实战化、队伍正规化有着标志性前进的同时，努力调整工作方法来适应时代发展和人们期待的新要求。这就是我身边的第四次"改革"，真实而有力。

公安先辈与英烈，用自己的忠诚与热血换来了家国平安；如今我们，更应用奉献与担当，传承这不朽的警魂。誓言犹记，赤诚肝胆，尽忠沥血，一世坚守。最后我想说，其实在最初写这篇文章时，我努力地搜罗了身边有温度的人和事，也就是这时静下心来才发现，原来我身边的这些最可爱的同事们一直在默默地为"平安北京"努力奉献着，然而最终我选择将我的故事写下来，也是因为我发现这一路走来，公安精神早已融入我的血骨，内心的所有力量也是来源于这个家，我的小家，还有大家。这是最平凡的故事，但是却同样有力量，这种无形的力量就叫作血脉相传。

写在警徽上的幸福

内蒙古自治区乌兰察布市公安局政治部　倪卫平

从"八三黄"变成"藏青蓝",警服颜色和国际通用颜色接轨了;从清一色的平房办公场所变成现代化警务指挥大厅,公安机关打击犯罪的手段先进了;从骑着"二八杠"走街串巷到现在的随处可见的社区警务室和巡逻车,警民之间的关系拉近了……伴随着40年改革开放历史进程,公安工作走过了一条极不平凡的发展道路。

"坏蛋别跑,我们是警察……"风不知道朝哪个方向吹,我们头发纷乱,衣服几乎被整个掀起来,一群小朋友追逐打闹,玩得不亦乐乎。二十世纪八十年代末,游戏种类少得可怜,同龄的小朋友都会受电视剧《便衣警察》的影响,创造"警察与坏蛋"的游戏:一顶小"大檐帽"、一身不合体的"八九式"仿制警服、一把玩具手枪。没有这些装扮便不是合格的"警察",会被其他小朋友当作打入公安队伍的内奸对待。常常因玩得太晚而受到母亲的责骂,众人在"几度风雨,几度春秋,风霜雪雨搏激流……"的歌声中告别回家,相约来日再战,伴着满满的幸福感酣然入睡。

稍大一点儿的我们还在为留不留长发而和父母争执不休,还在为去不去英语角而犹豫不决,还半遮半掩地在英语口语的名义下,递进社交,愉悦生活。而在学校的报栏里常见一幅广告画:两个男女青年侧面重叠着,同时望着高于水平的前方,满心的理想抱负。我们也常常被暗示着,其中一个人就是我,高傲、自负、幸运,有着无限的未来。怀揣着警察梦,考入了天津警院。毕业后,从派出所、刑警队、特警队、指挥中心到宣传科,我逐渐接触到各个警种的警察,也明白了作为一名人民警察,那身星章加持的警服是一种使命、一种标志、一种担当。

在执行各类采访任务过程中,我认识了这样一群人,他们的幸福源自在枪林弹雨中面无惧色,在色财诱惑下坚定不移,在亲情友情面前铁面无私,在工作生活中言行一致……严谨而正直,认真而勇往直前。他们总是以第一时间为百姓排忧解难,尽最大的努力帮助百姓,"110"就是他们共同的热线,"人民"二字在他们的心中永远力重千斤。

他虽然没有《湄公河行动》里高刚的高大威猛,也没有高刚的酷劲十足。但是,他,满腔热情,业务娴熟,一工作起来就有使不完的劲;他,不苟言笑,心细如尘,面对群众求援他总是热心相助;他,疾恶如仇,敢于碰硬,做事雷厉风行从不拖泥带水。他用他的恪尽职守、科学严谨,带出一支战则必胜的"缉毒队伍"。在他的带领之下,商都县公安局禁毒大队夺取了一项项璀璨夺目的成绩,他用他的大智大勇捍卫着禁毒大队的荣誉及法律的尊严,他是全局出了名的"硬汉"。他就是商都县公安局禁毒大队大队长刘龙军。

在她的心中,有一串爱的风铃。微笑,打开了一个个禁锢的心灵;倾听,化解了一起起无形的风波;精细,打消了老百姓"女刑警"也能破案的疑虑。她是在刑警岗位上奋战28年从来不思变换工作的"铁心警";她是在家庭生活上无论遇到多大困难从不掉"梨花泪"的无悔母亲和妻子;她也是在领导和同事们眼中一朵始终待人温和的"百合花"。这朵刑警队里的"铁梨花"就绽放在察右中旗公安局刑侦大队,她叫王殿珍。

他在从事法医工作的22年里,共检验尸体1000余具、活体500多名、物证检材上千份,先后参与或主持重大案件的现场勘查400多起、重大或疑难案件的鉴定500多起,为案情分析提供了有力的技术支撑,也为及时抓捕犯罪嫌疑人发挥了重要作用。他就是乌兰察布市公安局刑侦支队副支队长陈泰。

幸福,是简单的,琐碎的;幸福,是没有标准的,无法描绘的;幸福,是心灵深处的那一丝触动,那一刹那间微妙的感觉。肚子饿的时候,吃上一大碗热腾腾的面条,幸福;热得难受的时候,冲上一个透心凉的冷水澡,也是幸福;回家的时候,看到孩子美美的笑脸,更是幸福。那么,对于他们来说,幸福又是什么?当老百姓万家团圆、全家欢聚的时候,当帮走失孩子找到父母后孩子将糖塞到民警嘴里的时候，当他们将车从泥潭推到路上车主递上水的时候……于他们而言这就是幸福，它源自心底对工作的热情、对生活的善念、对社会的担当、对群众的奉献。

他身先士卒，令行禁止，带出了一支又一支精锐之师。3个派出所，21年基层生涯，成功调解民事纠纷3000余起，足迹遍布116个乡村，行程达25万余公里；一年仅回家11次，曾一个月感冒输液达7次，每次却总是输一半便偷偷拔掉针头奔赴单位……正人先正己，真心换真情，永争第一，服务百姓，赢得民心，他是全国优秀人民警察、兴和县公安局副局长常翔。

他创建了"特行群"、"商业社区群"、"校园安全群"、"微信照相群"这四类"微信群"，把派出所警务和互联网结合起来。小小微信群不仅提高了办案效率，同时也拉近了警民之间的距离。用老吕的话说："派出所民警，就是要维护辖区居民、老百姓的利益！"这也正是察右前旗公安局土镇南派出所副所长吕志林热衷微信群警务的初衷。

落红不是无情物，化作春泥更护花。改革开放40年，他们把青春挥洒在社会中，但他们永远无悔。他们帽子上的国徽永远是那样闪亮，他们肩膀上永远担负着神圣的使命。他们用辛苦换来了社会的安宁、群众的平安，这种满足正是作为一名人民警察所要追求的人生价值，还有什么比得上这种幸福呢？经过许多事情的洗礼后才明白，幸福真的很简单：只要心灵有所满足、灵魂有所慰藉便是幸福。因为，燃烧过的青春，都有资格拥有一种名叫收获的回报，那是幸福的结晶，不染尘埃，透彻澄明——这就是写在警徽上的幸福。

用生命奉献　以忠诚践行

山西省临汾市襄汾县公安局　杨婷婷

沧海桑田，道不尽峥嵘岁月；生逢盛世，共沐浴和平阳光。改革开放，让我们共同见证了国家的进步和变迁，也见证了成长历程中的自己。改革开放40年波澜壮阔的生动实践涌现出邱娥国、刘忠义、田雪梅、张保国、汪勇等一批公安英模，他们用责任抒写担当，用真情温暖社会，用一生的忠诚践行对党和人民的庄严承诺。

信念中嵌进了太阳的光华，征途上浩荡着金戈铁马。血脉里浸透着鲜红的色彩，心里边装着一个强大的国家。我们，有一个光荣的称谓——公安战士；我们，有一个响亮的名字——人民警察。

警察，是个有温度的称号，在为人民服务的时候，就是一种炙热。弓着身子做桥，为群众铺开道路；直起身子做伞，为群众遮风挡雨。兢兢业业保一方平安稳定，舍己忘我用生命作出奉献。胸膛前面是子弹和匕首，胸膛后面是百姓和平安。

泸州民警蔡松松，纵身跃入冰冷刺骨的水库，用毕生之力，托起两个孩子的新生，而他却奉献出了宝贵的生命。万家团圆的日子，两个孩子回到了温暖的家中，而他却永远地离开了最心爱的双胞胎女儿。他用热血铸就忠诚，用生命呵护平安！

辉南县民警赵天昱，2017年元宵节前夕，在处警抓捕犯罪嫌疑人时，与犯罪嫌疑人殊死搏斗，身中21刀，壮烈牺牲。他保护了千家万户的团圆平安，用生命诠释了人民警察的铮铮誓言，谱写了人民公安为人民的壮丽篇章。

太多太多的奉献与牺牲，太多太多的忠诚与付出，在这里我无法一一列举，但，每个鲜活事例的背后，每名热血民警的身上，无一不体现着"对党忠诚、服务人民、执法公正、纪律严明"的庄严承诺！

我是一名警察，同时，我也是警察家属，我们的家只是众多双警家庭中最普通的一个。我在机关从事法制内勤工作，对口单位多，日常工作繁，工作内容杂。而他在基层办案单位，他的工作是最标准的"五加二""白加黑"。成家以来，我已经从最开始的"生病无人陪，过节一人过"的委屈中走向了习惯。习惯了逢年过节时独守的那份冷清与孤独，习惯了夜晚一个人点灯睡觉，习惯了一个人做饭一个人吃，习惯了在家等待因值班、加班而迟迟归来的他。甚至已经习惯三岁的儿子时常追问："妈妈，爸爸老上班啊？""妈妈，爸爸老不回家啊？"我只能苦笑着回答："因为爸爸是警察啊！"是啊！警察的家庭意味着比寻常家庭更多的坚守与心酸、更多的理解与付出！我们抛弃了花前月下、喃喃私语的浪漫；我们舍弃了一家人其乐融融、共享天伦的幸福；我们始终坚守着对党忠诚、服务人民的信念，在欢笑与泪水的共涌中守护着一方平安稳定。

哪里有危难，就在哪里出现；哪里有凶险，就往哪里进发！选择了这个特殊的职业，注定了充满欷歔的生涯。很短的是相聚，很长的是牵挂，听歌里唱着《常回家看看》，我曾经拼命昂着头，不让眼里的泪水流下……

纵观改革开放40年，我们成长的目的是实现自我价值，同时创造更多的社会价值。我很庆幸生活在这个时代，能见证国家沧海桑田的变迁，没有改革开放就没我们国家的繁荣富强，没有社会的和谐进步，更没有家的安定温馨。选择了警察这个职业也就选择了无悔的人生。因为，我们头顶的是国徽，肩扛的是责任，用生命奉献，以忠诚践行！作为一名人民警察，我会一直伴着改革开放走下去，走下去……一直向前，向前！

警　服

安徽省池州市公安局交警支队　高　姗

在每一个警察的心里，都有警服情结。这一身看似既不时髦也不柔软的衣服，却日日陪伴我们加班、执勤、出生入死。于我们而言，它不仅仅是一件衣服，更是一份信仰，一份坚守，一份承诺！四十年光阴流转，伴着改革开放的步伐，警服也经历了从"橄榄绿"到"藏青蓝"的变迁，虽然颜色变了，但警服里蕴含的"底色"却从未改变。

在同事老张的衣橱里，就有一套"橄榄绿"警服，我曾经笑他是个"老古董"，新式警服每年都发，那件退了役的老警服都划了个大口子了，他还视若珍宝。后来才知道，那件警服是有故事的。

那是二十年前的一天中午。在派出所值班的老张接到报警称："市医院有个患病的女孩儿要跳楼自杀。"接警后，老张跟同事火速赶往现场。当时，现场被围观的群众堵得水泄不通，老张看到医院四楼平台西北角处站着一个十五六岁的小姑娘，情绪很激动，哭嚷着让大家走开。情况紧急，生死攸关！老张拨开人群，立即往四楼平台跑去，同时联系消防人员前来支援。随着时间的推移，女孩儿的情绪越来越激动，身子已经移到平台边缘，还不时往下看，时刻都有跳楼的可能。"孩子，别激动，有事儿慢慢说。"老张一边劝解女孩儿，一边不动声色地慢慢靠近。长时间的站立让瘦弱的小女孩儿体力不支，腿脚发麻，颤颤发抖，随时都有坠楼的危险。顾不得自身安危，老张一个箭步上前，迅速伸出双手，死死抱住女孩儿的腿，用力往回拖拽。"咚"的一声响，女孩儿失去平衡狠狠地"砸"到了老张身上，老张当了一回活生生的"肉垫"，警服也在摔倒的时候被划破了一条长长的口子。女孩儿安然无恙，老张也舒了一口气。从那以后，那身划了口子的警服就成了他的"珍宝"，也许是警服见证了他的果敢，也许是警服让他明白了从警的意义。

二十年如一日，老张从未改变，即使如今已是年逾花甲，他还是当初那个"拼命三郎"。三月初，正值"两会"安保，我们没日没夜地加班，他也决不含糊。结果，连续值班二十四小时之后，由于疲劳过度，老张在走访途中连人带车摔倒了。疼痛难忍，举步维艰，即使这样他仍然坚持把走访做完，跟谁都没说。当我们把脸色苍白、头冒虚汗的老张强行送到医院后，大家都傻眼了，左腰后背四根肋骨骨折！这是什么样的信念支撑他忍受如此剧痛！老张的精神感染着一批批像我一样的青年民警。

我们是与改革开放共成长的一代，我们是穿着"藏青蓝"警服的"80后"警察。在我们中间，特警小洪的警服总是很"显眼"。他的警服"毛毛躁躁"，尤其是胳膊肘和膝盖，没有一件是崭新笔挺的。我知道，那些磨损都是故事！去年11月的一天晚上，小洪像往常一样带领队员在街头巡逻。晚上11点多，池州的街头已经冷冷清清，很多人已经香甜入梦。就在这时，电台突然传来一阵急切的呼叫声："特警支队，特警支队，杜坞路13号有人要点燃煤气罐，请紧急处置！"小洪立即调转警车，不到三分钟便赶到现场。事发居民楼是一栋3层18户的商住楼，楼内50多人的安危悬于一线。一名中年男子情绪失控，在一楼不足8平方米的厨房内打开了3个煤气罐的阀门，一手按在打火机的开关上，一手拿着尖刀指着屋外的警察叫嚣："你们别过来！再过来我就点火了！"煤气发出咝咝的声响，现场弥漫着刺鼻的气味。此时，楼前围观群众越聚越多，情况万分危急！一旦点火，后果不堪设想。"小杨，赶紧去疏散群众！剩下的跟我来！"小洪当机立断，准备强攻。"一，二，三……"在消防高压水枪掩护下，小洪一脚踹开房门，和队友一同扑向中年男子，死死地抓住他的双手，夺下打火机。一场惊天动地的危机在短短5秒内化险为夷。这样的救援，小洪不知道经历了多少次，在每一次生与死的较量中，警服始终陪伴左右，不离不弃。

一件警服，一个故事，一份誓言，一种传承。从老张到小洪，从"橄榄绿"到"藏青蓝"，时代在变，不变的却是我们的从警初心。人民警察的初心是什么？是遇突发事件时的临危不乱！是为民小事中的暖心之举！是灾难来临时的逆行者！是防恐维稳时的急先锋！是对党忠诚、服务人民、执法公正、纪律严明！

辉煌改革四十载　护航初心永不忘

云南省昆明市公安局警航支队　王彩勇

2018年是改革开放40周年，作为"80后"，我虽未能历经过去那四十载的思想跌宕、社会蜕变、经济起飞，但今天，我深刻体会到了改革开放带来的可喜变化——中国直升机、中国路、中国桥、中国航母、中国飞机、中国高铁、移动支付……如今已经位居世界第二大经济体的中国，给出了改革开放40年的完美答案。

不由得感叹，厉害了，我的国！

四十年的卧薪尝胆，中华民族挺起了脊梁；四十年的奋发图强，神州大地改变了模样；四十年的春风化雨，改革开放播下了希望的种子。逢山开路、遇水架桥、爬山过坎、披荆斩棘，我们的民族已经有了腾飞的模样。

不忘初心，砥砺前行，沐浴着改革的春风，四十年风雨兼程，新时代的公安工作也呈现出了新的气象。橄榄绿变成国际蓝、零散的材料案卷变成了公安大数据里的点滴，从传统侦查到大数据研判比对合成作战、从单一到多元化的专业警种发展、从被动应对变成主动出击，一三五分钟快速反应、空地一体化联动打击……新时代的每一秒我们时刻做好了准备。警灯依旧闪烁，初心始终未变，四十年的发展总有我们枕戈待旦。

改革发展的时代背景下社会经济、工业水平快速发展，年轻的警航顺应时代需要走上了发展道路。2008年，国务院、中央军委联合下发文件，明确了警用直升机为国家航空器的根本属性，公安警航与军、民航一道正式成为国家空管委成员单位，从此开启了警航建设新纪元。从无到有，从摸索到实战。时至今日全国已建队30多个，装备有各型号直升机，自主培养了指挥、飞行、机务、保障等各类专门人才，向着规范化、专业化、实战化的目标稳步迈进。警用直升机在各类重大任务（如抢险救灾、安保维稳、反恐防爆等）中崭露头角。为警察插上飞翔的翅膀，做一只守护平安的雄鹰，在改革开放的号角下奋勇向前，年轻的警航贡献着保平安的坚定力量。

2018年2月16日，农历大年初一，我市北部金沙江畔发生一起恶性案件，我警航支队直升机迅速升空，地面需6个小时才能到达的偏远集镇，搭载指挥、刑侦、网安、技侦以及无人机等侦查力量的任务机组仅用32分钟就在当地一处学校操场着陆。从13点到23点，经多次往返，总飞行7个多小时后完成了投送任务。记得下午6点半，我第三个架次返回基地补给，夕阳西下，从空中俯瞰，一片祥和宁静映入我眼帘，整个城市一片金黄，格外美丽震撼。航段正巧经过我家的上空，任务中我无法与家人取得联系，只能在获准同意后适当降低了高度。已过了饭点，爸爸妈妈听到了直升机的轰鸣，立即快步走到了二十六楼的窗前，餐桌上的团圆饭想必已经变凉，但我的心依旧温暖，我能感受到他们热切的目光和内心叮嘱早点儿平安回家吃饭的期盼，但那一刻我深知千千万万的家庭也正幸福而安康地团聚在餐桌前。第二天一早捷报传来，嫌疑人被抓获，案件24个小时内告破，雷霆出击、天降奇兵，新时代，我们已经不一样！

栉风沐雨，砥砺前行，今天的祖国已经穿越黑暗的隧道，面对伟大的复兴梦想，我们应当抓住机遇，直面挑战，弘扬跨越发展、争创一流、比学赶超、奋勇争先的精神，始终在路上。

道阻且长，然我心向之。那天降神兵守护万家灯火、社会繁荣、经济腾飞的职责使命已经扛在肩上，新征程我们再出发，新梦想我们矢志不渝，新时代的改革路上我们奋斗初心不忘！

回龙观派出所成长的故事

北京市公安局昌平分局　唐俐威

四十年，江山如画，风雨兼程；四十年，筚路蓝缕，不断创新；四十年，多难兴邦，不屈不挠；四十年，不忘初心，牢记使命。1978年以十一届三中全会为标志中国开启了改革开放的历史进程，从此，中国步入了栉风沐雨、波澜壮阔的四十年发展历程。人民公安经过四十年光辉历程，探寻前进道路，风雨无阻，砥砺奋进，弘扬新时代精神，打造"平安首都"。

2008年我从部队转业来到了昌平分局回龙观派出所，在此我见证了公安改革的巨变，见证了户籍制度变革的主旋律，见证了"放管服"给人民群众带来了更方便快捷的服务，用科技手段服务于民。

人民公安，峥嵘岁月，让我们踏着改革开放的车轮见证一下回龙观派出所滚滚前行。

这就要从1989年9月说起。那年夏天的余热未散，何巨浪所长带领着三位同志接受任命后正式开始筹建昌平分局回龙观派出所。当时办公地点设在了回龙观牌纸厂的库房，房子是石棉瓦顶，四处漏风，到了冬天，四位同志还要自己烧煤取暖，说到这还有一个"九死一生"的故事：一天早上，何所长发现办公室一个人都没有，所里静悄悄的，这可不正常，要按平时大家早就热火朝天地干起来了。他到宿舍一看，一名同志在地上趴着，两名同志在床上仰着，一动不动，屋子里充满着煤气的味道，他心想坏了——煤气中毒！他赶紧开门开窗，将人背到屋外，送医院急救。事后他们还开玩笑说："要不是房子太破，四处漏风，几个人就光荣牺牲了。"就在这样艰苦的环境下，这个派出所成立了。在人民警察的心里，派出所成立了，就代表着担起守护一方人民的职责，让"群众满意在派出所"的承诺就这样许下了。

"三天破西瓜摊杀人案""一周破连环入室盗窃案""两周破系列抢劫出租车案""破1999年北京市第一起赎金300万绑架案"，一桩桩一件件的日积月累，回龙观派出所受到了属地人民群众的认可，得到了同事们的敬仰，得到了分局的肯定，更是连续10年获得集体三等功。

从建所之初的4名民警，到现在发展成为有73名干警的昌平南部地区一类派出所，从一间库房到现在拥有户籍办事大厅、值班室、执法办案区、综合指挥室、审讯室、民警宿舍等设施设备齐全的派出所，在改革开放40年岁月变迁中，人民警察的队伍、管辖区域的社会面貌都发生了"天翻地覆的变化"，但是有一样东西一直没变，那就是回龙观派出所所有干警惩恶扬善、一身正气、忠诚履职、一心为民的金盾精神。

你们可能会有疑问，回龙观派出所的金盾精神是如何在30年的沧海桑田中不受岁月侵扰代代传承下来的呢？

因为我们的身边有他——

"眼睛瞪得像铜铃，射出闪电般的精明，耳朵竖得像天线，听着一切可疑的声音……"这是动画片《黑猫警长》的主题曲，魏旭小时候就非常痴迷的动画片。"黑猫警长"机智勇敢地侦破一个又一个案件，维护了森林的安宁，给他留下了深刻的印象，也让他对警察这一职业充满了向往。12年前，魏旭怀着对公安工作的无比热情和憧憬成为了其中的一员。当时他在师父的带领下走街串巷熟悉辖区，彻夜巡逻盘查，加班加点审查案件，一路走来，当年青涩的魏旭已经成为业务娴熟、独当一面的治安警长，圆了自己"黑猫警长"的梦。在他那儿，有着"证据链突破惯偷零口供"的迅速出击和果敢判断，有着"历时两个月调解纠纷"的锲而不舍以及"化干戈为玉帛"的大局意识，有着"凌晨3点钟客串推车哥"为民服务的古道热肠。从警12年，魏旭不忘初心，始终坚守岗位，就如同向日葵，一直朝着太阳，追逐自己的梦想。有这样的"黑猫警长"、这样的榜样、这样的师父在身边，这个派出所能不行吗？

我们还有他——

"王警官，幼儿园西侧起火……"电话来自幼儿园保安小霍。王正贤不顾值大夜的疲惫，二话不说，骑上自行车奔向幼儿园。到达现场后，他立刻组织疏散人员和救火，自己翻身爬上了 5 米多高的房顶，将电闸拉下，将旁边及周围的燃气罐搬走，组织工作人员拿盆、拿锅、拿灭火器积极参与灭火。火苗恣意流窜，被火苗烤得火辣辣的脸他顾不上，被浓烟熏得喘不上气来他顾不上，不断落到身上的火星他顾不上，经过紧张的十分钟，火势终于被控制下来了，他也变成了一个黑人，只有那双炯炯有神的眼睛无比坚定，令人安心。这所幼儿园是王正贤守护了多年的幼儿园，在寒冷的冬天，天还没亮，幼儿园门口的他总是给家长和孩子们带来阳光般的温暖。在早高峰川流不息的车流中，维护治安，细心安全保护孩子们的他总是那么帅、那么酷；在迎来送往朝夕相伴的群众眼中，他在这儿，心里就是踏实。多么简单的两个字：踏实！但这是多么不容易的坚守才换来的，值大夜之后的坚持，风霜雨雪中的坚持，伤痛病痛下的坚持，就是为了百姓的安心，就是百姓对回龙观派出所的信任。有这样的老黄牛在这儿，有这样的榜样在这儿，这个派出所能不行吗？

我们还有她——

"那警官，孩子都 3 岁了，还没上户口，您看这怎么弄呀？""那警官，我父母年迈，想办理户口进京，您看怎么弄呀？""那警官，家人瘫痪了，要办理身份证，您看，这怎么弄呀？""那警官……""师父，这个业务怎么办理呢？""那姐……"所内所外，那一声声"那警官"，一声声"师父"，一声声"那姐"，是群众和我们对那宝杰的信任与依赖，是那宝杰用 11 年在户政窗口的坚守、付出与奉献换来的。她总是从群众的角度出发，把群众的愿望当成自己的希望和动力，制定出切实可行、利民便民的户政措施，让真情服务"上位"，在排忧解难上下真功夫，努力做好户政工作的"弄潮儿"，让我们辛苦树立的"为民"形象屹立不倒。有这样的榜样在身边，每一天每一秒激励着我们，这个派出所能不行吗？

我们还有他，有她，有他们……

每一位都是"对党忠诚、服务人民、执法公正、纪律严明"的践行者，都是正能量的传播者，这个派出所，一定行！

作为一名民警，守着前辈们的功勋，走着榜样们蹚过的路，在这个继往开来的时代，我们要用自己的实际行动完成人民对人民警察的期待。

在这一刻，我感到无比自豪！我坚信，只要我们不忘初心，坚定不移地走在改革开放的康庄大道上，回龙观派出所一定可以谱写时代新篇章！

征 途

天津市公安局机动勤务中心　刘国宇

水滴的梦想，是融入江河，奔腾咆哮，一往无前；
绿叶的梦想，是拥抱阳光，植根沃土，繁茂葱茏；
沙子的梦想，是浪淘风簸，淬火砥砺，终成重器；
我的梦想，是成为光荣的人民警察，一路奋进，不负韶华。

　　我骄傲，因为我是青年，可以在人生的道路上跃马扬鞭，恣情地追赶青春的脚步。十年寒窗磨一剑，我的选择是靠拼搏实现梦想，哪怕以不眠不休为常，何惧与牺牲流血为伴。因为，人民警察四个字已深深烙印在我的心里。从"上白下蓝"到"橄榄绿"，孩提时代的我一次次仰望父亲身着警服的威严身影。记忆中，父亲三百六十五天都在忙着工作，他和他的同事们都有着超乎寻常的本领：总是夹着厚厚的户口簿的小张叔叔，能对管片辖区的每一户居民情况倒背如流；有些年纪的老王伯伯，只要上街转转，就肯定能抓住一两个"扒手"回来；刚刚参加工作的小李阿姨，总是吃力地蹬着一辆"二八大杠"，每天下片儿都被街坊邻居的大爷大妈一口一个"闺女"地喊个不停。当时的警队，也不过是三间朝东的平房，唯一的标志就是大门口一盏红色的警灯。而我最喜欢的，是带着胡同里的小伙伴偷偷爬上停在警队门口那辆深绿色的侧三轮摩托车，幻想着我们也成为和父亲一样的人民警察，驰骋在缉捕凶顽的征程上，为此不知道多少次被父亲"当场抓获"。

　　几十年弹指一挥间，镜前一站，当年那个别着玩具枪的"小警长"不见了，如今丰朗的眉宇间流露出成长的痕迹，最耀眼的，是一身帅气的警服和头顶上亮闪闪的银色警徽。童年的梦想终于照进了现实，而现实又总是一次次地超越梦想：警队升级成为派出所，从低矮的平房搬进了现代化楼宇，大厅里"对党忠诚、服务人民、执法公正、纪律严明"金光大字熠熠生辉；厚厚的户口簿装进了衣兜里的"移动警务通"；诚基中心社区率先安装了人脸识别系统，犯罪分子哪怕乔装改扮也都在这"火眼金睛"前无处遁形；高清监控设备全天候俯瞰着全市重点路口路段，与路面"动中备勤"的金鹰突击队共同构建起一张"天罗地网"，依托京津冀协同发展警务合作机制和信息研判技术，把逐门逐户的排查比对升级为日行千里的循线追踪；"二八大杠"换成了警用电动车、平衡车，我童年时爬上爬下的三轮摩托车早已成为天津市警察博物馆的典藏文物。小李阿姨的女儿都已经参加工作了，社区里再没有人称呼她"闺女"了，但是大家见到她的那份亲热劲儿分毫未减，而是多了一份由衷的信服……今天，我又像父辈们当年那样，正在推开一扇庄严神圣的大门，正在迈上一条拼搏奋进的征途。

这条路啊，几代人走了整整40年，艰苦跋涉，风雨兼程，一路欢歌，豪情满怀。我们一起经历着公安事业翻天覆地的创新发展，我们共同见证着改革开放创造的伟大奇迹，我们永远铭记着党和人民赋予的神圣使命，时刻用忠诚和生命捍卫光荣的称呼——人民警察。

是的，这就是人民警察。他们赤胆忠诚，用血肉之躯书写着一个又一个传奇；他们朴实无华，留给人们最多的只是那个迎向危险的背影；他们真挚热情，只要人民群众需要，那跳动着的红蓝色灯光和藏蓝色的身影马上出现在你我身边；他们默默无闻，就像身边的一滴水、一片叶、一粒沙；他们又是那么坚定执着，做一滴水就要折射出太阳的光辉，做一片叶就要洒下温馨的绿荫，做一粒沙就要把自己捶打锻造，带着熔炉的温度铸成护卫共和国大厦最坚固的基石，满怀赤子的忠诚去铺就那满载光荣与梦想的辉煌征途。

亲历：信息化合成作战，抓获 22 年命案逃犯

山西省运城市稷山县公安局　贺　栋

二十世纪九十年代初，我参加了公安工作，在刑侦战线上，见证和亲历了改革开放中公安刑侦工作发生的巨大变化。

记得刚参加工作时，我所在的县公安局刑侦大队只设了两个中队，有七名民警。现场勘查工作是刑侦工作的"撒手锏"，但当时的设备却十分简陋。勘查设备只有一台照相机、一个卷尺、显影粉等，现场勘查结论基本上完全依靠侦查员的工作经验。一辆破旧的吉普车、两辆幸福 250 摩托车，便是刑侦队的全部家当，而且吉普车和摩托车，也只有在发了大案要案时才可以使用，平时侦查员勘查现场、调查走访，使用的交通工具基本上还是依赖自行车。

在我的脑海里，对一起故意杀人案记忆犹新。

1995 年 2 月 12 日中午，山西省稷山县发生了一起故意杀人案。经过侦查，初步查明：犯罪嫌疑人王某（稷山县太阳乡西里村人）伙同王某廷等人在稷山县修善村集市上与张某义、文某海等人发生争执。王某被文某海打倒在地，随后王某在集市一卖肉摊上拿了一把剔肉刀，追上文某海等人，朝文某海胸部捅了一刀，致文某海心脏破裂，经抢救无效死亡。案发后，犯罪嫌疑人王某潜逃。

22 年来，稷山县公安局几代刑侦人始终没有放弃对这起命案积案的侦查工作，但因种种原因，案件一直久侦未破，成为压在侦查员心头的一块沉重的巨石。22 年来，由于案件得不到侦破，嫌疑人未能抓获归案，死者一直没

有入土为安，而且为了能便于发现嫌疑人的踪迹，受害人的女儿也嫁到了嫌疑人住所附近，一直默默坚守了22年。

改革不断深化，社会迅猛发展，这为公安刑侦工作插上了腾飞的翅膀。飞速发展的刑侦事业，已远非昔日可比。大数据、信息化合成作战……一系列高科技技术在刑侦工作上的投入和使用，使得多起几乎已被定成死案的命案积案得以成功侦破。

2017年6月，稷山县公安局刑侦大队经过梳理，将22年前发生的这起命案积案列为目标案。刑侦大队民警最大限度地拓宽情报线索渠道，加大对信息资源的深度研判力度，攻坚克难，严密侦查。历时两个多月，行程12000多公里，终于在当年的8月4日成功破获了这起命案积案，将潜逃22年之久的命案逃犯一举抓获，在稷山乃至运城的公安刑侦史上，写下了浓墨重彩的一笔。

回顾这起命案积案的侦破历程，我的心久久不能平静。22年，我和侦查员们无数次走进过受害人和犯罪嫌疑人的家里。当我们看到受害人家属因20多年未能抓获犯罪嫌疑人而对我们投来的那种冷漠的眼神时，我和侦查员的心一次次地被深深刺痛。下决心容易，要实实在在找到线索却绝非易事，毕竟过去了22年，22年的时间，可以把一个"愣头青"变成一个年近半百的风霜中年人。记得当时主办此案的刑侦大队教导员迪晓鹏，经常是拿着嫌疑人的照片吃饭、睡觉，甚至上厕所。迪晓鹏的脑海里不停地塑造着嫌疑人22年后的面容，有一点可以肯定，那双躲闪的眼神里，22年始终流露着恐惧和不安。凭着对嫌疑人的准确把握，迪晓鹏先后模拟出152张照片，在152张照片中又选出3张，拿着这3张照片，找昔日警校的同学、老师、专家、教授。充分利用信息化合成作战的工作模式，在山西省公安厅科技处的指导下，迪晓鹏终于找出了命案逃犯王某漂白身份的重要线索。此时，化名王涛的嫌疑人身份证显示是四川省南部县居民。在翻阅该身份证登记时，不经意间发现一次偶然登记的身份证的前六位数"142727"让迪晓鹏眼前一亮——"142727"是山西运城稷山的编码。为尽快侦破此案，2017年7月27日，迪晓鹏和刑侦大队长梁伟迅速向分管局领导和局长作了汇报，抽调精干警力成立专案组，兵分两路实施侦破，一组直接奔赴广东省东莞市对其实际居住地进行核查抓捕，另一组赶赴四川省南部县对王某漂白身份后的户籍地继续进行核查，为抓捕工作寻找嫌疑人漂白身份的直接证据。

迪晓鹏和侦查人员奔赴广东省东莞市后，因没有王某漂白身份的直接证据，只能采用摸排的方式开展工作。嫌疑人生活环境复杂混乱，为确保抓捕工作万无一失，迪晓鹏经过多次现场勘查和深入分析先后五次变更抓捕方案，才最终在东莞市的一间出租屋内将王某抓获。

一起亲历的命案积案的成功侦破，从一个层面反映了改革开放给公安刑侦工作带来的巨变和公安刑侦事业奋进创新的历程，也见证了刑侦战线的民警的铁血警魂和保一方平安的家国情怀。

银　杏

上海市公安局刑侦总队　张　麒

在改革开放第四十个年头——2018 年我有幸正式成为刑警"803"队伍中的一员，怀着希冀迈进"803"的大院，那庄严的刑侦大楼、经侦大楼耸立着，飘扬的国旗在几株参天的银杏衬托下显得格外耀眼。我们的队伍"803"彰显出刑警的光辉，儿时广播剧里的人物形象已不再遥远，刑侦的篇章将由我们新一代的刑警继续书写下去。

改革开放 40 年来，国内经济政治、文化科技等方面日益发展，不断完善，我们刑警的各类办案资源与内外部条件亦发生着巨变。新入警的我，正好趁着这个机会采访了队里的老侦查员们，听听他们讲述那时的故事。

队里的老王接受了我的采访。在与他交谈过程中，我发觉这个 60 多岁的老侦查员，40 多年的从警生涯改变的只是他的容颜，不变的是他硬朗的身形。老王边说边点上了一根烟，这也是当年办案养成的习惯，一缕青烟划过半白的鬓角，额头皱纹下的眸子闪着光，拿着烟的手微微颤抖着，那是一种发自内心的自豪，一种骄傲。老王告诉我说，当时的办公破案的物质条件十分匮乏，整个单位里只有一辆吉普车，每次外出办案，都是骑着自行车。四个人围坐一张办公桌，要是有未侦破的案件，整个办公楼灯火通明，年轻的同志只能在地上稍作歇息，老同志也只能在桌子上休息，拿着一个月几十块的工资也要将真相调查得水落石出，只为了问心无愧，只为了对得起肩上的警衔、头上的国徽。没有一个人喊苦，没有一个人喊累。就是凭着这样一颗心，造就了"803"的名字，造就了中国刑警"803"的传奇。老王还记得发生在漕溪北路 750 号的玫瑰香奇案：凶手将被害人杀死后，放在床上，裹上被子，浇上煤油，然后在旁边点一支玫瑰香，等到一个多小时后，香燃完了，香头点燃被子上的煤油，着火后，焚尸灭迹，正好因为时间过去一个多小时，造成凶手不在现场的可能。在侦查员确定凶手后，为了形成证据链，一直在搜查凶手的作案工具，可翻箱倒柜却找不到作案工具。每个侦查员都没有放弃，就连睡觉辗转反侧间也在思考，连做梦都不能放过房间里的任何一个角落，最终在马桶的水箱里发现了装着凶器的黑色塑料袋。老王对我说，当刑警是苦的，苦的是三辈子的人，对不起老人、对不起小孩儿、对不起自己，可当刑警也是甜的，最甜的就是破案的瞬间，那种无与伦比的自豪感冲击着你的大脑，让你不断向前，不断探索真相。

我们作为新时代的刑警，拥有那么多科技资源与设备条件，何其有幸。聆听老王说的话，现在的我们与他们相比是如此幸运。改革开放40年后，现如今的条件设备日益优质化，不仅有信号搜寻系统的完善，还有天罗地网遍布全国的发达信息网络体系。查找犯罪嫌疑人资源便捷，技术侦查、网络侦查、DNA比对……让破案变得高效起来。作为一名新时代的青年民警，有幸在改革开放40年所给予的各类资源下进行办公破案。在入职的半年里，我在专案组中不断成长不断进步，加班加点已成常态，通宵达旦习以为常。改变的是侦查设备的革新，不变的是追求真相的决心。这就是和老王的交谈中我感受到的刑警精神、"803"精神，这就是一种传承。

老刑警办公破案时，虽物资匮乏，加之科技设备落后，给办公造成种种不便，但他们做的不是表面敷衍抑或全盘放弃，而是对于职业破案的坚持与顽强，不破案终不罢休，不为民众解决烦恼终不停止脚步。正如院里那屹立不倒的银杏树，似刑警办案始终坚持如一的初心，百年不朽，痴心不改。"803"的刑警精神，如同银杏树般不眠不休，无论环境是否恶劣，总会长得不惧风雨，更加饱满向上，充满正能量，是积极与坚守的象征，是将破案工作扎在泥土中反复深化的决心。银杏的叶落在地上，化入土里，又成了银杏的养料，"803"的精神也在一代代中不断传承不断延续，"803"的名字、"803"的传奇也在一页一页地续写。

老侦查员们无论环境如何恶劣，始终坚持在第一线，脚踏实地，将办案的决心进行到底。刑警精神的坚守似一种精神象征，是团队成员风雨无阻相互扶持攻坚克难的男儿本色；刑警是一道有力传承，是我采访的那些满是故事的老刑警愿把一身经验灌输给新民警的薪火相传；刑警是一个没有职务、没有等级的标志，是"天下刑警是一家"的团结协作精神；刑警虽是平凡的职业，但却拥有遇到疑难案件就会眼放绿光毫不犹豫地扑上去的锲而不舍的顽强信念。

刑警精神是坚守，是冲劲，是向上，是无所畏惧不怕苦痛的顽强不息。如深入泥土的银杏树，根部稳扎在土里，枝干蓬勃向上，刑警凭借顽强的精神将案件落实到实地，不断探究，直至破解真相。老一辈的刑警坚持的办案信念和热忱精神坚定了我们新时代刑警的工作决心，警醒着我们：对党忠诚、服务人民、执法公正、纪律严明！

听完老民警给我讲述他们的故事，走在回家的路上，心中有一团火在燃烧。满院子的银杏树叶铺出一条金色的道路，一片片叶子就在讲述一段段故事。院里的树还是那么挺拔，在风中屹然不动，就像一个抽着烟站在那儿沉思的侦查员，一站就是一天，一站就是一辈子。

我与"警察 POLICE"的变迁记

江苏省苏州市公安局吴中分局交警大队　郭　丰

1978 年，这是我终生难忘的日子，那一年改革开放开始起航，那一年一个小生命在一个穷乡僻壤出生了……从此我似乎与改革开放有着诉说不完的故事。

在我才懂事的时候，记得自己村与隔壁村因宅基地产生矛盾甚至于要打群架时，一名穿着橄榄绿的警察到场后几句话就迅速制止了，从此我似乎对警察这个职业产生了无限的崇敬。

2007 年，我从部队转业后毫不犹豫地选择了当人民警察，并被分配到交警部门，终于穿上了期盼多年的警服。单位给我配发的警用装备中有一套绿色印有"警察 POLICE"的反光马夹，这引起了我的注意。当时，我对这件马夹并不了解，认为这件装备好像是多余的，于是便放在了衣橱的最下层，兴许这一辈子也不会再去碰它。

在一次夜查行动中，我因为未穿反光马夹被师父当着众人的面进行了一顿严厉的批评。从那以后，我将反光马夹从箱底翻出，师父在时就赶紧穿上，不在时就脱下来随便放在一个不起眼的角落，好几个马夹就这样被我给弄丢了，和蔼可亲的师父每年都要把他的新马夹赠送于我，我总是抓抓头憨厚地一笑。

然而在一次突发事件中，我对身上这件马夹有了重新认识。那是一个夏天的早高峰，一名女子在干将桥落水了，恰好就在师父的路口。突然间，桥上传来一阵群众的呼救声，师父闻讯后，以百米冲刺般的速度跑了过去，穿着那件"警察 POLICE"字样的马夹飞入河中救人。

当师父潜入水底把那位女子成功救回岸时，只见女子依然死死抓住师父那件马夹不松手。听岸上的群众议论，大家都说那位女子在生死之间，迷迷糊糊中看到了师父身上的"警察POLICE"中英文，才重新燃起了与死神斗争的希望。师父救人的事情成为当地群众的一段佳话，"警察POLICE"这个标志也成为他们值得信赖的依靠。

几年之后，我身上的"警察POLICE"又有了新变化，样式从以前的条带式变成了网状式，不但材质好而且通风，也更加美观了，尤其是在炎炎夏日中执勤再也不会感受到胸中热气腾腾了，我似乎越来越喜欢我的这件"警察POLICE"了。

还记得参加上海亚信峰会安保工作，我与同事在沪宁花桥检查站成功抓获在逃十年的杀人犯时，在场的群众为我们这一群穿着"警察POLICE"的交警竖起大拇指。当我们审讯后才得知让犯罪分子闻风丧胆的就是这个醒目的"警察POLICE"，原来我的马夹还有着震慑违法犯罪分子的奇效。

随后几年，我的"警察POLICE"又发生了好多变化，有的反光马夹还装上了一闪一闪的红灯，晚上执勤时只要轻触按钮，老远就能看到红光和绿光，尤其是在黑暗处效果更佳。有的马夹还配备了九小件，在执勤中可以随时使用，给我们工作带来了很大便利。我还想提的就是"警察POLICE"还印上了我们的雨衣，有黑色、绿色、橘黄色，质量也是一次比一次好，雨中我的"警察POLICE"显得更加清晰明亮。

40年来，人民警察服装从蓝色到绿色和白色再到藏青色，交警的反光马夹在不断地更新换代，除了更加美观之外，我并没有理解它的真正意义，直到无意中看到上级的一篇材料中的一组数据时才对"警察POLICE"恍然大悟："近年来，交通警察的意外死亡事故数量较大幅减少……"那一刻，我似乎突然之间感悟到了当年师父的良苦用心。

改革开放铸辉煌　青年奋进新时代

安徽省亳州市公安局谯城分局　陈　蕊

1978年,伴随着十一届三中全会的召开,拉开了改革开放的序幕,到如今,改革开放已走过四十年的风风雨雨。四十年,中华民族迎来了从站起来、富起来到强起来的伟大飞跃。作为一名"90后",我们有幸成长在改革开放的春风里,直接享受着改革的成果、目睹着改革的辉煌,并且有幸参与着改革的进程!

在这场伟大的变革中,我们亳州,从当初名不见经传的亳县城,在一代代青年人的接力奋斗中,用勤劳、勇敢、智慧书写着中华药都的新名片,我们还在努力打造世界中医药之都。

习近平总书记强调,青年一代有理想、有本领、有担当,国家就有前途,民族就有希望。站在历史的新起点上,新时代给出了新"考卷",等待我们用不懈奋斗来作答。幸福都是奋斗出来的!要奋斗就会有牺牲,我们要始终发扬大无畏精神和无私奉献精神。

自改革开放以来,全国就有7000多名公安民警为国捐躯,13万多名民警光荣负伤。在人均寿命70岁的今天,警察的平均寿命,不足48岁!其中牺牲青年民警占比超五成!

巍巍烈士陵,一日一新坟。他们以青春的名义诉说着警察的"无限忠诚"!

最近几天,有一段名为《忠诚卫士》的微电影刷爆了我的朋友圈,故事是以青年民警王海洋的真实事迹改编的。王海洋同志经常加班、熬夜办案,长期超负荷工作,2018年9月7日,年仅35岁的他最终倒在了挚爱的工作岗位上,留下了年迈的父母和无依无靠的妻儿,把最美好的青春,献给了自己最热爱的公安事业。

　　王海洋没有走，一批又一批像王海洋一样的青年警察，手持金色盾牌、胸怀奉献热血，为了心中的理想、为了警徽的光芒、为了人民的安宁，用实际行动谱写了一曲又一曲"人民公安为人民"的英雄赞歌。

　　他们为了亳州的长治久安、人民安居乐业，舍小家为大家，牺牲陪伴家人的时间，日夜坚守在岗位上。面对犯罪分子，他们无惧无畏、把生与死置之度外，用坚强的臂膀撑起一片宁静的蓝天。

　　下面我要讲述的是一位智勇双全的青年民警——郑宝贵。从警21年来，他先后参与打掉各类犯罪团伙70余个，破获各类刑事案件1260多起。要问他靠什么取得这样的成绩，他说，抓住罪犯不撒手。2012年秋冬之际，亳州及邻近的太和、商丘、周口等地，发生大货车油箱内柴油被盗案件近百起。为寻找线索，他带领民警走访、跟踪、守候近百个日夜，发现作案车辆竟全是假牌照。犯罪嫌疑人作案时带有凶器，随时可能危及他人的生命安全。他设计伪装了一场交通事故，来了一招"瓮中捉鳖"，智取"油耗子"。

　　还有一名女警，她叫朱晓丽，是利辛县公安局桥南派出所所长。一提到艾滋病，大家都谈之色变，但当年朱晓丽所在的辖区——亳州市利辛县中疃镇就有艾滋病患者253人。面对聚众打斗的艾滋病人，她冒着可能被传染的危险，奋不顾身地冲进打斗的人群，将带头儿闹事的艾滋病人控制住。面对父母因艾滋病双亡的孤儿李标姐弟，朱晓丽以"警察妈妈"的身份资助、照顾着姐弟俩，一做就是十年。面对家人，因战斗在追捕逃犯路上，她却没能见病危妹妹的最后一面……

　　无论是离我们远去的英雄王海洋，还是仍然奋战在一线的普通民警，抑或是高擎着理想信念、头顶国徽、肩负时代重托的每一位人民警察，都怀揣着对亳州公安事业的无比执着、为民服务的不变情怀，用生命诠释着"对党忠诚、服务人民、执法公正、纪律严明"的铮铮誓言，在新时代建设美好亳州的征程中，勇做时代弄潮儿，以青春之我书写青春业绩，不忘跟党初心，牢记青春使命，继续砥砺前行！

砥砺奋进创辉煌　　改革发展启新程

广东省珠海市公安局横琴分局　朱海儒　李雅菲

四十年前冰河解冻，四十年后大河行船。风雨砥砺，岁月烁金。每一次出发，都为了今天的美好；每一次起航，都瞄向更久远的未来。

时光荏苒，白驹过隙。改革开放四十年来，在中国共产党坚强领导下，中国人民艰苦奋斗，顽强拼搏，用双手书写了国家和民族发展的壮丽史诗，中华大地发生了感天动地的伟大变革。

从肉眼到天眼，人说，唯有改变这事是永恒不变的，但四十年来，科技设备虽不断更新，但人民公安为人民的从警初心一直不变。改革开放以来，地处南大门的广东社会经济发生了翻天覆地的变化，同时也面临着前所未有的流动社会所带来的治安压力和挑战。2010年法医秦建华同志调入横琴分局刑侦大队工作，由于大队刚成立，一切工作从零开始。当时大队没技术用房，自己规划；没有设备、器械，自己想办法解决；没有人员，自己一个人挑起担子。通过不懈努力，大队技术组基本可以运作，而秦建华同志一人承担了分局全部的法医活体和尸体的检验鉴定以及现场勘验工作。

面对不断发展变化的刑事犯罪形势，横琴公安刑侦部门不断提高对刑事打击工作重要性的认识，持续严厉打击各类刑事犯罪活动，并不断加强刑事科学技术等侦查技术手段。近日，横琴刑侦大队利用视频侦查、出租车轨迹排查和伏击守候等侦查手段开展合成作战，成功破获今年发生在横琴琴湾公寓收银台的现金被盗案，嫌疑人阳某也在几日后被警方抓获。经过警方调查，嫌疑人阳某曾于2003年在广州越秀区因抢劫、强奸被判处有期徒刑18年，服刑13年后于2016年释放；2017年因盗窃被香洲区人民法院判处有期徒刑

1年2个月；2018年7月刚被释放，8月因盗窃又被横琴警方抓获。

刑事科学技术是刑侦基础性工作，也是刑事侦查破案的重要支撑。改革开放以后，横琴公安刑事科学技术从过去的人海排查到现在的人工比对，从装备落后单一到如今拥有现代化科技装备，刑事技术实现了从原始人力手段向科技手段跨越的巨大变迁。改革开放前期，刑事技术专业较少，以痕迹、法医、照相为主。公安机关破案主要依靠摸底排查、抓人、审讯"三板斧"，通过投入更多的人力寻找案件突破口，刑事技术只作为辅助。随着社会的发展和科学技术的进步，横琴分局刑侦部门坚持向科技要警力、要战斗力，切实加强刑事科学技术等侦查技术手段建设，侦查破案效能在不断地增长，大数据、云计算正成为公安机关打防管控的"撒手锏"。

改革开放以来，横琴分局刑侦大队始终坚持姓党，紧紧依靠党委政府，坚决巩固共产党执政地位，维护横琴长治久安，保障市民安居乐业；横琴分局刑侦大队勠力同心，拼搏奉献，经受了一次又一次考验，战胜了一个又一个困难，打赢了一场又一场硬仗，实现了社会治理模式单一化到立体化治安防控的全面发展，确保了横琴政治稳定和社会治安大局平稳。如今，无论是人民群众的安全感、满意度，还是公安机关的执法能力、服务理念、基础建设、保障机制等都得到了显著的提升。

新时代需要奋斗者，新征程呼唤奋斗者，让我们秉承"功成不必在我"的精神境界和"功成必定有我"的历史担当，不忘初心，奋勇前行，在改革开放的浪潮中激荡青春力量，做出无愧于时代的伟大业绩。祖国的命运也就是每一个中国人的命运，祖国的发展与富强要靠我们每一个中华儿女的贡献和奋斗。我们坚信，在习近平新时代中国特色社会主义思想的指引下，"两个一百年"的奋斗目标一定会实现，中华民族伟大复兴的中国梦一定会实现！

在最后我们要说一声："我们要和祖国共奋进，我们要和祖国共拼搏，我们要和祖国共进步！"

芳华易逝　　警魂不老

甘肃省张掖市公安局交警支队南华高速公路大队　李　静

是否记得，一首《春天的故事》唱响了神州大地，成为家喻户晓、耳熟能详的歌曲，动人的歌词正是歌颂邓小平同志的壮举。四十年前，我们伟大的祖国在邓小平同志的指引下，召开了十一届三中全会，实行了改革开放的战略方针。神州大地，经过四十年的发展，取得了举世瞩目的辉煌，处处洋溢着文明祥和的盛世景象。

四十年的奋斗，改革开放春风化雨，让成果的种子遍地播撒、遍地开花。我从小的梦想就是当一名警察，身着威严的警服，惩恶扬善，保一方平安。如我所愿，警校毕业后，我幸运地加入到了这个光荣的集体。作为一线执勤执法的普通交警，尽管工作平凡，所做之事也并不是轰轰烈烈，但只要能进一步深化改革开放，我都会义不容辞地贡献出自己的力量。

作为警队里的"90后"，我们一直沐浴在改革开放的春风中，虽然没有亲历改革开放的整个历程，但是每每听到身边的老民警提起那段峥嵘岁月都不禁感叹。当时的一身"橄榄绿"，承载了一代人民警察的回忆；如今的一身"藏蓝色"，谱写着人民公安为人民的华丽乐章。虽然颜色在变，但是为民服务的宗旨从未改变；虽然时光更迭，但是守护人民的职责不会改变。

公安交管工作面对的是没有硝烟的战场，我们面对的敌人是无情的车祸，它每时每刻都在向我们进攻，吞噬着人民的财产和生命。我们交警肩负着确保道路安全畅通的重大使命，构建和谐社会离不开我们出色的努力。道路连接着千家万户，千家万户的交通安全紧紧攥在我们的手中。

那是一个大雪纷飞的夜晚，辖区路面积雪厚度达十几厘米，车辆剐蹭追尾、碰撞护栏、翻出路面等交通事故频发，战友们在零下20度的寒夜，浴"雪"奋战55个小时，坚守在路面一线，疏导交通，处理事故，救助每一位受困驾驶员。一辆辽宁牌照的油罐车，因路面结冰，道路湿滑，无法正常行驶上坡，影响后方车辆正常通行。民警们拿起铁锹除冰铲雪，帮助驾驶员安装防滑链。经过一个小时的努力，该车最终顺利上坡，正常行驶。在离开前，驾驶员要求民警留下联系方式，以表达感激之情。第二天，在民警赵苑东的微信朋友圈中出现了辽宁籍驾驶员简短而真挚的感谢信，它表达了他对民警"为人民服务"的深深敬意。这样一群百姓眼中最可爱的人，没有高大伟岸的身躯，没有激情澎湃的豪言，更没有惊天动地的壮举，但当人民需要的时候，警灯闪烁是最响亮的回答。

2013年7月的一天，一起重大道路交通事故的死者家属来到大队，将一面写有"路通万家　情系百姓"的锦旗送到了办案民警的手中，并向民警深深鞠躬，感谢民警在办案、调解过程中的公正与耐心，这使他们在失去亲人的痛苦中得到一些安慰。逝者给亲人带来的是世界上最大的苦难，而我们的责任就是用努力与付出，最大限度地减少这种苦难。车流去还有车，人走过还有人。交警就是平安路，交警就是安全岛，交警就是改革发展的铺路石，交警就是社会主义事业建设的护航兵！

"丁零零……"大队值班室接到报警：一名过路司机称在大队辖区2277公里处发生了一起交通事故，一辆临夏牌照的重型半挂牵引车侧翻在路边，人员伤亡情况不明，请出警。警情就是命令，大队民警闻警而动，立即赶往现场。到达现场后，民警兵分两路，一边做好安全防护、搞好警戒，一边勘查现场、取证调查。民警看到事故车辆撞到护栏后侧翻于路边，车体受损较轻，但车内货物全部撒落，驾驶员及乘车人坐在路边。可能是受到惊吓，驾驶员脸色苍白，浑身发抖，乘车人也吓得哆嗦不已。由于车内21吨价值三万多元的西瓜损失严重，货物赔偿问题使得驾驶员马某满脸愁容。为了尽可能抢救货物、减少损失，民警为其联系到高台县水果批发商户，帮助马某将没有损坏的西瓜卖给商户，弥补了马某一部分经济损失。当了解到两人一天都没有吃饭时，民警马上开着警车去买饭。民警急群众所急、想群众所想的优秀品质和良好的职业素质深深地感动了驾驶员马某，他哽咽着说："今天要是没有高速交警，我的损失就更大了，太感谢你们了。"危难时刻，大队民警以实际行动践行了全心全意为人民服务的誓言，谱写了警民鱼水情的和谐新篇章。

哪有什么岁月静好，只不过是有人替你负重前行。

我们的公安交管事业，随改革开放一路前行。每位民警的心，与改革开放同频共振。为民服务，是我们循环往复的旅程；永葆安宁，是我们此生不变的企望。让我们伴着警笛呼啸的韵律，谱写出如歌的岁月！让我们用责任和担当延续改革开放的伟大成果，用岁月芳华书写希望的篇章！让我们不忘初心，牢记使命，铭刻忠诚，惩恶扬善，青春无限，警魂不老！

我的警服　　我的爱

宁夏回族自治区银川市公安局刑侦支队　　唐晓倩

在我的影集里，珍藏着许许多多珍贵的照片，其中最多的，是我身着警服的个人照片。从1987年上警校穿上第一身警服开始，至今已整整31年。从橄榄绿、红领章，到现在的藏蓝色警服，我经历了三次大的警服改革变迁。伴随公安改革，表现在警服颜色、款式及配饰的变化，我都一一拍了照片，作为留念。每每翻看影集，30年来，我从一个青春靓丽的女警，逐步成长为成熟稳重的基层领导、中年警官，我的警服和容颜在不断变化，唯一不变的，是我对公安事业的赤诚热爱、对警服的无比眷恋。

1987年9月，我考上了宁夏人民警察学校，入学训练一个月后，我穿上了心仪已久的警服。那是一套"八三式"警服，橄榄绿的颜色，又肥又大的衣裤裹着我们瘦弱的身躯，鲜红的领章，像两面红旗挂在领边，头戴大檐帽，帽徽是由国徽、盾牌、长城、松枝组成。最喜欢的是夏季警服的裙子，两侧有两道红色的镶边，女民警穿上裙子既庄重威严又不失温柔。我们每天穿着这样的警服学习、训练，心中充满了自豪与骄傲。

1989年我从警校毕业后走上了工作岗位，在石嘴山市大武口公安分局秘书科工作，那时我才知道公安工作分工不同，多种多样，有一科、二科、三科、四科、刑警大队、派出所等，还有秘书科这样的后勤部门保障全局的工作开展。那时还没有手机，更没有互联网，通讯及电台都靠的是人工交换机接线来保障整个分局与外部的电话通讯畅通无阻，我就在秘书科做了一名总机接线员。那时的警服，已经在"八三式"警服的基础上进行了改革，红领章改为了由松枝衬托的红色盾牌领花，时称"八九式"警服。在那个年代，没有多少华丽的服饰，一身警服伴随我在平凡的岗位上度过了四个春夏秋冬。

1993年8月，国家公务员暂行条例颁布，公安机关归属于国家公务员队伍。人民警察经过评定，被授予警衔，佩戴警衔标志，我的警服上，扛起了二级警员的警衔。那时我已从石嘴山市公安局调入银川市公安局收容审查所工作，直至1996年第八届全国人民代表大会第四次会议通过了关于修改《中华人民共和国刑事诉讼法》的决定，修改后的刑事诉讼法取消了收容审查制度，收容审查所从此成为了历史。在收容审查所工作的四年中，我正值花样年华，以最饱满的热情投入到工作中，积极进取，努力成长，结婚生子，青春无悔。其间连续多次被评为优秀公务员，并于1996年7月光荣地加入了中国共产党。当我身着警服，举起右拳，对着党旗宣誓的时候，我无比激动，心潮澎湃，发誓今生永远跟党走，无愧于人民警察的称号，无愧于身上的警服。

收容审查制度取消后，1996年12月，我调入银川市公安局刑侦支队工作，从此我做了一名刑警，战斗在打击刑事犯罪的前沿。在刑侦支队工作期间，由于侦查工作的需要，除了正式场合就很少穿警服了。那是我最难忘的十年岁月，忘不了参与多起大案要案而摸排走访、化装侦查的艰辛；忘不了和同事一起深入虎穴与毒枭周旋的惊心动魄；忘不了侦破系列盗窃保险柜案件的神机妙算；忘不了孤身追逐犯罪嫌疑人的化险为夷；更忘不了侦破1999年"4·20"特大爆炸袭警案的日日夜夜……在"4·20"特大爆炸袭警案告破后，我荣立三等功。在授奖大会上，我身着橄榄色夏季警服，头戴立筒式短沿警帽，身披红色绶带，手捧五彩鲜花，站在颁奖台上，精神饱满，英姿飒爽，脸上充满了无尽的光荣与骄傲。

时光飞转，在激情燃烧的岁月中，我们迎来了世纪之交。2000年10月1日，中国公检法司大换装，警服实现了历史性的变革。警服颜色选用了与国际警服主流色调相一致的藏蓝色，从此，中国警察穿着新式警服，闪亮登上了世界大舞台。进入21世纪后，银川公安实行领导干部聘任制改革。2004年，我参加了领导岗位竞聘，成为基层领导干部，担任了情报大队副大队长，后又继续成长为正科级领导干部。在新的历史时期，身着庄严的警服，更加感到历史赋予我们神圣使命，感到自己责任重大。其间，几个战友的离世深深触动着我的心，文建新同志、郭培刚同志、于军同志由于操劳过度，相继倒在了工作岗位上，永远离开了我们。当我们送别战友的时候，望着昔日生龙活虎的战友身着警服静静地躺在玻璃棺中，霎时，泪飞顿作倾盆雨，泪水浸染了眼眶，打湿了衣衫。警服啊，你有如此大的魅力，在一个人民警察离世的时候，你是他最美的装扮。警服，你在不法分子眼里，是威严，是戒规，是权威，面对行凶歹徒时，警服就是利剑。警服，你在老百姓眼里，是公平，是正义，是信任，当群众求助时，警服就是希望。警服，在人民警察眼里，是忠诚，是职责，是担当，是人民警察矢志不渝的信念。

光阴荏苒，岁月如梭，如今我已经年过五旬，回首从警道路三十年，伴随国家改革开放四十载，亲历公安队伍不断壮大，目睹公安科技日新月异走向高端，感受国家国力日益强大，站在世界大国之林。此时，抚摸着身上的警服，重复着不变的誓言："对党忠诚、服务人民、执法公正、纪律严明。"

警服，我的警服，我的爱！

祖国的四十年，我的十年

新疆生产建设兵团第十二师公安局　王　淼

十年前，我以全地区第一的好成绩成为人民警察队伍中的一员。选择这份职业，源于对"人民警察"这四个字的崇拜，源于对藏蓝警服的喜欢，但是作为一名医学毕业生，对人民警察这个职业，实在是知之甚少。

一直以为，警察是威风凛凛，每天冲锋陷阵、惩奸除恶的，在这崭新的天地，到处都是藏蓝的辉煌、熠熠警徽闪烁着神圣的光芒，像无数次出现在梦境中的天堂，这个既新鲜又陌生的天地，让我既对未来充满了期待，又对不可知的命运有着小小的紧张。

第一年，我不再是菁菁校园里那个背着书包、扎着马尾行走在校园里的懵懂少年，我已经踏入了曾经似乎离我很遥远的职场，再没有了老师的耳提面命、谆谆教诲，开始了"社区民警"的生涯。入警时的新鲜、豪情，被纷繁、琐碎所代替，每天像个居委会大妈一样东家跑西家颠、走大街穿小巷，为了张家丢了鸡、李家落户难等琐碎小事劳心劳力。然而，就是在不厌其烦的奔波中，在大爷大妈的赞许中，在孩子的笑靥如花中，我体会到了"人民警察"的真谛，这不仅仅是一种崇高而神圣的职业，更多的是一种不断颠簸和拼搏的生活，是需要理想和信念支撑拼搏精神的职业。

第二年，每天三点一线的生活还在继续，然而身边已经物是人非，面对厚厚的案卷、枯燥的报表，我一度茫然，我的梦想在哪里？我的翅膀在哪里？

第三年，年华之树的叶子已经开始发芽，我已经进入了人生的另一个阶段。当我将迷路小姑娘送入家人怀抱、将办好的二代身份证递给老大爷时，我似乎明白了"人民警察"这四个字的真正含义，我肩上担负了更多的责任，我也拥有了梦想的羽翼，尽管还不是很丰满，可是这羽翼意味着责任。

第四年，因岗位调整，我被分配到看守所担任内勤和所医。高墙电网内，形形色色的人们在我面前走过人生的岔路口，而我学会了用沉稳、包容的态度对待在人生路上偏移方向的人，用点滴真情温暖迷途的路人甲乙丙，我似乎看到自己的梦想的翅膀羽翼愈加丰满起来。我感受到自己正试着飞翔。

第五年，因工作调动，我来到一个陌生的城市，来到一个全新的单位，在政治处开始了新的生活。站在十字路口，看行人步履匆匆，看车流时疾时徐，突然发现，自己在这洪流中不过是繁星一点、沧海一粟，但，正是梦想让我不那么渺小，此时的我正展翅高飞，自由翱翔。

……

生活就像一本仓促阅读的书，还来不及细细品味，属于今天的一页就已经翻过去了，明天的一页还等着自己来书写。没有大起大落，没有轰轰烈烈，正是这细水长流般缓缓而出的真实，是我现在的生活。十年的从警生涯，我见证了公安机关翻天覆地的变化，我们的队伍和我们的祖国一起，栉风沐雨，披荆斩棘，经历着成长的痛苦，也收获着耕耘的果实。

如今的我，是每天和照相机、摄像机打交道的宣传民警。现在是下午五点十分，我在基层派出所采风，我和派出所的同事小刘接报警人拨打110警情，现已到达现场，本次执法全程录音录像。出警路上，小刘拿出PDA移动警务终端，输入"伤害类案件"的关键词，此类警情的执法流程与法律依据在屏幕上赫然呈现。通过规范的现场执法，小刘和同事迅速制止了违法犯罪行为，有效控制现场。

四十年沧海桑田，四十年改革发展。四十年前靠经验办案的老民警一定不会想到，有一天公安警务工作能够变得如此高效、规范、有序。而作为一名入警十年的民警，我有幸见证了这一时刻并为之感到骄傲和自豪！

无论是这入警十年的时光，还是祖国改革开放的四十年，在历史的长河里，不过是沧海一粟，但是，这些岁月，于我的人生，于公安事业的发展，都写下了不平凡的一页。

从"八三绿"到"藏青蓝"，警服颜色和国际通用颜色接轨了；从所有民警骑车赶赴现场办理案件变成现代化警务指挥大厅，公安机关打击犯罪的手段先进了……伴随着四十年改革开放历史进程，公安工作走过了一条极不平凡的发展道路。从手持手术刀、身穿白大褂的青涩医学院实习生，到手持九二式手枪，身穿防刺背心、八件套；从事事请教老师、手术台上畏首畏尾，到应对各类警务事件游刃有余……十年时光，我完成了从一个青涩实习医生到成熟女警察的完美蜕变。

　　四十年来，为适应改革开放不断发展的新要求，公安机关以改革创新的精神加强和完善自己，对传统的公安工作运行机制进行了一系列卓有成效的改革。尤其在打击违法犯罪、护航经济发展上，公安机关建立110快速反应机制，提升案件侦破科技含量，实施信息主导警务战略，为维护社会稳定、服务经济发展作出了卓越贡献。

　　十年来，我把自己最美好的年华奉献给了这片挚爱的土地和坚守的事业。光阴似箭，岁月荏苒，时间真的好快，她让我从一个懵懵懂懂的少女，成长为了一名有责任、有担当的人民警察。这期间，有汗水，有泪水，有艰辛，也有欢笑。但不管怎样，作为一名人民警察，伴随着时代的变迁、环境的改变和对这份事业的执着，我始终初心不改，那就是热爱自己的本职工作，为党的公安事业和祖国的繁荣富强贡献自己的青春和力量。

四十年，从"28"到"675"

河北省冀中公安局技术侦察支队　李　阳

倘若把冀中平原上的三十多处昼夜不熄灯的特定建筑连在一起，从遥远的夜空俯视，那些用想象的微光串联起来的图案，就像一张完美的蛛网，笼罩着一片祥和安康。

古潜山，不是地表上某个地域的名称，它是潜藏在地球深处被新地层覆盖之下的古老山头，适宜蕴藏石油和天然气。

经过石油专家勘察探测，二十世纪七十年代中期，发现河北任丘中西部地下古潜山蕴藏了储量巨大的石油和天然气。按照预测，这个发现是继大庆油田和胜利油田之后，我国的第三大油田。喜报传来，根据石油化工部的呈报，国务院很快批准了在冀中地区开展石油大会战。由此，从全国各地的胜利、吉林、玉门、大港、长庆、江汉和新疆等油田抽调了三万余人的先遣军，"轰隆隆"开进了冀中某处沉睡已久的荒原，在一大片泛着白色盐碱的草滩上安营扎寨，点起驱寒的篝火，唱起豪迈的"我为祖国献石油"，从此拉开石油会战的序幕。

与开采石油相关的勘探、采油、油建、钻研所、研究院、设计院等单位陆续成立后，为维护油区治安秩序，1978年，华北油田保卫部成立，28名从各处抽调来的青年人组成了一支年轻的保卫队伍，在一处平房办公。随着保卫队伍的不断壮大和各科室的建立，1980年成立了华北油田公安处，在石油总部会战道东侧盖起一栋五层高的办公大楼。治安、刑侦、预审、技术、巡警、交警、后勤等单位相继组建，油田下属的各二级单位相应成立了公安分处，均以单位名称冠名，比如采油一厂公安分处、勘探二公司公安分处、水电厂公安分处等。

那时公安队伍的组成大多以复转军人和华北油田教育学院法律班、华北石油学校、司法院校等毕业生为主，一部分人员是从各石油单位调入的。

随着各路石油大军和家属子女的汇聚，配套的医院、商业公司、学校、幼儿园等服务单位相继建成。几十万人口的油城初具规模，外来人口逐年增多，小商小贩开店的、走街串巷做小买卖的，这些流动人员给油田职工家属带来了生活上的便利，也滋生了不稳定因素和治安隐患。

外围油区遍布河北境内，南至辛集，北到廊坊，中间有河间、任丘、霸县等地，地下石油输油管线纵横交错，从开采出来到运输至炼油厂，最长的管线长达100多公里。眼见着浓稠的石油源源不断从地下流淌出来，炼化成工业、农业和人民群众日常须臾不离的各种汽柴油化工产品，利益驱使之下，不法分子盯上了这流动的黑色黄金。在输油管线上钻孔盗油，售卖给私人炼油厂，加工后的成品油卖给加油站，给国家带来巨大损失。同时，由于油田生产需要，电网密布，周边农村老百姓私搭线路盗电，埋下无数隐患，火灾和人畜触电死亡事件时有发生。

打击油区偷油盗电、抓捕破获易燃易爆设备违法犯罪分子，是华北油田公安处的主战场。维护油城职工家属的生活环境平安亦是义不容辞。

30余万人口的油城生产生活安全，依靠只有400多名警察的队伍保卫，任务之重之艰巨可想而知。

1990年夏季，一批从河北省警察学校毕业的年轻警官，给油田公安处带来一股清风。1991年夏季，黑龙江省大庆市人民警察学校毕业了20名年轻的警官，他们加入到油田保卫队伍。在随后的近十年间，这两所警察学校源源不断地向油田公安处输送了100余名年轻的警官。

这批年轻警察的身份很特殊，作为其中的一员，我知道，我们的父母几乎全是参加了华北油田会战的第一代石油人。作为第二代石油人，我从小就耳濡目染了父母那辈人的奋斗历程。我们虽然来自祖国各地、天南海北，却都共同在冀中平原这片土地上成长起来，我们的父辈曾经隶属大庆油田或胜利油田或江汉油田，但我们只属于华北油田，与之休戚相关血脉相连，这里已然成为我们第二代石油人的故乡。热爱家乡、保卫家乡，是我们的职责和使命。

那时的油田公安处大院由最南面的五层办公大楼和最北面的一栋四层高的后勤大楼，以及东侧的司机班和小车队所在的一栋二层小楼，形成合围，中间是宽敞的大院，办公环境非常好。后来大院西侧盖起一栋六层高的综合楼，如此一来，大院的四边由四栋高低错落的楼房组成了。

2001年，随着机构改革，华北油田公安处整建制划归河北省公安厅直属，更名为河北省冀中公安局，下设6个分局28个派出所，2个分局设置在任丘油田基地，其余4个分局全部设置在外围采油厂。队伍更加正规化，大家的斗志越发昂扬，不断有公安院校和各种专业的毕业生被吸纳到警队里，这些年轻人的加入，给警队带来生生不息的活力和战斗力。

时至今日，40年风云变幻，从1978年成立之初的28名保卫人员，到如今的675名警察，从橄榄绿到藏蓝色，这支队伍为国家挽回经济损失数以亿计，破获涉油涉电等各类案件万余起。所有这一切，都是改革开放之初无法预知和想象的。

回到本文开头，可以看到，这支年轻的公安队伍、钢铁的公安队伍，就像连接蛛网的丝线，穿行在冀中平原橘色宝石花盛开的油田，日夜守护万家灯火的平安。

石油，经过亿万年的演化，完成了蜕变，在古潜山内静默等候；

石油人，传承"铁人精神"和"大庆精神"，源源不断为国家输送能源和"血液"；

石油卫士，坚守这片热土，打击违法犯罪，履职尽责，牢记宗旨，矢志不渝。

用开拓奉献谱写高速交警赞歌

黑龙江省公安厅交警总队高速支队哈大大队勤务三中队　闫晓彪

四十年风雨兼程，像一条漫长的征途，洗涤了一代又一代人的梦想；四十年万里江山，像嘹亮高亢的赞歌，颂唱恢弘发展。

在刚刚过去的2018年，中国走过了改革开放的四十年。四十年前，十一届三中全会翻开了中华民族伟大复兴的新篇章。转眼回顾改革历程，在伟大的中国共产党的带领下，这片厚重的国土已发生翻天覆地的变化。经济飞速发展、科技超越领先、人民生活水平提高，我们的国家正飞驰在高速发展的道路上。

作为一名服务于人民的高速交警，我见证着这些日新月异的改变。伫立广袤的龙江大地，辽阔的公路绵延千里，让我无时无刻不感受到生动的岁月变迁。

近年来，伴随着改革的推进，创新警务机制在维护国家长治久安、保障人民安居乐业、服务经济社会发展等多元化、综合化职能中，在国家社会治理体系中发挥着越来越重要的作用。

每当注视着车流，高科技的应用让关切平安的目光一直沿着车辆驶过的公路延续；每当用扩音器对违规车辆严肃提醒，话语里急切的关心传到每一个角落；每当遇到询问方向和路况的群众，我们付出最细致的耐心。广播里常常有我们温暖的提示，为车辆指明前行的方向。高清摄像头每时每刻注视着辖区重点路段，一旦不幸有事故发生，我们将第一时间奔赴现场，为人民减少损失，排除险情，保障平安。

这就是我们龙江的高速交警，每一位都怀有这样的工作热情和责任感。

龙江交警精神，本着一不怕苦二不怕死的奉献精神，谱写了一段段广为流传的佳话。

新时代背景下的龙江，涌现出许多优秀的先进人物，如几十年如一日的奋战在高寒地区的牟清元。他钢铁般的意志、高尚的职业操守如同一本活的教科书，诠释出最真实的人民卫士精神，激励着无数高速交通干警。

回望从警十三个寒暑，经历了从警力匮乏、勤务模式陈旧到科技兴警、勤务模式改革的一步步的变化，使我深切地感受到改革和发展的重要性。现如今，国家大跨步地发展，随着时代发展与科技的不断进步，龙江高速充分发挥科技强警的优势，利用公路防控体系等科技手段，使伪造变造机动车号牌等严重违法行为无处遁形。为了切实提高辖区道路管控能力，预防和减少道路交通事故，运用缉查布控系统，通过车辆及驾驶员信息的"大数据"应用，科学设置勤务，做到有预警有拦截，违法必处罚。这为龙江百姓安全出行作出了卓越的贡献。

这些新时代的科技进步与机制改革极大帮助了公路的管理，同时也对我们提出了更多的新要求和新挑战，我们肩上的责任更加重大。

但是，变化的是客观条件，不忘的是初心。在工作过程和工作成果的取得上，以人民为中心的发展思想，不是空喊口号，而是公安机关深入推进"放管服"改革的具体实践。这些年来，公安机关积极适应人民群众对高品质公共服务的新需求，坚持寓管理于服务之中，密集推出便民利民新举措，涉及群众切身利益之事，再难也不能回避。我们将始终心系群众，铭记警徽闪耀的神圣责任，诠释龙江精神，尽管做到这些并没有那么轻松，甚至更多的时刻伴随着困难和危险。

上班时间，我们一直在路上。当人们把车辆启动，我们的所有关注和牵挂就全部落到了百姓的身上。交通参与者刚刚开启行程，我们就已经早早地等候在巡逻岗位上，有条不紊的疏导，一丝不苟的查处，都在一句句坚定而温暖的对话中进行。对于违法车辆，我们绝对零容忍，严打击；面对违法行为，我们耐心劝导，坚决惩罚。高温下如雨的汗水，模糊不了眼前的道路；严寒中纷扬的大雪，动摇不了坚定的视线。节假期间，车流密集，给高速公路平添了大量隐患。我们牺牲自己的休息时间，为的是当突发情况来临时，第一时间在广播和现场反复警示，排除事故隐患。哈大高速每逢特殊天气，为保百姓出行安全都会启动二级响应，加强路面巡逻，清除路面安全隐患，十天半月没有休息已是家常便饭，不能回家过年成为我们对社会的责任和对家人的拖欠。但是，每当看见群众投来的微笑和亲切招手，还有那一声声感谢，都令人觉得这一切是那么值得和无悔。

　　十年如一日的付出终有收获，群众的理解和支持是对我们工作的最大肯定，也成了我们倍加努力工作的动力。正如牟清元同志所说："我选择了金盾，也就选择了奉献，选择了荣誉，这就是人民交警的忠诚。"

　　昨天，艰难困苦练就了铁血丹心；今天，在重任前鞠躬尽瘁；明天，跟随改革展望公安蓝图。我们时刻整装待发，怀揣着勇于开拓、竭力奉献的决心，发扬龙江交通的伟大精神，为新时代的龙江交通管理工作谱写浓墨重彩的诗篇。

小窗口也有大作为

江苏省无锡市公安局新吴分局园区派出所 郑　薇

2018年是中华人民共和国改革开放40周年。我出生于改革开放17周年，很幸运，没有体验过40年前"饥一顿，饱一顿，无鱼无肉半饱饭"的日子，也没有体验过"新三年，旧三年，缝缝补补又三年"的生活。

对于"改革开放"这四个字，我记得第一次是从历史课本上看见的，依稀记得课本上是这样描写的：1978年12月，十一届三中全会后，我国开始实习对内改革、对外开放的政策。

时光荏苒，转眼间40个年头过去了，我们国家经过大力发展，已经实现由贫穷到温饱再到小康的跨越式转变。今天的我能够穿着这一身藏蓝坐在户籍窗口，我觉得这也正是改革开放奇迹的一个小小缩影。

我大学就读于江苏警官学院，记得大一刚入学在第一堂课上我的班主任对我们说："周恩来总理在1949年公安部成立大会上曾说过这样一句话：'和平年代，国家安危，公安系于一半。'你们心里要清楚肩上担负的职责，不能把自己等同于一般的社会青年。"班主任的话令我印象深刻，更加坚定了我成为一名光荣的人民警察的决心。

去年我从警校毕业被正式分配至园区派出所户籍窗口工作，我时常提醒自己，当梦想变成职业，职业变成日常，一定要不忘初心、砥砺前行。现在我每天的日常工作就是在户籍窗口为群众办理户籍业务，与那些长期奋战在一线、和违法犯罪分子斗智斗勇的刑侦民警相比，我的工作略显平凡与琐碎。每日重复枯燥无味的工作，时间久了，心底总不免感到一丝失落。印象中，人民警察都是一个个英雄，冲锋在前、除暴安良，维护社会稳定，保一方安宁。而我呢？自我价值在哪里？特别是当工作中遇见个别群众不理解甚至质疑我的时候，这种感觉尤甚。直到有一天工作中的一件事情打动了我，才彻底改变了我对户籍工作的认知。

那是12月的一天清晨，鹅毛大雪降落锡城，寒风凛冽。一名中年女子裹着厚厚的羽绒服、拖着沉重的脚步来到户籍窗口。眼看她神色凝重、目光呆滞，走近好半天也不开口说话，我便轻声问她："您好，需要办理什么业务？"她仿佛被惊醒了，小心翼翼地从随身的挎包里掏出一沓纸。出于职业敏感我一眼就瞥见其中一张是死亡医学证明，我意识到，她肯定是来为去世的家人注销户口的。我见她茫然不知所措的样子，便收过那一沓纸翻看起来，发现还缺少户口簿。按照规定，没有户口簿是不能随意注销户口的。看着她隐忍又憔悴的面容，实在不忍心让她再在风雪里来回奔波。于是，我立即与分局治安大队沟通，讲明事情原委并且询问能否特事特办。在得到肯定答复后，我告诉她可以先行注销户口，然后尽快把户口本拿来办理。她木讷地点了点头……我娴熟地在电脑上操作完整个业务流程，拿起户口专用章，按上印泥，抬起又落下。就在那一瞬间，一直在努力控制情绪的她仿佛一根弦崩裂了，从小声抽泣到忍不住放声大哭起来。我的心也跟着疼了起来。我看着逝者的名字，猜想应该是这位阿姨的母亲，她再也没有妈妈了！忽然之间，脑海中略过那句话："父母在，人生尚有来处；父母去，人生只剩归途。"我一时间竟不知怎么安慰她，因为言语在这一刻变得苍白无力。我抽了两张餐巾纸透过窗口递给她，她抬起泪眼接过纸，无助地一个劲说："谢谢、谢谢……"

我目送着她离开，看着她的背影渐行渐远，就在那一刻，我突然明白了我工作的意义。对于我而言，补办身份证、迁移户口、出生死亡申报以及各种户籍业务办理只是我的日常工作，而对于前来办理的老百姓而言，年满16周岁的少年首次申领身份证、小夫妻为刚出生的宝宝办理出生申报、奋斗多年小有成就的男子把户口从外地老家迁到无锡……这些都是他们人生中非常珍贵而值得纪念的时刻。而因为职业，我有幸得以与他们一同分享，帮助他们第一时间解决问题，用自己的善意温暖他们的心田，这是多么有价值的工作呀！

随着时代的不断发展和进步，派出所户籍业务办理也在不断改革创新。

2018 年年底，为了进一步提升公安机关人口服务管理水平，努力为人民群众提供更多高质量人口服务，江苏省公安厅下发深化人口服务管理"放管服"十项措施的通知。自下发通知以来，我在日常工作中认真贯彻执行，"一站式办理"、放宽户口迁移条件、扩大身份证异地受理范围、深入推进"互联网＋户政服务"、开通身份证居住证办理"绿色通道"等，使得前来窗口办理业务的群众都交口称赞。每每看见带着满脸笑意离开的老百姓，我就会从心底暗自感叹：这才是真正地便民、利民、服务于民啊！

新的时代要有新的担当和新的作为。在我看来，其实每一代青年在自己所处的时代大环境下都有自己的机遇和挑战，都要谋划属于自己的发展轨道，实现自己的人生价值。青春真正的价值不在于做多么伟大的事情，而在于认真做好当下的每一件小事，在于不忘初心、牢记使命！

即使只是在一方小小的窗口，我也要尽职尽责、努力工作，用微笑迎接每一位前来办理业务的群众，让他们在这改革开放的大好时代里沐浴春风！

青春无悔

云南省西双版纳傣族自治州勐腊县公安局警务保障室　廖学军

屈指一算,我从警进入第27个年头了,沐浴在改革开放的春风里,岁月悠悠,见证了祖国的变化。我既是改革开放的见证者,也是改革开放的受益者。

当警察是我从小的一个梦想,1992年大学毕业后,我非常幸运地成为一名人民警察,实现了当警察的梦想。知识、阅历在岁月中积淀,我在各种磨砺中成长。

我在云南省勐腊县看守所工作,当时条件非常艰苦,没有安装监控设施,完全是靠人防。由于工作的特殊性,民警必须具有高度的责任心,一刻也不能松懈,更不能抱有任何侥幸心理,只有这样才能实现监所无事故。

2002年7月的一天夜里,我和另一名同事值班。凌晨2时许,透过值班室的窗子,我发现女性关押室的窗上有人影在晃动,迅速跑过去,发现有人想自杀。窗台距离地面有一米多高,我连想都没有多想,一个箭步就跨了上去,马上叫醒同监室的人员,在她们的帮助下,取下了套在欲自杀女子脖子上的布条,将她从窗台上搀扶下来,避免了一场死亡事故的发生。据了解,欲自杀的女子赵某犯运输毒品罪,一审被判处无期徒刑,思想消极,心理压力大,产生了轻生的念头,想一死了之。我及时向带班领导汇报了情况,一方面加强监控包夹,另一方面配合监管民警做思想开导工作,赵某的情绪渐渐稳定下来。那一夜的经历,对我来说是终生难忘的。如果我没有按规定去巡视,如果没有及时发现那名女子……我的命运将会被彻底改变。

2005年1月,国家投入资金将我所在的看守所拆除重建,先拆除一半,修建一半，中间砌一堵墙隔离，被监管人员关押在没拆的旧监室里。2006年7月，看守所新修的工程完工，安装了较为完善的监控设施，旧监室的人员搬迁入住。看守所的另一半工程进度较快，2007年8月交付使用。硬件、软件设施较过去有了前所未有的提高，实现了巡视监控全覆盖，制度日益完善。

2008年9月的一天，我与其他两位民警值班。夜幕降临，刑侦大队的民警送押一名涉嫌贩卖毒品的嫌疑人旷某。我在前台办理收押手续，发现嫌疑人坐在地上，面色蜡黄，说话有气无力，我就向负责检查的医生说，好好检查，看是不是有其他疾病。医生检查说，从医院检查的单子上看不出有其他疾病，但从气色上看，估计有其他疾病。我就问医生还收押吗，医生半天不说话。我急了，转过头对送押的民警讲，现在还不能收押，必须送到医院再检查一遍。送押的民警连忙向负责刑侦、监管的副局长汇报，随后让我接电话，他在电话里说刑侦民警很辛苦，还没有吃晚饭，赶紧收押进所。我向他说明了情况，如果收押了，有其他疾病发生了意外，谁也负不起这个责任，你不是经常教育我们把好入所检查关吗？副局长沉默了一会儿，挂断了电话。过了一会儿，看守所所长打电话命令我赶紧收押，我向所长说明了暂不收押的理由。我说如果你要执意坚持让我们收押这名犯罪嫌疑人，到时出了问题，怕你也担不起吧，所长沉默了。我知道这些话有些说过头了，但我必须坚持，这是我的性格使然，更是我的责任所在。最后，副局长不得不要求送押民警再次将犯罪嫌疑人带到医院检查，结果正如我所预料的一样，的确有重大疾病。这名犯罪嫌疑人，看守所没有收押，一直住院到变更强制措施。

如果我屈于压力，违心地收押了这名犯罪嫌疑人，姑且不说监所医疗条件差，万一巡视监控民警疏忽大意，发现或救治不及时，死亡的可能性非常大，后果不堪设想，我会内疚一辈子。

多年后，副局长碰到我还经常提起那件事："当年幸亏你一再坚持，否则真的就出大事了。"我微微一笑："不至于你还生我的气吧？"他一把紧紧地握住我的手说："哪能呢，你是好样的！谢谢你！"

除干好内勤工作外，我积极参与深挖犯罪工作，2006年至2008年连续三年我被云南省公安监管总队评为"深挖犯罪能手"。

从事公安监管工作，有人将其形容为"火山口"、"炸药库"，来不得半点儿马虎，要时刻绷紧安全这根弦。看似风平浪静，其实暗流涌动，每一个办案环节的变化都要准确掌握被监管人员的思想动态，随时要做好开导化解工作，稳定其情绪。要做好思想情绪化解工作不是简单的三言两语就能做好的，需要多次反复。还要与其家人、律师、办案部门沟通，一起做好帮教工作，直到安全送解到监狱服刑。

2015年年底，我调到警务保障室从事内勤工作。新的公安业务技术用房已于年初投入使用，办公条件和办公环境有了质的飞跃。许多老民警和我一样感触很深，倍加珍惜工作，感恩于我们强大的祖国，感恩于伟大的时代。

无论是从事警务保障还是开展扶贫攻坚，无论是从事内勤工作还是从事党建工作，我都以饱满的热情投身到工作中去，将工作做细做实。

因为喜欢文学，我在工作之余坚持写作，在《西双版纳报》、《西双版纳》杂志等媒体上发表100余篇作品。我加入了西双版纳州作家协会，实现了当作家的梦想。学无止境，奋斗不止。梦有多远，路就有多长，蓝天白云下，路在我的脚下延伸。

岁月静好，因为有我们的守护；砥砺前行，永做党和人民的忠诚卫士。

改革开放40年来，我与共和国共奋进。如今我已年过半百，但心态很年轻，豪情不减当年，工作不会输给年轻人。回首从警岁月，我可以自豪地说："青春无悔！"

春风已过万重山

浙江省温岭市公安局松门派出所　张梦露

万幢高楼平地起，春风已过万重山。从零开始，不断模仿制造；以一为启，创造更多机会。改革，改的是生活条件，革的是新时代心态，共同实现伟大的中国梦。这个梦，由信念构筑，有人民警察守护。

四十年的改革，经济体制发生翻天覆地的变化，解放大量社会生产力，逐步实现现代化建设；政治体制改革，民主的发展、法治的强化、机构的变迁，安定了民众，团结了民心。四十年的开放，中国人走出国门，不断增加对外港口，通过"一带一路"、海上"丝绸之路"不断辐射中国影响力，提升中国的综合国力。四十年的公安，工作重点果断转移到保卫社会主义现代化建设上，提出从严治警、依法治警、科教强警的重要方针，树立"抓班子、带队伍、促业务、保平安"的工作思路，组建全国"110"报警服务系统形成公安机关快速反应机制……一点一滴完善机制、从中央到地方层级落实、基层工作不断创新，公安队伍的不断成长是群众凝聚力的不断合成。

渺小如尘埃却心随意动，世界如此多变，前进的脚步不变，不断追逐、不断改革，在这个崭新的时代，即使渺小却能创造属于自己的价值。警察的价值就是群众的安全感和满意度。

有一盏明灯彻夜不灭，那是值班室的守候，守候这片我们爱着的深沉的土地，护卫这群可爱的人民；有一套设备运行到天明，那是监控室的眼睛，记录生活中的点滴，在万千人群中搜寻那一个你；有一群人彻夜不歇，那是巡逻车的浪漫，陪你度过漫漫长夜，等待黎明的来临。值班室里，家人的重逢带来了欢乐，上演的分离催人泪下，一切都是为了更好的生活；监控室里，紧张地盯着画面不错过每一帧每一秒，通过人像比对锁定目标，定位坐标；巡逻车内穿着厚重的防刺服，带上装备等候嫌犯出现。强健的体魄奠定了基础，数百次的训练，为每次抓捕增强了自信。枪弹雨林虽然少见，但人喧马嘶的场面几乎日日可现，这时候的凌厉雄健就更能震慑场面。警察，穿着这身警服，让人心服口服。

　　光从不吝啬锋芒，穿透所有阻挡，给存在铺上闪耀；风轻轻吹过湖面，泛起朵朵涟漪，给平静染上跌宕；情只为真心付出，帮助困难群众，给城市增添温暖。时间的长河里，正义就像一道光，驱走阴暗和黑夜。警察就是微微的春风，用手中法律的准绳，对违法犯罪发起冲击，以饱满热情的服务，吹过万重山，忘却功名利禄，润物无声却激起反响万千，展现新时代的爆发力，为社会带来平安和幸福。

推进社会治理　创新警务机制

广东省肇庆市公安局端州分局网警大队　孙光军

这是一个普通而真实的故事，十年前的5月2日早上6时59分，电脑联防报警系统连续响了两次紧急警报，警报单位是金都酒店，地址是端州六路27号A栋。端州公安总台值班员按照多年熟练的业务操作，第一反应就是马上通知在路面巡逻的民警，不到五分钟，巡逻民警回复是有人入室盗窃。案犯怎么也想不到，盗窃还没得逞，就被快速反应的巡逻警察逮住，年龄最小的才12岁，一直在嘴里嘀咕着，警察速度怎么这么快啊！

随着广东公安"三基"工程建设广泛应用、"建为民公安，保南粤平安"工作思路的确定，端州公安接处警的方式有了极大的改变，民警的接处警也由以前的单一形式向步巡、车巡、GPS卫星定位等多种形式相结合而转变……

十年后的2019年1月1日19时许，经过连续28小时持续追踪伏击，新年第一天就成功侦破端州城区星荷豪苑某房发生的一起命案，将犯罪嫌疑人孙某从福州抓获归案。

接到报案后，端州分局迅速启动合成作战工作机制，抽调刑侦、网警、情报等部门精干警力组成专案组，迅速对该案开展立案侦破工作。经过仔细的分析研判、周密策划和精准布控，专案组民警成功锁定孙某的行踪，跨越几个省，行程几千公里，仅用28个小时就将犯罪嫌疑人孙某抓获。案件的侦破主要依赖的是新的警务技术创新，归功于多警种、多部门全力合作。

改革开放40年，是广东公安警务机制开拓创新的40年！广东的社会治安持续向好，但成绩不是终点，而是更高、更新的起点。

时代在进步，社会在进步，科技在发展，新情况新问题层出不穷，坚持科技强警，不断挑战自我，超越自我，才能适应新形势的发展要求，广东公安又提出新理念、新方略、新思维和新技术，智慧新警务防控模式又将在全省落地生根并开花结果。

智慧新警务是为适应社会智慧化发展的形势需要，依托国家卫星网络体系，打造基于卫星遥感、监测、打击的全方位、立体化的防控体系。智慧新警务将充分利用云计算、大数据、移动互联网、物联网、新一代人工智能等前沿技术，研究实现对人、地、事、物、组织的数字化管理，研究实现指挥决策、维稳反恐、打击犯罪、治安防控、民生警务、队伍管理的新方法和新技术，创新警务机制，提高警务效能，力争至2020年基本建成一整套可感知、可防控、敏捷高效的新警务机制体系，实现全省社会公共安全管理的信息化、精细化和智能化，使全省警务工作水平达到全国一流，率先实现"科技兴警"，打造公共安全治理"广东样本"，实现"现实空间"和"虚拟空间"的协同、联合治理。

搭上改革开放的高速列车，肩负人民的重托，我们放飞心情，意气风发地迈进了新时代。我们坚信，在中华民族伟大复兴的征程上，改革必将出现一个又一个辉煌的40年！广东公安在推进社会治理、创新警务机制的路途中，必将迎来一个又一个更加明媚的春天，为实现广东"社会防控零盲区"目标、更好地维护政治安全社会安定人民安宁谱写新的乐章。

时代在召唤

贵州省贵阳市公安局观山湖分局出入境管理大队　陈　维

1984年出生的我是幸运的，我最真实地经历并参与了改革开放的成就带来的美好生活。我是一名基层出入境接待大厅的民警，负责中国公民出（国）境证件的受理工作。四年来，我用一线民警的第一视角切实感受到了改革开放，特别是实施"放管服"这样的便民政策的改革成果给人民带来的获得感、幸福感、安全感。

出国（境）对于十年前的老百姓而言，还是非常困难的，一方面是经济条件不允许，另一方面更是对外开放和对内优化公共服务的不到位。改革开放40年来，公民出国出境难的问题早已成为历史。四年前我开始从事受理工作，那个时候的受理业务相对现在较为繁杂，一证一表，复杂的填表内容中包含了家庭成员情况、学习工作情况，甚至是前往目的地国家及出国事由，而这些手写的表格最终又要通过后台工作人员手工录入系统，连收费标准也略高于现在。每天围在咨询台的申请人和排队照相的申请人也是看不到尾。那个时候申请人觉得出门难，受理的民警也觉得解答难。2016年，李克强总理提出"放管服"改革，即简政放权、放管结合、优化服务。2018年公安部国家移民管理局出台新政，让申请人办理出入境证件"只跑一次"，全面深化落实"放管服"。"只跑一次"制度，是确保申请人到出入境接待窗口一次即可完成申办护照等出入境证件的全部手续。

改革推进以后，给我最大的感触就是受理速度提高了，再也不用录入繁杂的资料，申请人通过自助照相填表机填写表格内容，受理民警通过条码就能将所有信息导入，"三证一表"也简化了过去烦琐的表格内容。通过大数据核查申请人相关信息，材料简便，连我们的纸质档的存放也简单了很多。办证时间的缩短、"绿色通道"办证，让过去的流程变得简单，不再需要重复为申请人解释，也得到了申请人的充分理解。增加的紧急办证事项，为紧急出国出境参加会议和谈判、签订合同以及出国留学报到时间临近、行前证件遗失损毁等情况的人员提供"说走就走"的加急办证服务。2018年9月，我就受理了一名海外有亲戚受伤住院情况危急需紧急办理证件的申请人。作为窗口民警，能够为申请人解决切实所需的问题，才能真实地感受到改革、便捷服务赋予人民的力量。贵阳市公安局出入境管理分局也按照公安部要求推出"非工作日办证"业务，为上班族办理证照提供周六、办证高峰以及节假日前延时、错峰受理的申请服务，而南明区出入境接待大厅创全省首家上门办证服务，到银行、企业上门受理出国出境证件，更是得到了大力的赞赏和推行。

我所在的出入境接待办证大厅，不再有咨询台拥挤、照相馆排长队的情况。申请人整齐划一地在自助照相机前快速地填表，迅速完成受理工作，而收费方式也由过去的仅接受银行卡变为可以接受支付宝、微信支付等支付方式。受理速度、服务管理水平的提升，更加方便申请人，减轻群众负担。

党的十八大以来，随着我国经济持续健康发展，人民生活水平不断提高，公民因私出国出境旅游、探亲等日趋增加。2017年，我国出入境人员总数达到5.98亿人次，同比增长4.76%；内地居民办理因私出入境证件、签注1.33亿本次，同比增长5.5%。广大群众对便利快捷办理证照提出许多新需求，而国家移民管理局也通过优化流程、简化手续、运用新科技，提高办事办证效率。时代在召唤，新时代面临新挑战，而新政策是对提升移民出入境服务管理水平、不断改革创新的最好诠释。

诗 歌

2018，让我们再出发

广东省公安厅政治部　袁瑰秋

金风习习　岭南历历山河　传颂着总书记的殷殷嘱托与谆谆教诲
春潮滚滚　南海万顷碧波　涌动大湾区风起云动惊涛拍岸的壮美

此刻　我们伫立在2018
伫立在　总书记温暖的身影刚刚走过的南粤大地
凝望这一片　中国大陆海岸线最长的蓝色海疆
依稀听见　你40年前"杀出一条血路"的历史回声——

那是你振聋发聩的"土地拍卖第一槌"
那是你石破天惊的"蛇口开山第一炮"
那时候极贫极困的"魔咒"，似要开除你的"球籍"
你从一个虚弱的小渔村出发
睁开你龙的眼睛　觉醒你龙的骨脊
你以"三天一层楼"的"深圳速度"
40年间走完了别人200多年的道路

弹指一挥间，这块不经意的"试验田"
就这样　成为全球瞩目的中国"梦工厂"
你以先锋者的决绝　留在南海边的每一个足印　都攸关中国的命运

你的故事　就是中华民族从站起来到富起来　从富起来到强起来的故事
你的成功　就是中国特色社会主义的成功！

深圳莲花山公园
总书记当年种下的高山榕愈发挺拔茂盛
前海蛇口片区
"改革开放再出发"的号召依旧振奋人心
你不灭的记忆
你40年风雨兼程的足迹
就是中国的密码　就是龙的基因
就是中国道路必然的宣示——
"中国改革不停顿　开放不止步"

万水千山　岁月峥嵘
人民公安　初心永固
40年来　我们就这样护航着你
一路劈波斩浪　一路生死相依
一路披肝沥胆　一路凯歌壮丽
从"广州110"　啼声初试　震惊粤港澳　揭开中国公安科技史崭新的一页　到如今"智慧新警务"引领新时代的传奇
从广州交警缴罚分离　率先迈出警务公开和执法规范化步伐　到推行以居住证为核心的"一证通"制度的建立
从"2008冰雪春运"破解前所未有的公共安全危机　到"平安三会"的完美印记
从"全国第一支巡警""第一批督察""第一支保安队伍"　到"全国首批国家级司法鉴定机构"的创立
从破获"东星轮"千万港元大劫案　番禺持枪杀人劫钞案　张子强跨境犯罪集团案　到赢得公安部授予的"特别能战斗队伍"的美誉
从"东莞扫黄""打击电诈""雷霆扫毒""飓风行动"　到一系列雷霆行动打出的"广东效应"　得到了习近平总书记的高度肯定……

你就这样一直在风口浪尖上起舞　以先锋者的身影　以排头兵的形象
高举着"平安中国""法治中国"的火炬
忠诚托付忠诚　承诺报答承诺！

时代大潮　不可阻挡
唯改革者进　唯创新者强　唯改革创新者胜！

这40年敢闯敢打敢拼——"杀出一条血路"的历史
就是我们打开未来的钥匙
这深藏于岩石深处的复兴伟力
来自我们五千年文明延绵不绝的母体
更是龙的传人　生生不息的真谛
由来　我们坚定　因此　我们自信——
40年后　一定会有让世界更加震惊的中国故事　中国奇迹！

此刻　站在这一片盛开红棉英雄花的岭南沃土
凝视着　伶仃洋上　港珠澳大桥　蛟龙飞舞
依稀听见"粤港澳大湾区"滚滚洪流　正波澜壮阔　风起云涌
站在历史新起点　时间再次开始
我们从这里出发——世界在这里交融！

新时代属于我们每一个人
新时代是干出来的　奋斗是幸福的
没有艰辛的奋斗　就不是真正的奋斗
新征程　新挑战——正在我们的血管里奔涌！

智慧无限　警务常新
千帆竞发　百舸争流
让数据多跑腿　让百姓少跑路
这一份初心　一脉相续

人民对美好生活的向往　　就是我们永远的追求！

听！风从海上来！风从海上来！
看！正在打通"最后一公里"的"智慧新警务"
正从你我的掌心出发——
出发！出发！

四十年，在一起

山东省济南市公安局　苏雨景

这是一段从稚嫩到茁壮的过程
也是一段从萧索到繁茂的过程
更是一段从贫穷到富裕的过程
还是一段从青丝到白发的过程

我欣慰，这么多年
可以和星月在一起
可以于夜阑人寂之时
一次次仰望夜空的穹顶
只有它慢慢变黑
万家灯火才会透射出醉人的暖意
只有它慢慢变黑
人们才会读懂星光的隐喻
虽然，那些星光使我的双鬓
看起来又白了一些

我欣慰，这么多年
可以和风雨在一起
它们锻打我，以血与火
泪与歌，以身处的绝境与悬崖

我悉数接纳它们
接纳使命庄严的检阅
而一想到辽阔的山河
一想到内心的爱,我就会觉得
每一次迎着凛冽而张开的翅膀
都那么像是一只雄鹰

我欣慰,这么多年
可以和大地在一起
我们用挺立回馈她无私的哺育
比大树还像大树
我们用果实回馈她深情的滋养
比稻谷还像稻谷
我们经由成长,说出承载的炎凉
我们经由成熟,说出心中的炽热
我们经由信仰
为她的四季祈福

我欣慰,这么多年
可以和警徽在一起
因为它
神秘的力量召引着我
因为它
心中的蔷薇开出了不一样的春天
因为它
复杂的人生呈现出单一的高贵
因为它,我醉心于自己的故事
醉心于我所书写的平凡,与传奇

我欣慰,这么多年

可以和人民在一起
四十年来，面对这个宏大的词汇
我们始终怀揣一把刻刀
我们用它雕琢自己
把自己变成生动的局部
甚至是永远的星辰。我们希望
作为赤子，能从母亲心头带走阴霾
留下阳光，并向她悄悄隐藏
我们所经历的风雪

我骄傲，我是森林公安

吉林省桦甸市红石森林公安局　孙敬伟

四十年，在人类历史的长河中，
只是星星点点；
四十年，在森林公安的进程中，
可谓长路漫漫。
四十年，任凭时光荏苒、岁月流转，
我绿色的情怀始终不曾褪色；
四十年，任凭世事纷繁、风云变幻，
我铮铮的誓言永远不会改变！
四十年，我们以森林、以大山、以绿色的名义宣言！
四十年，我们用无限的忠诚写下一首首壮美的诗篇！

我骄傲，我是森林公安！

难忘，多年以前生活的艰辛，
环境极端恶劣，物资极度匮乏，
我们依旧用汗水燃起希望的火焰。
难忘，多年以前工作的艰苦，
踏勘跋山涉水，办案露宿风餐，
我们依旧用心血扬起信念的风帆。
难忘，多年以前创业的艰难，

头上青天一顶，脚下荒原一片，
我们依旧用生命开启理想的航船。

我骄傲，我是森林公安！

在高高的兴安岭，在茫茫的长白山，
我们执一柄正义的利剑，
用生命去捍卫森林的平安。
在贫瘠的瀚海沙漠，在苍凉的戈壁荒滩，
我们着一袭庄严的藏蓝，
用忠诚去维护生态的安全。
在美丽的神农架，在辽阔的大草原，
我们留一串巡查的脚印，
用心灵去呵护动植物的家园。

我骄傲，我是森林公安！

我是义无反顾赴汤蹈火的森林公安——李辉，
面对危在旦夕的林海、熊熊燃烧的烈焰，
我把鲜活的生命永远定格在了 33 岁的春天！
我是风餐露宿浴血奋战的森林公安——罗布玉杰，
面对穷凶极恶的暴徒、呼啸而来的子弹，
我把最后一滴热血洒在了青藏高原！
我是舍生忘死挺身而出的森林公安——鹿文刚，
面对丧心病狂的歹徒、寒光闪闪的利刃，
我把永恒的微笑深深镌刻在了黑水白山！

我骄傲，我是森林公安！

我是火热的红枫，我是沉静的紫椴；

我是忠实的啄木鸟，我是啼血的杜鹃。
绿色的资源，要我用生命去捍卫；
百姓的平安，要我用无私去承担。
在山情档案里，我用严谨筑起防护的堤坝；
在爱民实践中，我用真情为百姓送来温暖。
苦难，磨砺着我的意志，让我愈挫愈坚；
奋斗，锤炼着我的刚毅，让我勇往直前！
让水更清天更蓝是我神圣的职责，
让国徽更加灿烂是我无悔的夙愿！

我骄傲，我是森林公安！

我是你白天守望的双眼，
我是你夜晚照路的灯盏；
我是你形影相随的风铃，
我是你滂沱路上的雨伞。
刀光剑影中，我义无反顾；
万家灯火中，我通宵达旦；
浴血奋战中，我舍生忘死；
抗洪救灾中，我奋勇争先！
放弃安逸，我选择了危险；
放弃平淡，我选择了挑战；放弃华丽光鲜，
我选择了庄严的国徽下这身挺拔的藏蓝！

我骄傲，我是森林公安！

我也是一株小草、一片绿叶、一抔泥丸，
普通得不能再普通，平凡得不能再平凡。
我有七情六欲，也有丰富细腻的情感；
我有劳累辛酸，更有对父母亲人的亏欠。

我曾经被无端的指责所击中，
背负着理想与现实交错的困厄，
可我从来没有停止过对信仰、对绿色的追求，
既然选择了太阳底下最光辉的事业，
就要经得起烈日的烘烤苦难的磨炼！
无论前面的道路是沟壑还是险滩，
都要向党和人民交上一份满意的答卷！

我骄傲，我是森林公安！

面对人民群众的新期待，
我们以严格的律令管束自己。
"三项纪律"是基本要求，
"警规禁令"是高压线。
我们拿出刮骨疗伤的勇气，
剔除队伍中的各种顽疾。
我们接受狂风暴雨的洗礼，
拒绝现实中的一切诱惑与蜕变。
我们身体力行开展多项教育训练，
我们摒弃"四风"坚持党的群众路线，
让这支钢铁的队伍永葆青春、永葆鲜艳！

我骄傲，我是森林公安！

追踪一日千里，令盗伐者心惊胆战；
缉凶迅如闪电，令盗猎者闻风丧胆。
我们把海量的情报信息输入云盘，
让全国的森警、公安共享资源。
"大练兵"，练出了坚韧强劲的体魄；
"大走访"，走出了警民和谐的春天！

大信息背景下的警综平台正在实现；
大装备格局下的公安序列正在构建。
我们以前所未有的气魄，打造着
长城和橄榄枝构成的神圣和威严！

我骄傲，我是森林公安！

大海之所以浩瀚，
是因为它拥有无数颗水珠，
每一颗水珠都能折射太阳的光辉！
星空之所以璀璨，
是因为它拥有无数颗星星，
每一颗星星都能闪烁耀眼的光环！
森林之所以繁茂，大山之所以伟岸，绿色之所以恒远，
是因为它们拥有无数个森林卫士默默无私的奉献！
四十年，复四十年——祖国啊，我们将以青春、
以热血、以忠诚、以爱恋，永远追随你，
在实现"两个一百年"奋斗目标
和中华民族伟大复兴中国梦的征途上勇往直前！

啊！我骄傲，我是森林公安！！！

追梦的警察

江苏省公安厅新闻中心　杨桂森

心中装着山川湖海
为伟大时代护航
我们甘愿是萤火虫一般的燃灯者
将温暖传递到每一条支街背巷
我们自豪于大树参天一般的生长
将信念植入平安中国高耸的峰峦
奔跑中总有翼翼生风的惬意

披肝沥胆唱起一路警歌
为了人民的满意
我们展开臂膀　拥抱新成果
在创新服务中立柱架梁
为了人民的美好生活
我们掀起头脑风暴　武装新思想
在精细治理中革旧布新
让每一颗建功立业的种子都有平安的滋养

聚力改革，我们和时代同行
捍卫着祖国和人民的尊严与安宁
聚焦惠民，我们与百姓同心

守护着和谐幸福的家园
我们的情,为人民播撒
我们的爱,为人民灌溉
永立潮头　勇于担当
是我们护航者响亮的回答

金色的盾牌,凝铸我们的忠诚
苍生的福祉,牵动我们的衷肠
我们和改革开放的中国共奋进
心血和汗水
镌刻起我们坚定的信念
铿锵的诗行

从科技强警到数据强警
从汗水警务到智慧警务
一个个"微改革""微创新"不断井喷
人民公安跨越发展的美好蓝图里
既有实用性强的技战法
也有严密高效的工作机制
既有克敌制胜的"利器"
也有便民利民的"法宝"

四十年,历史长河中的一段峥嵘岁月
我们骄傲,人民公安在改革开放中走出了别样的忠诚
我们自豪,在这条道路上飞奔着我们强健的步伐
四十年,生命旅程中的一截只光片羽
我们骄傲,风刀雪剑锻造出人民公安坚强的队伍
我们自豪,我们的生命中有江水的承载和鲲鹏的飞翔

四十年,多少次回眸,多少次期待

是改革让我们不断整装出发
是改革让我们一步一步抵达
船到中流浪更急
人到半山路更陡
挑起今天的重担
扛起明天的挑战
接力探索接续奋斗
我们永远都是追梦的警察

四十年，警服里的梦

江苏省南通市通州区公安局新闻中心　瞿海燕

四十年前，一身上白下蓝还是路过我时的威严
我用一双纯净如水的眼睛，接纳鸟语花香
三十年前，当我穿上一身橄榄绿
我用一个年轻警察年轻的心跳，为从警之路加速
二十年前，当我换上一身和平蓝
我希望我的身躯，能成为蓝天下、人群中
那如花般的倩影

如今，那上白下蓝的警服、橄榄绿的警服
渐次走进了警察博物馆
汗水已被风干，岁月还在检阅
他们能从你布满褶皱的肌肤上
擦拭到改革开放的劲风、严打整治的霹雳吗？
他们能从你刀刻般的脸上
触摸到铮铮的誓言和出击时的呐喊吗？

一如往事啊
在夜半蹲守的路口，我们寂寞的谈话
曾一次次点亮心头的黑暗
在大街小巷，你的力量和担当

支撑了我们夜巡时的疲惫
在发赃现场，当大爷大妈领到失窃的物品
他们拉着你的一角，多像紧攥着我们的手

今天，那一身的和平蓝还和我们比肩而立
平安梦还密缝在我们的衣袋里
我们戴着中国梦的金斗笠
不断校正着时代的口型和前进的步伐
秋收冬藏，我们一起奔向远方

风雨四十载，热血铸金盾

江苏省海门市公安局巡特警大队　董春雷

峥嵘岁月，只争朝夕
飘落的树叶像写着旧事的纸片
吹进心间
化作了四十载的风雨画卷
泛黄的档案浸着曾经的荣誉
铭刻着奋斗的艰辛
铺开了人民公安的伟大变革
滚滚的年轮
急速驶入公安改革的轨道
讲着崭新的警察故事

与时俱进，忠心不改
更换了警服的颜色
描述着从前警营的轮廓
不变的是初衷的心跳
随着理念和装备的转型升级
早已布下了科技的天罗地网
就像传说中的神兵天降
可总有一些东西成为传统
骨子里的信仰与匠心

是警脉相承的法宝

荆棘载途，风雨无阻
黑夜唤我出征
顺着城市的脉络
脚步丈量了每一条街
守候在哪个角落
听寂寞的诉说
身后警灯闪烁
直到那汹涌的车流
攘攘的人群
淹没了黎明

光阴无痕，青春不悔
还记得儿时的偶像
不忘穿上制服的那天
回到梦想的地方留下敬礼
后来时间带走了稚气
风霜皱了容颜
只剩下热血的沧桑模样
一代代人的缩影
犹如时间的定格
是誓言最真的注解

剑胆琴心，英雄无畏
有一种征程叫作负重前行
有一种选择叫作逆行
有一种牺牲叫作用生命拯救生命
还有一种离别叫作等你归来
寻遍了长江之畔的堤岸

找遍了黄海之滨的滩涂
你也会疲倦的肩
伫立成了英雄的碑
在清明的细雨里

警心依旧，砥砺前行
变了的城市不变的我们
一头载着生活的担当
一头载着百姓的寄托
惆怅在岁月的衔接处
未负韶华
不愿蹉跎
用赤诚点缀藏蓝
把中秋的月光洒向万家灯盏
在除夕的烟火里为你守岁

初心不忘，继往开来
既然忠诚于警徽
便只顾践行承诺
文字码成的句子再也形容不了热忱
如果目标是光明
我愿做阴暗中的星火
不想追逐的道路崎岖还是泥泞
生在祖国的阳光下
站在跟改革共命运的警务前沿
唯有向着人民需要的方向
前进，再前进

改革竞风流　公安谱华章

安徽省铜陵市公安局　邹　莉

你可知
安宁静谧的夜晚
我是你窗前不息的街灯
为你守候夜的宁静

你可知
风雨雷电的黄昏
我是你头顶的一把雨伞
为你遮风挡雨

你可知
烈焰熊熊的火场
我是你眼前伸出的一只大手
为你寻找生的世界

你可知
我是用忠诚铸成的盾
我是用赤胆锻打的剑
面对罪恶，我是坚强的长城
面对危难，我是温暖的胸怀

哪有什么岁月静好
只是有人负重前行

四十年的沧桑巨变
四十年的岁月积淀
改变的是容颜
不变的是初心

曾记否
四十年前的它们
老公安局的办公小楼
和大院里的那株大松柏
还有那辆不停歇的老吉普……
那些都记录着铜陵公安的青春芳华

曾记否
四十年前的你
走街串巷、奔波四方
田间地头、酸甜苦辣
警徽上闪耀着人民的信仰

曾记否
四十年前的他
风驰电掣、所向披靡
惩恶扬善、守卫一方
利剑上擦出了公正的火光

曾记否
四十年前的他们

赴汤蹈火、舍生忘死
冲锋在前、作风优良
盾牌中迸发出严明的力量

回首望
从"橄榄绿"到"藏青蓝"
从"永久牌"到"桑塔纳"
从"烂笔头"到"新键盘"
从"小电话"到"大平台"
你从青春到成熟

你
见证了改革开放的春风化雨
见证了公安事业的长足发展
见证了铜陵警察的砥砺奋进

但
却不曾见证
父母老去
妻子待产
孩子成长

忆往昔
变的是警服样式
换的是装备行头
改的是勤务模式
调的是工资待遇

看今朝
恋的是一身警服

守的是一颗红心
怀的是一腔赤诚
记的是一份使命

你们
老一辈公安民警
走过四十年峥嵘岁月
不负一辈子警营芳华

如今
我成为了你
吹响了新时代的号角
迸发出新征程的力量

在对党忠诚中锻炼作战新能力
在服务人民中提升警务新水平

在执法公正中激活破案新动力
在纪律严明中树立警察新形象

我辈定当接棒
续写辉煌荣光

明天我就要退休了

贵州省毕节市织金县公安局指挥中心　李纪学

再看一看——墙壁上工作的剪影吧
是什么追求让我依然还年轻
再陪一陪——值班室的电话吧
是什么情感还让我热泪盈盈
再走一走——社区街道吧
是什么故事还让我刻骨铭心
再摸一摸——熠熠闪光的警徽吧
是什么力量还让我热血沸腾
明天，我就要退休了

明天，我就要退休了
四十年弹指一挥去
四十年就像是昨天
二十岁的我
乘着改革开放春风的翅膀
在警徽的感召下
满怀信心踏上践行从警誓言的征程
巡逻、侦查、追捕、擒敌
四十年我成长的足迹一步一个脚印
抢险、救灾、安保、执勤

四十年我用汗水与人民同呼吸共命运
步行、驾车、木屋、高楼
四十年我见证伟大祖国发展的日新月异
四十年风雨兼程，四十年携手奋进
四十年痴心不改，四十年踏歌而行
四十年我用铁血和柔情铸就自己的人生

只要人民安好
我们，不怕负重前行
蜿蜒的山路
我们用汗水构建警民的鱼水深情
严寒酷暑
我们用信仰肩负着千家安宁
每一个佳节
我们用正义担当起家家户户欢享天伦
片警、巡警、刑警、看守警
四十年我换过了一个又一个岗位
每一个岗位，都在书写忠诚
四十年我脚踏实地地做着一件件平凡的事
每一件实事，都是为了人民

苦过累过，哭过笑过
血过火过，铸过炼过
身边一个个战友的英雄事迹
激励着我每一天都在奋力前行
他们的浩然正气，照亮朗朗乾坤
想起与犯罪分子进行殊死搏斗
罪犯引爆炸弹而壮烈牺牲的赵培军
想起在雪凝灾害中奋战七天七夜
累倒在雪凝中的赵祖虎

想起在抗洪抢险中为保护群众而不幸被洪水吞噬的何会洋
她牺牲时还怀有三个月的身孕
而且她的遗体至今都未找到
他们，也有爱
他们，也有家
他们，也有父母、丈夫、妻子、儿女！
但在祖国和人民利益面前
他们，义无反顾
用自己的热血和生命
书写对人民的爱、对党的忠诚
倒下的，只能是身躯
挺立的，永远是精神！！

"对党忠诚、服务人民、执法公正、纪律严明"
这是党的殷殷重托
这是人民的切切期望
这是永远铭刻在
我们每一个人民警察心灵的
——警魂
为什么我的眼里常含着泪水
因为我对这份职业爱得坚定
为什么我的眼里常含着泪水
因为我对我的人民爱得真纯
为什么我的眼里常含着泪水
因为我对我的祖国爱得深沉
为什么我的眼里常含着泪水
因为我对这份信仰爱得忠贞
为什么我的眼里常含着泪水
因为我对这份事业倾注了热血和生命

明天，我就要退休了
离开我为之奋斗了四十年的警察岗位
四十年砥砺前行
四十年不忘初心
四十年我们的社会更加和谐安宁
四十年我们的人民更加团结奋进
四十年我们伟大的祖国，一天比一天繁荣昌盛
我，也要光荣退休了
从警一生，一生无悔
警察，可以老去
时光，可以远去
但警察报国为民之心
永不会老！！！

绿水青山的守卫者

广西壮族自治区森林公安局　蓝　茂

威严的警徽下
有这样一支特殊的队伍
无论是天涯海角的热带雨林
还是白雪皑皑的长白山天际
不管是霓虹闪烁的闹市
还是荒无人烟的边陲
都有他们的身影
他们用青春丈量着每一寸山林绿野
他们冒着生命危险救濒危动植物于危难中
他们
就是守护绿水青山的森林公安

乘着改革开放40年的春风
森林公安经历着从无到有
从不完善到日益发展壮大的过程
他们入警、入编
他们第一次有了警号
第一次戴上了肩章
他们身上的警服越发英姿飒爽
他们守卫森林的初心却始终不渝

藏羚羊们可曾记得

可可西里一号行动的枪声

他们在有限的警力下取得了辉煌的战果

巍巍的长白山可曾记得

那位叫作赵天昱的英雄

在抓捕歹徒的过程中身中 21 刀光荣牺牲

茫茫的林海可曾记得

天保行动、绿盾行动、飞鹰行动……

留下过他们多少坚定的脚印和孤寂的背影

候鸟不语

却因他们

从未忘记过回家的路

草木无情

却因他们

得以生生不息

但是

人民不会忘记

祖国不会忘记

是你们

用青春和生命

守护了这片青山绿水、自然和谐

改革的浪潮奔涌向前

新时代

森林公安正面临着行业公安管理体制改革

新起点

森林公安的职责更明确、管理更规范

他们将继续扬帆起航

在新时代的篇章中书写出更精彩的华章

身 影

北京市公安局海淀分局　张天勇

繁华的城市，
寂静的山谷，
一个身影，又一个身影，
一群身影……

伴着日落，陪着月出，
日以继夜，夜以继日，
从没有停过……
平安！
是这无数的身影送给百姓
最好的礼物，最久的礼物。

第一缕晨曦破晓，
你早已整装待发。
你将黑暗尽收背后，
你将阳光洒向大地。

神圣的国徽，
释放出正义的光芒！

地铁里你身着八大件，
在密集的人群中，
维持秩序震慑违法。

公交车上，你化身便衣，
在上下交错的拥挤中，
你用鹰眼紧盯着黑手，
在无声无息中看护着百姓的物品。

在校门口你快速轻巧地拉开一个又一个车门，
护送一个又一个孩童，安全地走进校园。

车站旁车水马龙，川流不息，
重点建筑物，商场街巷，
人头攒动，熙熙攘攘，
你的身影就立在那儿，巍然不动，
几小时，几天，几夜，不记得。

你留给自己的家人，
只有一个无声的身影，
你不知道该说什么，
你不知道能做什么，
你知道你有所亏欠，
电台一响手机一震，
你知道你该去尽职尽责。

为了更多人的安危，
为了你爱的这个大家！
你咽下所有的心酸和无奈，
放下碗筷，看眼孩子，

亲吻爱人，关好家门，
消失在黑夜里……

你只留下了，
坚定出击的执着，
毫不动摇的信念，
你的魂忠诚铸就，
你的骨刚强铸就。

无论是烈日暴晒的路口，
无论是冰天雪地的野外，
无论是风雨交加的泥泞，
无论是祥和明媚的胡同，
你的身影就在那儿，
在那儿，一动不动……

就在那儿为百姓调解矛盾纠纷，
就在那儿为治安打击违法犯罪，
就在那儿为救护车开辟道路，
就在那儿为困难群众送去温暖。

夜幕降临，
黑暗吞噬着大地，
人们的心中多了
焦虑和不安……

小区墙角旁是你在蹲守，
通往家的路上你守在那里。

为了多少人的安然入睡，

你的身影化成了整个夜，
你在黑夜里用无数双眼睛，
屏住呼吸盯着风吹草动。

夺下菜刀摁倒在地！
冲撞砍杀一枪击毙！
闯卡逃逸戴上手铐！
打架斗殴止息纷争！

披荆斩棘，斩尽违法犯罪！
一马平川，平定治安隐患！
情系百姓温暖救助，
岁月静好你在静守。

改革开放四十周年，
一路有你保驾护航，
建国至今七十载，
流血牺牲不分昼夜……

你的汗水能填满整个太平洋，
你的血水足以染红整个天空。
共和国的卫士们啊！
人民心中的英雄啊！

你的身影里有说不尽的英雄故事，
你的身影里有道不尽的平凡感人。

危险是百姓躲避远离的起点，
危险却是你前进冲锋的终点！

这就是你的身影，
如此迷人，如此深邃，
如此敬佩，如此难忘，
如此伟岸，如此壮美！

公安见证改革开放四十年

山西省大同市浑源县公安局政工室　郭占英

四十年峥嵘岁月，
四十年历史变迁。
经济在飞跃，
科技在发展。
回首往事，
俯瞰今朝，
公安的工作发生了巨变。

从人海战术鉴定到电脑自动识别，
从线索艰难搜集到天眼遍布城乡，
从大量的群众走访到目标定位 GPS，
从人工指纹分析到生物 DNA 研判，
四十年物换星移，
四十年刑侦技术发展令人惊叹。

从管理自行车到管理机动车，
从马路上挥汗如雨到车流量电脑远观，
从现场联系调解到网上理赔，
从违反交规人工取证到监控联网办案，
四十年岁月如歌，

四十年交警见证了祖国的飞速发展。

从出警路上的"边三轮"到现今的警用轿车，
从出门开介绍信到第三代身份证的概念设计，
从人工查询到户籍全国联网，
从手写填表到"一网通一次办"，
四十年春风化雨，
四十年基层民警感受了社会的巨变。

从"打黑除恶"到"扫黑除恶"，
从"走街串巷，入户走访"到"警力下沉""四季行动"，
从"办证多，办事难"到"微笑服务""绿色通道"，
从发放传单到"五进校园""五进场所"，
四十年风雨无阻，
四十年群众安全感满意度不断提升。

忆往昔，看今朝，
立体化、信息化、合成化体系不断健全。
多警联动，多部门协同执法，
公安工作开创了新的局面。
四十年改革开放，
四十年伟大变迁，
共和国的明天将更加辉煌灿烂。

春风十里　杏花飘香

山西省太原市公安局杏花岭分局指挥室　胡　珍

(一)

岁月不居，七十载光辉，勾勒壮美山河
时节如流，四十年改革，收获累累硕果
龙城热土，三百里杏花，展露新的芳华
金盾无言，这一方警营，赤子奋进拼搏
回望历史，他的厚重远远超过了你我的年纪
踏歌而来，一路风景深深刻满了忠诚的足迹
黑发铸梦，有夙兴夜寐的坚守，有砥砺前行的赞歌
白首不悔，是初心不改的执着，是天地一新的壮阔
一位位老前辈，为我递来光荣的旗帜
一张张老照片，给你讲述光阴的故事

(二)

坦途苦旅，从警的路上，只顾风雨兼程
故乡远方，危难的时刻，你我闻令出征
苟利国家，怕什么两鬓早染微霜
力微任重，就是要奋力挺起脊梁

因为，那是儿时的梦啊，我多幸运，我真的穿了这身戎装
因为，那是不舍的魂啊，我多骄傲，我有人民警察的荣光
写出我们的经历，只道寻常却不寻常
展现警营的风采，百舸争流独领风骚
你听，闲谈阔论之间，难掩才华横溢
你看，微信朋友圈里，满是荡气回肠

（三）

你在北风的凛冽中，温暖如春，只因有人甘愿负重前行
我在霓虹的闪烁里，叩问星空，是那万家灯火助燃激情
我们也曾是娇儿，是烈日下的炙烤，最终百炼成钢
我们也曾有柔弱，是无数回的磨砺，终为铮铮儿郎
年轻时，我想成为你的样子，一身正气
多年后，我会成为他的榜样，自信坚毅
接过传承的力量，才知道，付出就是那最美的诗篇
扛起担当的重任，才明白，奉献才不枉最好的华年
以梦为马，整好行装再出发
莫负韶华，说出我的心里话

改革开放的新时代怎能不放歌

上海市公安局崇明分局网安支队　茅卫东

我在马路边捡到一分钱
把它交到警察叔叔手里边……
四十年前
悠扬的歌声醉了我的心田

1978，那一年
迎来了改革开放的春天
中华大地走进了新的时代
我庆幸
我与改革开放共奋进

几度风雨几度春秋
风霜雪雨搏激流
历尽苦难痴心不放
少年壮志不言愁
金色盾牌
热血铸就
危难之处显身手
歌声醉了我的心田
我穿上了梦寐以求的橄榄绿

从此
岁月开始浓墨重彩

我的白天
在川流不息的路面车流中
我的黑夜
在灯火通明的排摸比对中
我的青春
在春夏秋冬的守候伏击中
我的日子
在基层基础建设的推进中
我的电脑
在大数据键对键的较量中
我的成就
在不分白天黑夜的加班里
我的忧愁
在让家人一次次团聚的盼望里
我的……

祖国大地
改革大旗迎风招展
开放大门
迎接天下八方宾客
沐浴改革开放的春风
我保卫着，警惕着，战斗着
我与改革开放共奋进

我的快乐
将手铐戴上犯罪分子双手的瞬间
我的快乐

让车队在我指挥的手势下鱼贯而过
我的快乐
让群众含泪带笑将亲手缝制的锦旗递给领导
我的快乐
是一个又一个战役后暂时陶醉与放松
我的快乐
还与奥运会、世博会、进口博览会……息息相关
……
我与改革开放共奋进

岁月蹉跎
时光快如闪电飞逝
突然间
我不再年轻
我清楚
体力不如当年
我清楚
开始伤病缠身

我曾经是个交警
路口洒满了我辛勤的汗水
风吹雨打都不怕
我曾经是个片警
百姓鸡毛蒜皮的小事
满满地装填了我的胸口
我曾经在机关
咬文嚼字的公文
成了我难忘的记忆
我还曾经干过刑侦
千山万水追捕的惊险

成为了我一生中最有故事的回忆
……

在改革开放的洪流中
我，初心不变
我，牢记使命
像一颗螺丝钉
我将自己牢牢拧紧在平凡的岗位上
对党忠诚、服务人民
执法公正、纪律严明

岁月不饶人
我将义无反顾
任务来临
即使不能冲在最前沿
也要争取上一线

现在
我依然爱听
我在马路边捡到一分钱
依然爱唱
少年壮志不言愁
恰逢改革开放的新时代
怎能不豪情
怎能不奋进
怎能不放歌

风云激荡四十年

广东省佛山市公安局高明分局指挥中心　袁晨光

四十年前，一声惊雷震破长天
四十年前，一声号角吹响大地
从此中华上下，大江大河，激流奔腾
从此伟大祖国，开启复兴，春满人间

在这场改革开放的历史征程中
佛山公安始终牢记使命，敢为人先
在这场风起云涌的时代大潮中
佛山公安始终不忘初心，奋勇向前

走进警史博物馆
一个个老物件，仿佛在默默诉说着当年
翻开时光的相册
一张张老照片，记录着那些难忘的瞬间

谁曾忘记，佛山110 四台合一
引领警务改革，开创全国之先
解救八方危难，践行了忠诚担当的铮铮誓言
社会联动服务，擦亮了执法为民的金色名片

谁曾忘记，佛山刑侦八大队
犹如铁骑神鹰，一身龙威虎胆
打两抢、打两车、打两入，让多发案件连年下降
围着打、追着打、挖着打，让犯罪分子闻风丧胆

立体化防控体系日益完善，筑牢铜墙铁壁
信息化智慧警务一路领航，守护城市平安
视频卡口如恢恢天网，在天上日夜监控
社区警务像星星之火，在地上处处燎原

流动人口管理的立法，让这座城市变得更加有温度
一门一网式审批改革，让广大群众节省更多的时间
生活在这里，安全感、满意度，一天强过一天
工作在这里，幸福感、获得感，一年胜似一年

社会在发展，佛山警队建设也在蒸蒸日上
时代在进步，佛山公安文化也更加叶茂枝繁
一警一爱好，我们以高雅的追求，让警营书香四溢
一警一运动，我们以健壮的体魄，助事业扬起风帆

在永不服输的警队精神激励下
我们一路高奏凯歌，奋勇争先
林伟光、梁志毅、孙建国、罗伟忠等一个个闪亮的名字
让佛山公安的旗帜飘得更高，飞得更远

回首这四十年，春华秋实
回首这四十年，沧海桑田
回首这四十年，金戈铁马
回首这四十年，日月新天

四十年来，我们的警服款式在变
但我们对党忠诚的初心始终不变
四十年来，我们的警务机制在变
但我们服务人民的宗旨始终不变

四十年来，我们的社会环境在变
但我们执法公正的本色始终不变
四十年来，我们的物质生活在变
但我们纪律严明的要求始终不变

今天，我们在此深情回望走过的历程
就像回望一幅波澜壮阔的画卷
今天，我们在此动情讲述自己的故事
更像吟诵一首历久弥新的诗篇

天行健，君子以自强不息
中国梦，勇者当一往无前
让我们在总书记"四句话、十六字"总要求的指引下
忠诚走前列，扬鞭再跃马
让我们在庆祝改革开放40周年重要讲话精神的鼓舞下
奋进新时代，开创新明天

我与改革开放共奋进

新疆生产建设兵团第四师伊宁垦区公安局寨口派出所　张鹏亮

  从每一枚警徽保卫的家园说起
  从天山上融化的雪水
  从雪水流经的每一寸土地
  散射开去，四十年
  有一种光芒，一经升腾便永不落幕
  在高处，它如星辰守护大地
  在低处，它持温情走入牧区连队

  从一把钢枪护卫的平安说起
  从缠在枪托上的红绸
  从红绸上描绘的平安寨口
  如诗如画，四十年
  有种注视，一经凝聚便从不涣散
  举起来，它不放过一丝邪恶
  放下去，它把幸福融入万家千盏

  从一种步伐走过的风霜说起
  从雨雪中铿锵的步履
  在步履里默然的诸多故事
  隐藏下去，四十年

有种经历,个个亲历却从未提及
走进去,把危难挡在身前
走下去,把维稳戍边牢牢筑起

从一个敬礼怀揣的忠诚说起
从以忠诚搏起的脉动
从脉动中蓬勃的青春和热血
传递下去,四十年
有种生命,把使命和职责奉为信仰
实践它,甘愿付出一切
青春到白头,矢志不渝

从警徽上记载的姓名说起
从国旗上飘扬的光荣
从光荣背后不为人知的内容
来诠释,四十年
有种身躯,轰然倒下却英魂永存
为信仰,初心未改前赴后继
为承诺,勇往直前无悔无惧

从一双目光笃定的从容说起
从目光守护的兵团
从兵团人民的美好未来
为传承,四十年
有种力量,以血染的每个瞬间
做宣言,有黑暗的地方必有光明
有牺牲的时刻,必有必胜的正义!

四十年,与改革开放共成长的人民公安
无法说清每一名战友、每一处风景、每一位乡亲

闪现的每一段回忆及内涵
透着血与汗，闪着泪与光
他们一边前进，一边守护
用誓言，用赤诚，用牺牲
托起平安稳定欣欣向荣的兵团

肩　章

河北省张家口市赤城县公安局云州派出所　李占锋

  2019年1月19日是我的生日。18时20分，我接到了报警电话。此时是数九寒天，冷风刺骨，灯火阑珊，万籁俱寂。我妥善处警归来时已经是次日凌晨两点多钟，生日就这样在忙碌中悄然而去，可是眼泪却在眼眶里不由自主地打转。为了不打扰未能安然入睡的妻子，也不想让她看到自己脆弱的一面，借着楼道里的灯光，用手机拍下了警服上的肩章。此时的我心潮翻滚，思绪万千……
  这只是一名警察再平常不过的一个日子！

    黑夜
    我在肩头看到了温暖
    不知道为什么
    我回家的脚步就变得那样坦然

    黑夜
    我从肩头看到了明亮
    不知道为什么
    我感觉到那就是我情人的脸庞

    黑夜
    我从肩头感受到了魔力

不知道为什么
我竟然一下子就闻到了春天的气息

黑夜
我从肩头看到了微笑
不知道为什么
我感觉到从他身上飘来了亲人的味道

我看清了——
真的看清了——
那是人民警察巡逻的脚步
他们正在刺骨的寒风中进行着守护

我看清了——
真的看清了——
那是人民警察出警的身影
他们正在漫漫长夜里让您的睡梦变得更加安宁

怨不得
怨不得您从我身边走过
我竟然感到
从未有过的舒心

怨不得
怨不得我看到了您的身影
我走路的身姿
也变得从未有过的自信

我懂了
我懂了您肩头

那两颗不太耀眼的星星
就是人民安居乐业的保护神

我懂了
我懂了您肩头
那两道不太粗壮的杠杠
就是国家长治久安的铮铮脊梁

我知道
我知道了
那就是肩章
那就是祖国改革开放、展翅腾飞的坚强力量——

感恩有你，大庆公安

黑龙江省大庆市公安局龙凤分局　朱玉磊

感恩有你，
你是夜空中最亮的指明星，
警灯闪烁，深夜巡逻，
城市里的每一寸角落，
都演奏起平安的赞歌。

感恩有你，
你是刀刃尖上起舞的勇者，
虎口拼搏，无惧烽火，
尘世间的每一份罪恶，
都在你的守护下消散。

感恩有你，
你是斑马线前挺拔的风景，
寒来暑往，春去秋来，
十字路口每一位行人，
都行走在你指引的方向。

感恩有你，
你是松柏树下无言的英魂，

逆流而上，书写无悔，
藏蓝色的每一位战友，
都驻足在生命化作的丰碑。

感恩有你，
四十载风雨兼程，
功勋赫赫，赤忱卫国，
你们的血液里奔腾着金戈铁马，
你们的骨骼上烙印着璀璨光华，
你们拥有共同荣耀的名字，
感恩有你，大庆公安。